Alexandra Marinina

Auf fremdem Terrain

Jann Turner

Auf fremdem Terrain

Roman

Aus dem Russischen von
Felix Eder und Thomas Wiedling

Weltbild

**Die russische Originalausgabe erschien 1997
unter dem Titel „Igra na chuzhom pole“
im Verlag ZAO Izdatelstvo EKSMO, Moskau**

Genehmigte Lizenzausgabe
für Weltbild Verlag GmbH, Augsburg 1999

Aus dem Russischen von Felix Eder und Thomas Wiedling
Reihenkonzeption: Michael Keller, München
Umschlaggestaltung: Atelier Höpfner-Thoma, München
Umschlagfoto: Der Verlag hat sich redlich bemüht, bestehende
Abdruckrechte zu ermitteln und zu honorieren. Sollte ein Recht
übersehen worden sein, geschah dies ohne böse Absicht.
Der Verlag bittet in diesem Fall um Meldung;
bestehende Urheberrechte werden selbstverständlich nachhonoriert.
Gesamtherstellung: Clausen & Bosse, Leck

Gedruckt auf chlor- und säurefreiem Papier

Printed in Germany

ISBN 3-89604-555-5

AUF FREMDEM TERRAIN

Prolog

EINEN MONAT VOR TAG EINS

Der Anfall kam, unerbittlich. Erste Symptome hatte Juri Fjodorowitsch Marzew bereits am Abend zuvor verspürt, sich jedoch auf die heilsame Kraft des Schlafes verlassen. Das Schlafen aber hatte nicht geholfen. Am darauffolgenden Tag ertappte sich Juri Fjodorowitsch mehrmals dabei, wie er versuchte, jede Diskussion mit den Schülern auf das Thema Eltern und Söhne, genauer gesagt Mutter und Sohn zu lenken. Das nächste Stadium setzte nach dem Mittagessen ein, als jedes kleinste Wort über Eltern, und besonders über Mütter, eine physisch spürbare, schmerzende Gereiztheit in ihm hervorrief, und Marzew mußte sich zusammenreißen, um seine Gesprächspartner nicht zu unterbrechen, nicht ausfallend zu werden, sie nicht anzuschreien. Und jetzt, gegen Ende seines Arbeitstages, hatte er begriffen, daß der Anfall unausweichlich war, daß Jurotschka erwachte und jeden Moment aus vollem Halse losbrüllen konnte.

Marzew griff zum Telefon.

»Galina Grigorjewna, könnten wir unser Gespräch nicht vielleicht auf morgen verschieben? Mir ist nicht gut, ich möchte mich hinlegen.«

»Aber natürlich, Juri Fjodorowitsch«, meinte die Mathematiklehrerin bereitwillig. »Wir werden mit Kusmin schon seit sechs Jahren nicht fertig, da kommt es auf einen Tag auch nicht mehr an. Gute Besserung.«

»Danke.«

Ja, Kusmin war ein Problem. Sämtliche Lehrer beschwerten

sich über ihn. Als Einserschüler in allen Fächern hatte Wadik Kusmin nie Anlaß gegeben, ihn wegen schlechter schulischer Leistungen von der Schule zu weisen. Doch in allem übrigen, vom Betragen in der Klasse bis hin zum frechen, bösartigen Verhalten daheim, zeigte er sich als unübertreffliches Biest, wobei er jedoch kein einziges Mal jene Grenze überschritt, hinter der juristische Konsequenzen drohen. Verleumdung und üble Nachrede werden bekanntlicherweise auf Klage des Betroffenen hin verfolgt. Aber hat man jemals einen Lehrer gegen einen Siebtklässler vor Gericht ziehen sehen? Außerdem konnte man für solche Vergehen laut Gesetz erst mit achtzehn belangt werden. Morgen, dachte Marzew, während er nervös seinen Mantel zuknöpfte, alle Probleme werden wir morgen lösen. Heute ist das Wichtigste – Jurotschka. Füttern, wickeln, hinlegen, zum Schlafen bringen. Hauptsache, es kommt nicht zum Äußersten!

Juri Fjodorowitsch Marzew war seit langem krank, unheilbar krank. Allerdings wußte nur er allein davon. Na ja, vielleicht wußten es noch ein, zwei andere, aber deren Meinung interessierte Marzew nicht. Er war für alle nur der hochgeschätzte Direktor einer englischsprachigen Schule, Lehrer für angelsächsische Literatur. Für seine Frau war Juri Fjodorowitsch durchaus kein schlechter Ehemann, für seine Tochter ein ›pädagogisch korrekter‹, wenn auch etwas altmodischer Vater. Und für seine Mutter war er Jurotschka, Jurasik, Juschka, der geliebte und von dieser absoluten Liebe zur Verzweiflung getriebene einzige kleine Sohn.

Marzew fuhr in die Wohnung, die er sich zu einer recht günstigen Miete ohne Wissen seiner Familie zugelegt hatte: Eine winzige, seit langem nicht mehr renovierte Wohnung, spärlich möbliert, und draußen am Stadtrand. Bisweilen brachte Juri Fjodorowitsch Frauen mit hierher, doch vor allem diente dieser Zufluchtsort der Behandlung seiner Krankheit, was er in letzter Zeit immer häufiger nötig hatte.

Er betrat die Wohnung und zog hastig seinen Mantel aus. Seine Hände zitterten so, daß er den Mantel nicht auf den

Haken brachte, zornig schleuderte er ihn auf den Stuhl. Jurotschka drängte heraus, er war voller Haß auf die Mutter und wollte sie augenblicklich töten. »Gleich, gleich, mein Kleiner«, murmelte Juri Fjodorowitsch, »gleich wirst du ruhiger, halte noch eine Minute aus, nur noch eine Sekunde ...«

Er bewegte sich fast mechanisch, holte aus einem Geheimversteck eine Kassette, schob sie in den Videorecorder und rückte den Sessel vor den Fernseher.

Schon bei den ersten Bildern schien ihm ein wenig leichter zu werden, doch Marzew stellte fest, daß die Musik, die bisher noch jedesmal Wirkung gezeigt hatte, diesmal nur schwach anschlug. Er fürchtete, das Heilmittel könnte seine Kraft verloren haben, doch ein paar Minuten später war alles wie früher. Auf dem Bildschirm tauchte das wunderschöne Gesicht der Mutter auf, wie es vor fünfunddreißig Jahren ausgesehen hatte. Marzew war damals erst acht. Die Mutter lief durchs Zimmer, verteilte Tassen auf dem Tisch, schenkte Tee ein, dann streckte sie die Hand nach Jurotschkas Mitteilungsheft aus. Sich selbst sah Marzew nicht auf dem Bildschirm, doch er wußte, daß er gegenüber der Mutter am Tisch saß und mit Grauen darauf wartete, daß sie die Seite mit dem langen Eintrag in roter Tinte aufschlug, der Mitteilung seiner Lehrerin. Da, Mama liest es, ihre Brauen ziehen sich zusammen, die Lippen verzerren sich verächtlich, das Gesicht wird eisig. Auf dem Tisch, zwischen Teekanne und Brotkorb, liegt das große Messer. »Ich hasse sie! Ich habe Angst vor ihr, und ich hasse sie! Gleich bring' ich sie um!« Jurotschka brach aus, Marzew konnte ihn nicht mehr halten und verfolgte gebannt, wie dieses kleine Monster seine Gier stillte. Das Kind schmiegt sich an die Mutter, bittet um Verzeihung und verspricht, es nie mehr zu tun. Die Miene der Mutter wird sanft, sie ist bereit, dem herzallerliebsten Sohn zu vergeben und sieht nicht das Messer hinter seinem Rücken.

Großaufnahme – der schöne lange Hals, die blinkende Klinge und Blut. Viel Blut. Sehr viel ... Schluß. Katharsis. Marzew konnte sich noch genau an das Gefühl des warmen Blutes erinnern, wie es in Strömen über seine Hand floß. Jedes Mal, wenn er sich das Video ansah, kehrte dieses Gefühl zurück und überzeugte Jurotschka endgültig davon, daß er ES getan hatte. Danach rollte sich der kleine Täter zu einem Knäuel zusammen und schlief ein, bis zum nächsten Mal.

Völlig entkräftet fiel Marzew im Sessel zurück. Er hatte es wohl noch einmal geschafft. Doch das befreiende Gefühl war heute nicht ganz so stark wie früher. Jurotschka schien nicht, wie sonst, richtig eingeschlafen zu sein, sondern nur zu schlummern. Marzew dachte darüber nach, daß die Abstände zwischen den Anfällen von Mal zu Mal kürzer wurden. Früher war Jurotschka alle zwei, drei Jahre aufgewacht, dann einmal im Jahr, doch zwischen dem letzten Anfall und dem heutigen lagen nur vier Monate. Die Krankheit schritt voran, soviel war Marzew klar. Na ja, beschloß er, dann muß wohl ein neues Mittel her. Und er wußte welches. Gleich morgen würde er sich darum kümmern.

Kapitel 1

TAG EINS UND ZWEI

Ich bin ein moralisches Monstrum, ohne normale menschliche Gefühle, dachte Nastja Kamenskaja verzweifelt, während sie auf dem Kurpfad gewissenhaft die vom Arzt angeordneten Runden drehte. Sie war zum ersten Mal in ihrem Leben in einem Sanatorium und hatte beschlossen, die Kur ›mit Vollprogramm‹ zu absolvieren, zumal die Bedingungen hier in der ›Doline‹ mehr als luxuriös waren.

Natürlich hätte sie niemals einen Platz in diesem edlen Sanatorium bekommen, wenn sie den Urlaub selbst hätte organisieren müssen. Im besten Falle hätte man ihr, einer Mitarbeiterin der Moskauer Kripo, einen Kuraufenthalt im behördeneigenen Sanatorium angeboten, ohne Schwimmbad, und Heißwasser auch nur zu bestimmten Zeiten.

Nastja war kein Naturmensch, sie verbrachte ihren Urlaub gewöhnlich zu Hause in Moskau, um Übersetzungen aus dem Englischen oder Französischen zu machen. Dadurch konnte sie ihre Finanzen etwas aufbessern und zudem ihre Sprachkenntnisse auffrischen. In diesem Jahr wäre ihr Urlaub laut Dienstplan im August fällig gewesen, doch ihr Dezernatsleiter, Viktor Alexejewitsch Gordejew, den seine Leute zärtlich Kolobok – Brötchen – nannten, hatte Nastja gebeten, mit einem Kollegen zu tauschen, dessen Frau unerwartet gestorben war.

»Du weißt doch, Anastasija, er braucht den Urlaub, wenn seine Tochter Schulferien hat. Und dir ist es doch egal, ob August oder Oktober, du bleibst doch sowieso in Moskau. Wie wär's, wenn ich dir ausnahmsweise mal einen Platz in einem guten Sanatorium beschaffe?«

»Wäre nicht schlecht«, meinte Nastja und war über ihre Antwort selbst überrascht. An gesundheitlichen Beschwerden hatte sie eine ganze Palette zu bieten, und noch nie hatte sie ernsthaft etwas dagegen unternommen.

Gordejews Schwiegervater, Professor Woronzow, leitete ein großes Zentrum für Kardiologie, und mit seiner Hilfe brachte Viktor Alexejewitsch Nastja in der ›Doline‹ unter. Es war wirklich ein hervorragendes Sanatorium, das in früheren Zeiten für Parteifunktionäre reserviert gewesen war und aus unerklärlichen Gründen die Reformzeit gut überstanden hatte. Allerdings war dieser Kuraufenthalt so teuer, daß sich vor Nastja ein neues Problem auftat. Das Loch in ihrem Budget konnte sie nur mit Übersetzungshonoraren schließen und auch nur, wenn sie im Urlaub gehörig ranklotzte. Doch dazu müßte sie Wörterbücher und eine Reiseschreibmaschine mitschleppen und außerdem, wenn möglich, ein Einzelzimmer bekommen. Selbst bei der Beschränkung auf ein Minimum würde ihr Gepäck mit Wörterbüchern und Schreibmaschine so schwer sein, daß es für Nastja garantiert auf einen Urlaub in der Horizontalen hinauslief: Seit einem unglücklichen Sturz auf dem Glatteis konnte sie keine schweren Sachen mehr heben, ohne danach mit Rückenschmerzen flach zu liegen.

»Jetzt nörgel' nicht, Anastasija.« Kolobok zwinkerte ihr zu, als sie ihm ihre Bedenken mitteilte. »Wir werden den Chef der dortigen Kripo anrufen und ihn bitten, alles zu organisieren.«

Viktor Alexejewitsch blätterte im Telefonverzeichnis und wählte eine Nummer.

»Sergej Michailowitsch? Ich grüße dich, Gordejew aus Moskau. Kennst du mich noch?«

Nastja setzte keine große Hoffnung in die Hilfe der örtlichen Polizei, sie wußte, daß solche Bitten immer lästig waren und nur von der Arbeit abhielten.

Aufmerksam beobachtete sie ihren Chef und versuchte, an

Tonfall und Gesichtsausdruck zu erraten, was der unsichtbare Sergej Michailowitsch am anderen Ende der Leitung sagte.

»... Kommt zu euch in die ›Doline‹, um den Rücken zu kurieren. Kann keine schweren Sachen tragen, es müßte ihr jemand behilflich sein.«

(»Keine Frage, wird gemacht.«)

»Und noch was, Sergej Michailowitsch, wir bräuchten ein Einzelzimmer. Der Towarischtsch will arbeiten.«

(»Dienstlich?«)

»Nein, nein, wo denkst du hin, würden wir doch nie ohne dein Einverständnis. Nein, schöpferische Arbeit.«

(»Das kennen wir. Na gut, wir lassen uns was einfallen. Und wie sieht's sonst bei ihm aus, ist er trinkfest? Geht er gern fischen? Oder auf die Jagd?«)

»Sergej Michailowitsch, es handelt sich um eine junge Frau ...«

An Koloboks Gesicht, das bis hoch über die Glatze rot anlief, konnte sich Nastja denken, was er in diesem Moment zu hören bekam. Und wenn schon, es war ja verständlich, daß der Mann am anderen Ende der Leitung weder seine eigene Kraft und Zeit noch die seiner Mitarbeiter darauf verschwenden wollte, für die Geliebte von irgendwem einen Platz in einem Sanatorium zu besorgen. Und was sollte sie sonst sein, wenn schon ein Dezernatsleiter der Moskauer Kripo höchstpersönlich anrief, außer natürlich, es wäre eine Verwandte von ihm? Was, wenn nicht die Geliebte eines seiner Kumpel oder vielleicht gar seine eigene? Jedenfalls alles andere als eine Mitarbeiterin. Da lachten ja die Hühner!

»Immer zu Späßchen aufgelegt, Sergej Michailowitsch«, meinte Gordejew spitz. »Also dann rufe ich an, sobald sie ihre Fahrkarte hat. Abgemacht?«

Als Nastja ihre Fahrkarte gekauft hatte, rief Viktor Alexejewitsch noch einmal in der STADT an, erreichte seinen Bekannten jedoch nicht und ließ es ihm über den Wachhabenden ausrichten. Nastja zweifelte keine Sekunde daran, daß niemand sie abholen würde. Und genau so war es auch.

Bleich vor Schmerzen, jeder Schritt eine Qual, betrat sie die Anmeldung des Sanatoriums. Die Frau an der Rezeption war die Liebenswürdigkeit in Person, doch als die Sprache auf das Einzelzimmer kam, verneinte sie kategorisch.

»Davon haben wir nur sehr wenige, wir vergeben sie ausschließlich an Invaliden, Kriegsveteranen, Afghanistankämpfer. Leider, da kann ich nichts machen.«

»Sagen Sie, kann man einen Kuraufenthalt auch hier direkt buchen?« fragte Nastja, der inzwischen alles recht war, Hauptsache, sie könnte sich endlich hinlegen.

»Selbstverständlich.« Die Frau von der Rezeption sah Nastja kurz an und vertiefte sich gleich wieder in ihr Anmeldungsbuch.

Schon kapiert, dachte Nastja und sagte dann laut:

»Ich bezahle für einen zweiten Kuraufenthalt und nehme dann ein Zweibettzimmer. Geht das?«

»Bitte sehr.« Die Frau zuckte mit den Achseln, ein wenig angespannt, wie es Nastja schien. Dann öffnete sie den kleinen Safe neben sich.

Schweigend nahm Nastja das Geld und legte es in das aufgeschlagene Anmeldungsbuch.

»Sie brauchen keinen Beleg auszustellen«, sagte sie leise. »Schreiben Sie nur eine Notiz ins Buch, daß keiner mehr zu mir gelegt werden soll.«

Als sie in ihr Zimmer kam, ließ sie sich mit den Kleidern aufs Bett fallen und begann lautlos zu weinen. Die Rückenschmerzen waren unerträglich, fast alles Geld war futsch. Und außerdem fühlte sie sich aus irgendeinem Grund erniedrigt.

Die Frau von der Rezeption tat immerhin etwas für das eingestrichene Schmiergeld. Sie hatte Nastjas ungesunde Blässe bemerkt, und bereits eine halbe Stunde später war ein Arzt bei Nastja. Er hatte sofort die schwere Tasche gesehen, die noch mitten im Zimmer stand, ihre rotgeweinten Augen und die Schmerztabletten auf dem Nachttisch.

»Was haben Sie sich bloß dabei gedacht?« meinte er vorwurfsvoll, während er Nastja den Puls fühlte und ihre blaugeäderten Arme betrachtete. »Wieso schleppen Sie solche Lasten, wenn Sie schon wissen, daß Sie krank sind? Ihre Gefäße sehen ja schrecklich aus. Rauchen Sie?«

»Ja.«

»Schon lange? Viel?«

»Schon lange. Und nicht wenig.«

»Trinken Sie?«

»Nein. Nur Wermut, und auch das nur selten.«

»Wie war nochmal Ihr Name?«

»Anastasija. Sie können Nastja zu mir sagen.«

»Ich bin Michail Petrowitsch. Angenehm. Also, Nastja, lassen Sie uns entscheiden, was wir als erstes behandeln: den Rükken oder die Gefäße?«

»Beides geht nicht?«

»Das wird nichts.« Er schüttelte sein angegrautes Haupt. »Ihr Rücken braucht Schlammbäder, Massagen, Belastungstraining, vor allem Bewegung und spezielle Unterwassergymnastik. Und das etwa fünf Stunden täglich, wenn es etwas bringen soll. Wie ich sehe, haben Sie auch noch vor zu arbeiten?« Er deutete mit dem Kopf auf die Schreibmaschine. »Da bleibt keine Zeit mehr für eine Behandlung der Gefäße. Also entscheiden Sie.«

»Wir behandeln den Rücken«, sagte Nastja bestimmt.

Die Versorgung im Sanatorium hatte in der Tat Niveau: In Anbetracht von Nastjas Zustand wurden alle notwendigen Voruntersuchungen auf ihrem Zimmer gemacht. Eine Krankenschwester kam zum Blutabnehmen, dann wurde ein Elektrokardiogramm gemacht. Zwei Stunden später, als die Ergebnisse vorlagen, kam eine fröhlich junge Kicherliese ins Zimmer gestürmt – die Neurologin, die über die ›gräßlich verengten‹ Gefäße stöhnte und Tabletten verschrieb. Nach der Neurologin kam ein etwas älterer Internist, und als letzter, kurz vor dem Abendessen, erschien wieder der behandelnde Arzt Michail Petrowitsch, verschrieb alles Nötige und gab Nastja genaueste Anweisungen. Zum Abschied sagte er:

»Heute ruhen Sie sich aus, das Abendessen wird Ihnen aufs

Zimmer gebracht. Nachher kommt die Schwester und gibt Ihnen eine Spritze gegen die Schmerzen. Wenn Sie morgen früh aufstehen können, dann gehen Sie gleich nach dem Frühstück ins Schwimmbad, die Gymnastiklehrerin heißt Katja, sagen Sie ihr, Sie hätten Trainingsprogramm 4. Mindestens zwei Stunden trainieren, klar? Ich habe alles im Kurpaß notiert.«

Am darauffolgenden Morgen hatte Nastja das vorgeschriebene Trainingsprogramm im Schwimmbecken bereits hinter sich, und war nun dabei, gewissenhaft die verordneten Runden auf dem Kurpfad zu drehen. Dabei versuchte sie, ihre Gedanken einigermaßen zu ordnen. Es gab drei Fragen, auf die sie eine Antwort finden mußte:

Frage Nummer eins: War die Beziehung zwischen ihrer Mutter Nadeschda Rostislawowna und deren Mann, Nastjas Stiefvater, endgültig in die Brüche gegangen? Und wie stand Nastja dazu? Einen Tag bevor sie ins Sanatorium fuhr, hatte ihre Mutter aus Schweden angerufen, wo sie bereits seit zwei Jahren auf Einladung einer großen Universität arbeitete. Sie hatte erzählt, daß man ihr angeboten habe, ihren Vertrag noch ein Jahr zu verlängern, und daß sie angenommen habe. Besondere Sehnsucht nach Mann und Tochter schien die Mutter nicht gerade zu haben. Und auch ihr Stiefvater, Leonid Petrowitsch, hatte die Mitteilung mit wohlwollender Gelassenheit aufgenommen, anscheinend hatte er sich daran gewöhnt, daß seine Ehefrau so gut wie nicht mehr existierte. Er wirkte noch recht jung für sein Alter, war gutaussehend, korrekt, und blies als Strohwitwer keineswegs Trübsal. Nastja wußte Bescheid. Am meisten wunderte sie sich über ihre eigene Reaktion: Ihre Mutter würde noch ein ganzes Jahr (Minimum, sonst auch länger, falls man ihr erneut eine Arbeit anbot) weg sein, ihr Stiefvater richtete sich inzwischen sein eigenes Leben ein, und ihr, Nastja, war das völlig gleichgültig, als müsse alles so laufen, als sei das alles normal. Sie vermißt ihre Mutter nicht, der Stiefvater kommt ohne Ehefrau aus, die Familie fällt auseinander. Und es macht ihr überhaupt nichts aus. Wieso bloß? Hatte sie etwa gar keinen Familiensinn? War sie wirklich so gefühllos?

Frage Nummer zwei: Warum heiratete sie nicht? Nastja war sich sicher, daß sie nicht heiraten würde. Doch aus welchem Grund? Nur ein kleines Wort, und Ljoschka würde sie sofort heiraten, ihre Beziehung ging schon über zehn Jahre, und immer noch wohnten sie getrennt, und sie fand es o. k. Warum? Das war doch nicht normal.

Und schließlich Frage Nummer drei: Gestern hatte sie jemanden bestochen. Ja doch, nennen wir die Dinge beim Namen, sie hatte eine Straftat begangen. Und? War es ihr peinlich? Kein bißchen. Es widerte sie nur an. Sie, Anastasija Kamenskaja, Volljuristin, leitende Beamtin bei der Kriminalpolizei, im Rang eines Majors der Miliz, sie schämte sich nicht. Was war mit ihr los?

Ich bin ein moralisches Monstrum, sinnierte Nastja schwermütig, während sie ihre Runden auf dem Kurpfad drehte, ich bin ein Ungeheuer, normale menschliche Gefühle sind mir fremd.

* * *

In der STADT, in der sich das Sanatorium ›Doline‹ befand, herrschte Frieden, Ruhe und Ordnung. Die Wirtschaft florierte, die Preise in den Geschäften hielten sich in Grenzen, die Verbrechensrate war im Vergleich zu den gesamtrussischen Zahlen lächerlich niedrig. Auf die öffentlichen Verkehrsmittel war Verlaß, die Straßen wurden instand gehalten, der Bürgermeister machte der Bevölkerung Versprechen und hielt sie auch. Gesichert wurde dieser ganze Wohlstand von einem überaus mächtigen Mann – Eduard Petrowitsch Denissow.

Eduard Petrowitsch hatte frühzeitig begriffen, daß man Stabilität brauchte – wenn schon nicht in der Wirtschaft, so doch wenigstens bei den Machtorganen. Und so hatte er seine gesamten Anstrengungen darauf konzentriert, erstens die städtische Verwaltung zuverlässig und unersetzbar und zweitens die kriminellen Strukturen einheitlich und vollkommen kontrollierbar zu machen.

Denissow konnte warten. Er lachte über jene, die einen Rubel investierten, um am nächsten Tag tausend Prozent Gewinn einzustreichen, denn er wußte, zwei Tage später war die Situation eine andere, die Gewinne würden aufgefressen und neue nicht gemacht. Er war bereit, für die Sicherung der Stabilität Geld auszugeben, auch ohne zunächst etwas dafür zu bekommen, denn er war überzeugt, daß irgendwann einmal regelmäßig Dividenden fließen würden.

Zur gleichen Zeit, da er den Stadtoberhäuptern geholfen hatte, sich Reputation bei den Bürgern zu verschaffen, hatte er einen harten Kampf gegen die kriminellen Banden geführt, die die STADT in Einflußsphären aufzuteilen versuchten. Bei den einen hatte er sich freigekauft, mit den anderen hatte er Absprachen getroffen, die dritten bei der Polizei verpfiffen und einige gnadenlos vernichtet. Bis er schließlich allein übriggeblieben war, als unumschränkter Herrscher der STADT. Dann hatte er einige der vernünftigsten und tüchtigsten Geschäftsleute, die über solides kriminelles Kapital verfügten, zu sich eingeladen.

»Meine lieben Freunde«, sagte Denissow mit gedämpfter Stimme, ein Glas Kognak in seinen Händen wärmend, »falls Sie nicht gerade etwas Besseres im Auge haben, schlage ich Ihnen vor, in unsere STADT zu kommen, die sich im Moment sehr dazu anbietet, Geschäfte zu machen. Die Stadtverwaltung sitzt fest im Sattel und wird uns in jeglicher Hinsicht unterstützen. Die Bevölkerung liebt ihre Repräsentanten, und zu welchen Veränderungen es auch kommen mag, die zur Wahl stehenden Ämter werden von den selben Leuten bekleidet werden wie jetzt auch, oder von ihren Doppelgängern. Dementsprechend werden diese auch für passende Kandidaturen bei den übrigen Posten sorgen. Ich muß Sie jedoch vorwarnen: Sie sollen hier ausschließlich saubere wirtschaftliche Transaktionen durchführen. Kein Schmutz, keine Kriminalität, kein Schmuggel, weder von Drogen noch von Antiquitäten. Die Gesetzeshüter sind heute – welche von uns. Falls jedoch, Gott bewahre, irgend etwas passiert, stehen morgen die Leute vom russischen Innenministerium vor der Tür. Wer weiß, wo die hier dann überall herumschnüffeln. Und ich bin mir durchaus nicht sicher, ob ich auf die Ernennung der neuen Chefs von Polizei, Staatsanwaltschaft und Gericht Einfluß haben werde, falls die jetzigen entlassen werden. Ich habe viel Energie darauf verwendet, stabile Machtverhältnisse in der Stadt zu schaffen, und ich werde nicht zulassen, daß sie irgend jemand gefährdet. In allem übrigen – volle Handlungsfreiheit, aber ohne sich Konkurrenz zu machen. Konkurrenz heißt Kampf, und Kampf heißt Gewalt, unter anderem auch kriminelle, was nicht in Frage kommt, wie ich bereits sagte. Das kann nur ich allein mir erlauben, und auch nur sehr begrenzt und zu Ihrem Wohle. Diejenigen, die bereit sind, auf meine Einladung einzugehen, müssen sich zuerst hier an diesem Tisch einigen. Und ihre Vereinbarungen korrekt einhalten.«

»Hmm, und welche Rolle spielen Sie dabei, Eduard Petrowitsch?« fragte der schwergewichtige Achtamsjan und rückte seine Brille zurecht. »Haben Sie sich schon ein Gebiet ausgesucht?«

»Nein.« Denissow lächelte und trank in kleinen Schlucken seinen Kognak. »Ich werde nicht aktiv am Geschäft teilnehmen. Ich garantiere Ihnen sichere Existenzbedingungen, und Sie wiederum werden mich und meinen Apparat unterstützen.«

»Und wenn keiner von uns mitmacht?« forschte ihn Achtamsjan weiter aus. »Wo werden Sie sich dann engagieren?«

Denissow hatte begriffen, daß Achtamsjan nur herausbekommen wollte, welches Tätigkeitsfeld in der STADT am lohnendsten sei. Er grinste.

»Nirgends. Ich werde neue Leute einladen. Zu den gleichen Bedingungen.«

Seitdem waren fast drei Jahre vergangen. Denissow hatte sich völlig aus dem Geschäft zurückgezogen und sich ausschließlich der, wie er sagte, Aufrechterhaltung der Ordnung in seinem Lebensumfeld gewidmet. Eine der Forderungen, an die sich seine Schützlinge unwiderruflich halten mußten, war die Teilnahme an Wohltätigkeitsveranstaltungen, die er für ein wirksames Mittel zur Festigung der Liebe der Bürger zu ihren Stadtvätern hielt. Das war zuerst auf keine große Begeisterung gestoßen. Doch nach einiger Zeit sahen die Geschäftsleute, daß ihr Kommandeur Recht hatte.

Das schwierigste Unterfangen war es, die STADT vor Übergriffen Auswärtiger abzuschirmen, die ihren eigenen Regeln folgten. Das erfolgreich sich entwickelnde Unternehmertum, die hohen und stabilen Einkünfte machten die STADT sehr attraktiv für verschiedenste Gruppen, aber auch für einzelne Ganoven. Die einen versuchten, bei bereits laufenden Geschäften mitzumischen, andere begannen ihr eigenes Ding aufzuziehen, wieder andere fingen einfach an, erfolgreiche Geschäftemacher mittels banaler Erpressung zu schröpfen. Denissow hatte seinen eigenen Aufklärungs- und Abwehrdienst. Die Männer der Aufklärung paßten auf, daß die Mitglieder der Organisation sich an die Regeln hielten. Die Abwehr bekämpfte Eindringlinge.

Einige Monate zuvor hatte Denissow etwas Ungutes gewittert. Er konnte nicht genau sagen, was. Es war nur so ein Gefühl. Eines Morgens war er aufgewacht und hatte sich gesagt: »In der STADT geht irgend etwas vor.« Tagelang hatte er gegrübelt, war aber zu keinem Ergebnis gekommen. Daraufhin hatte er die Chefs von Aufklärung und Abwehr kommen lassen.

»Ich habe keinerlei Beweise, keinerlei genauere Informationen. Nur unzusammenhängende Fakten. Seltsame Gerüchte in der Prostituiertenszene der STADT, daß angeblich manche mehr Glück hätten als andere. Glück wobei? Während des letzten Jahres sind dreimal kleinere Gruppen mit eigenen Autos in die Stadt gekommen und am nächsten Tag wieder verschwunden. Wer sind sie? Zu wem kommen sie? Wozu? An einen von uns haben sie sich jedenfalls nicht gewandt. Und wenn doch, so hieße das, wir haben gepennt, und einer von uns spielt ein falsches Spiel. Außerdem. Meine Enkelin Vera. Ich war in der Schule und habe mit ihren Lehrern gesprochen. Wißt ihr, was die mir gesagt haben? Daß Vera in letzter

Zeit bedeutend besser lernt. Habt ihr gehört? Besser, nicht schlechter, wie ich es eigentlich erwartet hatte, weil sie gerade in der Pubertät ist und sich von den Eltern nichts mehr sagen läßt. Besonders gelobt hat sie die Lehrerin für Russisch und Literatur. Übrigens war sie mit mir einer Meinung, daß mit dem Mädchen irgend etwas los sei. Welches Aufsatzthema auch gestellt werde, immer versuche sie irgendwelche Erörterungen einzubauen über Genußsucht und den Preis, den man dafür zahlen müsse. Und das mit vierzehn.«

»Drogen?« Der Chef der Aufklärung, der kleine dicke Starkow, hob fragend die Augenbrauen.

»Sieht danach aus. Sieht sogar sehr danach aus. Vielleicht hängt bei all dem, was ich hier erzähle, das eine mit dem anderen gar nicht zusammen. Vielleicht gibt es überhaupt keine Drogen in der STADT. Wie dem auch sei, ich will wissen, was da gespielt wird.«

Erste Beweise hatten sie nach zwei Wochen. Die Prostituierten der STADT, die »Glück« hatten, hatten, wie sich herausstellte, eine angenehmere Verdienstmöglichkeit im Ausland gefunden und waren abgereist. Wohin, wußte keiner. Die Typen mit den Autos kamen ins Sanatorium ›Doline‹, wo sie für ein, zwei Tage ein zweistöckiges Nebengebäude mieteten, die Sauna frequentierten, Wodka soffen und glücklich wieder abfuhren. Seltsam war allerdings, daß diese Herren, nach allem, was man wußte, zwar gleichzeitig, jedoch nie gemeinsam anreisten. Sie kamen aus verschiedenen Städten und kannten einander in der Regel nicht. Der Typ, der sie in der Sauna bediente, hatte kein einziges Mal mitbekommen, daß sie sich mit Vornamen oder mit du anredeten. Was Denissows Enkelin Vera anging, so war sie schlicht und einfach verliebt. Sie hatte eine leidenschaftliche Romanze mit einem Studenten der Pädagogischen Hochschule, der im Rahmen eines Praktikums an der Schule Chemie und Biologie unterrichtete. Die Informanten versicherten, daß der Student sich anständig verhalte.

Aber Denissow war noch nicht beruhigt. Er traf sich mit einem Psychologen und bat ihn um Rat.

»Kann es sein, daß ein vierzehnjähriges Mädchen heutzutage noch Liebe für Sünde hält, für die sie büßen muß?« fragte Eduard Petrowitsch ganz direkt. Er mochte keine Umschweife.

»Natürlich kann das sein, wenn die Erziehung nicht gestimmt hat.«

»Was heißt das, ›nicht gestimmt‹?«

Der Psychologe erläuterte Denissow ausführlich, was er damit meinte. Es stellte sich heraus, daß Eduard Petrowitschs Sohn und dessen Frau vollkommen normale Menschen waren, die Erziehung der Tochter hatte gestimmt, und Schwierigkeiten in der Familie, die zu solch einem psychischen Komplex führen können, hatte es nicht gegeben.

»Ich hätte eine Erklärung, wenn Sie mir versprechen, nicht gleich ›Das kann nicht sein, wie können Sie es wagen!‹ zu schreien.«

»Versprochen.«

»Meine Erklärung wäre – ungewöhnlicher Sex, sexuelle Perversionen.«

»Was sagen Sie da?!« Eduard Petrowitsch war aufgebracht. »Sie müßten sie mal sehen ... Zart und zerbrechlich, flachsblondes Haar, ein Kindergesichtchen. Sie sieht mit ihren vierzehn Jahren noch aus wie kaum zwölf. Vera ist ein absolut unschuldiges Wesen, sie ist noch ein Kind. Hätten Sie auf Drogen getippt, wäre ich noch einverstanden gewesen. Schließlich hätte man ihr beim ersten Mal das Giftzeug heimlich unterjubeln können oder auch mit Gewalt, und dann wäre eine willenlose Sklavin aus ihr geworden. Das wäre schrecklich, aber immerhin erklärbar. Doch das, wovon Sie sprechen, macht man bewußt und aus freien Stücken. Nein, vollkommen ausgeschlossen, das kann einfach nicht sein!«

»Sie hatten es versprochen«, erinnerte ihn der Psychologe vorwurfsvoll.

»Entschuldigen Sie ... Vielen Dank für die Sprechstunde. Hier Ihr Honorar.« Eduard Petrowitsch legte ein Kuvert auf den Tisch und ging.

Denissow war äußerst unzufrieden mit diesem Gespräch.

Auf dem Nachhauseweg überlegte er, daß beim nächsten Ratstreffen unbedingt die Einrichtung eines Zusatzstipendiums für Studenten der Psychologie an der Universität der STADT auf die Tagesordnung gesetzt werden müsse. Vielleicht studierten sie dann wenigstens besser. Das jetzige Niveau bei der Ausbildung solcher Spezialisten hielt Eduard Petrowitsch für völlig unzulänglich.

Bald darauf kam es zum ersten alarmierenden Zwischenfall. Ins städtische Krankenhaus wurde mit einem Schädelbasisbruch Wasili Gruschin eingeliefert, der im Auftrag von Aufklärungschef Starkow Einzelheiten über die fröhlichen Feiern in den Nebengebäuden des Sanatoriums ausgekundschaftet hatte. Gruschins Zustand war kritisch, er war nach der Operation noch nicht wieder aufgewacht. Als er für einige Minuten zu sich kam, war nur eine Krankenschwester im Zimmer.

»Schreiben Sie auf ... Telefonnummer ...«, brachte Gruschin kaum hörbar über die Lippen. »Sagen Sie ... der Name sei Makarow ... Rufen ... Sie an ...«

»Bleiben Sie ruhig, ich werde anrufen«, versprach die Krankenschwester fürsorglich und holte den Arzt. Zehn Minuten später war Gruschin tot.

»Was meinen Sie, soll ich da anrufen?« fragte die Krankenschwester und drehte den Zettel mit der Telefonnummer in den Händen.

»Wie Sie möchten«, Doktor Wdowenko zuckte die Achseln. »Auf jeden Fall würde ich die Polizei anrufen. Brutale Körperverletzung, Sie wissen ja selbst. Oder sagen Sie es dem Kripobeamten, der hier gestern den ganzen Tag saß und darauf wartete, daß Gruschin zu sich kommt. Der taucht heute bestimmt wieder auf.«

»Ist gut.« Das Mädchen seufzte und griff zum Telefon.

* * *

»Was geht hier vor in der Stadt?« fragte Denissow böse sein Gegenüber. »Ich frage Sie, was ist das für eine Organisation, die es wagt, meine Leute umzubringen? Daß sie soweit gegangen sind, heißt nur, daß Gruschin auf irgend etwas sehr Wichtiges gestoßen ist. Was gehen da für wichtige Dinge bei uns vor, von denen wir nichts wissen? Können Sie mir das erklären?«

»Wir sind keine Götter, Eduard Petrowitsch«, erwiderte sein Gegenüber ganz ruhig. »Wenn wir über alles und jeden Bescheid wüßten, hätten wir nicht die Probleme beim Kampf gegen das Verbrechen. Warum sind Sie eigentlich so außer sich? Es ist doch nicht das erste Mal, daß Sie einen Mann verlieren.«

»Bisher habe ich aber immer gewußt, warum und wer dahintersteckt, sogar dann, wenn Sie nichts davon wußten. Aber jetzt habe ich die Situation nicht mehr im Griff, und das macht mir große Sorgen. Die Aufklärungschancen sind, wenn ich Sie richtig verstehe, gleich null?«

»Minimal«, bestätigte sein Gegenüber und hob bedauernd die Hände.

»Natürlich«, pflichtete Denissow betrübt bei. »Der Name Makarow ist kein wirklicher Anhaltspunkt. Könnte auch Iwanow oder Sidorow heißen. Alle Makarows in der Stadt abzuchecken, dazu fehlt Ihnen die Zeit. Zumal er vielleicht gar nicht von hier ist, wenn man berücksichtigt, daß diese Leute aus anderen Städten kommen. Welche Vorschläge können Sie mir machen?«

»Nur einen einzigen. Jemanden in die ›Doline‹ schicken. Wenn einer dort hockt, kriegt er vielleicht heraus, wer dieser Makarow ist.«

»Haben Sie jemanden dafür?«

»Machen Sie Witze? Ich habe nur eine Handvoll Männer. Für ein oder zwei Wochen könnte ich vielleicht jemanden freistellen, aber nicht länger. Wir ersticken sowieso schon in Arbeit.«

»Na gut, dann schicke ich einen von meinen Leuten. Übrigens, da wir schon mal zusammensitzen, lassen Sie uns gleich die Bilanz für die nächsten fünf Monate machen. Eine durchschnittliche Aufklärungsrate vorausgesetzt, können wir uns nicht mehr als zehn unaufgeklärte Morde pro Jahr leisten. Die Hälfte davon lassen wir fürs Umland und für unvorhergesehene Fälle. Ihre Reserve liegt also bei fünf. Aber als Maximum, es ist sowieso schon mehr als riskant. Den Mord an Gruschin eingerechnet, bleiben noch vier. Also gut, einigen wir uns auf drei.« Denissow nickte. »Jetzt ist Juli. Das heißt, bis zum Jahresende stehen mir noch zwei zur Verfügung. Einen hatte ich, falls Sie sich erinnern, bereits im Februar verbraucht.«

»Habe ich nicht vergessen.«

Am darauffolgenden Tag stattete Eduard Petrowitsch Denissow höchstpersönlich dem Oberarzt des Sanatoriums ›Doline‹ einen Besuch ab.

* * *

Nastja Kamenskaja riß sich von der Schreibmaschine los, legte sich eine Jacke über die Schultern und ging auf den Balkon, um eine zu rauchen. Der Balkon gehörte zu zwei Zimmern: dem Zweibettzimmer von Nastja und einem Einzelzimmer nebenan. Beinahe gleichzeitig ging die Balkontür des Einzelzimmers auf, und heraus trat, gestützt auf einen Stock, eine etwas dickliche ältere Frau.

»Guten Tag.« Sie lächelte freundlich. »Wir sind wohl Zimmernachbarn. Ich heiße Regina Arkadjewna.«

»Sehr angenehm. Anastasija.« Nastja stellte sich vor und schüttelte die ihr entgegengestreckte Hand.

Die Alte schien zu frösteln.

»Ich höre Sie die ganze Zeit tippen. Arbeit?«

»Mhm«, brummte Nastja.

»Wenn Sie mal Pause machen, kommen Sie doch herüber auf eine Tasse Tee. Ich habe hervorragenden englischen Tee. Möchten Sie?«

»Gern einmal, vielen Dank.«

Nastja kehrte zurück zu dem Krimi von Ed Macbaine, mit dem festen Vorsatz, nicht zu dieser Regina Arkadjewna zum Tee zu gehen. Das Buch, das sie übersetzte, war nicht dick, nur 170 Seiten. Wenn sie sich das Ziel steckte, die Arbeit während der Kur abzuschließen, so wäre die Norm neun Seiten pro Tag. Nastja übersetzte schnell, neun Seiten schaffte sie ohne weiteres am Nachmittag, nach allen Kurbehandlungen. Sie hätte die Norm sogar herabsetzen können, da ihr nach der Rückkehr aus dem Sanatorium noch dreizehn Tage Urlaub in Moskau blieben. Daß sie ihre Nachbarin nicht besuchen wollte, hatte nichts damit zu tun, daß sie keine Zeit opfern wollte. Ehrlich gesagt, fürchtete Nastja, die ältere Frau könne zu anhänglich und damit zu einer Last werden. Bin ich gemein, dachte sie, während sie ein neues Blatt Papier in die Maschine spannte, nicht einmal Mitleid mit alten Menschen habe ich. Nein, wirklich, ich habe irgendeinen Knacks.

Ganz in die Arbeit vertieft, verpaßte Nastja das Abendessen – zu spannend war Macbaines Schilderung des plötzlich eintretenden Konflikts zwischen dem Detektiv Steve Carrol und seinem jungen Partner Burt Kling. Gegen zehn Uhr bekam sie Hunger, sie legte die Übersetzung beiseite und schaltete den Wasserkocher an. Es klopfte an der Tür. Herein kam die Nachbarin, in der Hand eine bunte Schachtel.

»Sie haben kein Abendessen gehabt, Sie machen Pause und möchten einen Tee. Oder einen Kaffee? Hab' ich recht?«

»Stimmt genau.« Nastja lächelte. »Leisten Sie mir Gesellschaft?«

»Sehr gern.« Regina Arkadjewna ließ ihr Gewicht auf einen Stuhl fallen und lehnte ihren Stock an die Wand. »Ich habe sogar Kekse mitgebracht und auf eine Tasse Kaffee spekuliert. Aber behalten Sie im Kopf, meine Liebe, ich besuche Sie zum ersten und zum letzten Mal.«

»Wieso das?«

»Weil Sie jung sind, Nastjenka, und außerdem vielbeschäftigt. Meine Besuche könnten Sie verärgern, ich mag es nicht, wenn man mich nur aus Höflichkeit erträgt. Sie werden rot? Hab' ich also recht. Darum lernen wir uns heute einfach nur kennen, und in Zukunft werden Sie selbst entscheiden, ob und wann Sie zu mir hinüberkommen.«

Nastja goß heißes Wasser in die Tassen und blickte der Alten offen ins Gesicht. Bei der mußte man offenbar nicht um den heißen Brei herumreden.

»Sie sind eine scharfe Beobachterin, Regina Arkadjewna«, meinte Nastja ruhig.

»Ach, wo denken Sie hin, mein Kind, ich habe einfach nur genug Lebenserfahrung. Woran arbeiten Sie übrigens? Ich sehe Wörterbücher. Sind Sie Übersetzerin?«

»Ja«, log Nastja ohne zu zögern. Schließlich wäre es dumm gewesen, sich über die Arbeit bei der Kripo auszulassen, außerdem stand sie, was ihre Qualifikation betraf, den professionellen Übersetzern keineswegs nach.

»Welche Sprache?«

»Englisch, Französisch, Spanisch, Italienisch, Portugiesisch.«

»Oho!« Regina Arkadjewna staunte. »Sie sind ja richtig polyglott. Wie haben Sie das geschafft? Sind Sie im Ausland aufgewachsen?«

»Aber nein. Ich lebe seit jeher in Moskau. Im übrigen ist das gar nicht schwer. Man muß nur eine Sprache wirklich gut beherrschen, dann fällt es mit jeder weiteren immer leichter. Wirklich.«

Nastja hatte nicht gelogen. Sie konnte alle fünf Sprachen wirklich gut. Ihre Mutter, Frau Professor Kamenskaja, war eine bedeutende Spezialistin für die Entwicklung von Programmen für den computergestützten Fremdsprachenunterricht. Das Erlernen einer neuen Sprache war zu Hause genauso selbstverständlich und alltäglich gewesen wie Bücherlesen, Reinemachen oder Kochen. Französisch beherrschte Nastja seit sie sprechen konnte. Später, mit ungefähr sieben, war Italienisch an der Reihe gewesen, und danach waren Spanisch und Portugiesisch nur noch ein Kinderspiel. Englisch hatte Nadeschda Rostislawowna für die Schule übriglassen, da sie es für am leichtesten hielt (weil die Substantive kein Genus kannten und die Verben nur minimal konjugiert wurden). »Vor allem mußt du lernen«, hatte sie der Tochter eingeschärft, »automatisch die Artikel anzuwenden und die Verben ›sein‹ und ›haben‹ zu gebrauchen. Das ist der größte Unterschied zum Russischen. Der Rest ist Technik und Pauken.«

Der Mutter war es nicht nur gelungen, Nastjas Talent für Fremdsprachen zu entwickeln, sondern auch, bei ihr ein leidenschaftliches Interesse daran zu wecken. Jedenfalls hatte Nastja von sich aus mit großem Spaß die Grundlagen von Grammatik und Lexik gebüffelt, als eine Art Gedächtnistraining und, wie sie selber sagte, zur Förderung des analogen Denkens.

»Was übersetzen Sie denn da? Wissenschaftliche Literatur?« fragte die Zimmernachbarin neugierig.

»Nein, einen Kriminalroman. Sehr spannend.«

»Wirklich?« Regina Arkadjewna blickte Nastja ein wenig verwundert an. »Ich hätte nie gedacht, daß Ihnen Krimis gefallen.«

»Warum denn nicht? Krimis sind ganz tolle Literatur«, entgegnete Nastja.

»Schon möglich, kann sein«, meinte Regina Arkadjewna nachdenklich. »Ich dachte nur, Sie hätten einen anderen Geschmack. Habe ich mich eben getäuscht. Eine junge Frau wie Sie, gebildet, intelligent, fleißig, nicht belastet von solchen Problemen wie Sex ... Sie müßten eigentlich Sartre mögen, Hesse, Carpenter, vielleicht auch Camus. Aber doch keinesfalls Krimis. Nehmen Sie es einer alten Frau nicht übel, vielleicht habe ich ja eine falsche Vorstellung von Kunst. Sehen Sie, ich habe ein ganzes Leben lang an einer Musikhochschule unterrichtet, die Klavierklasse. Inzwischen bin ich natürlich in Rente, doch ich habe noch Privatschüler. Man sagt mir nach, ich sei eine ziemlich gute ...«, sie verzog den Mund zu einem Grinsen, »Goldwäscherin. Es gibt viele, die unter schwierigen Bedingungen unermüdlich Goldsand waschen. Dann kommt ein anderer daher, sammelt den Sand ein, gießt ihn zu Barren und schafft sie zum Juwelier. Und der Juwelier macht daraus ein weltberühmtes Schmuckstück. Der Juwelier kassiert Ruhm und Ehre, aber an den, der seine Gesundheit fürs Goldwaschen geopfert hat, denkt keiner mehr. Wissen Sie denn, Nastja, wer Rosina Lewina war?«

»Eine Lehrerin an der Juillard School of Music. Van Cliburn hat bei ihr studiert«, erwiderte Nastja prompt und lobte sich innerlich für ihr gutes Gedächtnis.

»Sehen Sie!« rief Regina Arkadjewna triumphierend. »Den Namen von Rosina Lewina kennt alle Welt, obwohl sie gar keine konzertierende Pianistin war, sondern nur Lehrerin. Und bei uns? Können Sie mir die Lehrer von Richter, Gilels, Sokolow nennen? Nicht die, unter denen sie bei den Wettbewerben gewonnen haben, sondern die, bei denen sie Notenlesen und Handhaltung gelernt haben, die während des täglichen Unterrichts den Goldsand herausgewaschen haben, aus dem dann der Goldbarren geworden ist. Und der hervorragende Petrow, bei wem hat der studiert? Bei uns werden die Lehrer einfach nicht geachtet. Nur wenn der Lehrer selbst eine bekannte Persönlichkeit ist, heißt es: Der hat bei dem und dem studiert ... Sehen Sie es mir nach, meine Liebe, ich habe mich mal wieder hineingesteigert. Lassen Sie uns das Thema wechseln.«

»Wie Sie möchten.« Nastja hatte nichts dagegen. »Lassen Sie uns zum Beispiel darüber reden, weshalb Sie glauben, ich hätte mit Sex keine Probleme.«

»Oh, das ist ganz einfach«, die Alte winkte ab. »Sie sind in ein Sanatorium gekommen, das zu Recht den Ruf eines Saustalls genießt. Exakt die Hälfte der Zimmer sind Einzelzimmer, also keine Probleme mit Zimmergenossen. Um die Hausordnung kümmert sich keiner, die ganze Nacht herrscht ein Hin und Her zwischen den Zimmern. Zwei Bars, beide bis Mitternacht geöffnet, jeden Abend Tanz, ein Laden, in dem man zu jeder Zeit Alkohol und Dazugehöriges kaufen kann. Und was die Sitten angeht, absolute Freizügigkeit. Ich weiß das deshalb so genau, weil ich in dieser Stadt lebe und zweidreimal pro Jahr eine Kur in der ›Doline‹ buche. Sie hingegen kommen mit Wörterbüchern und einer Schreibmaschine hier an, sind unauffällig gekleidet, schminken sich nicht. Was sollte ich also anderes daraus schließen?«

Keine alte Dame, sondern Sherlock Holmes, dachte Nastja.

»Stimmt das wirklich, die Hälfte sind Einzelzimmer? Da hat mich die an der Rezeption aber ganz schön drangekriegt. So eine linke Tour.«

* * *

Noch eine Viertelstunde, dann machte die Bar zu. Viel Publikum war nicht mehr da. Die Musik dröhnte etwas weniger ohrenbetäubend, war aber immer noch laut genug, um niemanden das Gespräch mithören zu lassen, das am Ecktisch geführt wurde.

»Warum ist die allein in einem Zweibettzimmer?«

»Im Anmeldungsbuch steht die Notiz ›Niemand einquartieren‹. Ich habe die an der Anmeldung gefragt, aber sie weiß von nichts. Gestern hatte Jelena Jakowlewna Dienst, sie hat die Buchung der Kamenskaja gemacht. Natürlich bat ich darum, Jelena daheim anzurufen, um etwas über diese Kamenskaja herauszubekommen. Ihre Auskunft war, es sei ein Anruf gekommen, man solle sie allein in einem Zweibettzimmer unterbringen. Was daran so Besonderes ist? Im Sanatorium sind massenhaft Plätze frei, die Saison ist vorbei und die Kuraufenthalte sind doch ziemlich teuer.«

»Dann ist es unverständlich, wieso sie kein Einzelzimmer bekommen hat. Wo arbeitet sie denn?«

»Nirgends. Sie ist Übersetzerin, arbeitet freiberuflich.«

»Seltsam. Versuch mal herauszubekommen, wer da angerufen hat. Diese Kamenskaja gefällt mir nicht. Irgendwas ist da faul.«

Kapitel 2

TAG DREI

Nach vierundzwanzig Stunden Dienst standen der Verwaltungschefin Jelena Jakowlewna eigentlich drei freie Tage zu. Doch geriet alles immer leicht durcheinander im Sanatorium – mit dem ständigen Wechsel von offiziellen Kuraufenthalten und individuell anreisenden Gästen, mit einer zentralisierten Buchung, aber auch der direkten Buchung vor Ort, mit Kuraufenthalten für vierundzwanzig Tage oder für zwölf oder für sieben oder sogar nur für drei Tage (wer das Wochenende für Kurbehandlungen nutzen wollte) – und dieses unruhige Leben erforderte einen ständigen Austausch zwischen den diensthabenden Mitarbeitern an der Rezeption sowie den anderen Mitarbeitern des Sanatoriums. Weshalb Jelena Jakowlewna nicht im geringsten überrascht war, als sie schon zum zweiten Mal einen Anruf wegen dieser Kamenskaja bekam.

Einzelzimmer gegen ein Schmiergeld zur Verfügung zu stellen, das praktizierte sie schon lange. Noch nie war sie erwischt worden, weshalb ihre Vorsicht etwas nachgelassen hatte. Ja, mit der Kamenskaja hatte sie sich einen Schnitzer geleistet, doch als ihr das klar wurde, da war es schon zu spät. Wie hatte sie bloß vergessen können, daß vor zehn Tagen jemand aus der Polizeidirektion der STADT angerufen hatte mit der Bitte, dieser Moskauerin ein Einzelzimmer zu geben. Einfach total vergessen! Und gestern, als die Borowkowa, die an der Rezeption Dienst gehabt hatte, anrief und fragte, wieso man in Zimmer 513 ›niemanden einquartieren‹ dürfe, da hatte Jelena Jakowlewna aus purer Gewohnheit gelogen, es habe da einen Anruf gegeben. Für ein Sanatorium von solchem Rang waren derartige Anrufe die gewöhnlichste Sache der Welt, sie wurden nirgends registriert und niemals nachgeprüft. Aber kaum hatte sie aufgelegt, da war ihr wieder eingefallen, daß es wirklich einen Anruf gegeben hatte, und auch noch aus der Polizeidirektion. Verdammt unangenehm!

Nach kurzem Nachdenken kam Jelena Jakowlewna jedoch zu der Überzeugung, daß im Grunde nichts Schlimmes passiert war. Warum hatte die Kamenskaja von sich aus nichts von einem Anruf gesagt? Weil es ihr peinlich war. Oder sie wollte sich aus irgendwelchen Gründen demjenigen, der angerufen hatte, nicht verpflichtet fühlen. Statt dessen hatte sie es vorgezogen zu bezahlen, obgleich solch ein Betrag, nach ihrem Outfit zu urteilen, sicherlich keine Kleinigkeit für sie war. Sie konnte also erstens kein ganz so hohes Tier sein, wenn sie sich schämte, Vitamin B zu gebrauchen, und zweitens war sie ›arm, aber stolz‹. Die lange Arbeitserfahrung im Sanatorium hatte Jelena Jakowlewna gelehrt, auf den ersten Blick zu erkennen, ob jemand dazu neigte auf den Tisch zu hauen und sich zu beschweren. So eine wie diese Kamenskaja würde sich nicht beschweren oder auf ihr Recht pochen. Außerdem, wenn es ihr schon peinlich war, Vitamin B zu gebrauchen, dann würde es ihr erst recht unangenehm sein zuzugeben, daß sie Schmiergeld gezahlt hatte. Wenn also ihr Gönner von der Polizei nachfragen sollte, wieso sie in einem Zweibettzimmer sei, würde sie bestimmt sagen, es sei doch egal, sie habe es ganz für sich allein, und in einem Zweibettzimmer sei mehr Platz.

Aufgrund solcher Überlegungen kam Jelena Jakowlewna zu dem Schluß, daß ihr keine Entlarvung drohte. Trotzdem mutete die Situation, mit Distanz betrachtet, in der Tat etwas ungewöhnlich an. Wieso mußte die Kamenskaja unbedingt allein in ein Zweibettzimmer gelegt werden? Die Verwaltungschefin beschloß, für alle Fälle sicherzugehen und sich nicht auf einen Anruf aus der Polizeidirektion der STADT zu berufen, sondern auf einen aus dem Russischen Innenministerium. Das

Ministerium war eine ernstzunehmende Behörde, wenn man dort darum gebeten hatte, der Kamenskaja ein Zweibettzimmer für sich allein zu geben, dann hatte es auch so zu sein. Und keiner würde das nachprüfen.

Als am nächsten Tag der zweite Anruf kam, erklärte sie sofort: Wegen der Kamenskaja hätte jemand aus dem Innenministerium angerufen.

* * *

Geduldig und sachkundig erklärte Juri Fjodorowitsch Marzew am Telefon seine Vorstellungen bezüglich der Regieführung.

»In der Filmszene muß unbedingt ein sieben- bis achtjähriger Junge dabeisein. Sonst ergibt das alles keinen Sinn.«

»Das Sujet bleibt das gleiche?«

»Ja, ja, genau das gleiche. Verstehen Sie, in der ersten Variante muß man sich den Jungen hinzudenken, er wird von der Mutter und vom Sujet ›gespielt‹, so wie das Gefolge den König mitspielt. Der Junge selbst ist nicht zu sehen. Jetzt will ich, daß er mit drauf ist.«

»Aber das ist unmöglich, verstehen Sie doch. Wir können kein Kind dazu bringen, da mitzumachen.«

»Lassen Sie sich was einfallen. Vielleicht eine Montage? Keine Ahnung, Sie sind schließlich die Fachleute!«

»Geht es nicht doch irgendwie ohne?«

»Keinesfalls. Das Kind ist der springende Punkt.«

»Also gut, wir denken uns was aus. Aber Sie können sich vorstellen, daß das teuer wird!«

»Das ist nun wiederum mein Problem, ich werde es lösen. Und nicht vergessen, das Kleid muß das gleiche sein wie auf dem Foto.«

Juri Fjodorowitsch legte auf, blätterte nachdenklich in seinem Adreßbüchlein und wählte erneut eine Nummer. Als sich jemand meldete, sagte er kurz:

»Hier Marzew. Ich bin einverstanden.«

Und schließlich ein letzter Anruf.
»Mama? Grüß dich. Wie geht's dir?«

* * *

Nach der Arbeit legte Shenja Schachnowitsch, ein sympathischer Blonder mit helleuchtenden Augen, der in der ›Doline‹ als Elektriker angestellt war, den Plan für die nächsten Tage fest. Trotz seines äußerlich recht sorglos wirkenden Lebenswandels war er ein schrecklicher Systematiker, manchmal bis zur Pedanterie, er machte alles am liebsten nach Plan.

Also, Punkt eins, die Frauen. Mit dem Ende der Sommersaison kamen deutlich mehr jüngere Leute ins Sanatorium. Dies bedeutete einerseits, daß es mehr junge Frauen gab, die man anbaggern konnte. Andererseits gab es auch mehr Männer im passenden Alter, die sich als nützlich erweisen konnten. Das Wichtigste war – seine Kräfte gezielt einzusetzen.

Bis jetzt belief sich die Zahl der Frauen, die der näheren Aufmerksamkeit des energischen Elektrikers noch entgangen waren, auf vierundzwanzig. Davon waren fünfzehn auf jeden Fall – klasse, sechs – nicht übel, nach Shenjas Maßstäben, und die restlichen drei – Schreckschrauben. Allerdings wählte er das Objekt seiner Begierde nicht nach äußerlichen Kriterien. Nachdem er im Kopf alle Kandidatinnen durchgegangen war, vergewisserte er sich auf der vor ihm liegenden Liste und kreuzte vier Personen an.

Die erste – ein ganz junges rothaariges Ding mit zauberhaften Sommersprossen, wohnte in einem Zweibettzimmer neben einer Suite ›Deluxe‹.

Die zweite – eine auffällige Brünette, so um die fünfunddreißig, mit teuren Brillanten an Ohren und Fingern. Bei der würde es ganz einfach, dachte Shenja: In einem Sanatorium Brillanten zu tragen, zeugte nicht von Intelligenz.

Die dritte – eine unansehnliche Blondine, unbestimmtes Alter, putzt sich nicht heraus, schminkt sich nicht. Wahrscheinlich eine alte Jungfer. Die haben oft eine gute Beobachtungsgabe und eine böse Zunge. Um die müßte man sich wohl als erste kümmern.

Das vierte ›Opfer‹ von Schachnowitsch erholte sich in der ›Doline‹ zusammen mit ihrer Mutter. Eigentlich interessierte Shenja gerade die Mutter, die tagelang in ein Plaid gehüllt auf einer Chaiselongue auf dem Balkon saß und dabei höchstwahrscheinlich so manch Interessantes mitbekommen hatte.

Jetzt zu den Männern. Er mußte zwei aussuchen, die getrennt gekommen waren, aber in einem Zimmer untergebracht waren. Shenja brauchte für seine Zwecke zwei Männer, die sich vorher nicht gekannt, im Sanatorium aber inzwischen soweit Bekanntschaft geschlossen hatten, daß sie die Zeit gern gemeinsam verbrachten. Und dann würden sie wieder abreisen und, wie hieß es so schön: aus den Augen, aus dem Sinn. Bei seiner Beobachtung der Kurgäste hatte Schachnowitsch bereits Vorüberlegungen angestellt, jetzt mußte er sich nur noch entscheiden. Er gab sich noch ein paar Minuten Bedenkzeit, sah zur Sicherheit noch einmal auf den Etagenplan, dann packte Shenja seinen Werkzeugkoffer und machte sich entschlossenen Schritts auf den Weg zu Zimmer 240.

* * *

Den einen Absatz machte Nastja noch fertig, dann griff sie nach ihrer Uhr. Womöglich war es schon Zeit zum Abendessen? Sie hatte Hunger. Die Uhr lag nicht da. Sie durchwühlte das viele Papier auf dem Tisch, sah im Nachttisch nach, suchte in ihren Hosentaschen – nichts. Sie dachte sich, vielleicht sei die Uhr zu Boden gefallen, und vorsichtig – eine Hand im Rücken, die andere am Stuhl – ließ sie sich auf die Knie und guckte unter den Tisch. Aber dort war die Uhr auch nicht zu entdecken. Dafür bemerkte sie ganz in der Ecke neben dem Tischbein eine Telefonbuchse. Offensichtlich war in der ›Doline‹ doch nicht alles aus der Zeit der ›Stagnation‹ erhalten geblieben. Die Telefone hatte man immerhin aus den

Zimmern entfernt. Wo war bloß die Uhr? Wahrscheinlich hatte sie sie im Massageraum liegenlassen. Ja, bestimmt war sie dort.

Nastja öffnete die Balkontür, um den Zigarettenqualm zu vertreiben, dann sperrte sie das Zimmer hinter sich ab und ging über eine verglaste Galerie in den Nebentrakt, wo sich die Behandlungsräume und das Schwimmbad befanden. Der Massageraum war abgeschlossen. Der Wachmann, der unten saß, erklärte, daß der Masseur bis 16 Uhr arbeite, aber das Zimmer ohne dessen Zustimmung aufzuschließen, das ginge nicht, obwohl er als Wachmann natürlich einen Schlüssel habe. Nastja mußte innerlich lachen, während sie sich den Satz in Gedanken in schlichtes Beamtenrussisch übersetzte: »Ich kann dir natürlich helfen, aber ich habe auch das Recht es nicht zu tun, und es macht mir nun mal ziemlich Spaß, von diesem Recht Gebrauch zu machen und meine Macht auszuspielen. Doch wenn du richtig fragst und dich erniedrigst, dann könnte es sogar sein, daß ich dir entgegenkomme.« Es stand dem Alten so deutlich ins Gesicht geschrieben, daß Nastja kehrtmachte und ging. Die Erniedrigung bei der Ankunft hatte ihr schon gereicht.

Als sie bereits draußen auf der Straße war, fiel ihr ein, daß die Uhr auch in der Umkleide des Schwimmbads liegen könnte, sie bog um die Ecke und ging zum anderen Eingang. Das alte Mütterchen, das in diesem Teil des Gebäudekomplexes am Eingang wachte, erwies sich als über die Maßen freundlich und ließ Nastja ohne weiteres durch. Sie hatte die gesamte Damenumkleide erfolglos durchstöbert und lief nun gedankenverloren den Flur entlang, als sie hinter einer Tür Stimmen vernahm. Die eine war ein ihr unbekannter weicher Bariton, die andere gehörte der Trainerin Katja. Nastja erkannte sie an ihrer unsauberen Aussprache.

»... wunderschön. Ganz außergewöhnlich gemacht. Als sei es aus Kasliner Guß. Wo hast du dieses Prachtstück her?« fragte Katja.

»Geschenkt bekommen«, erwiderte der Mann.

»So eins würde ich gern meinem Mann kaufen.«

»Ich dachte, nur wir Männer fangen an, unseren Frauen Geschenke zu machen, sobald wir sie betrügen. Du wirst doch keinen Schuldkomplex haben, mein Schatz.«

»Ach was.« Katja lachte.

Wieder auf ihrem Zimmer, dachte Nastja, daß die alte Dame von nebenan wahrscheinlich nicht übertrieben hatte, als sie von sittlicher Freizügigkeit in der ›Doline‹ sprach. Zum Abendessen war es wieder zu spät. Ein Blick auf den Kaffeevorrat, einer in die Schachtel mit Keksen, die nach dem gestrigen Besuch ihrer Nachbarin noch übrig waren, einer in ihren Geldbeutel – daraufhin beschloß Nastja in die Bar zu gehen, um wenigstens noch irgend etwas zu essen. So oder so mußte sie ihren Stiefvater bitten, Geld zu schicken.

In der Bar gefiel es ihr. Gedämpfte Beleuchtung, weichgepolsterte Ecksofas, Bilder an den Wänden, ein äußerst zuvorkommender junger Mann hinterm Tresen. Nastja bestellte einen Kaffee und zwei Stück Kuchen, setzte sich an einen Tisch am Fenster und dachte über einen Satz nach, den sie ihrer Meinung nach noch nicht besonders treffend übersetzt hatte.

»Gestatten Sie?«

Vor ihr stand, mit einer Tasse in der Hand, ein sympathischer Blonder in Jeans, italienischem Rollkragenpulli und Lederjacke. In der Bar gab es freie Tische genug. Der Blonde wollte ganz offenbar ihre Bekanntschaft machen. Nastja setzte ein strahlendes Lächeln auf.

»Sehen Sie gern aus dem Fenster?«

Sie stellte ihm eine simple Falle und wartete gespannt, ob der Blonde hineintappte.

»Ja, herrliche Aussicht von hier«, meinte dieser sogleich, stellte seine Tasse ab und setzte sich neben sie.

»In diesem Falle möchte ich Sie nicht dabei stören. Mir ist es ganz gleich, wo ich sitze.« Mit einem noch betörenderen Lächeln nahm Nastja ihre Tasse und ihren Kuchenteller und ging an einen anderen Tisch.

Sie wollte nicht unhöflich sein, aber sie war auch nicht gerade scharf darauf, die Bekanntschaft des Blonden zu machen.

Sie hatte schon seit längerem festgestellt, daß es viele ganz gewöhnliche Sätze gab, die einen in eine ausweglose Lage bringen konnten. Es erinnerte sie an ein Spiel, dessen Regeln vor Urzeiten erfunden worden waren und bei dem gewissermaßen alle, ob sie wollten oder nicht, mitspielen mußten. Was antwortet man, wenn man gefragt wird: »Sie gestatten?« – »Nein, ich gestatte nicht«? Zu grob. Mit »ja« zu antworten gab Anlaß, eine Unterhaltung anzufangen. Wenn man aber keine Lust hatte sich zu unterhalten? Mit mürrischem Gesicht dahocken und die Unterhaltung abwürgen? Ebenfalls unhöflich.

Sie hatte das zweite Stück Kuchen gegessen, den Kaffee ausgetrunken und wollte gerade gehen, als der Blonde erneut vor ihr stand.

»Herzlichen Glückwunsch, sie haben den Test mit eins bestanden«, meinte er feierlich.

Nastja zog stumm die Augenbrauen hoch und sah ihn ungläubig an.

»Auf elegante und originelle Weise haben Sie mir zu verstehen gegeben, daß ich Sie nicht behelligen soll, und sind dabei noch äußerst höflich geblieben. Bravo! Normalerweise lügen die Mädchen entweder, ihr Tisch sei besetzt, obwohl sie den ganzen Abend allein dasitzen, oder sie werden gleich pampig. Anastasija Pawlowna, Sie sind unvergleichlich. Sie lehnen es also kategorisch ab, meine Bekanntschaft zu machen?«

»Wozu denn noch?« Nastja zuckte die Achseln. »Sie wissen sowieso schon genug über mich: Name, Vatersname, daß ich originell und unvergleichlich bin. Wollen Sie sonst noch etwas wissen?«

»Nicht böse sein, Anastasija Pawlowna, ich habe doch nur ein bißchen meinen Status als Angestellter mißbraucht, um an der Rezeption zu erfahren, wie diese bezaubernde Frau aus Zimmer 513 heißt, die den ganzen Tag wie ein fleißiges Bienchen auf der Schreibmaschine tippt und bei deren Anblick es mir den Atem verschlägt. Strafen Sie mich, falls ich schuldig bin. Ich gestehe alles.«

Mit reuiger Miene beugte der Blonde seinen Kopf demonstrativ nach unten. Nastja nahm eine Zigarette, zündete sie an und sagte eine Weile gar nichts.

»Junger Mann, erstens habe ich Augen im Kopf, und zweitens hat irgendein Mensch, es sei ihm Dank, den Spiegel erfunden. Dadurch habe ich die Möglichkeit, Sie zu sehen und auch mich selbst. Sie sind jung, gutaussehend, voller Kraft. Ich bin älter, habe eine angeschlagene Gesundheit, und vor allem bin ich als Frau absolut unattraktiv. Gekleidet bin ich ebenfalls mehr als bescheiden. An mir als Frau können Sie also unter gar keinen Umständen interessiert sein, das steht schon mal fest. Zudem sind Sie ganz offensichtlich intelligent und von schneller Auffassungsgabe. Sie haben meine Ungehörigkeit richtig verstanden und spontan darauf reagiert. Ich muß also zu dem Schluß kommen, daß Sie irgend etwas von mir wollen.«

Nastja machte eine Pause, um dem Blonden die Möglichkeit zu geben, sich eine Antwort zurechtzulegen. Sie fand die Situation inzwischen nicht mehr amüsant, sie begann sich zu ärgern. Was wollte dieser Schönling von ihr? Schnell ging sie im Kopf die letzten Fälle durch, an denen sie vor ihrem Urlaub gearbeitet hatte. Vielleicht war es ein ›Anhängsel‹, das sie bis von Moskau hinter sich herzog? Oder einer von der hiesigen Polizei, der in Erfahrung bringen sollte, wie sie hier untergebracht war, mal unterstellt, dem Chef der Kripo, Sergej Michailowitsch, war plötzlich wieder eingefallen, daß er sein Versprechen gegenüber Gordejew nicht gehalten hatte. Höchst unwahrscheinlich, doch was gab es nicht alles im Leben!

»Sie haben mir also nichts zu sagen? Dann wünsche ich alles Gute.«

Sie drückte ihre Zigarette aus und stand auf.

»Sie haben ein zauberhaftes Lächeln«, sagte der junge Mann niedergeschlagen.

Das ist nicht mein Lächeln, ich habe es einer Schauspielerin abgeguckt. Eine geschlagene Woche habe ich geübt, bis ich es draufhatte. Ich benütze es speziell in solchen Fällen, wo ich besonders wohlwollend erscheinen will, so wie heute. Du bist alles andere als blöd, Junge. Aber damit habe ich dich wenigstens drangekriegt, dachte Nastja auf dem Weg nach oben. Sie war froh, den Blonden so leicht losgeworden zu sein. Dies war das erste, worin sie sich täuschte.

Als Nastja auf ihr Zimmer kam, war es gründlich gelüftet. Sie beschloß eine heiße Dusche zu nehmen, bis die Heizung das Zimmer wieder erwärmt hatte. Genüßlich ließ sie sich die heißen Wasserstrahlen auf den Rücken prasseln und massierte dabei mit den Fingern die schmerzende Stelle. Nachdem sie richtig durchgewärmt war, rubbelte sie sich mit dem Handtuch ab und suchte ohne hinzusehen mit dem Fuß nach ihren Gummischlappen. Als sie nur feuchtkalte Fliesen unter den Füßen spürte, sah sie nach unten: Die Schlappen standen ein Stück weiter weg, nicht dort, wo sie sie nach dem Schwimmbad hingestellt hatte. Seltsam. Die Bewegung war über die Jahre hin zum Automatismus geworden: Wo Nastja auch war, ob zu Hause oder auf Dienstreise, immer stellte sie die Gummidinger ›Made in Vietnam‹ so hin, daß sie direkt aus der Dusche hineinschlüpfen konnte. Sie spürte einen unangenehmen kalten Klumpen im Magen, hüllte sich schnell in ihren warmen Bademantel und ging aus dem Bad. Auf den ersten Blick war alles in Ordnung. Bei genauerem Hinsehen jedoch war Nastja klar: Jemand war im Zimmer gewesen und hatte herumgeschnüffelt.

Beinahe hätte sie geschrien vor Schmerz, als sie sich ruckartig hinkniete und die Reisetasche unter dem Bett hervorzog. Die Tasche war ein Stück weiter druntergeschoben, Nastja selbst hätte sie niemals so verstaut, weil sie wußte, welche Schmerzen ihr das Bücken bereitete. Sie zog den Reißverschluß der Innentasche auf. Gott sei dank, ihr Ausweis war noch da, und zwar genau so, wie sie ihn immer hineinsteckte.

Sie schob die Tasche zurück, dann streckte sie langsam und vorsichtig die Beine aus und lehnte sich mit dem Rücken ans Bett. Sie mußte nachdenken.

* * *

In Zimmer 240 saßen drei Männer beim Kognak zusammen.

Einer von ihnen, Kolja Alferow aus Moskau, war in die ›Doline‹ gekommen, um nach einem Autounfall die Folgen eines Knochenbruchs behandeln zu lassen. Er arbeitete als Chauffeur, fuhr den Mercedes des Direktors einer Aktiengesellschaft. Kolja war ein grundsätzlich korrekter Fahrer, ihn traf keine Schuld an dem Unfall und er hatte für den Schaden nicht aufzukommen. Aber sein gebrochener Arm wuchs nicht richtig zusammen, es war zu irgendwelchen Komplikationen gekommen, und der Arzt hatte Alferow geraten, in ein Sanatorium zu fahren, und zwar konkret in die ›Doline‹, wo Knochenbrüche und Erkrankungen des Stütz- und Bewegungsapparats mit großem Erfolg behandelt wurden.

Der kleine, hagere, durchtrainierte Kolja hatte trotz seines recht unansehnlichen Äußeren nicht gerade unter mangelnder Aufmerksamkeit seitens des weiblichen Geschlechts zu leiden. Schon als Junge hatte er immer Sport getrieben, hatte an Fahrradrennen teilgenommen, war monatelang in irgendwelchen Sportcamps und Trainingslagern gewesen, und hatte die Gesellschaft junger Mädchen in einem solchen Maße ausgekostet, daß er ihnen, als er um die zwanzig war, keine große Aufmerksamkeit mehr schenkte. Ältere Frauen begannen ihn zu interessieren. Sie kamen ihm klüger vor, sie waren gelassener, erfahrener, konnten gut kochen und wußten eine behagliche Atmosphäre zu schaffen, vor allem wollten sie nicht immer gleich heiraten. Schauten einem die jungen Mädchen ins Gesicht, so schätzten die reiferen Damen ausschließlich seinen ausdauernden Körper, sie achteten weder auf Koljas zerschlagene Nase noch auf seine frühe Glatze oder auf seinen kleinen Wuchs.

Der zweite von Zimmer 240 war das genaue Gegenteil. Pawel Dobrynin lebte und arbeitete in der benachbarten Stadt, in die ›Doline‹ kam er hauptsächlich, um sich zu amüsieren. Hier war es nicht weniger komfortabel als in Dagomys, dafür aber billiger. Daß die Frauen hier, den Preisen entsprechend, weniger edel waren, machte Pawel nichts aus: Ausgezogen sind sie alle gleich, dachte er zynisch. Davon hatte er sich mit seinen dreißig Jahren schon oft überzeugt. Nebenbei kurierte er im Sanatorium sein Bein, das er sich vor einigen Jahren einmal gebrochen hatte, als er im Vollsuff wegen einer Wette auf fremden Skiern den Berg hinuntergerauscht war, ohne vorher die Bindung einzustellen. Der Skischuh war im entscheidenden Moment nicht aus der Bindung gesprungen, und seitdem fing Dobrynin leicht zu hinken an, wenn das Wetter umschlug.

Was Shenja Schachnowitsch, ihr neuer Bekannter, ihnen da vorschlug, klang total verrückt, aber darum nur um so reizvoller. Um Frauen wetten! Wahnsinn! Und es gab hier so viele, daß es für Dobrynin, den großen schlanken Schönen, von dem die Weiber immer hin und weg waren, ein Leichtes sein würde, als Millionär abzureisen.

»Ich bin kein Sadist«, meinte Shenja und biß genüßlich in ein Räucherwurst-Sandwich. »Ich bestehe nicht darauf, daß ihr sie gleich ins Bett schleift. Eine Frau zu erobern heißt, ihr Einverständnis zu bekommen. Mehr nicht. Ob ihr dieses Einverständnis ausnutzt oder nicht, ist eure Sache. Wonach euch eben gerade ist. Bedingung für die Wette ist, daß die Dame nicht weniger als sechs Stunden mit euch zusammen ist und euch auf ihr Zimmer mitnimmt, wo sie mit euch allein ist. Mehr wird nicht verlangt.«

»Das soll alles sein?« fragte Pawel herablassend.

»Glaub' nicht, daß das so einfach wird. Eine Frau dazu zu bringen, sich sechs Stunden lang mit dir zu unterhalten, ohne daß ihr langweilig wird und sie dich zum Teufel jagt – das ist wie eine Wagenladung Kohle schippen. Probier es aus, dann wirst du es schon merken. Wenn es so leicht wäre, würde ich nicht um Geld wetten. Die Damen wollen unterhalten sein, kapiert?«

»Und wie wollen wir das kontrollieren?« fragte Alferow argwöhnisch, der bei allem und jedem Betrug witterte.

»Gute Frage.« Shenja nickte beipflichtend, während er Kognak nachschenkte. »Zur Kontrolle schlage ich vor, daß ihr alles berichtet, was ihr von euren Partnerinnen erfahren habt. Und damit keiner auf die Idee kommt, etwas zu erfinden, laßt ihr euch erzählen, wie sie ihre Zeit verbringen, hier in der ›Doline‹. Mit wem sie Umgang haben, wer ihre Zimmernachbarn sind, ob sie mit Ärzten und Service zufrieden sind. Kurz gesagt, alles, was sich nachprüfen läßt. Je mehr sie euch erzählen, um so länger habt ihr euch folglich unterhalten. Ganz simpel. Na, was ist?«

»Ziemlich clever!« Kolja mußte lachen. »Und ich hatte es mir schon ausgemalt! Mädchen kennenlernen und ab in die Büsche, dann lese ich ein Buch, gehe ins Kino und komme wieder, um euch ganz inspiriert was vorzulügen, von wegen schwerer Kindheit und wie ihr Säufer-Vater sie immer geprügelt hat. Aber denkste!«

Shenja sah Alferow forschend an. Reichlich locker, dieser Typ, wenn er so einfach zugab, daß er vorgehabt hatte zu beschummeln. Sehr locker und freimütig. Vielleicht sollte man die Finger von ihm lassen, solange es noch nicht zu spät war?

»Die Bedingungen sind klar? Dann besprechen wir das Reglement. Einsatz – hunderttausend. Die Frauen bestimmen wir durch Losen. Angenommen, Pascha, du bekämst die Tusse von Zimmer 102. Jeder von uns legt hundert Riesen auf den Tisch. Gewinnst du – steckst du unsere zweihunderttausend ein. Verlierst du – bekommen wir deinen Einsatz und teilen ihn uns. Soweit klar?«

»Glaub' schon«, meinte Kolja etwas zögerlich.

»Dann weiter. Die Frau, die du nicht herumgekriegt hast, erhöht den Betrag aufs Doppelte. Das heißt, falls sich der nächste an sie ranmachen will, ist der Einsatz – zweihundert. Und falls noch der Dritte ran muß – vierhundert.«

»Achthunderttausend für sechs Stunden Schwafeln? Na, Shenja, nicht schlecht! Meinetwegen können wir gleich heute anfangen. Auf unsern Erfolg im Schwafeln!« Dobrynin hob sein Glas und kippte es hinunter.

»Dann laßt uns jetzt losen.«

Schachnowitsch nahm die Gästeliste, einen Stift und ein leeres Blatt Papier, das er in mehrere Teile riß. Er schrieb die Zimmernummern auf die Zettel, wickelte sie zu kleinen Kügelchen und warf sie in ein leeres Glas.

* * *

Die Nacht verbrachte Nastja Kamenskaja so gut wie schlaflos, da sie vergeblich gegen eine innere Unruhe ankämpfte. Irgend etwas war um sie herum im Gange. Zuerst der blonde Schönling in der Bar, und zur selben Zeit war jemand in ihrem Zimmer gewesen. Ein gewöhnlicher Dieb? Quatsch, ihr Äußeres entsprach exakt ihren finanziellen Mitteln, man mußte schon blind sein, um nach einem Blick auf ihre T-Shirts und Sweatshirts überhaupt noch das Geringste an Wertgegenständen in ihrem Zimmer zu vermuten. Was aber hatte man sonst bei ihr gesucht? Und hing es mit dem Typen aus der Bar zusammen? Naiv war der nicht, das war sonnenklar.

Andererseits, vielleicht suchte sie ganz umsonst nach einer Falle, wo gar keine war? Nastja kroch unter der Bettdecke hervor und tappte barfuß ins Bad, wo ein großer Spiegel an der Wand hing. Sie begann, sich kritisch zu mustern. Sie hatte eine gute Figur, die Proportionen stimmten, auf ihre Beine konnte sie stolz sein. Das Haar war dicht, lang und glatt, wenn sie es mit einer Bürste auskämmte, fiel es wie eine glänzende Decke über Schultern und Rücken. Die Haarfarbe allerdings war undefinierbar, weder dies noch das, nicht blond, nicht hellbraun. Ebenmäßige Gesichtszüge, gerade Nase, leuchtend helle Augen. Doch alles zusammen machte aus unerfindlichen Gründen nicht wirklich Eindruck. Vielleicht, weil sie kein inneres Feuer besaß, Leidenschaft, Temperament? Daher auch die schlaffe Mimik und der schleppende Gang, und die Abneigung, schicke Fetzen anzuziehen und sich zu schminken. Ganz tief im Innern war Nastja kalt. Dauerfrost und große Ödnis. Nur intellektuelle Arbeit interessierte sie. Als Kind und Jugendliche war sie glücklich gewesen, wenn sie sich nur mit Mathe oder Fremdsprachen beschäftigen konnte. Sie hatte den Abschluß sogar auf einer mathematisch-naturwissenschaftlichen Schule gemacht und war trotzdem auf die juristische Fakultät gegangen, obwohl Ljoschka, ihr treuer Freund und Banknachbar in der Klasse, versucht hatte, es ihr auszureden. Er selber war bei der Mathematik geblieben und hatte jetzt bereits seinen Doktortitel. Aber sie hatte Spaß an ihrer Arbeit, ihre Lieblingsbeschäftigung war, zu analysieren und Aufgaben zu lösen. Was sie natürlich auch nicht gerade weiblicher machte. Aber was sollte sie machen, wenn alles andere sie nicht interessierte! Sie war nicht einmal imstande, sich richtig zu verlieben, sich so zu verlieben, daß die Knie weich wurden und das Herz stockte. Wie öde alles war …

Hätte sie den Blonden von neulich vielleicht besser nicht abblitzen lassen? Womöglich hatte gerade er ihre stille Schönheit entdeckt und ihr wirklich ohne jeden Hintergedanken den Hof gemacht? Zumal das Lächeln, mit dem sie ihn geblendet hatte, ja wirklich etwas hermachte. Mühe hatte sie sich schon gegeben. Und das Alter? Er war so um die fünfundzwanzig, siebenundzwanzig und sie dreiunddreißig – aber im Sportdress und die Haare zum Pferdeschwanz gebunden, sah sie um einiges jünger aus. Wahrscheinlich hätte sie ihn ein bißchen sanfter anfassen sollen. Doch andererseits … Jemand hatte ihr Zimmer durchsucht, und zwar exakt zu dem Zeitpunkt, als der in der Bar um sie herumscharwenzelte. Es dürfte kaum passiert sein, während sie im Behandlungstrakt war und nach ihrer Uhr suchte. Nastja wußte noch genau, daß sie, bevor sie in die Bar gegangen war, im Wörterbuch ein Wort nachgeschlagen und den länglichen rechteckigen Radiergummi direkt auf die Zeile gelegt hatte, um später noch einmal zu diesem Wort zurückzugehen. Und als sie das Zimmer später genau kontrollierte, hatte das Merkzeichen genauso akkurat dagelegen, exakt auf Zeile, nur auf einer anderen Zeile, ein Stück tiefer. Darüber stand ein Homonym: identisch geschrieben, aber mit völlig anderer Bedeutung.

Wie waren sie wohl ins Zimmer gekommen, durch die Tür oder über den Balkon? Morgen früh mußte sie Regina Arkadjewna fragen, vielleicht hatte sie etwas gehört? Nein, beschloß

Nastja, sie mußte das alles aus ihrem Kopf vertreiben und sich entspannen. Zu klauen gab es bei ihr nichts, interessant konnte sie auch für niemanden sein, und außerdem war es nicht wert, sich darüber den Kopf zu zerbrechen.

Dies war das zweite, worin sie sich täuschte.

Kapitel 3

TAG VIER

Beim Aufwachen beschloß Nastja, ein neues Leben anzufangen und gleich einmal in der Praxis jene Theorie zu testen, wonach angeblich das Sein das Bewußtsein bestimme. Sie hatte gehört, daß Schauspieler manchmal so in ihre Rolle schlüpfen, daß sie anfangen, wie die von ihnen dargestellte Figur zu denken und zu fühlen. Ich probiere jetzt, eine FRAU zu sein, dachte sie, vielleicht schmilzt so ja wenigstens ein bißchen das Eis, das mich innerlich so frieren läßt, das mein Herz so erstarrt hat.

Sie machte sich zum Frühstück fertig, indem sie ihre hellen Brauen nachzog und die Wimpern tuschte, ein wenig Lippenstift auftrug, ein grelles T-Shirt anzog und darüber – nicht die Jacke ihres Jogginganzugs, sondern ein langes schwarzes weiches Jacket, über dem das offene helle Haar beinah platinfarben wirkte. Sie drehte den Parfumflakon ›Klima‹ ein paar Mal in der Hand, stellte ihn aber wieder zurück: Irgendwo hatte sie gelesen, daß Parfum vor dem Frühstück nicht zum guten Ton gehöre.

Als sie in den Speisesaal ging, achtete sie genau auf ihren Gang und ihre Haltung, und dabei kam eine freudige Erregung in ihr auf. Das Mittel schien zu wirken.

Als sie die Tasche fürs Schwimmbad packte und gerade den Badeanzug vom Haken im Bad nahm, hielt sie kurz inne und hängte ihn entschlossen wieder zurück. Ich muß konsequent sein, tadelte Nastja sich selbst und nahm statt dessen ihren neuen, überaus gewagten Badeanzug, den ihr ihre Mutter schon letztes Jahr aus Schweden geschickt hatte und den sie seither noch nicht einmal getragen hatte. Wenn ich mir schon einen erotischen Gang antrainieren will, dann muß ich auch entsprechend aussehen.

Beim Anprobieren des Badeanzugs kamen Nastja erneut Zweifel: Sie sah darin aus wie ein Girl aus den Männermagazinen. Aber einerlei, im Schwimmbad war nach elf Uhr außer ihr sowieso keiner mehr, sie machte die Gymnastik immer ganz allein. Die meisten Kurgäste gingen entweder morgens schwimmen oder zwischen fünf und sieben Uhr abends. Zwischen elf Uhr und dem Mittagessen war die ›tote‹ Zeit, und genau darum hatte Nastja sie sich für ihr tägliches Training ausgesucht.

Gewissenhaft absolvierte sie im Becken all ihre Übungen, schwamm ihre vorgeschriebene Anzahl Bahnen und fing dann mit dem Herumaffen an. Die Stufen hochsteigen, sich auf den Rand setzen, zur anderen Seite hinübergehen, sich ins Wasser gleiten lassen, im Wasser zur gegenüberliegenden Treppe laufen – und nochmal das gleiche. Die Bewegungen sollten graziös sein, weich und erregend, als beobachte sie der tollste Mann der Welt, es sollte ihm unbedingt gefallen und den Wunsch in ihm entfachen, sich auf der Stelle und dauerhaft in sie zu verlieben. Ganz schön happig, diese Aufgabe!

Nachdem sie den Parcours viermal durchlaufen hatte, merkte sie, daß sie erschöpfter war als nach zwei Stunden Wassergymnastik. Ihr Körper war gelehrig, sie konnte jede Gangart imitieren, von der energischen, zornigen Tigerin bis hin zum zärtlichen, flauschigen Kätzchen. Es war eine Art Hobby von ihr, menschliche Typen zu kopieren. Doch zu trainieren (natürlich zu Hause und natürlich mit Unterbrechungen) und ein paar Minuten vor dem Spiegel herumzuaffen – das war das eine, etwas völlig anderes war es aber, diese Pose über längere Zeit beizubehalten. Richtig anstrengend. Schluß mit dem Zirkus.

Nastja sah hinauf zu der Uhr, die ganz oben unter der Decke hing – schon zweieinhalb Stunden tanzte sie hier im Becken herum, gleich gab es Mittagessen. Die Herbstsonne, die schräg durch die großen Scheiben fiel, wurde von der glitzernden Oberfläche direkt unter der Uhr reflektiert und blendete Nastja für einen Moment. Sie mußte blinzeln. Nun aber ab in die Umkleidekabine.

* * *

»Ich will die da«, meinte Sarip und fuhr sich mit der Zunge über die trockenen Lippen.

Er war zum ersten Mal in der ›Doline‹ und ihm wurde gerade der Raum gezeigt, von dem aus man die Auswahlprozedur verfolgen konnte. Es war ein kleines, enges Zimmer im zweiten Stock des Behandlungstrakts. Unter einem Wandkalender mit Katzen- und Hundebildern war ein verspiegeltes Guckfenster versteckt, das direkt ins Schwimmbad führte.

»Die ist ein Kurgast«, erwiderte ein gutaussehender, athletisch gebauter Mann mit dunklen Augen und hellem Haar. »Die Mädchen werden abends gebracht, dann können Sie sich eines aussuchen.«

»Ich will aber die da.« Sarip ließ die Augen blitzen, auf seine Wangen traten heiße rote Flecken.

Psychopath, dachte der Hellhaarige böse. Dickschädel, nicht mehr davon abzubringen. Alles paßt bei unserem Business, nur die Kunden nicht.

»Sehen Sie sich erst einmal die an, die wir Ihnen bieten«, meinte er beschwichtigend. »Vielleicht ist ja eine dabei, die Ihnen mehr liegt.«

Sarip nickte, aber es war offensichtlich, daß er nur zum Schein nachgab.

»Wann werden die Mädchen gebracht?«

»Zwischen neun und zehn Uhr abends. Bis dahin können Sie sich entspannen, in dem Häuschen wird Ihnen ein Mittagessen serviert. Sie können eine Massage haben, die Sauna benützen.«

»Kein Bedarf. Ich leg' mich eine Weile aufs Ohr. Kommt noch wer außer mir heute abend?«

»Noch zwei. Sehr nette Herrschaften, keine Sorge. Stammkunden von uns, die bisher noch immer zufrieden waren. Kotik, begleite den Gast in seine Unterkunft.«

Sarip ging, begleitet von dem wuchtigen, aber etwas schlaffen Kotik, dessen hohe Tenorstimme so gar nicht zu seiner Erscheinung paßte. Auf seiner Schlafcouch gab Sarip sich süßen Träumen von dem Mädchen hin, das er gerade durch das Guckfenster im Schwimmbad beobachtet hatte. Wahnsinn, war die scharf! Sarip sah sie in seinen erregenden Träumen, blond, sanft, zärtlich, geil. Und sie war schon hier, gleich nebenan. Pfeif drauf, daß sie nicht dazugehört, die sollen sie überreden, oder mit Gewalt dazu bringen, ganz egal, er brauchte nur die und keine andere!

In Gedanken stellte Sarip sich vor, wie sie sich auszog, wie sie mit ihm vögelte. Oh ja, er würde sie all das machen lassen, was er von den Frauen zu Hause in seinem Usbekennest nicht bekam. All diese Sachen, die er in der Stadt auf Video gesehen hatte, die ihn aber nicht erregt hatten, weil er da nur Zuschauer gewesen war. Jetzt aber würde er sie selber machen, berauschen würde er sich an diesen langen blonden Haaren, der hellen Haut, dem schlanken Körper. Und der Hals! Ihr Hals! Mit welcher Inbrunst würde er seine Finger um ihn legen und drücken, zudrücken, immer fester und fester, bis tief drinnen ihre Seele erstickte und mit einem letzten Stöhnen aus ihrem Körper fuhr ... Und hinterher könnte er sich zur Erinnerung immer wieder den Film ansehen ... Noch andere?! Noch eine wie sie gab es nicht. Entweder die oder keine.

* * *

Schon über eine Stunde saß Swetlana Kolomiez vor dem Spiegel und legte eine spezielle Schminke auf, wie sie Sportlerinnen beim Wasserballett benützen. Swetlana selbst hatte Sport nur in der Schule getrieben, und auch da nicht Schwimmen, sondern Volleyball. Sie lächelte vor sich hin, freilich, ihr jetziger Beruf, der älteste der Welt, war ja auch eine Art Sport.

Drei Monate war es her, daß Swetlana die Annonce gelesen

hatte, in der gutaussehende junge Mädchen für den Nahen und Mittleren Osten gesucht wurden, als Sekretärinnen für Firmen, die mit russischen Partnern zusammenarbeiteten. Ohne sich besondere Chancen auszurechnen, hatte sie einen Brief mit Foto an die angegebene Adresse geschickt und war dann überrascht gewesen, als eine Antwort kam. Es wurde ihr angeboten, an einem beliebigen Tag zwischen dem 20. und 27. Oktober zu einem Gespräch in die STADT zu kommen. Ohne lange zu überlegen, hatte sich Swetlana ins Flugzeug gesetzt und war hingeflogen.

Das Gespräch hatte so ein nervöser Typ mit Pferdegesicht geführt, aber sie fand es gut, daß er ihr keinen Bären aufgebunden, sondern gesagt hatte, was Sache war. Russische Schönheiten waren im Nahen Osten sehr gefragt, und es gab viele Reiche, die sie als Mätressen wollten. Das Mädchen würde herrliche Bedingungen vorfinden, eigenes Haus, zwar klein, aber mit Personal, Essen, Kleidung, Schmuck – und dafür müsse sie ihrerseits eine ergebene, leidenschaftliche, vorurteilsfreie Liebhaberin sein. Wenn der Besitzer ihrer überdrüssig sei, bekäme sie eine Art Abfindung sowie die Möglichkeit, nach Rußland zurückzukehren.

Man habe sie, Sweta, zu diesem Gespräch eingeladen, nachdem ein Polizist aus der Türkei sie nach Foto ausgewählt habe. Doch außer ihr hätten ihm noch einige andere Mädchen gefallen, und damit er seine endgültige Wahl treffen könne, müsse er die Möglichkeit haben, die Kandidatinnen genauer zu begutachten. Der Auftraggeber habe gebeten, die Mädchen in einem Schwimmbad zu filmen – das sei so ein Tick von ihm, weil er glaube, daß eine Frau im Wasser ihren Charakter besser zur Geltung brächte, man erkenne die Grazie besser und gleichzeitig auch die Mängel, falls es welche gab. Wenn die Wahl des Auftraggebers auf sie falle, werde man ihr bei der Ausstellung eines Reisepasses, beim Visum und beim Kauf des Flugtickets behilflich sein und ihr eine gute Reise wünschen.

»Und wenn ich ihm nicht gefalle?« hatte Swetlana gefragt.

»Wo kein Kläger, da kein Richter. Da kann man nichts machen. Wenn Sie wollen, behalten wir die Videokassette in unserem Archiv, Kunden haben wir viele, die Chancen sind also ziemlich groß. Es gibt noch eine Variante: Falls Sie finanzielle Probleme haben, können Sie in einem Porno mitspielen. Das Video ist für den Export, wir machen die Filme ausschließlich für ausländische Auftraggeber und nur auf individuelle Bestellung, unter Berücksichtigung des jeweiligen Geschmacks und der Vorlieben, und keine Kopien, versteht sich. Sie sind eine schöne Frau, also ich denke, Sie sind bestimmt nicht umsonst angereist.«

»Wäre zu hoffen.« Sie lächelte. »Wie lange dauert das mit der Antwort?«

»Drei bis vier Tage nach den Videoaufnahmen im Schwimmbad, höchstens eine Woche. Sie müßten nicht mal woandershin. Wir bringen Sie in einer eigenen Wohnung unter, Kost und Logis gehen auf die Firma. Doch unter einer Bedingung: Die Wohnung ist nur in Begleitung eines Mitarbeiters unserer Firma zu verlassen.«

»Warum so streng?« Sweta war erstaunt.

»Darum«, erwiderte der Typ mit dem Pferdegesicht. »Ich frage Sie ja auch nicht, warum Sie nicht russischen Männern zu Diensten sein wollen, sondern lieber das gleiche im Ausland tun, und das auch noch, ohne wählen zu können. Jeder Job hat seine Tücken. Also bitte keine überflüssigen Fragen.«

Swetlana hatte es als gegeben hingenommen. Zu verlieren hatte sie sowieso nichts. Im Becken herumplanschen, mit dem Hintern wackeln, dann eine Woche Urlaub, ausschlafen, fernsehschauen und abends noch einen Tee, wie ein anständiges Mädchen. War ja sogar eine nette Abwechslung …

Punkt neun Uhr abends klingelte es an der Tür. Swetlana Kolomiez warf noch einen kurzen Blick in den Spiegel, nahm die Tasche mit den Badesachen, zupfte noch einmal an ihrer Frisur und ging dann hinunter, wo ein Wagen auf sie wartete. Die Fahrt dauerte nicht lang. Es kam ihr sogar so vor, als mache der Fahrer ein paar extra Schlenker, statt den kürzesten Weg zu nehmen. Wegen der Dunkelheit konnte sie allerdings nicht viel erkennen. Der Wagen passierte ein hohes schmiedeeisernes Tor, fuhr eine Allee entlang und hielt vor einem Gebäudeeingang, vor dem bereits zwei andere Wagen geparkt waren. Swetlana griff zum Türhebel. Doch sofort murrte der Fahrer, ohne sich überhaupt nach hinten umzudrehen:

»Warte.«

Keine Minute später kamen aus dem Eingang zwei Gestalten heraus: ein Mann und ein Mädchen. Der Mann stieg in den bronzefarbenen BMW ein und ließ den Motor an. Das Mädchen hüllte sich fröstelnd in einen schicken langen Mantel, ging um den Wagen herum und nahm auf dem Beifahrersitz Platz. Der Wagen fuhr davon.

»Gehen wir«, kommandierte ihr Fahrer.

Swetlana kam umgezogen aus der Kabine und ging zu dem Pferdegesicht, das mit einer Videokamera am Beckenrand stand. Niemand sonst war in der Halle, was Swetlana irgendwie beruhigte. Sie hatte befürchtet, daß bei der Schau irgendwelche dahergelaufenen Typen als angebliche Firmenmitarbeiter dabeiständen, weil sie gern schöne und außerdem noch nackte Mädchen begafften (vielleicht sogar gegen Bezahlung). Daß der Mensch mit der Kamera ganz allein war, überzeugte sie mehr als alle guten Referenzen vorher.

»Was soll ich machen?«

»Nichts besonderes. Seien Sie locker und ausgelassen, tanzen Sie, schwimmen Sie. Versuchen Sie attraktiv zu wirken. Zeigen Sie dem Kunden, was Sie zu bieten haben. Ich werde alles aufnehmen. Na los!« Er schubste sie leicht zum Becken.

Zuerst kam sie sich blöd vor, wußte nicht, wohin mit ihren Armen und Beinen, sie hatte keine Ahnung, wie sie ›sich zeigen‹ könnte. Dann dachte sie an das Haus mit Dienstboten und versuchte sich vorzustellen, wie sie einfach so zum Vergnügen im eigenen Pool schwamm. Ihre Bewegungen wurden weicher, fließender, ein paar Mal tauchte sie sogar, denn sie wußte, wie schön ihr kastanienbraunes Haar im blauen Wasser aussah.

»Es reicht!« rief der Mann mit der Kamera. »Danke. Sie können sich anziehen.«

Als Swetlana aus dem Gebäude trat, begleitet von dem Fahrer, der geduldig vor der Umkleidekabine gewartet hatte, sah sie, daß neben ihrem Wagen bereits ein neuer stand. Die nächste Kandidatin für den türkischen Thron.

* * *

In dem kleinen Zimmer im zweiten Stock verfolgten vier Männer aufmerksam das Geschehen im Schwimmbad. Als Swetlana an der Reihe war, meinte Juri Fjodorowitsch bestimmt:

»Die ist es! Die Ähnlichkeit ist verblüffend.«

Er zog ein Foto seiner Mutter aus der Hosentasche. Er warf zuerst nochmal einen Blick auf das Foto, dann auf das Mädchen im Schwimmbad.

»Ohne jeden Zweifel, sie ist es. Man braucht sie nur ganz wenig zu schminken. Größe, Haarfarbe, Gesichtsausdruck – alles paßt.«

»Wunderbar«, meinte der Mann mit dem hellen Haar und den dunklen Augen, »damit wäre es bei Ihnen schon mal erledigt. Soll Sie jemand hinausbegleiten?«

Marzew nickte stumm.

Der Dritte in der ›Guckkammer‹ war ein älterer Mann in einem perfekt geschneiderten teuren Anzug. Ihm hatte bisher keine gefallen, aber er war nicht zum ersten Mal hier und wußte, daß die Nymphchen immer erst zum Schluß kamen. Man glotzt, der Kunde sucht sich eine von den Älteren aus, von denen, die am Anfang gezeigt werden. Das war sogar besser, denn mit den Minderjährigen war es viel zu riskant. Das mußte man nach Möglichkeit immer vermeiden. Aber auf ihn traf diese Regel nicht zu, schließlich wußte er genau, was er wollte, ihn konnte man mit solchen Tricks nicht drankriegen. Er, Assanow, war schon siebenundsechzig, und ein Mädchen älter als dreizehn würde er nicht nehmen. Besser noch jünger. Also, abwarten.

Der vierte, Sarip, schaute nur noch pro forma durch das Guckfenster. Er wußte, daß ihm von diesen Mädchen keines gefallen würde. Er brauchte die, die er tagsüber gesehen hatte. Und er würde sie bekommen. Koste es, was es wolle.

* * *

Heute war Nastja fleißig gewesen, sie hatte ihr Soll sogar übererfüllt. Und da sie ihren am Morgen gefaßten Entschluß auch umsetzen wollte, nahm sie sich vor dem Mittagessen eine volle Viertelstunde Zeit, um sich zu schminken und das Haar zu kämmen, damit es schöner fiel. Die Therapie zeigte spürbaren Effekt, es bereitete ihr sogar einiges Vergnügen, die Garderobe für den Speisesaal auszusuchen.

Nach dem Mittagessen machte sie sich zu einem Spaziergang auf. Sofort hatte sie irgend so einen widerlichen Gnom neben sich, der ihr eine Unterhaltung aufdrängen wollte. Nastja zwang sich dazu, sich auf ein Gespräch einzulassen, doch nach zehn Minuten ödete es sie dermaßen an, daß sie das sich selbst gegebene Versprechen, friedlich und flauschig zu sein, brach.

»Entschuldigen Sie, könnten Sie mich nicht einfach allein lassen?« sagte sie und bog in einen Seitenweg ein.

Der Kleinwüchsige erwies sich jedoch als ziemliche Klette. Er scharwenzelte um Nastja herum und plapperte irgendeinen Schwachsinn, wobei er gar keine Antwort erwartete. Und plötzlich hakte er sich bei ihr unter.

Nastja blieb stehen und war schon drauf und dran, ihm irgendeine Unverschämtheit ins Gesicht zu schleudern, doch der Kerl kam ihr zuvor:

»Wenn Sie wollen, gebe ich Ihnen fünfzigtausend«, sagte er vollkommen ernst.

»Klar will ich, her damit«, meinte Nastja nicht weniger ernst.

»Na ja, nicht einfach nur so.« Der Kerl lachte.

»Dann will ich sie nicht.«

Nastja drehte sich um und ging weiter, doch ihr hartnäckiger Begleiter war gleich wieder neben ihr.

»Sie müssen überhaupt nichts dafür tun. Wir gehen nur gemeinsam spazieren und Sie erzählen mir dabei, wie Sie ihre Zeit hier im Sanatorium verbringen, welche Kuren Sie nehmen, welche Arschlöcher außer mir sich noch an Sie heranmachen, danach gehen wir auf Ihr Zimmer, Sie machen Ihren Kram, ich setze mich inzwischen still in die Ecke und lese ein Buch. Ich bleibe so bis gegen zehn Uhr und dann verdufte ich wieder. Mehr nicht.«

»Und die fünfzigtausend?« fragte Nastja belustigt. Sie fing an, neugierig zu werden.

»Morgen früh. Falls Sie erlauben, daß ich später abends noch einmal bei Ihnen vorbeikomme, bringe ich das Geld auch gleich heute.«

»Hören Sie, junger Mann, wenn Sie fünfzigtausend übrig haben, dann holen Sie besser einen Dachdecker, denn Sie haben einen Dachschaden.«

Erneut schritt Nastja energisch durch die Allee davon. Der Kerl ließ sie in Ruhe.

Ihre liegengelassene Uhr hatte Nastja bereits am Morgen beim Masseur abgeholt, deshalb war sie heute sogar pünktlich beim Abendessen gewesen. Jetzt, als sie sah, daß es kurz vor elf war, beschloß sie, die Arbeit für heute zu beenden. Sie legte die fertigen Seiten in einen Hefter, klappte die Wörterbücher zu und ging auf den Balkon zum Rauchen.

Der Oktober war kalt, fast schon winterlich. Die kahlen Bäume warteten auf den Schnee, fröstelnd und einsam standen sie da, so ganz ohne Laub. Nastja kam es vor, als sei ihr innen drin genauso kalt wie diesen Bäumen. Ihre ganze Therapie heute war nichts als ein Christbaumschmuck an abgefrorenen kahlen Ästen. Genauso blödsinnig und unglaubwürdig. Ein nettes Spielchen – aber jetzt war Schluß.

Sie hatte längst zu Ende geraucht und stand noch immer gedankenverloren in der Stille. Ein leichter Frosthauch wehte sie schließlich an, sie zog die Schultern ein und erwachte aus ihrer Starre. Regina Arkadjewna nebenan schien Besuch zu haben. Nastja hörte Stimmen:

»… so geht das nicht, das ist der reinste Pfusch. Die optische Abfolge ist dadurch unterbrochen, die psychologische Stimmung wird versaut. Die akustische Lösung zeigt keinerlei Verbindung zur optischen. Das verletzt die Harmonie, schwächt den Eindruck, läßt keine Assoziationen aufkommen. Du hast diese herrliche Musik einfach kaputtgemacht …«

Die Stimme der Alten konnte richtig fordernd und zornig klingen, das hätte Nastja nie gedacht. Es war ihr etwas peinlich. Sie ging zurück ins Zimmer und schloß die Balkontür. Sie hängte gerade ihre Jacke in den Schrank, als es klopfte. Draußen stand ihre Nachbarin.

»Ist etwas passiert?« fragte Nastja alarmiert, denn sie dachte daran, was ihr die Alte bei ihrer ersten Begegnung gesagt hatte.

»Ja, Nastjenka!« Die Nachbarin strahlte. »Da habe ich neulich noch gemurrt und gemeckert … Und nun hat man sie doch nicht ganz vergessen, die Alte! Ein Schüler von mir ist da, einer von den wenigen, die mir bis heute Freude machen. Kommen Sie, ich mache sie miteinander bekannt. Immer nur an der Schreibmaschine zu sitzen, ist auch nichts für Sie.«

Als Nastja die freudig erregte Alte sah, brachte sie es nicht über sich, nein zu sagen. War ja verständlich, daß sie ein bißchen prahlen wollte mit einem Schüler, der es zu etwas gebracht hatte. Was für Freuden blieben einer einsamen älteren Frau denn noch?

»Ich richte mich nur noch schnell ein wenig …«

»Sie sehen zauberhaft aus, Nastjuscha, rote Wangen wie nach einem Spaziergang. Kommen Sie schon.«

Als sie in das Zimmer der Nachbarin kam, stutzte Nastja unwillkürlich. Auf dem Tisch stand eine Schale mit Äpfeln, Trauben, Granatäpfeln. Daneben eine Flasche Kognak, eine Schachtel teurer Pralinen, auf einem Teller eine aufgeschnittene Zitrone. Am meisten jedoch staunte sie über einen riesigen Strauß prächtiger Chrysanthemen, deren rosa-cremefarbene Blütenblätter auf der Innenseite wie Terrakotta schimmerten. Ein großer attraktiver Mann erhob sich aus dem Sessel und kam auf sie zu. Vom Gesicht her ein klassisch strenger östlicher Typ mit dunklen, mandelförmigen Augen, das Haar hell kastanienfarben, eigentlich fast hellbraun. Dieser Kontrast verlieh seiner männlichen Erscheinung etwas Weiches, Bezauberndes …

»Damir«, stellte er sich vor, und Nastja sah kurz einen Ausdruck über sein Gesicht huschen, als sei er über etwas erstaunt, habe es sich aber rechtzeitig verkniffen, weil es sich nicht gehörte, darüber erstaunt zu sein.

»Anastasija.« Die Stimme schön gedämpft und leise gemacht, und das Lächeln entlieh sich Nastja aus dem Fundus einer französischen Filmschauspielerin.

Damir gab ihr einen Handkuß, und unter seinem warmen Blick begann das Eis in ihr zu schmelzen. Mein Gott, wie gut, daß sie doch herübergekommen war! Um ein Haar hätte sie abgesagt.

Regina Arkadjewna holte ein Glas, schenkte Kognak ein und reichte es Nastja. Die wunderte sich, daß die ältere Dame und nicht der Mann den Alkohol ausschenkte, im selben Augenblick jedoch begriff sie, daß Damir ja immer noch ihre Hand hielt. Und selber stand sie da wie eine Vogelscheuche mit einem seligen Lächeln im Gesicht. Verlegen zog sie ihre Hand zurück, das Glas lehnte sie ab.

»Sie trinken gar nicht?« Die Alte wunderte sich.

»Ich mag keinen Kognak.«

»Was mögen Sie denn?«

»Wermut. Am liebsten Martini.«

»Ich werde es mir merken«, sagte Damir mit einer Stimme, daß Nastja Hitzewallungen bekam.

Damir Ismailow war, wie sich herausstellte, hier in der STADT geboren und aufgewachsen, bei Regina Arkadjewna hatte er sechs Jahre studiert und Anlaß zu großen Hoffnungen gegeben, doch nach der höheren Musikschule war er nicht aufs Konservatorium gegangen, wie alle erwartet hatten, sondern an die Filmhochschule. Jetzt arbeite er als Regisseur in einem kleinen privaten Filmstudio, könne alles frei realisieren, was ihm in den Sinn komme, sei sehr experimentierfreudig, und manchmal würden die Früchte seines eigenwilligen Schaffens sogar auf irgendwelchen Festivals mit irgendwelchen Preisen ausgezeichnet. Die Geringschätzung, mit der Damir von Festivals und Preisen sprach, schien Nastja zwar nicht gerade gespielt zu sein, allerdings jedoch irgendwie unglaubwürdig: Wie konnte ein Filmstudio existieren, wenn es nichtkommerzielle, experimentelle Filme produzierte?

»Da brauche ich mir keine Sorgen zu machen.« Damir lächelte belustigt. »Das Studio gehört anteilig zwei Verrückten, die der festen Meinung sind, das Talent ihrer Kinder würde im Filmgeschäft nicht angemessen geschätzt, und sie reißen sich das letzte Hemd vom Leib, nur damit Filme herauskommen, in denen ihre unansehnliche Brut in Hauptrollen zu sehen ist. Die Reichen haben so ihre Schrullen, wissen Sie. Aber Geld wie Heu, und woher es kommt, das soll nicht meine Sorge sein. Oder sind Sie da anderer Meinung?«

»Und wozu dann das Experimentieren?«

»Das läßt sich nur schwer mit ein paar Worten erklären ... Kurz gesagt, ich versuche meine musikalische Ausbildung einzusetzen und schreibe selbst die Musik zu den Filmen, wobei ich mich bemühe, sie das ausdrücken zu lassen, was ich auch als Regisseur sagen will.«

Als Nastja wieder zu sich kam, war es nach ein Uhr nachts. Sie konnte sich nicht entsinnen, sich in Gesellschaft wildfremder Menschen jemals so wohl gefühlt zu haben. Die Trauben waren süß, der Kaffee stark gewesen, die Alte hatte sich entgegen aller Befürchtungen als wunderbar lebhafte, geistreiche Gesprächspartnerin gezeigt, die fleißig dem Kognak zusprach und mit ihrem Lachen alle ansteckte. Damirs Blicke hüllten Nastja gänzlich ein, sie waren nicht mehr nur warm, sondern glühend, und Nastja kam es vor, als beginne sie, von diesen Blicken innerlich gewärmt, äußerlich zu zerfließen, sie hatte keine Arme, keine Beine mehr, und es war ihr völlig unbegreiflich, wie sie überhaupt aus dem Sessel aufstehen sollte.

»Nastja, möchten Sie nicht noch einen kleinen Spaziergang

machen vor dem Schlafengehen?« fragte Damir mit einem Blick aus dem Fenster. »Es ist Vollmond. Wirklich schön.«

»Gern.« Sie war sofort einverstanden, wohl etwas schneller, als es der Anstand erlaubte. Der Alten blieb das nicht verborgen, und sie zwinkerte Nastja verschwörerisch zu.

»Sind Sie mit dem Wagen hier, Damir?« fragte Nastja, während sie langsam durch den mondbeschienenen Park liefen.

»Nein.«

»Wie kommen Sie dann nach Hause? Es fahren keine Busse mehr, und auf Taxis besteht auch keine große Hoffnung.«

»Hatte ich es nicht erwähnt? Ich bin für eine einwöchige Kur hier. Erst heute habe ich gebucht. Heute morgen bin ich mit dem Flugzeug aus Nowosibirsk gekommen, unser Studio ist dort, ich habe zu Hause bei Regina Arkadjewna vorbeigeschaut, die Nachbarin sagte mir, sie sei im Sanatorium. Ich bin gleich hierher, und Regina gab mir den Rat, mich hier einzuquartieren. Na ja! Komfort, gutes Essen, und vor allem – Regina. Schließlich bin ich ja wegen ihr hier. Ich möchte ihr verschiedene Arbeiten zeigen.«

»Man hat den Eindruck, Sie studieren noch immer bei ihr«, meinte Nastja leise und hüllte sich enger in ihren Schal.

»Regina ist ein Genie«, sagte Damir sehr ernst. »Schreckliches Schicksal und eine bewunderungswürdige Standhaftigkeit. Seit ihrer Kindheit geht sie am Stock. Schönes Gesicht, wundervolles Haar, und dann über die ganze Wange dieses häßliche Muttermal. Sie war unglaublich talentiert. Die Fachleute hörten ihre Aufnahmen und waren außer sich vor Begeisterung. Doch sobald sie vor ihnen auf der Bühne stand – Schluß, aus. Schließlich waren das die vierziger Jahre. Der Künstler hatte eine Gottheit zu sein, man sollte sich in ihn verlieben können, dann würden die Leute auch in die Konzerte gehen. Wer kauft schon eine Karte, um eine Hinkende mit entstelltem Gesicht zu hören? Daß es darum ging, eine talentierte Pianistin spielen zu hören, daran wollte keiner denken. Wie denn auch, bei dem Prunkgehabe der Stalinzeit! Darum ließ Regina ihre Auftritte sein und widmete sich dem Unterricht.

Doch auch hier machte sie von sich reden. Genie ist eben Genie. Innerhalb von fünf Minuten, mit zehn Worten und drei Akkorden vermochte sie einem Schüler zu erklären, wozu andere Pädagogen Wochen, ja Monate brauchten. Wenn ein Kind auch nur das winzigste Fünkchen, das kleinste Körnchen Talent besaß, unter Reginas Führung entfaltete sich eine göttliche Blume. Die Kinder haben sie angebetet, die Eltern haben sie vergöttert. Und dann ein neuer Schlag! Man ließ sie nicht zusammen mit ihren Schülern nach Polen reisen, zu einem internationalen Wettbewerb für junge Musiker. Alle Teilnehmer kamen mit ihren Lehrern, aber die zwei aus unserer STADT kamen mit einem Instrukteur vom städtischen Parteikomitee.«

»O Gott, wie grauenhaft«, entfuhr es Nastja. »Aber warum nur?«

»Was glauben Sie? Hätte in den sechziger Jahren eine arme Lehrerin mit dem Nachnamen Walter auf eine Dienstreise ins Ausland fahren können? Nicht daran zu denken. Der Rest war noch schlimmer. Es fand sich ein Idiot, der es für nötig hielt, ihr zu erklären, weshalb die Schüler mit jemandem von der Partei fahren und nicht mit ihr. Da ihm jedoch der Mut fehlte, diese antisemitische Wahrheit auszusprechen, sagte er ihr, daß ihr Aussehen nicht repräsentativ sei. Beim Ankündigen der Teilnehmer auf Wettbewerben werde immer auch der Lehrer mit vorgestellt, der sich dann vor Publikum und Jury verbeugen müsse. Wie stellen Sie sich das vor, meinte er, mit Ihrem Bein und bei Ihrem Gesicht ...«

»Und was war dann?«

»Danach setzte sich Regina ein Ziel und begann daraufhinzuarbeiten. Sie nahm zusätzliche Schüler, es war jetzt kein normales Geldverdienen mehr, sondern buchstäblich ein Geldraffen. Sie kam gar nicht mehr raus. Dann nahm sie endlich unbezahlten Urlaub und fuhr nach Moskau. Sie ließ sich ihr Gesicht operieren, nicht vollständig natürlich, aber hinterher war es bedeutend besser. Wenn man es nicht weiß, merkt man nichts. Mit dem Bein ging es böse aus. Vier Operationen hintereinander, irgendwie haben sie es nicht hinbekommen, vielleicht auch einen Fehler gemacht. Kurz gesagt, während Regina früher einfach bloß hinkte, geht sie seit der Behandlung am Stock. Sie war damals schon fast vierzig. Ihr Privatleben konnte sie vergessen. Hätte sie mehr Geld gehabt und wäre zehn Jahre früher zum Arzt gegangen, wäre vielleicht alles anders gekommen. Sie hätte eine Familie haben können, und Kinder. Aber so ist sie einsam und allein.«

»Aber sie hat doch auch jetzt noch Schüler«, entgegnete Nastja, »und Sie haben sie ja auch nicht vergessen.«

»Machen Sie meinen Edelmut nicht größer, als er ist, Nastjenka. Meine Besuche gelten nicht der Lehrerin Regina, der ich bis an mein Lebensende dankbar bin, sondern der genialen Musikerin. Wenn Sie möchten, dann kommen Sie zu mir aufs Zimmer, und ich werde Ihnen demonstrieren, was ich meine.«

»Es ist schon spät«, protestierte Nastja leicht.

Damir lief bis unter eine Laterne, schob den Ärmel zurück und sah auf seine Uhr.

»Zwanzig nach zwei. Tatsächlich, ganz schön spät. Wissen Sie was, Nastja, lassen Sie uns ganz offen miteinander reden. Ich mag es sowieso am liebsten einfach und ehrlich. Sie haben nichts dagegen?«

»Probieren Sie es«, kam es Nastja kaum hörbar über die erstarrten Lippen. Sie verspürte eine leichte Übelkeit.

»Erstens schlage ich vor, zum du überzugehen. Einverstanden?«

Sie nickte und haßte sich dafür.

»Zweitens möchte ich Ihnen, soll heißen dir, hiermit offiziell erklären, daß du mir nicht nur gefällst, sondern sogar sehr gefällst, ich bin kurz davor, mich zu verlieben und hätte natürlich gern, daß wir jetzt zusammen auf mein Zimmer gehen. Doch es soll so laufen, wie du es willst. Wenn du meinst, heute sei es noch zu früh, dann warte ich gern bis morgen, oder bis übermorgen, oder bis zu irgendeinem Tag dieser Woche, bis ich wieder zurückfliege nach Nowosibirsk. Nur hat das eine mit dem anderen nichts zu tun. Ich habe meine Apparate mitgebracht, weil ich Regina um Rat fragen möchte. Ich bin zum Arbeiten hergekommen. Wenn ich dich also zu mir aufs Zimmer einlade, um dir meine Arbeit zu zeigen, dann ausdrücklich zu diesem Zweck. Ich bin kein kleiner Junge mehr, Nastja, der ein Mädchen zum Musikkassettehören in den Keller einlädt, und hinterher beklagt sich das Mädchen, man habe sie vergewaltigt. Ich bin fast vierzig. Und billige Tricks habe ich nicht nötig, um eine Frau, die mir gefällt, ins Bett zu bekommen.«

Allerdings. Und nicht nur ins Bett, sondern auch auf den Boden, und auf den Tisch, und überhaupt auf alles, was sich gerade bietet. Wie schade, mein Gott, wie schade! Alles an dir ist in Ordnung, Damir, bis auf eines: du lügst. Und das liebe ich gar nicht.

Kapitel 4

TAG FÜNF

Shenja Schachnowitsch weckte Alferow und Dobrynin lange vor dem Frühstück.

»Also, Rapport«, rief er. »Ich gebe es gleich zu, bei mir – totaler Reinfall. Jeder von euch kann sich also um fünfzig reicher schätzen. Was gibt's bei dir, Pascha?«

Zufrieden berichtete Dobrynin von seinen gestrigen Abenteuern. In Gesellschaft der von ihm gelosten Dame hatte er weit mehr als nur sechs Stunden verbracht. Kurz vor dem Mittagessen kennengelernt, bis kurz vor Morgengrauen geblieben, zum Glück hatte sie ein Einzelzimmer gehabt. Schachnowitsch ließ sich von ihm sämtliche Gespräche in allen Einzelheiten wiedergeben, was Pawel unverhohlen wütend machte.

»Gratuliere. Pawel bekommt seine ehrlich erarbeiteten zweihundert. Nikolai?«

Alferow zuckte unschlüssig mit den Achseln.

»Sie ist irgendwie eine ... die gar nicht. Keine Ahnung. Wollte sich nicht mal unterhalten. Gab mir den Rat, mein Dach reparieren zu lassen.«

»Wie bitte?« fragte Dobrynin ungläubig nach.

»Zum Psychiater soll ich gehen, meint sie. Da habt ihr euch was Blödes einfallen lassen, Jungs. Wir geben doch die reinsten Idioten ab mit unserer Anmache.«

»Erstens nicht wir, sondern du«, warf Pawel ein. »Ich persönlich fühle mich wunderbar, und mich hält keiner für einen Idioten. Und zweitens bist du sauer, weil du nichts abgezockt hast. Wollen wir wetten, daß ich deine blasse Schrulle in sechs Sekunden herumkriege?«

»Ich erinnere daran, daß sich der Einsatz bei Wiederholung auf zweihundert erhöht«, fügte Shenja hinzu. »Also was ist, Pawel, machst du dich an Zimmer fünfhundertdreizehn ran?«

»Wer nicht wagt, der nicht Champagner trinkt!« Dobrynin grinste breit.

* * *

Irgend etwas stimmte nicht mit dieser Kamenskaja, sagte sich Schachnowitsch, während er durch die verschiedenen Gebäudetrakte des Sanatoriums ›Doline‹ wieselte, um Reparaturaufträge wegen defekter Stromleitungen zu erledigen, darüber hinaus aber auch alle anderen Elektrogeräte reparierte, von Telefonapparaten bis hin zu Fernsehern. Erstens hatte er läuten hören, daß sie fürs Innenministerium arbeite, obgleich man ihr, wie Shenja natürlich genau wußte, nicht mal ein Einzelzimmer hatte geben wollen. Jelena, die Grimmige (wie die Verwaltungschefin von ihren jungen Angestellten hinter vorgehaltener Hand genannt wurde) hatte sich wie üblich ein Schmiergeld ergaunert, also war aus dem Innenministerium kein Anruf für die Kamenskaja gekommen. Woher aber dann diese Gerüchte? Shenja wußte, daß Leute, die wollen, daß man möglichst wenig über sie wußte und sie nicht mit Fragen behelligte, manchmal ein Geheimnis um sich machten, als seien sie von der Polizei oder vom Geheimdienst. Jedenfalls war das früher oft der Fall gewesen. Hatte die Kamenskaja etwa selbst gegenüber irgendwem angedeutet, sie sei vom ›Dienst‹, damit man sie nicht behelligte? Daß sie in Ruhe gelassen werden wollte, das stand außer Zweifel. Aber warum nur? Anastasija Kamenskaja von Zimmer 513 war der erste Mensch seit vier Monaten, dessen Verhalten Shenja Schachnowitsch sich nicht erklären konnte. Und das ließ ihn vermuten, daß er zu guter Letzt doch das Ende des Fadens zu fassen bekommen hatte, der ihn zur Lösung jener Aufgabe führen könnte, wegen der er auf Order seines Chefs bereits vier Monate hier das ›Mädchen für alles‹ spielte.

* * *

»Wir haben ein kleines Problem. Einer unserer Kunden verlangt kategorisch ein Mädchen, das nicht aus unserem Kontingent stammt. Ihm gefällt eine von denen, die hier im Sanatorium zur Kur sind. Er läßt sich durch nichts davon abbringen. Und es wäre unsinnig zu glauben, man könnte es doch noch irgendwie schaffen, ihr wißt ja selbst, was für Kunden wir haben. Von denen ist kein einziger psychisch normal, wie denn auch.«

»Was sollen wir machen?«

»Ihr müßt sofort einen ähnlichen Typ auftreiben. Die könnten wir ihm dann vielleicht unterschieben. Er hat sie ja nur von sehr weit weg gesehen, konnte das Gesicht nicht genauer erkennen. Hätte eh nichts Besonderes zu erkennen gegeben, ihre Visage ist selten langweilig. Keine Ahnung, was er an der findet. Größe einsfünfundsiebzig bis einssiebenundsiebzig, Gewicht um die sechsundsechzig, Oberweite – achtzig, Taille – zwischen vierundsechzig und achtundsechzig, Hüfte – hundert. Haarfarbe hellbraun, ins Aschfarbene gehend, Länge der Haare – knapp über Rückenmitte, Schulterblätter müssen verdeckt sein. Das sind die ungefähren Angaben. Augen – hell. Merkmale – keine besonderen. Ich werde sie euch zeigen, wir werden ein Foto machen müssen, um später die Schminke anpassen zu können. Wir müssen sehr schnell handeln, bevor der Kunde Verdacht schöpft.«

»Und sie selbst läßt sich zu nichts überreden?«

»Ausgeschlossen.«

»Wieso?«

»Bestellung Kategorie ›B‹. Du weißt selbst, wie vorsichtig wir das Kontingent für diese Kategorie auswählen. Niemand darf sie hinterher vermissen.«

»Logisch. Mit den anderen Bestellungen geht alles klar? Oder gibt's da auch Probleme?«

»Na ja … Einer der Kunden hat Zusatzwünsche geäußert, die ziemlich schwer zu erfüllen sind, aber mir ist schon etwas eingefallen. Zwei, drei Tage brauche ich noch, dann können wir das aufnehmen. Bei Kunde drei gibt es keine Probleme, wie immer. Bei ihm sind es zwei Bestellungen, eine in Kategorie ›B‹, und eine in Kategorie ›C‹. Seine Aufnahmen können wir gleich heute machen.«

»Die Drehbücher?«

»Fertig, alle vier.«

»Kulissen, Kostüme?«

»Fertig.«

»Ton?«

»Die Begleitmusik ist fertig, der Rest nach den Aufnahmen.«

»Bestens. Vorschläge zum Arbeitsablauf?«

»Wir fangen morgen an, machen hintereinander die zwei Bestellungen von Assanow. Währenddessen lösen wir das Problem mit Marzew, das müssen wir schaffen. Die Bestellung des Usbeken als letztes. Dieser Frauentyp ist ziemlich gewöhnlich, es kann doch nicht sein, daß wir in vier Tagen nichts Passendes auftreiben. In unserer Datenbank haben wir Dutzende von Frauen …«

»Aber denkt an die Kategorie.«

»Wird gemacht.«

»Wir arbeiten unter erschwerten Bedingungen, gleich mit zwei Kunden Probleme. Wenn wir alles rechtzeitig hinkriegen, sollte Semjon eine Prämie bekommen. Wer ist dafür? Einstimmig angenommen. Ihr könnt gehen, nur Kotik bleibt.«

Der etwas dickliche, immer lächelnde Masseur mit dem Spitznamen Kotik – Katerchen –, wechselte vom Stuhl, auf dem er während der Besprechung gesessen hatte, auf das weichere Sofa, zog die Beine an und rollte sich ein. Angeblich konnte er so besser nachdenken, darum nahm er in entscheidenden Momenten immer die Stellung einer schlafenden Katze ein. Daher auch sein Spitzname.

»Was hast du über die Kamenskaja herausbekommen?«

»Gar nichts. Vor allem will sie auch selber von niemandem

etwas wissen. Absolviert ihr Kurprogramm, übersetzt ihre Krimis. Ist an keinerlei Bekanntschaften interessiert. Die erinnert mich an einen dressierten Foxterrier.«

»Das mußt du mir erklären.«

»Freundlich, entgegenkommend, aber tote Augen. Und ein stahlharter Biß.«

»Was die Augen angeht, da hast du recht. Aber wieso glaubst du, sie hätte einen stahlharten Biß? Wie äußert sich das?«

»Gar nicht. Ich spüre es einfach.«

»Kotik, ich schätze dein Gespür sehr und zahle dir dafür einen Haufen Geld. Doch heute bete ich zu Gott, daß du Unrecht hast. Und denk daran, niemand – weder Damir noch Semjon – dürfen wissen, was wir beide über die Kamenskaja wissen. Sonst geraten sie nämlich in Panik und stellen weiß der Teufel was an. Damir ist eine Künstlernatur, ziemlich sensibel, wie alle Künstler tickt auch er ein bißchen anders, und das kann zu unangemessenen Reaktionen führen. Über Semjon brauchen wir gar nicht zu reden. Er ist ein glänzendes Organisationstalent, da gibt es nichts, aber vergiß nicht, daß er schon seit zehn Jahren als Schwerverbrecher gesucht wird und deshalb mit falschen Papieren herumläuft. Das heißt – zehn Jahre unter Dauerstreß, Tag für Tag. Er mag sich daran gewöhnt haben und es nicht mehr merken, doch so was staut sich an, und sobald die Situation brenzlig wird, kann er durchknallen, und dann begeht Semjon irgendeine Dummheit. Könntest du noch für ihn die Hand ins Feuer legen, falls er erfährt, daß nebenan eine vom Innenministerium sitzt?«

»Sie haben recht, das kann ich nicht.«

»Und ich genausowenig. Trotzdem, Kotik, frag dein Gefühl: Was macht diese Kamenskaja hier? Führt sie was gegen uns im Schilde?«

»Es scheint so, ja.«

»Na ja, was soll's. Wir sind sowieso eine Nummer zu groß für die. Wie will die uns je ...«

* * *

Es war fast zehn Uhr morgens, und Nastja Kamenskaja flezte immer noch im Bett herum. Der gestrige Tag hatte vielleicht so laufen müssen, dachte sie, trotzdem wäre es besser gewesen, sie hätte ihn anders verbracht. Von dem Nachtspaziergang mit Ismailow war ein unangenehmer Nachgeschmack zurückgeblieben, und Nastja versuchte zu ergründen wieso. Der Sachverhalt war klar: Er war nicht erst gestern angekommen, er war nicht auf kürzestem Wege mit Blumen und Geschenken direkt vom Flugzeug zu seiner alten Musiklehrerin geeilt. Er war schon viel früher angekommen, jedenfalls war er vorgestern schon hier, hatte im abgeschlossenen Gymnastikraum mit Katja rumgemacht und ihr das originelle Armband an seiner Uhr gezeigt. »Als sei es aus Kasliner Guß«, hatte Katja gesagt. Und gestern hatte Nastja dieses Armband gesehen, als er beim Spaziergang unter der Laterne auf seine Uhr gesehen hatte. Das mochte eine unbedeutende Kleinigkeit sein, doch aus dieser Kleinigkeit ergaben sich neue Fragen, und die wurden immer unangenehmer.

Falls Damir Ismailow sich zu seiner Lehrerin wie zu einem einsamen, unglücklichen Menschen verhielt, dann konnte er verständlicherweise keinesfalls zugeben, daß er nach seiner Ankunft im Sanatorium als erstes seine Freundin besucht hatte. Die Alte war erst am nächsten Tag dran gewesen, und auch dann erst am Abend. Bei diesem Drehbuch waren die Rollen folgendermaßen verteilt: Damir ein billiger Weiberheld, die Alte vertrauensselig und betrogen. Was Nastja nach diesem Drehbuch zu tun hatte, war ganz einfach: Regina Arkadjewna bemitleiden, Damir zum Teufel jagen.

Andererseits jedoch hatte der braunäugige Damir auf dem Spaziergang so begeistert erzählt, was für ein Genie Regina Arkadjewna sei, daß er ihr alle seine Arbeiten zeige, sie um Rat frage, weil ihm ihre Meinung viel bedeute. Das konnte kaum gelogen gewesen sein. Nastja erinnerte sich noch genau an die zufällig auf dem Balkon mitgehörten Worte der Alten und den ungewöhnlich scharfen Ton. Das war nicht der Ton einer Lehrerin. Das war eher der Ton eines Prüfers, eines Vorgesetzten. Doch falls die Beziehung zwischen Damir und Regina Arkadjewna geschäftlicher Natur sein sollte, bar aller Sentimentalitäten, wieso sollte er sie dann betrügen? War es in diesem Falle nicht egal, ob er einen Tag früher oder später im Sanatorium angekommen war, ob er als allererstes mit seinen Blumen und Geschenken zu ihr geeilt oder aber vorher noch durch ein paar Betten gehüpft war?

Gedankenversunken in ihre warme Decke gehüllt, achtete Nastja nicht auf das unangenehme kalte Gefühl, das sich einige Male in ihrem Bauch gemeldet hatte – ein sicheres Anzeichen dafür, daß ihr etwas Wichtiges aufgefallen war, über das sich nachzudenken lohnte. Es hatte sich nicht nur gemeldet, während sie an den gestrigen Abend dachte. Noch etwas anderes an dem gestrigen Tag hätte sie beunruhigen müssen. Etwas, das lange vor Damirs Auftauchen passiert war. Nein, meinte sie entschieden zu sich selbst, ich bin nicht in der Arbeit, ich bin im Urlaub. Ich stecke einfach zu tief in diesem Krimi drin und sehe deshalb schon überall Ratten. Es gibt keinerlei Anlaß zur Beunruhigung. Soll Damir der Alten doch etwas vormachen, was geht mich das an? Soll er doch das gesamte Personal in der ›Doline‹ durchvögeln – geht mich auch nichts an. Ja, er hat mir gefallen, ganze drei Stunden lang. Drei Stunden lang war ich beinah verliebt – für mich ist das neuer Hallenrekord. Sieh an, hast du dich eben auch mal getäuscht. Das Leben geht trotzdem weiter.

Aber ihre Laune war versaut. Nastja beschloß, heute nicht nur die Kuren, sondern auch das Schwimmen ausfallen zu lassen, und statt dessen in die STADT zu gehen. Die STADT gefiel ihr. Sie war nett und gemütlich, sauber steril und irgendwie unrussisch: der Putz an den Fassaden nicht abgeschlagen, der Straßenbelag nicht ausgefahren, keine Georgier, Armenier, Aserbeidschaner hinter jeder Vitrine in den Geschäftspassagen. Das hieß, Geschäftspassagen gab es, aber dort feilschten russische Jungs so um die sechzehn, siebzehn. Verdienen sich ein Taschengeld, dachte Nastja wohlwollend, was soll daran schlimm sein. Dabei lernen sie gleich Kopfrechnen und danke und bitte sagen.

Sie ging zu Fuß bis zum Fernmeldeamt und rief ihren Stiefvater an, um ihn zu bitten, Geld zu schicken, geliehen, versteht sich. Leonid Petrowitsch stellte keine weiteren Fragen, er wußte, wie korrekt und pedantisch Nastja in Geldfragen war. Er versprach, die erbetene Summe sofort telegrafisch anzuweisen.

Nastja kaufte noch einmal eine Handvoll Telefonmünzen, um Ljoscha anzurufen.

* * *

Die wollen ihn bescheißen, diese Hunde, die haben vor, ihm Geld abzuknöpfen und ihm dafür eine Falsche unterzujubeln! So läuft das nicht! Denen kommt er noch auf die Schliche, er, Sarip, läßt sich schließlich nicht für blöd verkaufen. Er hat ihnen gesagt, welche Frau er will, was soll das also? Warum geht man nicht einfach zu ihr hin und bietet ihr an, Geld zu verdienen, viel Geld? Denn geizig ist Sarip nicht, er würde es ihr vergolden, Hauptsache, sie wäre einverstanden. Man braucht ihr ja nicht zu sagen, was er am Ende mit ihr vorhat. Über alles andere läßt sich doch reden, es ist nur eine Frage des Preises.

Die sagen: Geht nicht. Warum nicht? Was unterscheidet sie von den anderen Frauen? Alle Frauen sagen ja für Geld, na ja, fast alle. Für sehr viel Geld aber absolut alle. Die haben doch gar nicht versucht mit ihr zu reden, sondern gleich ›Geht nicht‹ gesagt. Die lügen doch alle! Haben sie wohl für einen anderen Kunden reserviert oder gleich für sich selbst. Vielleicht ist sie ja die Freundin von einem? Dann wäre klar, warum sie ›Geht nicht‹ sagen. Aber er, Sarip, läßt sich nicht an der Nase herumführen. Er würde das alles selber klären müssen.

Sarip schlich sich aus seinem Häuschen und ging vorsichtig zum Hauptgebäude hinüber. Da, ein Fenster zum Speisesaal. Gut, daß er im Erdgeschoß lag. Sarip wartete geduldig, bis auch der letzte Kurgast gefrühstückt hatte, doch seine schöne Blondine bekam er nicht zu Gesicht. Was war los mit ihr? Krank? Hatte es womöglich gar nicht gestimmt, als sie sagten, sie sei ein Kurgast, und er Idiot hatte es geglaubt und wartete nun, daß sie mit allen anderen zum Frühstück kam? Vielleicht wohnte sie auch gar nicht hier. Wie konnte er sie bloß ausfindig machen?

Niedergeschlagen wanderte Sarip durch die Parkallee des Sanatoriums, als er plötzlich in der Ferne eine hellblaue Jacke und lange blonde Haare sah. Sofort wurde sein Mund ganz trocken. Da war sie! Ohne daran zu denken, daß es ihm eigentlich strikt verboten war, das Sanatorium zu verlassen, ging er Nastja hinterher.

* * *

Semjon, der Mann mit dem Pferdegesicht, der dunklen Vergangenheit und den falschen Papieren, erarbeitete sich fleißig die am Morgen versprochene Prämie. Höchstpersönlich sah er die gesamte Datenbank durch, fand mindestens ein Dutzend Mädchen, die eine mehr oder weniger große Ähnlichkeit mit der Kamenskaja aufwiesen, beauftragte seine Männer sorgfältig, alle biographischen Angaben zu überprüfen, um festzustellen, bei welchen eine Verwendung in Kategorie ›B‹ in Frage kam. Um in diese Kategorie zu fallen, durfte die Person keine Verwandten und auch sonst niemanden haben, der beunruhigt durch die lange Abwesenheit irgendwelche Nachforschungen anstellen könnte. Ebensowenig durfte eine polizeiliche Vorladung existieren oder ein Eintrag im Polizeiregister. Darüber hinaus gab es noch eine ganze Reihe weiterer Anforderungen und Einschränkungen für jene, mit denen ein Video der Kategorie ›B‹ gedreht wurde.

Nachdem er die Aufträge verteilt hatte, fuhr Semjon zum Flughafen, wo er einen Mann abholen sollte, der zu einem Auswahlgespräch angereist kam. Semjon war verdammt aufgeregt, bei Frauen wußte er, wie man den springenden Punkt erklärte, wußte, welcher Lüge sie leicht auf den Leim gingen, und wo man besser die Wahrheit sagte. Es war das erste Mal, daß er solch ein Gespräch mit einem Mann führen mußte, und er fürchtete, es könnte ihm irgendein Fehler unterlaufen. Am besten, er bat Kotik um Hilfe. Wie gut, daß er ein Autotelefon besaß. Und das Flugzeug kam erst in knapp einer Stunde.

Kotik, der eiligst ein Taxi genommen hatte, kam gerade noch rechtzeitig in dem Moment, als der Gast in der Empfangshalle erschien. Er hieß Wlad, war jung, so um die dreiundzwanzig, und winzig, hatte nikotingelbe Zähne und schaute mürrisch drein. Nach Auskunft der Spezialisten war Wlad ein ziemlich guter Schauspieler, der sein Handwerk beherrschte. Seit er fünfzehn war, hing er an der Nadel und brauchte dauernd Geld. Für Semjon war das eine gute Chance, und er wollte alles tun, um sie zu nutzen.

* * *

»Sie rücken irgendwie nicht heraus mit der Sprache.« Wlad schüttelte den Kopf und schenkte sich noch ein Mineralwasser ein. Alle drei saßen in einem kleinen Café neben dem Flughafengebäude. Semjon trank Kaffee, Kotik schlürfte ein Dosenbier, und Wlad, der gleich erstmal zwei Wodka gekippt und ein Brathähnchen verdrückt hatte, ging jetzt zu Mineralwasser über.

»Ich kapiere nicht, wieso Sie für Ihren Film nicht auch einen gewöhnlichen achtjährigen Jungen nehmen können. Die stellen sich ganz prima an vor der Kamera, Sie hätten keine Probleme, zumal Sie ja, wie ich verstanden habe, einen Kurzfilm drehen. Fragen Sie einen beliebigen Schuljungen – der wird glücklich sein und sich kostenlos filmen lassen. Und Sie wollen mir dafür einen gehörigen Batzen Geld zahlen. Ich will gar nicht leugnen, daß ich Geld brauche, aber ich hätte gern genau gewußt, wofür ich es bekomme.«

»Ich kann es erklären«, meinte Kotik sanft und blickte Wlad liebevoll an. »Ich brauche keinen gewöhnlichen Schuljungen, ich brauche einen Schauspieler, einen wirklich großen Schauspieler, der imstande ist, ein gewisses *feeling* zu vermitteln. Das zum ersten. Und zweitens brauche ich einen Schauspieler mit musikalischem Talent. Sehen Sie, das Studio experimentiert auf dem Gebiet des Kinofilms, insbesondere versuchen wir, die Wirkung der schauspielerischen Leistung durch eine speziell ausgesuchte musikalische Begleitung zu verstärken. Eben nicht so, wie es sonst immer gemacht wird: die Szene abdrehen, dann die Musik dazu schreiben und vertonen. Bei uns wird die Musik zuerst gemacht, sie wird während der Dreharbeiten eingespielt und soll den Schauspieler emotional inspirieren, sein Spiel gewinnt an Ausdruck, und im Idealfall bringt er die Szene in Einklang mit der musikalischen Begleitung. Überlegen Sie selbst, ein Kind könnte so etwas doch nicht schaffen! Über Sie habe ich mir sagen lassen, Sie hätten ein feines Gespür für Musik, und daß Sie früher sogar mal selbst komponiert haben.«

Klasse! Semjon jubelte innerlich. Wie ihm das bloß alles einfällt? Ich könnte das nicht. Ich hätte ihn wahrscheinlich versucht zu überreden, hätte ihn mit dem Geld gelockt, das mindestens für ein ganzes Jahr reicht, falls er seine Dosis Stoff nicht erhöht. Vielleicht hätte ich ihm auch angst gemacht, obwohl ich so was gar nicht mag. Jedenfalls hätte ich ihn nicht laufenlassen. Meinetwegen unter Drogen, aber in den Pavillon hätte ich ihn geschleift. Kotik hingegen arbeitet sauber – ein wahrer Genuß!

Sie brachten Wlad in jene Wohnung, in der noch gestern abend das Mädchen, das beim Wettbewerb durchgefallen war, ihren Koffer gepackt hatte und mit der Zusicherung nach Hause geschickt worden war, ihre Daten würden jedem respektablen Kunden vorgelegt, und das Glück würde ihr sehr bald lachen, bestimmt schon nächsten Monat.

»Machen Sie es sich bequem.« Mit einladender Geste öffnete Kotik die Tür. »Ruhen Sie sich aus. Gegen Abend wird Ihnen das Drehbuch gebracht, lesen Sie es, vertiefen Sie sich darin. Morgen ist ein Treffen mit dem Regisseur und der Schauspielerin angesetzt. Übermorgen Aufnahme. Und noch am selben Tag fliegen Sie wieder ab. Ist Ihnen diese Planung recht?«

»Durchaus. Und wann kommt das Geld? Sonst verhungere ich hier noch.«

»Kost und Logis gehen aufs Haus. Sehen Sie mal in die Küche, im Kühlschrank finden Sie reichlich zu essen. Und noch etwas: Für die drei Tage, die Sie hier sind, kümmern wir uns um Ihren Stoff. Sie bekommen alles, und auch noch umsonst. Das gehört zum Vertrag. Aber auch wir haben unsere Verpflichtungen gegenüber der hiesigen Drogenmafia. Details haben Sie nicht zu interessieren, jedenfalls soll Sie draußen keiner sehen. Verstanden?«

»Nicht ganz, aber ich nehme es zur Kenntnis. Ich bin ein Mann mit Disziplin.«

»Das ist auch gut so. Falls es klingelt, machen Sie nicht auf. Der, der kommt, hat einen eigenen Schlüssel. Abgemacht? Dann bis heute abend.«

Als sie wieder unten am Wagen waren, rief Kotik als erstes im Sanatorium an.

»Wie läuft's? Alles ruhig? ... Wohin?! ... Und wo habt ihr eure Augen gehabt? Zum Teufel mit euch, ihr Volltrottel!«

Zu Semjon gewandt, sagte er bereits etwas ruhiger:

»Sarip ist abgehauen in die Stadt, schleicht der Kamenskaja nach, sieht aus, als ob er versucht, sie kennenzulernen. Der Richtung nach, die sie genommen hat, ist sie zum Fernmeldeamt, telefonieren. Wir probieren es, vielleicht können wir ihn abfangen. Los, beweg dich.«

Semjon wendete schweigend den Wagen und trat aufs Gas.

»Woher kommt dieser Knallkopf eigentlich?« fragte Kotik nach kurzer Schweigepause. »Der kann uns alles versauen. Wer hat ihn aufgetrieben?«

»Wie immer. Er ist schon seit fünf Jahren in unserer Kartei, seit er zum ersten Mal geschnappt wurde wegen sexueller Belästigung von Frauen im Stadtpark. Sechzehn Tage hat er damals bekommen, Giraffe hat ihn ins Register eingetragen und ihn heimlich überwacht. Als er sah, daß der Knabe reif war, hat er ihn an Pornos herangeführt, zuerst *soft*, dann *hard core*. Also das Übliche. Ließ Doktor kommen, hat sie miteinander bekannt gemacht, Doktor hat gleich gemeint – Schizophrenie, schlug ihm vor, mit uns Kontakt aufzunehmen. Und sofort stand Giraffe wieder auf der Matte. Wer konnte denn ahnen, daß er völlig daneben ist. Gib ihm die Tusse aus 513 – und es läuft. Ansonsten: Ade, du schöne Welt.«

»Doktor gehört eins verpaßt. Der schaut nicht richtig hin. Laß gut sein, Semjon, ist ja nicht deine Schuld. Wir biegen das schon wieder hin. Gibt's noch ein Bierchen?«

»Unterm Rücksitz ist der Karton.«

Kotik drehte sich schwerfällig nach hinten, streckte den Arm aus und angelte sich eine Dose deutsches Bier. Gierig begann er zu trinken.

»Setzt bei mir verdammt an, das Bier, ich gehe auf wie ein Hefekloß«, jammerte er und streichelte seinen dicken Ranzen. »Hab' einfach nicht die Willenskraft, weiß, daß ich nicht dürfte, und kann nicht nein sagen. Fahr mal langsamer, ich glaube, das ist sie.«

In der Tat, es war Nastja. Sie hatte Block und Bleistift aus ihrer Tasche genommen, um sich die Öffnungszeiten von Fernmeldeamt, Post und Telegrafenamt, die im selben Gebäude untergebracht waren, genau zu notieren. Sie sah nicht, wie ein hagerer, gebückt gehender Mann mit eingefallenen bleichen Wangen und gefährlichem Funkeln in den Augen von einer nahen Sitzbank aufstand und langsam auf sie zukam.

Kotiks Reaktionsschnelligkeit war zu beneiden. Mit dem kurzen Satz zu Semjon: »Schaff ihn weg!« stürzte er los, schnitt Sarip den Weg ab und stellte sich so hinter Nastja, daß er ihr mit seinem massiven Körper den Blick verdeckte, falls sie sich umdrehen sollte. Doch sie drehte sich nicht um. Nachdem sie die Öffnungszeiten sorgfältig notiert hatte, steckte sie Block und Bleistift wieder weg und schlenderte gemächlich die Hauptstraße entlang. Aus den Augenwinkeln sah Kotik, wie Semjon auf Sarip zusprang, ihn beim Ellbogen packte und ihn unter vorwurfsvollem Kopfschütteln zum Wagen führte. Die Tür schlug zu, der Motor sprang an, und der Masseur Kostja war allein.

* * *

Marzew weinte. Er war angewidert von seiner Krankheit, von der schlimmen Geschichte, in die er immer tiefer und tiefer hineingerutscht war. Er zahlte bereits für den dritten Film, nur um durchzuhalten, nur um dieser Frau das Leben zu bewahren, um seine Familie nicht zu zerstören. Schließlich waren sie doch völlig unschuldig! Zwei Mädchen hatten bereits anstelle seiner Mutter sterben müssen. Morgen wären es drei. Und wie vielen hatte er das Leben gerettet?! Wenn es Damir nicht gäbe mit seinen Filmen, hätte jeder Anfall zum Mord an einem unschuldigen Opfer geführt. Was konnte er denn dafür, daß er krank war? Gegen die Natur konnte keiner. Man konnte sich schützen vor Krankheiten an Herz, Magen, Leber, wenn man entsprechend lebte. Man konnte vermeiden, Alkoholiker zu werden oder drogenabhängig. Doch wie vermied man es, schizophren zu werden? Wer konnte das beantworten? Wie sich vor einer Persönlichkeitsspaltung schützen? Mein Gott, war er wirklich bis an sein Lebensende zu diesem Teufelskreis verdammt? Eine Frau vor laufender Kamera töten, dann, um die Anfälle jedesmal in Griff zu bekommen, es sich mehrere Male anschauen und dabei alles noch einmal durchleben, dann, wenn die Wirkung des Films nachließ, erneut töten ... Er hatte bereits sämtliche Wertgegenstände verkauft, die seine Mutter noch von ihrem Großvater und Urgroßvater geerbt hatte. Was für ein Glück, daß sie adlig gewesen waren. Da gab es wenigstens noch was zum Verhökern. Besser gesagt, hatte es gegeben. Eine einzige Sache war noch übrig. Mit ihr würde er diesen letzten Film bezahlen. Und was dann?

Juri Fjodorowitsch betrachtete diese letzte Ikone und verfluchte sich. Wie oft hatte er als Kind und noch als Jugendlicher in diese unvergleichlichen, traurigen, alles verzeihenden Augen geblickt, und welch herrliche, klare Trauer hatte ihn dabei überkommen, was für eine Ruhe hatte ihn erfüllt! Er hatte sich buchstäblich aufgelöst in diesem Blick, war darin geschwommen wie in einem Ozean der Liebe und des Mitleids und erneuert und voller Kraft wieder daraus hervorgegangen.

Schon oft hatte man sie ihm abkaufen wollen, unglaubliche

Summen versprochen, doch immer hatte er sich kategorisch geweigert. Er hatte immer gedacht, besser sterben als sich von diesem Wunder trennen.

Heute würde er die wundertätige Ikone verkaufen. Als Bezahlung für einen Mord.

* * *

Als Nastja nach ihrem ausgiebigen Spaziergang in der STADT wieder hinauf in ihr Zimmer ging, stellte sich ihr plötzlich ein großer dunkelhaariger Typ mit freundlichem Gesicht und bezauberndem Lächeln in den Weg.

»Guten Tag, mein Name ist Pawel. Mir ist aufgefallen, daß Sie gar nicht beim Frühstück waren. Haben Sie verschlafen?«

»Nein«, erwiderte Nastja ruhig. Wenn sie nicht wollte, dann war mit ihr kein Gespräch anzufangen, egal wie man es anstellte.

»Was dann? Diät?«

»Nein.«

»Ich kapier' es einfach nicht!« Theatralisch griff sich Pawel an den Kopf. »Ah, ich hab's. Sie haben woanders übernachtet. Stimmt's? Aber sagen Sie jetzt bloß nicht ja, sonst brechen Sie mir das Herz. Meinen ganzen Mut habe ich zusammengekratzt, um Sie anzusprechen, und kaum traue ich mich – Fehlanzeige! Sagen Sie nichts, sagen Sie nichts, ich will nichts hören von anderen Verehrern, die mehr Erfolg haben. Ich lade Sie hiermit zum Mittagessen ein. Werden Sie kommen?«

»Nein.« Sie gab sich nicht einmal mehr die Mühe zu lächeln. »Ich komme nicht.«

»Wieso denn nicht? Sind Sie beschäftigt? Dann eben zum Abendessen.«

»Ich will nicht. Seien Sie so gut, lassen Sie mich bitte in Ruhe.«

»Ich lasse Sie ja schon. Aber ein Kompromiß: Sie erklären mir, warum Sie nicht zum Essen mitgehen wollen, und ich lasse Sie dafür in Ruhe. Abgemacht? Kommen Sie, wir setzen uns in die Sessel dort und reden.«

Nastja gab nach und ließ sich in einem der Sessel nieder, zuvor hatte sie eine Balkontür geöffnet und zündete sich nun eine Zigarette an. Der Typ nahm neben ihr Platz, sein Knie stieß leicht an ihren Schenkel.

»Also, ich höre. Wieso wollen Sie nicht mit mir Essen gehen?«

»Ich will nicht, und damit basta. Und wieso glauben Sie, ich müsse wollen? Hätte ich ja gesagt, hätten Sie auch nicht gefragt, warum. Hab' ich recht? Sie unterstellen, daß irgend etwas zu wollen – normal sei, und etwas nicht zu wollen – etwas sei, das einer Erklärung bedarf. In Wirklichkeit ist es genau umgekehrt. Haben Sie schon mal darüber nachgedacht?«

»Nein ... Ich verstehe sowieso noch nicht ganz.«

»Was ist daran so unverständlich?« Sie nahm einen tiefen Zug aus ihrer Zigarette, streckte die Hand aus und schnippte die Asche hinaus auf den Balkon. »Ich habe mein eigenes Kurprogramm, meinen Tagesablauf, meine eigenen Pläne für den Tag. Und da kommt ein Wildfremder auf mich zu und schlägt mir vor, diese Pläne zu ändern. Wozu? Wegen eines kostenlosen Mittagessens? Ich habe genug Geld, um mich selber zu ernähren. Wegen interessanter Gesellschaft? Das bezweifle ich. Sie sehen nicht aus wie ein interessanter Gesprächspartner. Um die Zeit totzuschlagen? Mir ist aber überhaupt nicht langweilig, ich brauche keine Abwechslung. Also frage ich Sie, ist meine Ablehnung wirklich so unsinnig, daß sie einer Erklärung bedarf? Meiner Meinung nach hätte es Sie erstaunen müssen, wenn ich zugesagt hätte, nicht andersherum. Ist Ihre Frage damit beantwortet? Dann halten Sie jetzt Ihr Versprechen.«

»Welches Versprechen?« fragte Dobrynin etwas verwirrt.

»Lassen Sie mich in Ruhe. Ihr Bekannter hat mir ja immerhin noch Geld dafür geboten, wenn ich mit ihm rede. Und auf was sind Sie aus? Auf mein unwiderstehliches Äußeres?«

Nastja stand auf. Ihr Gedächtnis hatte diesmal nicht getrogen: Pawel war im Speisesaal am selben Tisch gesessen wie dieser kleinwüchsige Gnom von gestern, der sie auf dem Spaziergang belästigt hatte.

»Er hat Ihnen Geld angeboten?« Pawel schien es fast die Sprache zu verschlagen, dann lachte er laut los. »Jetzt begreife ich, warum Sie ihm gesagt haben, er solle in die Klapsmühle. Ach je, Nikolascha! Dieser Einfaltspinsel!«

Nastja war jetzt etwas milder gestimmt. Die Situation begann sich zu klären und schien ihr fast zum Lachen.

»Hören Sie, mir scheint, Sie beide haben auf mich eine Wette abgeschlossen. Erraten?«

»Erraten.« Pawel wischte sich die Tränen vor Lachen. »Eine ziemlich ungewöhnliche Frau, die keinerlei Bekanntschaften machen will. Das reizt natürlich! Sie dürfen bitte nicht böse sein, ja? Wir hatten nichts Schlimmes im Sinn. Sechs Stunden lang harmlose Unterhaltung, nichts weiter. Übrigens, wir haben jeder zweihunderttausend auf Sie gesetzt. Wenn ich gewinne, bekomme ich auf einen Schlag vierhundert.«

»Sie spielen also zu dritt?«

»Ja.«

»Und wer ist der Dritte? Hat es womöglich Sinn abzuwarten? Womöglich ist er der schöne Prinz?«

»Er hat es bereits versucht bei Ihnen.«

»Mit welchem Ergebnis?«

»Sie haben ihn zurückgewiesen, stolz und unnahbar.«

»Welcher ist es? Helfen Sie mir auf die Sprünge.«

»Shenka, so ein sympathischer Blonder. Er arbeitet hier im Sanatorium als Elektriker.«

»Ah ja, jetzt weiß ich wieder.« Nastja schwieg eine Weile, zündete sich eine neue Zigarette an. »Treiben Sie dieses seltsame Spielchen schon länger?«

»Seit zwei Tagen. Wir haben erst gestern angefangen.«

Aber der Blonde in der Bar, das war vorgestern. Irgendwas paßt da nicht zusammen. Mein Gott, worüber ich mir bloß den Kopf zerbreche! Dabei müßte ich arbeiten. Übersetzen. Mich erholen. Mich kurieren. Statt dessen versuche ich weiterzumachen wie in Moskau. Sollen diese kleinen Buben doch herumalbern, was geht mich das an? Selbst wenn dieser Elektriker Shenja sie irgendwie hereingelegt hat, ist schließlich nicht mein Problem …

»Gut, junger Mann, frisch gewagt. Entschuldigen Sie, daß ich Ihnen nicht zu Reichtum verholfen habe. Versuchen Sie auf eine Jüngere zu setzen. Bei mir hat es nicht mehr viel Sinn.«

Nastja hatte noch keine zwei Schritte gemacht, schon stolperte sie über Damir. Er war ganz bleich im Gesicht, sah besorgt aus.

»Nastja, hab' ich dich endlich gefunden. Wo warst du? Komm schnell.«

Nastja folgte ihm. Sie begriff überhaupt nichts.

»Wo warst du nur? Den halben Tag suche ich dich schon.«

»Ich war spazieren in der STADT. Aber warum hast du mich gesucht?«

»Regina ging es nicht gut, ich wollte dich bitten, bei ihr zu bleiben. Ich bin sofort losgerannt, aber du warst verschwunden. Natürlich habe ich mir Sorgen gemacht. Ich habe mich gestern schweinisch benommen, dich nicht mal bis zum Zimmer begleitet, und als ich dich heute morgen nicht antraf – kannst dir ja vorstellen, was mir da alles durch den Kopf ging.«

»Klar, ich wurde entführt von maskierten Banditen und in die Sklaverei verkauft. Damir, mach mich jetzt nicht verrückt. Wohin gehen wir?«

»Zu mir aufs Zimmer.«

»Und Regina Arkadjewna? Sie fühlt sich doch schlecht, hast du selbst gesagt …«

»Eine Krankenschwester ist bei ihr. Aber ich muß mit dir reden.«

Spinn ich oder was? Alle wollen mit mir reden. Was ist hier eigentlich los?

Damir hatte eine Zweizimmer-Suite ›Deluxe‹ im ersten Stock, ganz hinten. Neben Fernseher, Kühlschrank und Bar bemerkte Nastja noch ein Telefon auf dem Schreibtisch. ›Deluxe‹ ist eben ›Deluxe‹, dachte sie neidisch.

»Also, laß uns reden.« Vorsichtig ließ sie sich mit ihrem schmerzenden Rücken in einen tiefen Sessel sinken. »Was wolltest du mir sagen?«

Damir öffnete den Barschrank, nahm eine Flasche Martini dry heraus, hohe Gläser und Eiswürfel aus dem Kühlfach.

»Habe ich es mir richtig gemerkt? Du magst doch diesen Drink?«

»Stimmt genau. Ich bin gerührt. Aber könnten wir nicht zur Sache kommen?«

»Gleich.« Er streckte ihr ein Glas hin. »Dräng mich jetzt nicht. Was ich sagen möchte, fällt mir nämlich nicht leicht. Kurz ... Als ich dich heute morgen nicht fand, bekam ich einen fürchterlichen Schreck, es könnte dir etwas passiert sein. Und dann bekam ich noch einmal einen Schreck, doch aus einem anderen Grund. Kannst du dir denken, weshalb?«

»Nein.«

Im Grunde konnte Nastja sich ungefähr vorstellen, was jetzt kommen würde, doch sie zog es vor, die Unwissende zu spielen.

»Ich bekam einen Schreck, weil ich begriff, daß ich mich mehr in dich verliebt habe, als ich dachte. Ich habe völlig den Kopf verloren. In ein paar Tagen fahre ich ab, vielleicht sehen wir uns niemals wieder. Aber du könntest diese wenigen Tage zu Glückstagen für mich machen. Und ich wiederum werde mir alle Mühe geben, damit dir diese Tage ebenfalls Freude bereiten.«

»Und wie hast du vor, mir Freude zu bereiten?« fragte Nastja neugierig. »Indem du mich mit Martini abfüllst? Oder hast du noch etwas in petto?«

»Ich mache alles, was du willst. Wenn du möchtest, führe ich dich zum Essen aus oder wir fahren ins Grüne, zum Picknicken ... Etwas Konkretes vorzuschlagen fällt mir schwer, schließlich kenne ich deinen Geschmack überhaupt nicht. Was du auch sagst – ich werde es tun.«

»Würdest du mit mir auch in die Oper gehen?«

»In die Oper?«

»Ja. In ›Aida‹ oder den ›Troubadour‹.«

»Ich erkundige mich, was die nächsten Tage im Stadttheater gespielt wird ...«

»Gib dir keine Mühe, ich habe mich bereits erkundigt. Von dem, was mich interessieren würde, läuft nichts. Was soll's, aber kannst du vielleicht Preference?«

»Leider nein. Möchtest du Karten spielen?«

»Eigentlich nicht, aber es wäre eine kleine Ablenkung für abends. Du weißt selbst, daß ich weder ins Restaurant noch ins Grüne fahren werde. Erstens habe ich keine passenden Klamotten, ich bin ins Sanatorium zur Kur gefahren und nicht, um schick Essen zu gehen. Zweitens habe ich wenig Zeit, ich muß die Übersetzung machen. Drittens mache ich mir nichts aus Natur, ein Picknick ist keine Freude für mich. Also, was kannst du mir sonst noch vorschlagen?«

»Anastasija, machst du dich über mich lustig, oder bild' ich mir das nur ein?«

Damir kniete sich neben Nastjas Sessel, nahm ihr vorsichtig das Glas aus der Hand und stellte es zur Seite. Von der Berührung seiner Hände begann in Nastja erneut das Eis zu schmelzen, doch diesmal beobachtete sie sich gleichsam von der Seite. Die analytische Maschine hatte sich eingeschaltet, auch wenn sich Nastja hartnäckig dagegen wehrte.

Damir küßte sie lang und heftig, und Nastja erwiderte den Kuß ebenso gekonnt und intensiv. Er zögert zu lange, dachte sie und spürte innerlich genau den Schlag des Metronoms, das die Situation kontrollierte. Ein Mann, der von Lust gepackt ist, müßte eigentlich längst weitergehen. Wenn er seine Hände jetzt auch noch auf meinem Rücken läßt und den Keuschen spielt, dann ist alles pure Heuchelei. Oder er hat Angst, mich abzuschrecken. Das hieße, es ist ernst. Offensichtlich braucht er mich wegen irgend etwas. Ich zähle jetzt bis zehn. Wenn er dann immer noch nichts unternimmt, dann hat er einfach nichts begriffen und hält mich für eine alte Jungfer, die man erst lange bearbeiten muß. Was will so ein umwerfender ... vier ... Mann wie Damir ... fünf ... mit einer häßlichen alten Jungfer ... sechs ... wenn er soviel Geld hat ... sieben ... und soviele

Freundinnen ... acht ... und mit der Potenz alles stimmt ... neun ... und er außerdem so herrlich küssen kann ... zehn.

Sanft machte sich Nastja aus Damirs Umarmung los und griff nach ihrem Glas.

»Danke, Liebster, deine Küsse sind wirklich berauschend. Aber vielleicht sagst du mir jetzt, wozu du das alles arrangiert hast?«

»Wie kann ich dich bloß überzeugen?!« rief Damir traurig, was auf Nastja ziemlich ehrlich wirkte. »Lassen wir das erst einmal. Ich möchte dir meine Arbeit zeigen. Regina hat sie noch nicht gesehen. Willst du?«

Er schloß den Videorecorder an den Fernseher an und legte eine Kassette ein.

* * *

»Es gibt unvorhergesehene Komplikationen. Sarip ist verschwunden. Semjon, wann hast du ihn zum letzten Mal gesehen?«

»Ich habe ihn aus der Stadt hergebracht und im Häuschen abgeliefert. Hab' ihm erklärt, daß er nicht raus darf, nirgendwohin, sonst könnte er alles kaputtmachen. Mir kam's so vor, als hätte er das begriffen.«

»Wann war das?«

»Ungefähr gegen ein Uhr mittags. Vielleicht Viertel nach eins.«

»Ist danach noch jemand bei ihm gewesen?«

»Der Chemiker hat ihm das Essen gebracht, das war um drei. Um halb vier kam Kotik, aber da war Sarip schon weg.«

»Wir treffen folgende Entscheidung: Die Planung wird gestrafft. Mit Assanow fangen wir gleich heute an. Sagt ihm Bescheid. Sind die Mädels bereit?«

»Sie warten.«

»Wo ist Damir?«

»Auf seinem Zimmer.«

»Warum ist er nicht hier?«

»Die Kamenskaja ist bei ihm.«

»So ist das also ... Die Kamenskaja irgendwohin schaffen, wo wir sie im Blick haben. Sie nicht aus den Augen lassen, bis wir diesen Psychopathen Sarip gefunden haben. Damir Bescheid geben, daß die Arbeit für Assanow heute gemacht werden muß. Was ist mit Marzew?«

»Der Schauspieler ist bereit.«

»Hervorragend. Gleich morgen früh die Bestellung von Marzew, und dann nichts wie weg.«

»Und Sarip? Was wird aus seiner Bestellung?«

»Sarips Bestellung fällt aus.«

* * *

Damir legte den Hörer auf und warf Nastja einen verzweifelten Blick zu.

»Verzeih, ich muß weg. Ich bin zum Arbeiten in die STADT gekommen, das darf ich nicht ganz vergessen. Du bist mir nicht böse?«

»Ich freue mich, daß ich endlich selbst zum Arbeiten komme. Ich habe seit heute früh noch keine Zeile übersetzt. Also alles in bester Ordnung.«

»Darf ich bei dir anklopfen, wenn ich wieder da bin? Ich hoffe, es wird nicht zu spät.«

»Du darfst.«

Nastja gab ihm einen flüchtigen Kuß auf die Wange.

»Komm, ich begleite dich. Dann kann ich gleich bei Regina reinschauen, wie es ihr geht.«

* * *

Regina Arkadjewna war bei bester Gesundheit, abgesehen von ihrem entzündeten Fuß, mit dem sie nicht einmal auftreten konnte.

»Weiß der Teufel«, brummte sie zornig, »eine kerngesunde alte Frau, das Herz einer jungen, und dann so was – völlig unbeweglich. Keinen Tee machen können, nicht mal bis ins Bad kommen. Daran ist der Herbst schuld. Wechselhaftes Wetter, der Luftdruck rauf und runter, mal warm, mal Frost – und mein lieber Fuß reagiert auf alles.«

»Ich bin nebenan und arbeite, Regina Arkadjewna. Ich gehe nicht weg, falls also etwas sein sollte, klopfen Sie an die Wand, dann komme ich«, bot Nastja ihr an.

»Danke, Nastjenka, Sie sind sehr gut zu mir.«

* * *

Im Pavillon liefen die Vorbereitungen für die Aufnahmen. Assanow befahl zuerst Kategorie ›B‹ aufzunehmen, das helfe, ihn in Stimmung zu bringen. Er saß in der Ecke auf einem Sofa und versuchte, Verotschka zum Reden zu bringen, seine Lieblingspartnerin beim Filmen. Er hatte mit ihr bereits einen Film gemacht und war sehr zufrieden gewesen. Das Mädchen saß allerdings ziemlich mißgelaunt da und knackte schweigend Nüsse, die sie aus ihrer Jackentasche hervorholte. Dem Alten schenkte sie keine Aufmerksamkeit.

»Du bist kein Spielzeug«, bemerkte Assanow unzufrieden, »du bist eine Schauspielerin. Sei so gut und bring dich in Stimmung für die Aufnahme, sonst wird es nichts. Wir können nicht jede Einstellung endlos wiederholen, das weißt du doch.«

Plötzlich sprang Vera auf, rannte aus dem Pavillon im zweiten Stock und die Treppe hinunter. Ein Typ mit Brille, der beim Aufbauen geholfen hatte, stürzte ihr nach. Zwischen zweiter und erster Etage hatte er sie eingeholt, faßte sie ohne ein Wort um die Schulter und führte sie in ein leeres Zimmer, das früher offensichtlich einmal ein Kinderzimmer gewesen war.

Das Mädchen wurde von lautlosem Schluchzen geschüttelt.

»Aber, aber, Kleines, warum denn so verzweifelt? Das ist doch nicht das erste Mal. Noch ein bißchen durchhalten, es dauert doch nicht lange, wenn du dir ordentlich Mühe gibst – eine Klappe noch und Schluß. Alles in allem dreißig Minuten. Hm?«

»Ich will nicht mehr«, beharrte Vera unter Schluchzen. »Er ist widerlich, er ist alt. Nach dem letzten Mal habe ich noch zwei Monate nachts davon geträumt, wie er mich mit seinen runzligen Händen betatscht. Mit den anderen war es ja einigermaßen erträglich. Aber mit diesem ... Ich kann ihn nicht mehr sehen.«

»Vera«, sagte der Typ mit der Brille mit flehender Stimme, »und was soll aus uns werden? Wir lieben uns doch, oder nicht? Wir wollen zusammen sein. Aber laut Gesetz müssen wir noch vier Jahre warten. Ganze vier Jahre! Bis die rum sind, werden wir ja verrückt. Wir haben uns das alles gemeinsam ausgedacht, um Geld zusammenzubekommen und ins Ausland zu fahren, wo wir miteinander leben können, und wo keiner danach fragt, wie alt du bist. Hast du das vergessen? Wir haben schon soviel beisammen, nur noch ein ganz kleines bißchen durchhalten. Komm, Kleines«, er begann sie zärtlich zu küssen, »meine Süße, bring dich in Stimmung, reiß dich zusammen. Wenn du willst, frag ich Damir, ob er unsere Musik macht, du weißt schon? Die wir zusammen gehört haben, am Sonntag, bei mir zu Haus, das war doch so schön. Du wirst die Musik hören und an mich denken. Und ich werde daneben stehen. Du machst die Augen auf – und siehst mich. Als ob ich es bin, der zu dir zärtlich ist. Hm? Komm, mein Schatz, komm, bist doch mein kluges Mädchen, tu es für uns.«

»Wieso kann man dem nicht sagen, es geht nicht!« rief Vera in ihrer Verzweiflung. »Warum muß seine Bestellung unbedingt gemacht werden! Es gibt doch auch noch andere Mädchen.«

»Er will keine anderen, er will dich.«

»Und wenn ich nicht will? Mit anderen meinetwegen, aber der ...«

»Sag mal, weißt du etwa nicht mehr, wer dein Großvater ist?« Die Stimme des Typs wurde streng. »Wenn der Kunde verärgert ist, kannst du alles vergessen. Er verpfeift uns, und dein Großvater wird mich schlicht und einfach umbringen. Willst du das etwa?«

»Also gut, gehen wir.« Vera seufzte so bitterlich, daß es dem zynischen Chemiker im Herzen weh tat.

* * *

Sarip wanderte einsam durch den Wohntrakt des Sanatoriums in der Hoffnung, seine blondhaarige Schönheit anzutreffen. Er wußte nicht genau, was er tun würde, wenn er sie fand. Vielleicht direkt auf sie zugehen und sofort eine Liebeserklärung abgeben. Da würde sie nicht widerstehen können, keine Frau kann widerstehen, wenn sich einer offen zu seinen Gefühlen bekennt. Oder vielleicht stellt er sich ihr als Kinoregisseur vor und bietet ihr an, in einem Film mitzumachen. Alle Frauen wollen zum Film, jede träumt davon, daß sie eines schönen Tages auf der Straße von einem berühmten Regisseur angesprochen wird und eine Rolle angeboten bekommt. Das weiß er genau, das kann man ja in allen Romanen lesen. Vielleicht macht er es aber auch ganz anders. Er lockt sie irgendwohin an ein stilles Fleckchen, bietet ihr viel Geld, wie einer Edelnutte, fickt sie und macht das, wovon er schon so lange träumt. Ja, er würde sie erwürgen, ihr lange und leidenschaftlich die Kehle zudrücken und dann mit seinem ganzen Körper ihre letzten Zuckungen spüren ... Ach, das wird geil! Nur, wo soll er sie suchen? Fragen, welche Zimmernummer sie hat? Er weiß ja nicht einmal ihren Namen. Und es soll sich auch besser niemand an ihn erinnern können, wenn man sie erdrosselt auffindet.

Seine Mama hatte zu ihm als Kind immer gesagt, er sei ein Dummkopf und die Frauen würden ihn später nicht lieben. Das stimmt doch gar nicht! Und wie sie ihn lieben! Weil er so stark ist und so schön, das haben alle Frauen gesagt, die sich ihm hingegeben haben. Stimmt schon, die sind alle um einiges älter gewesen, dick, dunkelhäutig, nicht besonders schön, einige auch betrunken. Aber sie haben ihn geliebt! Doch wovon er träumt, das ist eine junge, zarte, elegante, hellhäutige. Und er hat sie gefunden. Soll er jetzt etwa auf sie verzichten?

Nein, nein und nochmals nein. Wie ein Schatten wird er durch diese Flure schleichen, bis er sie gefunden hat.

Bald ist Abendessen. Dann wird er von draußen durchs Fenster den Speisesaal beobachten. Zum Abendessen kommt sie ganz gewiß, und dort wird er sie sich dann endlich schnappen.

* * *

Nastja hörte, wie nebenan die Tür von Regina Arkadjewna ins Schloß fiel, und gleich darauf klopfte es bei ihr an der Tür. Es war Konstantin, zu dem Nastja immer zur Massage ging.

»Ich bitte um Verzeihung, Sie sind Nastja?« Er lächelte breit. »Ich heiße Konstantin. Sie erinnern sich, Ihr Masseur.«

»Aber ja doch, natürlich. Kommen Sie herein.«

»Nur auf einen Sprung. Ich war eben bei Ihrer Nachbarin, habe mir das Bein angesehen. Sieht schon viel besser aus, morgen wird sie wieder gehen können. Nun, sie bat mich in den Speisesaal zu gehen, um der Bedienung auszurichten, man möge ihr das Abendessen aufs Zimmer bringen. Gleichzeitig sollte ich in Erfahrung bringen, ob Sie ihr nicht Gesellschaft leisten möchten.«

»Danke, nein, ich gehe in den Speisesaal«, erwiderte Nastja kühl. Also geht es doch los, dachte sie. Versucht es die Alte also andersherum mich einzufangen. Zuerst ganz taktvoll, doch sobald sich ein Vorwand bietet, sich wie eine Klette an mich dranhängen.

»Entschuldigung, es geht mich ja eigentlich nichts an, aber Regina Arkadjewna kann wirklich nicht einmal aufstehen. Sie ist sehr eingeschränkt in ihren Bewegungen und kommt vielleicht einfach nicht zurecht beim Essen.«

Nastja schoß das Blut in die Wangen. Wie herzlos bist du doch, sagte sie zu sich selbst.

»Natürlich, ich werde mit ihr zu Abend essen. Lassen Sie bitte mein Abendessen auch heraufbringen.«

* * *

Während des Abendessens war die Alte recht schweigsam und nervte Nastja nicht mit irgendwelchen Gesprächsthemen, wofür diese ihr dankbar war.

»Bedrückt Sie irgend etwas, Regina Arkadjewna?« Nastja mußte sich zu dieser Frage durchringen.

»Ja. Die Abhängigkeit vom Geld.« Die Alte mußte urplötzlich lachen. »Verstehen Sie mich richtig. Ich bin alt. Und außerdem noch Invalide. Sollte ich etwa nicht das Recht haben, mein Leben in Würde zu Ende zu bringen? Ein Leben lang habe ich gehinkt und mich dafür geschämt. Ein Leben lang habe ich mich, neben allem anderen, für mein Gesicht geschämt. Hat Damir Ihnen davon erzählt?«

Nastja nickte.

»Hätte ich in jungen Jahren Geld gehabt, wäre alles anders gekommen, aber darum geht es jetzt nicht. Was vorbei ist, ist vorbei. Jetzt hingegen, da ich endlich genug Geld habe, da mich, ohne zu übertreiben, die ganze STADT kennt, kann ich trotz allem keine passende Gefährtin finden, die mir das Gefühl gäbe, nicht hilflos zu sein, und mich nicht zu einer Last für meine Umwelt werden ließe. Ich habe jetzt sehr viel Geld, Nastjenka, schließlich bin ich ein hartgesottenes Weib«, sie lachte wieder, herzhaft und ansteckend. »Seit einige meiner Schüler internationales Ansehen genießen, rennen mir die Eltern die Türe ein, damit ich auch aus ihren Kinderlein Maestros mache. Und für Privatstunden nehme ich viel. Nicht weil ich geldgierig wäre, Nastjenka, sondern weil ich niemandem zur Last fallen möchte. Nur hier, im Sanatorium, wo ich kein Telefon habe und fernab von allem bin, mußte ich Sie belästigen. Wäre ich jetzt zu Hause, bräuchte ich nur zu pfeifen! Schon kämen sie gerannt, ob jung, ob alt, kochen, waschen, bedienen, aufs Klo führen, weil sie wissen: Ich zahle gut. Ich ertrage es nicht, wenn man mir aus Mitleid einen Gefallen tut! Doch manchmal denke ich: Was wäre, wenn ich diese Privatstunden nicht hätte? Was würde dann aus mir? Leider, meine Teure, muß ich feststellen, daß unser Leben nicht so eingerichtet ist, daß wir ein dauerhaftes Gefühl von Würde bekommen. Rede ich nicht viel zu verworren?«

»Nein, gar nicht. Ich jedenfalls habe alles verstanden. Wenn es Sie so sehr beunruhigt, daß ich Ihnen kostenlos behilflich bin und es Ihre Würde verletzt ... Habe ich Ihren Monolog soweit richtig verstanden?«

»Sie sind sehr klug, Nastja, das muß man Ihnen lassen. Also, was weiter?«

»Schenken Sie mir Ihre Weintrauben. Die sind so schön, ich muß immer wieder hinsehen. Und bestimmt schmecken sie auch gut.«

* * *

»Für das Abendessen habe ich sie bei der kranken Zimmernachbarin untergebracht. Da kann sie mal ein bißchen Edelmut zeigen und sich um die kümmern. Hauptsache, sie geht nicht in den Speisesaal. Aber wie soll ich sie für den Rest des Abends auf dem Zimmer halten?«

»Wenn doch bloß Damir schon zurück wäre. Hast du im Pavillon angerufen?«

»Hab' ich. Die haben mit der zweiten Bestellung angefangen, Kategorie ›B‹. Ich müßte eigentlich auch längst hin, aber dieser Sarip ...«

»Kontrolliere das Gebäude nochmal von außen. Vielleicht versucht er, sie von außen durch die Fenster im Speisesaal zu entdecken. Dem ist alles zuzutrauen.«

»Wird gemacht.«

* * *

Wlad hörte, wie ein Schlüssel ins Schloß gesteckt wurde. Flink sprang er in der Küche von dem hohen Hocker und schaute in den Flur. Neben Semjon stand ein hübsches Mädchen mit kastanienbraunem, gewelltem Haar. Sie trug ein etwas altmodisches, strenges Kleid, hatte aber lässig eine hellgraue Glacélederjacke übergeworfen.

»Darf ich bekanntmachen. Sweta, das ist Wlad, dein Filmpartner. Wir haben den Aufnahmeplan etwas gestrafft, damit ihr schneller fertig seid. Die Aufnahmen sind morgen früh, also bereitet euch heute noch anständig vor.«

Semjon öffnete einen Aktenkoffer und entnahm ihm einen Kassettenrecorder und einige maschinenbeschriebene Blätter Papier.

»Hier, das Drehbuch. Ist ganz simpel, ihr werdet schon sehen. Das Wichtigste ist die musikalische Gestaltung. Wlad, dir haben sie bereits erklärt, worauf es ankommt. Die Musik dauert exakt dreißig Minuten, die Handlung muß diesem Zeitrahmen angepaßt sein. Achtet auf die Großaufnahmen. Normalerweise wird diese Vorbereitung bei uns gemeinsam mit dem Regisseur gemacht, aber da du ja ein Profischauspieler bist, Wlad, dürftet ihr, glaube ich, allein zurechtkommen.«

»Tun wir«, brummte Wlad und kletterte wieder auf seinen Hocker.

»Bist du wirklich ein echter Profischauspieler?« fragte Sweta neugierig, als Semjon die Tür hinter sich zugezogen hatte.

»Wie, sehe ich etwa nicht so aus? Du glaubst wohl, die Kleinen taugen nur für den Zirkus?« antwortete er erbost. »Willst du auch einen Tee?«

»Gern.« Sweta wollte sich möglichst anpassen. »Warum bist du gleich so böse? Darf man nicht mal mehr fragen? Ich hab' so Kleine wie dich einfach noch nie gesehen.«

»Jetzt hast du einen gesehen. Machen wir uns an die Arbeit. Her mit dem Recorder, wollen wir uns mal anhören, was die da zusammenkomponiert haben.«

Je länger die Kassette lief, um so seltsamer wurde es Wlad zumute. Er hatte das Drehbuch noch nicht gelesen und versuchte, sich anhand der musikalischen Begleitung vorzustellen, wie die Handlung verlief. Hinter dem trügerisch schönen, zarten Hauptthema war eine wachsende Spannung zu erahnen, die eine allesverschlingende Liebe in tödlichen Haß umschlagen ließ und nach einem tragischen Ende verlangte, einer verheerenden Zerstörung.

Swetlana hörte nicht besonders aufmerksam zu, sie betrachtete die Geschirrschränke an den Wänden, schlürfte ihren Tee, knabberte Kekse. Als die Musik abbrach, drückte Wlad auf Rewind.

»Noch nicht genug gehört?« fragte das Mädchen spöttisch.

»Hast du das Drehbuch schon gelesen?« fragte Wlad ausweichend.

»Nee«, meinte sie sorglos gelangweilt. »Wozu? Die haben mir doch schon gesagt, daß es um den Ödipuskomplex geht. Mama schimpft immer mit ihrem Sohn, und aus Rache träumt er davon, sie zu vergewaltigen. Bah, was für ein elender Mist.« Sie schüttelte sich angewidert. »Aber mit dir könnte es sogar interessant werden. Ich habe es noch nie mit einem Liliputaner gemacht.«

»Halt die Schnauze, blöde Kuh«, fuhr ihr Wlad grob über den Mund. »Spar dir den Humor für deine Bettgesellen. Hier wird gearbeitet.«

Sweta blickte ihren Partner erstaunt an, dann ging sie zu ihm hin, nahm ihn in den Arm und drückte in mütterlicher Geste seinen Kopf an ihre Brust.

»Hey, Junge!« meinte sie zärtlich. »Laß uns Freunde sein, hm? Eben erst kennengelernt und schon motzen. Wir sollen Vater-Mutter-Kind spielen, also tun wir es auch. Haben sie dir eigentlich gesagt, wozu sie so einen bescheuerten Film drehen?«

»Angeblich ein Lehrfilm für ein psychiatrisches Institut.«

Wlad schloß die Augen und vergrub seinen Kopf zwischen ihren weichen Brüsten, er atmete den warmen Geruch von Körper und Parfum ein.

Mir haben sie aber ganz was anderes gesagt, dachte Sweta. Es soll ein gewöhnlicher Porno für Liebhaber von Exotischem werden. Und sie haben mich extra vorgewarnt, ich solle ihm vorher nichts sagen. Sieht aus, als ob sie recht hätten. Dieser Wlad ist so was von böse, voller Komplexe, daß er vor Schreck vielleicht nichts mehr auf die Reihe bringt. Der ist doch drogensüchtig. Morgen vor der Aufnahme setzt er sich einen

Schuß – und alles läuft wie geschmiert. Der wird nicht einmal mehr wissen, daß er Liliputaner ist.

Zuerst überflog Wlad das Drehbuch, dann las er es noch einmal genauer. Dieser Dicke, der mit Semjon am Flugplatz gewesen war, hatte nicht gelogen: Eine solch herzzerreißende Mischung aus Liebe und Haß konnte kein Kind spielen. Das Drehbuch stammte nicht von einem Schriftsteller, sondern von einem Regisseur, exakt angegeben waren die Totalen, die Halbtotalen, die Zooms, die Kamerafahrten. Jetzt mußte man versuchen, Musik und Handlung zusammenzubringen.

Er schaltete den Recorder wieder ein und ging nun gleichzeitig den Text durch, machte sich mit Bleistift Anmerkungen. Sweta sah ihn bewundernd an und versuchte, nicht zu stören. Sie lauschte der Musik – es war schön, sogar erregend. Zu so einer Musik würde es wahrscheinlich sogar Spaß machen ... Sie hatte ihren Gedanken noch nicht zu Ende gedacht, da hob Wlad den Blick und sah sie irgendwie schief lächelnd an.

»Laß uns proben. Wir sitzen am Tisch, du gießt Tee ein und fragst mich über die Schule aus.«

»Und was soll ich fragen?«

»Schau den Text an, da steht alles. Achte auf die Anmerkungen, am Rand ist die Zeit in Minuten angegeben. Hier, ich leg' meine Uhr auf den Tisch, paß auf, daß die Zeiten stimmen.«

»Was soll denn das, so kompliziert!« Unwillig schüttelte Sweta ihr schönes Köpfchen.

»Tu, was man dir sagt.« Wlads Tonfall wurde wieder böse, und sie schluckte. »Die Handlung läuft unter Musikbegleitung, kapiert? Also vorwärts.«

Sie probten ein paar Mal und landeten bei vierundzwanzig Minuten.

»Immer noch ein Stück Musik übrig«, bemerkte Wlad. »Ist die für den Abspann, oder was?«

»Wahrscheinlich.« Sweta zuckte mit den Achseln. Sie wußte ja, was in den restlichen sechs Minuten passieren sollte, und machte sich keine großen Sorgen.

»Wer die Musik geschrieben hat, weißt du nicht? Die ist wahnsinnig gut, kannst du mir glauben. Ich kenn' mich da aus.«

»Keine Ahnung. Was spielt das schon für eine Rolle? Von Musik kenn' ich nur, was eben so läuft in den Kneipen. Stell sich das einer vor, Musik zu einem Kurzfilm!«

»Sag das nicht«, meinte Wlad nachdenklich. Er konnte in der Tat bei Musik nicht einfach unbeteiligt bleiben, er mußte zuhören, und unter Drogen war die Wahrnehmung noch intensiver. Das war keine simple Musik, und der, der sie geschrieben hatte, war kein einfacher Musiker, soviel konnte er beschwören. Allerdings beunruhigten Wlad die verbleibenden sechs Minuten, für die es irgendwie keine Handlung gab.

»Wann wollten sie dich abholen?« fragte er Swetlana.

»Um zwölf, haben sie gesagt. Und wenn sie bis Viertel nach nicht da sind, dann solle ich hier übernachten. Sie hätten irgendwelche Probleme wegen einer Reparatur oder wegen Benzin.«

»Und wie sollen wir das anstellen mit dem Übernachten?« fragte Wlad, und seine Augen funkelten mißtrauisch. »Es gibt nur ein Zimmer und nur ein Sofa.«

»Ach, mach dir mal nicht ins Hemd, ich freß dich schon nicht. Dann schlafe ich eben auf dem Boden, wenn du solche Angst hast.«

Gut, daß die mich vorgewarnt haben. Der fürchtet normale Frauen wie der Teufel das Weihwasser. Hat wahrscheinlich immer nur mit Liliputanerinnen gelebt, und da bin ich für ihn ein richtiger Gulliver. Ist ja ein Witz: Zum ersten Mal hat ein Mann Angst davor, mit mir eine Nacht zu verbringen. Wie schaffe ich das bloß morgen mit dem? Na ja, soll nicht mein Problem sein. Wird schon irgendwie laufen.

* * *

»Habt ihr Sarip?«

»Noch nicht. Da sind wir ja schön in was hineingeraten: Da rennt ein Verrückter durchs Sanatorium, ist hinter einer von der Kripo her, und wir können nicht mal zur Polizei gehen. Wenn die ihn schnappen, verpfeift er uns alle.«

»Was habt ihr für einen Vorschlag? Denk nach, Kotik, denk nach, die Uhr läuft. Wie sieht's im Pavillon aus?«

»Die sind bald fertig. Semjon ist vor einer Stunde hingefahren. Wenn alles ohne Verzögerungen abgeht, sind er und Damir bald zurück. Wenn bloß die Kamenskaja solange auf dem Zimmer bleibt, dort kann Damir sie dann übernehmen. Der scheint was mit ihr zu haben.«

»Gefällt mir gar nicht. Vielleicht ist es genau andersherum, und sie hat was mit Damir? Auf die Idee bist du noch nicht gekommen?«

»Könnte zwar sein, sieht aber nicht danach aus. Nicht sie hat ihn sich ausgesucht, er ist ihr nachgelaufen.«

»Und wenn es doch nur so aussieht? Und der Schein trügt? Sie ist clever genug, um einen, auf den sie es abgesehen hat, hinter sich herlaufen zu lassen. Doch abgesehen davon, was machen wir mit Sarip?«

»Wir müssen abwarten. Wir haben mehrere freie Leute, ich könnte sie anfordern, damit sie beim Suchen helfen, aber nur Semjon, Damir und ich wissen, wie Sarip aussieht. Selbst Sie haben ihn noch nie gesehen.«

»Und wenn sie auf die Idee kommt, einen Nachtspaziergang durch den Park zu machen?«

»Das wäre sogar besser. Wenn Sarip ihr nachschleicht, haben wir ihn sofort. Wir sind doch immer in ihrer Nähe, allein lassen wir sie nicht weg. Hauptsache, sie merkt nichts.«

»Das ist am schwierigsten. Die hat ihre Augen überall, und ihre Ohren scheinen auch gut zu sein. Paß bloß auf, Kotik, du bist unsere einzige Hoffnung. Haben Semjon und Damir immer noch keine Ahnung, daß sie von der Kripo ist?«

»Sollten sie eigentlich nicht. Außer, natürlich, sie selbst hat es Damir verraten.«

»Gott behüte, Kotik. Gott behüte.«

* * *

Auch nachdem das Mädchen von Kopf bis Fuß gewaschen und in saubere Kleider gesteckt worden war, sah es immer noch nicht wie ein Unschuldsengel aus. Ihr Blick war verschlagen, und wenn sie den Mund aufmachte, zog es einem die Schuhe aus. Sie hatte ein reichliches Herumtreiberleben geführt, nachdem ihre dem Suff verfallenen Eltern sie vor einem Jahr ausgesetzt hatten. Während dieser Zeit hatte sie gelernt, sich selber zu ernähren, indem sie Zugreisende in den Männerklos am Bahnhof bediente, und zwar so geschickt, daß sie bisher noch kein einziges Mal von der Polizei aufgegriffen worden war. Sie blieb nie lange in ein und demselben Bahnhof, fuhr schwarz mit der Bahn von einer Stadt in die nächste.

In der STADT hatte sich ein guter Onkel gefunden, der ihr Essen versprach und Geld und ihr zusätzlich auch neue Kleider kaufen wollte, wenn sie seinem Freund zu Diensten sei, und zwar nicht in einem stinkenden Bahnhofsklo, sondern in einem schönen sauberen Zimmer. Aber war es nicht sowieso egal? Natürlich hatte sie gelogen, sie sei vierzehn, damit der Onkel nicht erschrak, daß sie noch ein Kind war, und alles rückgängig machte. In Wirklichkeit war sie nämlich vor kurzem erst zehn geworden. Sie sah, daß der Onkel ihr nicht glaubte. Aber egal. Hauptsache, er zahlte. Gestern hatte er sie in sein Auto gesetzt, sie zu irgendeinem öffentlichen Bad gefahren, ihr befohlen sich ordentlich zu waschen, und dann hatte er ihr noch erlaubt, in dem großen Becken zu schwimmen. Das war toll! Außerdem hatte er versprochen, ihr echte Lederhosen zu kaufen, einen roten Pulli, der bis zu den Knien ging, und eine schöne glänzende Haarspange. Und für die ›Arbeit‹ sollte sie ein traumhaftes schwarzes knöchellanges Kleid anziehen, solche hatte sie schon mal in einem Film übers letzte Jahrhundert gesehen.

»Komm her«, rief ein gutaussehender großer Mann mit dunklen Augen und freundlichem Lächeln. »Wir beide spielen jetzt eine kleine Szene. Siehst du das Kruzifix an der Wand?«

Sie nickte und sah sich neugierig um. Im Zimmer stand ein Haufen Zeug herum, irgendwelche Lampen und Kabel, aber das kümmerte das Mädchen nicht. Wenn sie es auf dem Bahnhof konnte, zwischen Gepäck und Koffern und überquellenden Abfalleimern, warum dann nicht auch zwischen lauter Scheinwerfern und Kabeln?

»Hast du schon mal gesehen, wie man betet? Man faltet die Hände so, kniet sich hin, sieht zum Kruzifix auf, und sagt leise für sich irgendeinen Spruch auf. Hast du verstanden?«

»Ja.« Sie machte sofort alles, was ihr gesagt wurde.

»Kluges Mädchen. Du bist die geborene Schauspielerin«, lobte sie der Dunkeläugige. »Jetzt hör zu, wie es weitergeht. Ins Zimmer kommt ein älterer Mann, er ist dein Vater. Aber das weißt nur du, er nicht. Keiner hat es ihm gesagt. Er glaubt, du bist einfach ein hübsches Mädchen, er verliebt sich in dich und will dich heiraten. Du weißt doch, daß man nicht seine eigene Tochter heiraten darf?«

»Natürlich weiß ich das. Die Kinder werden sonst Mißgeburten.«

»Stimmt genau. Er wird dich darum bitten, aber du weigerst dich.«

»Aber vielleicht sollte ich ihm sagen, daß er mein Papa ist? Dann checkt er es gleich«, war der praktische Vorschlag des Mädchens.

»Nein, genau das ist es ja. Das soll so ein Spiel sein. Du weigerst dich, obwohl du ihn liebst, du willst es ihm doch schön machen. Auch wenn heiraten nicht geht, alles andere geht schon, oder nicht?«

»Na klar«, erklärte die Streunerin bestimmt, die sowieso eine ziemlich unklare Vorstellung davon hatte, was man durfte und was nicht. »Ich bemühe mich, es ihm zu konpem ... konmen ... zu kompensieren«, mit Mühe brachte sie das erst kürzlich aufgeschnappte Wort heraus, »damit er nicht traurig ist, daß wir nicht heiraten können.«

»Sehr gut!« Der Mann war sichtlich zufrieden. »So ein schlaues Mädchen wie dich findet man selten. Laß uns anfangen.«

Das Mädchen machte alles so, wie man es ihr gesagt hatte. Nachdem sie sich hingekniet und die Hände vor ihrer Brust gefaltet hatte, schloß sie die Augen und sang leise für sich das Liedchen vom ›Kätzchen und dem Spätzchen‹. Dann tauchte der Alte auf, der so tat, als sei er ihr Vater, und quatschte irgendwas von Liebe. Sie tat so, als ob sie sich eine Weile zierte, dann leckte sie sich lüstern die Lippen, ging zu dem Alten und begann, ihm die Hose aufzuknöpfen. Der Alte war überhaupt nicht widerlich, viel besser als die besoffenen groben Kerle auf dem Bahnhof, die immer aus dem Mund stanken, nach Alk und verfaulten Zähnen.

Sie machte es wie immer und begriff im ersten Moment gar nicht, wieso der Alte sie plötzlich an den Haaren packte und sie ins Gesicht schlug. Sie hatte ihm doch nicht weh getan? Vielleicht würde er deswegen jetzt nicht zahlen?

Mühsam wieder hochkommend und die hervorschießenden Tränen wegblinzelnd, preßte sich das Mädchen an den Alten, schlang die Arme um ihn.

»Du Hure!« schrie er. »Kleine Nutte! Fotze!«

Was danach kam, verstand sie nicht mehr. Der Alte brüllte sie an, knallte ihr die Faust ins Gesicht, schlug sie mit einer von irgendwoher aufgetauchten Peitsche. Das letzte, was die kleine Streunerin in ihrem liederlichen kurzen Leben sah, war ein hoch über sie erhobenes Messer und die riesigen schrecklichen Augen des Alten …

* * *

»Das Mädchen in den Keller, die Arbeit sauber zu Ende machen, mit Vertonung«, sagte Semjon zu dem Typen mit Brille, der den Spitznamen Chemiker trug. »Für morgen früh alles vorbereiten für die neuen Aufnahmen, um acht fangen wir an. Damir und ich müssen jetzt zurück. Für heute kommst du auch ohne mich klar.«

»Na klar«, brummte der Chemiker mißmutig. »Die Drecksarbeit bleibt immer an mir hängen.«

Semjon stellte sich dicht vor ihn hin und packte ihn fest an der Schulter.

»So was will ich nicht noch einmal hören, Freundchen. Bei uns bekommt jeder das seine: Damir – fürs Talent, ich – fürs Risiko, und du – für die Drecksarbeit. Es hat sich nun mal so ergeben, daß du am wenigsten bekommst. Uns blüht die Höchststrafe, aber du wirst wohl am Leben bleiben. Wir sind die Organisatoren, du machst nur den Dreck weg. Soweit geschnallt?«

»Schon gut«, heftig stieß der Chemiker Semjons Hände weg. »Du erzählst gern Märchen. Wenn dir und Damir die Höchststrafe blüht, was kriegt dann euer Makarow? Höher als Höchststrafe gibt es nicht.«

Semjon warf dem Typen einen bösen Blick zu und ging schweigend hinaus. Mit dem müßte er noch ein ernstes Wörtchen reden, aber ein andermal. Jetzt war keine Zeit.

* * *

Sie ließen den Wagen vor dem Häuschen stehen und kontrollierten noch einmal alles: leer, Sarip war weg. Langsam und vorsichtig, darauf bedacht, nicht unter die Laternen zu kommen, liefen Semjon und Damir Ismailow in Richtung Hauptgebäude. Plötzlich packte Damir Semjon am Arm.

»Da ist sie!«

Vor dem Eingang sahen sie noch kurz eine grellblaue Jacke, dann war sie um die Ecke verschwunden.

* * *

Nastja wollte vor dem Schlafengehen noch Luft schnappen und überlegen, wie sie sich weiter verhalten sollte. Zum Beispiel, wenn Damir wieder bei ihr vorbeischaute. Freilich war es mehr als verführerisch, seinen Überredungskünsten nachzugeben, alles zu vergessen und sich Hals über Kopf in eine kurze Liebesaffäre zu stürzen. Und was hätte sie davon? Amüsement? Darauf konnte sie verzichten. Das, was ihr Vergnügen bereitete, konnte Damir ihr nicht geben. Bett? Langweilig. Er war bestimmt ein guter Liebhaber, wahrscheinlich sogar ein sehr guter, na und? Noch ein guter Liebhaber mehr in ihrem Leben. Mehr aber auch nicht. Nastja dachte sich, daß wenn sie mit irgend etwas kein Glück gehabt hatte im Leben, dann jedenfalls bestimmt nicht mit Männern. Viele waren es nicht, doch enttäuscht war sie nach keinem gewesen. Und überhaupt, Ljoschka reichte ihr vollkommen. Was könnte Damir ihr sonst noch bieten? Komplimente? Ljoschka kam nie eines über die Lippen, das stimmte schon, doch Nastja brauchte das gar nicht, sie war viel zu rational, um schönen Worten zu glauben und Wert darauf zu legen.

Ihr wurde etwas unwohl zumute. Als beobachte sie jemand von hinten. Sie zog ein wenig die Schultern ein und kehrte zu ihren Gedanken zurück.

Andererseits könnte Damir einen interessanten Gesprächspartner abgeben. Schade, daß sie den Film, den er ihr zeigen wollte, nicht zu Ende gesehen hatten. Es war ein Film über einen blinden alten Mann, der sich mit der Außenwelt mit Hilfe von Tönen verständigt. Sein Enkel beschreibt ihm verschiedene Gegenstände, Bilder, Dinge in der Natur, und der Alte sagt: »Ich verstehe nicht. Spiel sie mir vor.« Der Enkel lernt zuerst Klavierspielen, dann Geige, seine musikalische Ausdrucksweise wird immer ausgeprägter, bildhafter, und schließlich sagt der Alte: »Ich sehe es.« Was dann noch folgte, hatte Nastja nicht mehr gesehen, aber daß der Film meisterhaft gemacht war, davon hatte sie sich überzeugen können. Nicht nur die Regie ließ Talent erkennen, auch die Musik war ungewöhnlich und interessant, und die schauspielerische Leistung hervorragend. Wenn sich die Beziehung zu Damir auf eine Diskussion über seine Arbeit beschränken ließe, wäre das einfach optimal, genau das, was Nastja brauchte: Analysen anstellen, alle Nuancen ausleuchten, Gesetzmäßigkeiten ableiten. Doch es war lächerlich zu hoffen, daß er bei so etwas mitmachte.

Irgend etwas störte sie beim Nachdenken. Irgendwelche

fremden Geräusche ... Sie blieb stehen, lauschte. Nein, alles still. Woher dann diese innere Unruhe?

Einige Schritte vor sich sah sie auf einer Parkbank eine reglose Gestalt sitzen. Als sie näherkam, erkannte sie ihren glücklosen Verehrer wieder, der ihr Geld angeboten hatte. Wie hieß er gleich noch, was hatte Pawel gesagt? Nikolai?

»Guten Abend, Nikolai«, sagte sie fröhlich. »Haben Sie jemand gefunden, dem Sie Ihre fünfzigtausend schenken können?«

»Nein, habe ich nicht«, gab er ebenso fröhlich zu, ohne im geringsten verlegen zu sein. »Setzen Sie sich doch, rauchen wir eine. Gestern habe ich wegen Ihnen einen Hunderter verspielt, heute habe ich ihn zurückgewonnen. Also im Prinzip nichts verloren.«

»Wie das?« wunderte sich Nastja, während sie sich zu ihm setzte und eine Zigarette nahm.

»Gestern abend war der Einsatz hunderttausend, und ich habe sie schändlich verspielt. Heute waren bereits zweihundert auf Sie gesetzt, Paschka ist abgeblitzt, und seine zweihunderttausend haben mein Partner und ich geteilt.«

»Nicht schlecht.« Nastja pfiff durch die Zähne. »Und wenn sich morgen noch ein Kamikaze findet, der es versuchen möchte, mich Widerspenstige zu zähmen?«

»Der nächste Einsatz ist vierhundert. Der Preis steigt proportional mit der Schwierigkeit der Aufgabe. Was meiner Ansicht nach nur gerecht ist.«

»Meiner Meinung nach auch. Wer hat sich denn dieses geniale System ausgedacht? Shenja? Oder Pawel?«

»Shenja. Moment mal, kennen Sie Shenja etwa?«

»Aber natürlich. Der hat schon versucht, mit mir anzubändeln, bevor er Sie beide in dieses Geschäft mit hineingezogen hat. Aber seien Sie nicht traurig, Nikolai, bei ihm hat es auch nicht geklappt.«

»Ich dachte mir, selber macht er nichts, aber uns immer ausfragen, was wir alles über Sie wissen, sowohl Paschka wie auch mich. Buchstäblich jede Kleinigkeit: Wohin hat sie sich umgedreht, zu wem hat sie hingesehen, was hat sie gesagt. Dieser Fuchs, dieses Schlitzohr! Keinen Ton hat er davon gesagt.«

Die analytische Maschine begann zu arbeiten, ein greller Blitz schoß durch die Leitungen und brachte Achsen und Zahnräder zum Laufen. Wie angestochen sprang Nastja auf.

»Ich muß los, verzeihen Sie. Gute Nacht, Nikolai.«

Schnell lief sie durch die Allee zurück. Sogleich kam ein körperloser Schatten hinter den Bäumen hervor und folgte ihr. Kolja Alferow merkte nichts davon. Er tastete die Bank nach seinem weggelegten Handschuh ab und fand dabei zufällig die Zigarettenschachtel, die Nastja zurückgelassen hatte. Er nahm sie und rannte los in die Richtung, in die Nastja verschwunden war, wollte schon den Mund aufmachen, um ihr nachzurufen, als er am Ende der Allee eine große männliche Gestalt erblickte. Der Mann rief laut:

»Nastja! Anastasija!« und winkte.

Kolja sah, wie die blaue Jacke auf die männliche Gestalt zuging, wie diese mit herrischer Geste den Arm um Nastja legte, sie an sich drückte und in Richtung Gebäude führte. Mechanisch schob er die fremden Zigaretten in die Tasche und hörte im selben Moment ein seltsames Geräusch – ein Röcheln oder unterdrücktes Husten. Er sprang darauf zu, schob das Gebüsch zur Seite und stand Angesicht zu Angesicht vor einem, den er am allerwenigsten hier erwartet hätte.

»Du?! Was machst du denn hier ...«

* * *

Shenja Schachnowitsch machte sich zu Starkow auf, um Bericht zu erstatten. Endlich hatte er auch etwas zu berichten. Die vier Monate Wartezeit waren nicht umsonst gewesen. Es begann sich etwas abzuzeichnen.

Er war zufrieden, daß er mit der sommersprossigen Rotblonden die Richtige ermittelt hatte. In der ›Doline‹ gab es zehn Zweizimmer-Suiten ›Deluxe‹, sie alle unter Kontrolle zu haben, war allein schon physisch unmöglich, aber der geheimnisvolle

Makarow, wenn er denn auftauchte, würde natürlich in einem Luxusappartement wohnen. Passenderweise wohnte die Rotblonde neben einer ›Deluxe‹ im ersten Stock, und ausgerechnet in diese ›Deluxe‹ kam die rätselhafte Kamenskaja, die alle auf Distanz hielt und zu niemandem Kontakt hatte. Das hieß, er war auf der richtigen Spur.

Außerdem waren gestern endlich Autos mit auswärtigen Nummernschildern aufgetaucht. Shenja hatte alle Nummern und die Automarken sorgfältig notiert. Allerdings waren fast alle Wagen bis auf einen nach kaum einer Stunde schon wieder abgefahren. Es lief überhaupt nicht so ab, wie Starkow es beschrieben hatte, als er ihm den Auftrag gab. War aber auch verständlich, schließlich hatte Starkow seine Informationen ebenfalls nur aus dritter Hand. Es wäre seltsam gewesen, wenn alles ohne Abweichungen vor sich gegangen wäre. Aber dafür wußte Shenja ja jetzt genau, wie es ablief. Nur müßte man noch wissen, *was* eigentlich ablief. Doch alles schön der Reihe nach.

Shenja sah auf die Uhr: bald Mitternacht. Starkow erwartete ihn um halb zwei, er hatte also noch Zeit. Shenja wohnte in einer Personalwohnung in einem dieser kleinen zweistöckigen Häuser auf dem Sanatoriumsgelände. Das war für alle praktisch: für Shenja, weil es seine ständige Anwesenheit in der ›Doline‹ rechtfertigte, und fürs Sanatorium, weil Tag und Nacht ein hervorragender Elektroinstallateur verfügbar war.

Schachnowitsch ordnete seine Notizen, sah sie noch einmal durch, sagte sie sich mit geschlossenen Augen mehrmals vor, bis er zufrieden war, dann zerriß er die Zettel und verbrannte sie im Küchenspülbecken. Er trank noch einen Kaffee und aß ein paar belegte Brote, kochen mochte er nicht. Dann warf er sich seine Jacke über und verließ die Wohnung.

* * *

Swetlana Kolomiez schlummerte friedlich auf dem Sofa. Der Wagen, der sie abholen sollte, war doch nicht gekommen.

Wlad hatte ihr zuvorkommend den bequemeren Schlafplatz abgetreten, sich selbst auf den Boden gelegt, jedoch nicht einschlafen können. Leise war er wieder aufgestanden, ins Bad gegangen, hatte sich einen Schuß gesetzt und war dann in die Küche geschlichen, wo er zuerst die Tür zum Zimmer fest zugezogen und dann den Kassettenrecorder eingeschaltet hatte. Anfangs hatte er versucht, im Drehbuch mitzulesen und es mit der Musik abzugleichen, denn immer noch ließen ihm diese sechs Minuten, für die es keine Handlung gab, keine Ruhe. Er hatte hin und hergerechnet und einige Szenen in die Länge zu ziehen versucht, aber dadurch waren sie nur aus dem Vertonungsschema herausgefallen. Am Ende hatte er einfach die Augen geschlossen und zugehört.

Ungefähr zwei Stunden waren vergangen, als er den Recorder ausschaltete. Er fühlte sich jetzt innerlich klar und ruhig. Er wußte jetzt Bescheid.

Er ging hinüber ins Zimmer, setzte sich auf die Sofakante und begann Swetlana über den Kopf zu streicheln. Sofort war sie hellwach, als hätte sie gar nicht geschlafen.

»Was ist los? Kannst du nicht schlafen? Willst du zu mir?« Auffordernd streckte sie die Hand aus.

»Du darfst mich nicht anlügen, Sweta«, sagte Wlad ganz langsam. »Es ist sehr wichtig. Versprich, daß du die Wahrheit sagst.«

»Gut, ich versprech's. Was ist passiert?«

»Haben sie dir gesagt, was am Ende des Films passiert?« Sie blieb stumm. Dieser Blödmann, warum beschäftigte ihn das so? Sie hatte ihr Wort gegeben, ihn nicht anzulügen. Aber auch den anderen hatte sie versprochen, nichts zu sagen. Mein Gott, sowas Albernes, wie im Kindergarten: Das erste Wort galt mehr.

»Ich frage dich, Sweta«, Wlads Stimme klang erschreckend monoton, »haben sie dir gesagt, was in den letzten sechs Minuten passiert?«

»Ja, sie haben es mir gesagt, ja«, platzte sie wütend heraus. »Ficken werden wir beide, einen Porno machen. Hättest du dir das nicht denken können? Ist ja nun wirklich kein Staatsgeheimnis.«

»Nein, Sweta, die haben dich angelogen. Sie werden dich töten.«

Er sagte das so einfach, daß Swetlana ihm auf's Wort glaubte.

Kapitel 5

TAG SECHS. BEGINNT NACHTS

»Du bist irgendwie nicht ganz da«, bemerkte Nastja, während sie brav Damir folgte, den langen Flur im ersten Stock entlang.

»Nicht so wichtig.« Er winkte ab. »Ich habe mich beeilt zurück zu sein, bevor du dich schlafen legst. Ich bat den Taxifahrer schneller zu fahren, und der ist so gerast, daß wir zweimal fast einen Unfall gebaut hätten.«

»Hattest du Angst?«

»Ein bißchen, ja. Bin immer noch völlig neben mir.«

Er öffnete die Tür zu seiner ›Deluxe‹-Suite, ließ Nastja den Vortritt und half ihr aus der Jacke.

»Ach, die Zigaretten!« Sie stutzte. »Mist, ich muß sie auf der Bank im Park liegengelassen haben. Aber um sie zu holen, ist es jetzt zu spät ...«

»Du beleidigst mich, Anastasija. Du glaubst doch nicht im Ernst, ich hätte mich um einen Martini für dich gekümmert und die Zigaretten vergessen?«

Mit theatralischer Geste holte Damir aus dem Barschrank eine Flasche, Gläser sowie eine Schachtel guter Mentholzigaretten.

»Sieh einer an, er hat es sich gemerkt.« Nastja mußte lächeln. »Wenn man mal die Details außer acht läßt, könnte man wirklich glauben, du seist verliebt.«

»Nastjenka«, Damir nahm sie zärtlich bei der Hand, »womit kann ich dir meine Aufrichtigkeit noch beweisen? Zwei ganze Tage bin ich nun schon hier ...«

»Drei«, korrigierte Nastja ihn ruhig.

»Wie bitte?«

»Du bist nicht erst zwei Tage hier, sondern drei. Das sind diese kleinen Details, die es mir schwer machen, an deine Aufrichtigkeit zu glauben. Ich frage gar nicht, weshalb du lügst, ich nehme das nur zur Kenntnis. Du bist ein großer Junge, Damir, bald wirst du vierzig, und wenn du lügst, so hat das wahrscheinlich irgendeinen Sinn. Und komm mir jetzt nicht mit irgendwelchen Ausreden. Nimm schlicht zur Kenntnis: Ich glaube dir kein einziges Wort. Doch das hindert mich keineswegs daran, Fragen mit dir zu diskutieren, die gar keine Wahrheitstreue verlangen. Zum Beispiel deine Arbeit. Weißt du, dein Film hat mir gut gefallen. Ich würde ihn gern zu Ende anschauen. Geht das?«

»Das geht schon.« Seine Stimme klang jetzt kalt. »Deine Direktheit bringt mich um. Bist du immer so?«

»Wie meinst du das?«

»Du bist keine Spielerin. Du bist einfach überkorrekt, setzt auch noch das allerletzte Komma. Wahrscheinlich hast du auch keine Freunde?«

»Nein«, pflichtete Nastja bei. »Ich habe einen geliebten Mann, der mir alle Freunde ersetzt, einschließlich der gekauften.«

»Anastasija«, stöhnte Damir. »Du bist unerträglich. Der Teufel muß mich geritten haben, als ich mich für dich zu interessieren begann. Na gut, schau dir den Film zu Ende an, ich geh inzwischen Kaffee kochen.«

Auf dem Bildschirm erlebte der inzwischen erwachsene Enkel die Tragödie der Einsamkeit. »Du hast mir die Gabe der Rede genommen«, warf er seinem Großvater vor. »Ich kann meine Gefühle nicht mehr normal ausdrücken, ich kann sie nur spielen. Ich habe alle Freunde verloren, die Frauen meiden mich, weil ich einen Sprachfehler habe und mich ihnen nur mit Hilfe der Musik verständlich machen kann.« – »Dafür hast du große, unsterbliche Musik geschaffen«, entgegnete der sterbende blinde Großvater. »Ich will das aber nicht!

Ich will eine Frau haben, Kinder, Freunde, ich will sein wie alle!« – »Ein Mensch, der große Musik schafft, darf nicht sein wie alle«, erwiderte der Großvater. »Wenn du solch eine Begabung hast, vergiß das gewöhnliche Leben mit seinen Regeln und seinen Albernheiten. Sie gelten nicht für dich. Du bist ein Genie.« Der Großvater entschlummert langsam, während der Enkel an seinem Bett steht und schreit: »Ich will kein Genie sein. Ich will nicht, ich will nicht, ich will nicht!« Und plötzlich, als er begreift, daß er mit Worten seinen Schmerz nicht ausdrücken kann, seinen Haß auf den Großvater, auf sich selbst, auf die Musik, greift er nach der Geige und beginnt zu spielen. Ende des Films.

Nastja hielt es für eine ganz außergewöhnliche Arbeit. Damir war wirklich begabt, darüber ließ sich schwerlich streiten. Seine musikalischen Fähigkeiten kamen in dem Film voll zur Geltung, und das Sujet war ebenfalls alles andere als gewöhnlich.

»Hat er dir gefallen?« Damir sah ihr ins Gesicht.

»Sehr«, meinte Nastja ganz offen. »Hast du noch etwas?«

»Nein, ich habe nur eine Kassette dabei, ich wollte sie Regina zeigen.«

Interessant, was war dann das, was du ihr noch gezeigt hast? Wegen welchem Film hat sie dich so gnadenlos kritisiert und dich einen Pfuscher geheißen? Wegen diesem hier? Wenn mich mein Gedächtnis nicht trügt, dann hast du heute nachmittag ganz bestimmt erklärt, Regina Arkadjewna habe diesen Film noch nicht gesehen. Schon wieder lügst du, Damir Ismailow. Aber ich werde jetzt nicht jedes deiner Worte festnageln und dich der Lüge überführen. Ich bin nicht am Arbeitsplatz. Ich werde dich schon noch drankriegen und dir zeigen, was für ein schlechter Lügner du bist und daß ich dich durchschaue. Und was weiter? Schließlich muß ich mit dir ja keine Pferde stehlen gehen. Wenn du lügen willst – bitte sehr, soviel du willst. Mich stört das nicht.

Dann küßte Damir sie wieder lange und innig, streichelte dabei ihren Rücken und liebkoste zärtlich ihr langes Haar, und wieder ließ Nastja ihr inneres Metronom mitlaufen und schimpfte sich dabei zynisch, kalt und total unromantisch. Ich bin ein moralisches Monstrum, das hatte sie sich in den letzten Tagen schön öfter gesagt. Warum kann ich nicht loslassen und den Flirt mit einem gutaussehenden, begabten Mann einfach genießen? Warum ödet mich das so an? Sie wollte nachsichtig sein mit Damir und zählte diesmal bis zwanzig. Dann stand sie auf, wünschte ihm eine gute Nacht und ging auf ihr Zimmer.

* * *

Pawel Dobrynin hatte es sich über Jahre hin zur festen Regel gemacht: Niemals bei einer Frau bis zum Morgen bleiben. Der Begriff ›Morgen‹ verband sich in seiner Vorstellung keineswegs mit irgendeiner Stellung der Uhrzeiger auf dem Zifferblatt. Entscheidendes Kriterium waren die morgendlichen Attribute: Waschen, Gespräche, gemeinsames Frühstück, kurz gesagt alles, was nur irgendwie an Familienalltag erinnerte. Selbst wenn er erst um zehn Uhr morgens in einem fremden Bett erwachte, sofort zog er sich an und ging. Das war für ihn die einfachste Lösung.

Pawel riß sich von dem Luxuskörper der Brünetten los und sah auf die Uhr – gleich halb vier. Die zweihunderttausend hast du in der Tasche, stellte er mit Befriedigung fest. Zeit, auf's eigene Zimmer zu gehen, um noch eine Mütze voll Schlaf zu nehmen.

Die Brünette zeigte Verständnis und hielt ihn nicht auf. Offenbar war sie vom gleichen Schlag wie er, suchte einmalige Vergnügung und keinen Dauerpartner.

Bei Zimmer 240 angekommen, klopfte Pawel sacht. Als er hinter der Tür keinerlei Rascheln hörte, was ihm gesagt hätte, daß sein Nachbar aufgewacht war und ihm gleich aufmachte, klopfte er fester. Nichts. Vorsichtig drückte er auf die Klinke. Die Tür war offen. Dieser Parasit, schimpfte Dobrynin, schläft wie ein Mehlsack und sperrt nicht ab. Wie oft hab' ich ihm schon gesagt, daß er die Tür nicht offenlassen soll: Seine – Pawels – Lederjacke, der Fotoapparat, der Doppelkassettenrecorder und der übrige Kram kosteten einen Haufen Geld, und noch dazu bewahrten sie in ihrem Zimmer die Gemeinschaftskasse auf, nicht nur seine und Nikolais Spieleinsätze, sondern auch die von Shenja. Unglaublicher Leichtsinn.

Pawel schaltete das Deckenlicht ein und setzte zu einer Standpauke an. Sein Zimmerkumpan lag in die Decke gewickelt und mit dem Gesicht zur Wand reglos da.

»He, Koljanytsch!« rief Dobrynin laut. »Wach schon auf! Man hat uns beklaut.«

Kolja rührte sich nicht. Pawel ging näher hin und rüttelte ihn an der Schulter. Da blieb ihm ein Schrei in der Kehle stecken.

* * *

»Was machen wir jetzt bloß?« fragte Swetlana Kolomiez zerstreut. Sie saß in eine Decke gehüllt auf dem Sofa und ließ die Füße baumeln.

»Wir müssen von hier verschwinden, bevor sie kommen. Wir haben noch ungefähr vier Stunden Zeit.«

Wlad wanderte langsam durchs Zimmer, er zitterte vor Kälte, es wurde ihm einfach nicht wärmer.

»Der Mist ist nur, daß wir nicht wissen wohin. Die finden uns doch gleich – hübsches Mädchen in Begleitung eines Liliputaners. Ein malerisches Paar, muß man zugeben.«

»Und wenn wir einfach abhauen und uns verstecken?« schlug Sweta vor. »Irgendeinen Keller finden oder ein verlassenes Haus und dort eine Zeitlang abwarten?«

»Du hast etwas vergessen. Ich hänge an der Nadel. Kannst du dir vorstellen, wie es mir morgen geht? Wieviel Geld haben wir?«

»Ich habe zwölfhundert, das ist alles. Und du?«

»Nur das Geld für die Rückreise.«

»Vielleicht schaffen wir es bis Tagesanbruch aus der STADT zu sein? Laß es uns probieren. Weißt du, wo der Bahnhof ist?«

»Keine Ahnung, ich bin mit dem Flugzeug gekommen. Und du?«

»Ich auch. Öffentliche Verkehrsmittel fahren jetzt nicht, und die Straßen sind wie ausgestorben, keiner da, den man nach dem Weg fragen könnte. Ein Taxi?«

»Fällt aus. In keiner Stadt arbeitet heutzutage ein normaler Taxifahrer noch nachts. Nur Mafiosi. Dann fallen wir denen direkt in die Hände.«

»Aber vielleicht haben wir Glück, Wlad? Wir halten einfach einen privaten an.«

»Bist du noch bei Trost? Welcher Privatmensch nimmt denn um vier Uhr morgens irgendwelche Unbekannten in seinem Wagen mit? Und wenn er es macht, dann nur mit der Absicht, sie auszurauben.«

»So geht es aber doch nicht, Wladitschek«, schluchzte das Mädchen, »wenn du überall nur Verbrecher siehst, dann gibt es überhaupt keinen Ausweg mehr. Aber es muß einen geben, hörst du? Unbedingt. Ich will nicht sterben. Wlad, du bist doch der Mann, du mußt dir irgend etwas einfallen lassen.«

»Also, Mädchen, folgendes.« Wlad blieb einen Moment stehen, dann wanderte er weiter durchs Zimmer hin und her. »Wenn wir bis zum Morgen nicht weg sind, sind wir erledigt. Die Stadt zu verlassen, ist sehr riskant, das geht vielleicht nur noch schlimmer aus. Variante eins – hierbleiben. Dazu müßten wir andere Kleidung anziehen, sowohl du als auch ich. Du in deinem Fünfziger-Jahre-Kleid bist viel zu auffällig. Von mir ganz zu schweigen, ein Zweitklässler in Erwachsenenkleidern. Außerdem brauchen wir noch Geld für Essen und für den Stoff. Bloß hab' ich nicht den geringsten Schimmer, wo ich ihn beschaffen könnte, ich kenne niemanden in der STADT. Doch wenn wir das Problem mit der Kleidung, dem Geld und dem Stoff hinkriegen, dann besteht eine Chance, daß wir hier rauskommen. Sei jetzt einfach mal fünf Minuten ruhig, ich muß nachdenken.«

Sweta drückte sich ganz still in eine Ecke des Sofas. O Gott, in was für eine schreckliche Geschichte war sie da hineingeraten! Sie hatte immer noch nicht begriffen, wieso Wlad meinte, daß man sie auf jeden Fall umbringen würde, aber sie glaubte es ihm. Mit so was würde er nicht scherzen. Und wenn man doch zur Polizei ging? Ihnen alles erzählte, wie es war. Dann müßte sie auch zugeben, daß sie eine Prostituierte war und in einem Pornofilm hatte mitmachen wollen. Das galt freilich als Verbrechen, aber sie wäre schließlich geständig, da käme sie um ein Gerichtsverfahren herum. Und Wlad? Auf jeden Fall kämen sie erstmal beide in Haft, selbst wenn sie dann freigesprochen würden. Und seine Drogen bekäme er dort nicht auf dem Tablett serviert. Armer Kleiner! Im Knast geht er bestimmt drauf.

Sweta überlegte kurz, wo man Geld auftreiben könnte. Die graue Glacélederjacke verkaufen, die Goldkette und den Ring? In diesem Fall wäre es ihr nicht schade drum. Aber nachts, in einer fremden Stadt, und noch dazu unter Zeitdruck? Mehr als ein Drittel des Werts wäre da nicht herauszuschlagen. Sie wußte ja nicht einmal, wo hier nachts die Händler saßen, und ob überhaupt. Man könnte versuchen, auf altgewohnte Weise etwas zu verdienen, doch das Risiko war groß, mit der Mafia, die hier den Strich kontrollierte, aneinanderzugeraten. Dann war endgültig Feierabend. Was tun?

Wlad hielt plötzlich inne.

»Die Stadt, aus der du kommst, kennst du dich da gut aus?« fragte er.

»Natürlich. Ich bin dort aufgewachsen.«

»In wie viele Sektoren ist deine Stadt aufgeteilt?«

»Was für Sektoren?« Sweta begriff nicht. »Stadtteile, oder was?«

»Wie viele Mafiaclans kontrollieren die Stadt?« fragte er, jede Silbe einzeln betonend.

»Woher soll ich das wissen?« fuhr sie hoch. »Bist du jetzt völlig übergeschnappt?«

»Hör mir zu, Mädchen. In der Stadt, aus der ich komme, sind es vier. Es gibt Städte mit zwei, und einige mit zehn. Kapierst du, worauf ich hinaus will?«

»Nein. Ich kapiere gar nichts.« Sie begann wieder zu schluchzen.

»Wenn wir beide es hier mit einer bestimmten Mafia zu tun haben, dann müssen wir uns nur an die andere wenden. Die werden uns dann garantiert helfen.«

»Wieso sollten die uns helfen?«

»Das ist deren Konkurrenz. Soweit kapiert? Wenn der eine Clan hinter uns her ist, nimmt uns der andere unter seine Fittiche. Bestimmt rechnen sie untereinander ab, aber in diesem Spiel ist jeder Trumpf gut. Und genau zu solch einem Trumpf müssen wir werden. Schlecht ist nur, daß wir beide in dieser STADT hier fremd sind. Die Orientierung ist schwer. Aber man könnte es riskieren. Fangen wir bei der Geographie an. Weißt du noch, wo das Büro liegt, in dem du das Vorstellungsgespräch geführt hast?«

»Nein, ich weiß nicht mal die Adresse. In der Anzeige war ein Postfach angegeben, und auch nicht hier, sondern in einer anderen Stadt. Im Antwortschreiben stand, ich solle hierher kommen, meine Ankunftszeit aber vorher der ersten Adresse melden. Hier wurde ich abgeholt und mit dem Auto zu Semjon gebracht.«

»Hast du dir den Weg gemerkt?«

»Nein. Ich habe überhaupt keinen Orientierungssinn. Zum Schwimmbad haben sie mich abends gefahren, da war es schon dunkel. Und hierher auch abends.«

»Mist. Praktisch null Information. Mich haben sie auch am Flughafen abgeholt und hierher gebracht. Es war zwar morgens, aber den Weg habe ich mir auch nicht gemerkt, wozu auch. Dann versuchen wir eben, auf anderem Wege zu einer Lösung zu kommen.«

* * *

»Wie konnte dir nur so was passieren, Semjon?«

»Ich hatte keine Wahl. Er hat mich erkannt. Wir waren fünf Jahre zusammen in der gleichen Mannschaft, haben oft im selben Zelt übernachtet. Er hat gedacht, ich säße schon lange im Knast, und zwar für fünfzehn Jahre.«

»Du könntest durchaus schon wieder auf freiem Fuß sein.«

»Na klar! Für Mord in Verbindung mit Vergewaltigung? Da hätten sie mich einfach wieder rausgelassen! War doch ein Mordsskandal, die ganze Truppe wußte davon. Nachdem ich untergetaucht war, wurden alle samt Trainer zehnmal zum Verhör zitiert, ob sie nicht wüßten, wo ich mich verstecken könnte. Seither habe ich mich nicht mehr in Moskau sehen lassen, immer schön still gehalten, neue Papiere besorgt. Es schien ja zu klappen, keiner hat mich bis jetzt gefunden. Und dann ausgerechnet sowas – Kolja Alferow, mein Busenfreund. Hat mich gleich erkannt, zum Teufel mit ihm, obwohl es so lange her ist. Sobald der zurück in Moskau gewesen wäre, hätte er allen unseren gemeinsamen Bekannten erzählt, daß er mich in der STADT gesehen hat. Glauben Sie, die Bullen hätten dann nicht Wind davon bekommen? Irgendein Depp findet sich immer, der einen Tip gibt. Entweder aus Überzeugung oder einfach, um anderen zu schaden. Zumal Alferow mich zusammen mit Sarip gesehen hat.«

»Auch das noch?«

»Ja. Sarip röchelt unter mir, und da taucht Alferow aus dem Gebüsch auf und wirft sich mir an den Hals wie dem besten Freund. Was blieb mir übrig? Er sieht Sarip und erstarrt vor Schreck, und ich starre ihn an und überlege, was ich mit diesem ganzen Schlamassel anfange. Na, da mußte ich ihm eben eins über die Rübe ziehen.«

»Das macht alles noch komplizierter. Kotik, was meinst du?«

»Alferows Leiche wie gewöhnlich verschwinden zu lassen, war unmöglich. Er ist doch Kurgast, man wird ihn suchen. Darum haben wir ihn auf sein Zimmer geschafft und ihn dort gelassen. Er hat das Zimmer zusammen mit irgend so einem Trottel, der dauernd in fremden Betten rumhüpft. Die werden sich zu allererst einmal an ihn halten, werden versuchen ihm Mord aus Eifersucht anzuhängen oder Totschlag im Suff. Wir haben alles ganz sauber erledigt. Durch den

Lieferanteneingang und mit dem Lastenaufzug, niemand hat uns gesehen.«

»Und Sarip?«

»Sarip haben wir vorläufig in das Nebengebäude geschafft, wir konnten ihn ja nicht in der Allee liegenlassen. Der Wagen ist weg zum Tanken. Sobald er zurück ist, schaffen wir ihn zum Pavillon.«

»Bist du sicher, daß man Sarip nicht suchen wird? Seine Familie weiß, wo er hingefahren ist!«

»Seine Familie weiß, daß er psychisch krank ist, deshalb hält er es auch nie lange an einem Arbeitsplatz aus. Pendelt dauernd zwischen der STADT und seinen Jobs hin und her, es kommt vor, daß er wochenlang verschwunden ist, und niemand kümmert sich darum, keiner vermißt ihn. Als wir merkten, daß Sarip aus dem Ruder läuft und er aus dem Verkehr gezogen werden muß, planten wir die Inszenierung eines Selbstmords für den Fall, daß man ihn doch vermißt. Suizid im Zustand einer akuten Psychose ist nichts Außergewöhnliches. Aber wegen Alferow hielt ich es nicht für angebracht, ein Risiko einzugehen. In einer so ruhigen STADT zwei Leichen an einem Tag – das wäre verdächtig.«

»Und wenn man ihn aus dem Bezirk hinausschafft? Dann könnten sie ihn ruhig finden ...«

»Dazu fehlt die Zeit. In unserer momentanen Situation kommt der Transport einer Leiche in einen anderen Bezirk nicht in Frage. Die Möglichkeit, Leichen offiziell zu melden, haben wir nicht, also lassen wir besser gleich die Finger davon. Ich fürchte, das mit Alferow ist ziemlich dumm gelaufen, aber da kann man nichts mehr dran ändern. Alle Dinger, die wir bisher gedreht haben, konnten wir vertuschen, kein einziges Mal gab es eine Fahndung. Die dilettantische Inszenierung eines Selbstmords kann die Sache nur schlimmer machen. Wir werden ihn im Pavillon liquidieren, wie gehabt.«

»Wie spät ist es?«

»Fünf vor vier. Vor sieben Uhr morgens wird man Alferows Leiche wohl kaum entdecken. Da sein Zimmerkumpan um ein

Uhr nachts nicht auf dem Zimmer war, ist er entweder später zurückgekommen und hat sich im Dunkeln schlafen gelegt, ohne etwas zu merken, oder er kommt erst morgen früh zurück. Wir müßten es eigentlich schaffen.«

»Wirklich?« Kotik schnellte vom Sofa hoch und sah aus dem Fenster. Durch das Einfahrtstor des Sanatoriums rasten zwei Polizeiautos mit Blaulicht. »Sieht aus, als ob wir gar nichts mehr schaffen. Laßt uns die Kurve kratzen. Gott sei Dank ist wenigstens Assanow schon weg.«

* * *

Der junge Kripobeamte, der Nastja gegenübersaß, sah müde aus, sein Gesicht war grau, die Augen geschwollen. Ist ja klar, dachte sie, die arbeiten schon seit vier Uhr früh hier in der ›Doline‹, und jetzt ist es fast Mittag. Sie hätte ihm gern geholfen. Und sie wußte, daß sie ihm hätte helfen können.

»Name, Vorname, Vatersname?«

»Kamenskaja, Anastasija Pawlowna.«

»Geburtsjahr und -ort?«

»Moskau, neunzehnhundertsechzig.«

»Wohnadresse?«

»Moskau, Schtscholkowskoje Chaussee zweiundvierzig, Wohnung einundfünfzig.«

»Arbeitgeber?«

»Oberste Kriminalbehörde in Moskau, das GUWD.«

Sie erwartete, daß der Mitarbeiter der hiesigen Polizei jetzt erstaunt aufblickte, erfreut lächelte, und alles seinen gewohnten Gang ging: Sie würde sich in die Ermittlungen einklinken, Informationen analysieren, kurz gesagt, all das machen, was sie so gut konnte und liebte. Na, jetzt aber …

»Kennen Sie Nikolai Alferow?«

»Ja.«

»Wann haben Sie ihn zum letzten Mal gesehen?«

Nastja beantwortete die Fragen anfangs sehr gewissenhaft, erinnerte sich an jedes kleinste Detail und wagte es sogar, erste Schlüsse zu ziehen. Doch der Kripobeamte, der sich als Andrei Golowin vorgestellt hatte, schien von ihren Bemühungen nichts zu merken. Er versuchte auch gar nicht, mit ihr irgend etwas zu besprechen. Er stellte nur Fragen. Na gut, dachte Nastja, er ist müde, er hat heute schon so viele verhört, ich darf es ihm nicht übel nehmen.

Als die Befragung zu Ende war, meinte sie zaghaft:

»Genosse Oberleutnant, wenn ich Ihnen irgendwie behilflich sein kann, es würde mich freuen ...«

»Schon gut, wir kommen schon ohne Ihre Hilfe zurecht.« Golowin winkte ab, und seine Stimme war so voller Geringschätzung, daß Nastja dachte, sie hätte einen Nasenstüber bekommen. Weggescheucht wie einen kleinen Pinscher, der sich frech an den Napf eines reinrassigen Dobermanns gewagt hat.

Bis zum Mittagessen blieb noch Zeit, darum beschloß sie, auf die Post zu gehen, um die telegrafische Anweisung abzuholen, die ihr Stiefvater ihr versprochen hatte, und ihn bei der Gelegenheit gleich noch einmal anzurufen.

* * *

In der Petrowka 38 in Moskau hielt Oberst Gordejew die morgendliche Einsatzplanung ab.

»Es liegt eine Meldung aus der STADT vor: Auffindung der Leiche eines gewissen Nikolai Alferow, wohnhaft Moskau. Er hat bei der Aktiengesellschaft ›Nord Trade Limited‹ gearbeitet. Hat einer schon mal was von der gehört?«

»Über unsere Informationskanäle – nein«, antwortete sogleich der immer zum Lachen aufgelegte Kolja Selujanow, einer der erfahrensten Mitarbeiter in Gordejews Abteilung. »Da müßten wir mal nebenan fragen.«

Mit ›nebenan‹ war die Abteilung zur Bekämpfung von Wirtschaftskriminalität gemeint.

»Bring das mal in Erfahrung.« Viktor Alexejewitsch nickte. »Geh am besten jetzt gleich, kann sein, daß wir irgendwas unternehmen müssen.«

Zehn Minuten später war Selujanow zurück.

»Das Ganze ist ziemlich undurchsichtig, Genosse Oberst. Die Firma ist wohlbekannt, die schleichen um Nord Trade schon herum, wie die Katze um den Brei, aber bisher haben sie denen noch nichts nachweisen können. Obwohl sie überzeugt sind, daß da nicht alles ganz sauber abläuft. Sie halten es für durchaus möglich, daß der Mord am Fahrer des Generaldirektors zurückführt bis nach Moskau.«

»Haben sie um Hilfe gebeten?« Gordejew nahm den Bügel seiner Brille aus dem Mund, auf dem er immer herumkaute, wenn er über etwas Wichtiges nachdachte.

»Na ja ...« Selujanow schmunzelte. »Sie haben so was angedeutet.«

»Angedeutet also.« Kolobok seufzte, nahm den Brillenbügel wieder in den Mund und überlegte, dann geriet er plötzlich in Bewegung. »Übrigens, in der STADT im Sanatorium ›Doline‹ ist unsere Nastja zur Kur. Wo ist denn nur diese Telefonnotiz? Ich hatte sie doch eben noch. Da ist sie ja! Tatsächlich, dieser Alferow war ebenfalls in der ›Doline‹ zur Kur. Dort ist er auch ermordet worden. Na, was sagt ihr? Das nehmen wir doch schon mal freudig zur Kenntnis.«

* * *

Eduard Petrowitsch Denissow war nicht einfach nur verärgert. Er war außer sich vor Zorn.

»Kann mir eigentlich endlich einer erklären, was da vor sich geht in dieser verdammten ›Doline‹? Schon seit vier Monaten hockt dort einer von uns, ohne etwas herauszubekommen. Und am Ende gibt es einen Mord. Sitz nicht stumm da, Tolja, mach den Mund auf, sag was.«

Der Chef der Aufklärung, Anatoli Starkow, kaute auf seinen Fingerknöcheln herum. Letzte Nacht hatte er von Shenja Schachnowitsch einen Haufen neue Informationen bekommen, allerdings ziemlich unvollständig und unsystematisch. Er brauchte Zeit, um sie zu durchdenken, und jetzt plötzlich der Mord an diesem Moskauer. Der war immer um diese Kamenskaja herumgeschwirrt, die Schachnowitsch nicht hatte knacken können. Gab es da irgendwelche Zusammenhänge?

Starkow sah den Mann von der hiesigen Polizeidirektion stirnrunzelnd an. Wieso sagte der nichts? Der müßte doch eigentlich auch befragt werden. Insgeheim hatte Starkow etwas gegen ihn, obwohl er ihn achtete. Auch wenn der sich arrogant aufführte, er machte seine Sache gut, und er half, wenn man ihn brauchte, hatte noch nie nein gesagt, selbst wenn es um Kleinigkeiten gegangen war. Man sah, daß Eduard ihn streng unter seiner Fuchtel hielt. Na gut, wenn der nichts sagte, würde eben er, Starkow, sein Blatt aufdecken, mochte es auch nach nichts aussehen, kaum höher als eine Acht, aber wer weiß, vielleicht war die plötzlich Trumpf?

»Zwei Menschen befinden sich in der STADT, die sich vor irgend etwas verstecken wollen. Vor einer Stunde hat mich Igor angerufen, er ist für die Hotels zuständig, und hat mir mitgeteilt, daß heute gegen sechs Uhr morgens, da verlassen die Mädels immer die Hotelzimmer, eine von ihnen angesprochen worden sei. Von einer Frau, die ein acht oder neun Jahre altes Kind bei sich hatte und sie um Hilfe bat. Es ist eine Professionelle, die sich hier in der STADT aufhält aus Gründen, die sie nicht an die große Glocke hängen will. Dort, wo sie untergebracht gewesen sei, hätte es gebrannt. Sie wollte ihre Zuhälter nicht verpfeifen und sich deshalb nicht an die Polizei wenden. Geld, Papiere, Kleidung, alles sei in der ausgebrannten Wohnung geblieben. Man hätte sie extra gewarnt, sich draußen nirgends blicken zu lassen. Darum hat sie gebeten, sie irgendwo zu verstecken, sie würde dann selbst mit ihren Zuhältern Kontakt aufnehmen, damit sie sie abholen. Unser Mädchen hat sich nicht groß geweigert. Die kennen schließlich auch sowas wie Solidarität. Aber sie hat natürlich gleich Igor Bescheid gesagt. Ich habe es überprüft, das mit dem Brand stimmt. Die Feuerwehr war um halb fünf Uhr morgens dort.«

»Interessant«, schaltete sich der Mann von der Polizeidirektion ein. »Um drei Uhr vierzig ruft der Nachtdienst der ›Doline‹ an und teilt den Fund einer Leiche mit. Und kaum eine halbe Stunde später fängt es am anderen Ende der STADT an zu brennen. Das gibt zu denken.«

»Wo ist die Frau jetzt?« fragte Denissow.

»Bei uns. Wir haben sie uns sofort geschnappt«, entgegnete Starkow schnell.

»Schaffen Sie sie her, ich rede selbst mit ihr. Und Sie«, Denissow wandte sich an den Mann von der Polizeidirektion, »ich warne Sie: Und wenn es Sie den Kopf kostet, der Mord im Sanatorium wird aufgeklärt. Das ist für mich so wichtig wie für Sie. Wenn in der STADT Konkurrenz aufgetaucht ist, dann muß ich die Hände frei haben, um gegen sie vorzugehen. Außerdem muß ich endlich wissen, was hier wirklich gespielt wird.«

* * *

Der erste Teil des Plans hatte bestens funktioniert. Kaum war Qualm aus der Wohnung gekommen, waren Sweta und Wlad auf die Straße gerannt, hatten aus der nächsten Telefonzelle die Feuerwehr alarmiert und dann gewartet, bis eine Menschenmenge zusammengelaufen war. Viele waren es so früh am Morgen freilich nicht gewesen, aber genug, um unauffällig in Erfahrung zu bringen, wo sich das teuerste Hotel der STADT befand. Ihre Geschichte hatte sich Wlad ausgedacht, um das Risiko möglichst gering zu halten, falls sie kein Glück haben würden und wieder in die Hände derer fielen, vor denen sie eigentlich davonliefen. Wenn sie einfach so aus der Wohnung verschwunden wären, hätten die gleich gewußt, daß sie einen Verdacht hatten, etwas ahnten, und dann hätte man sie sofort liquidiert. Aber wegen eines Feuers – das war völlig normal. Wlad hatte darauf beharrt, aus Sicherheitsgründen zu betonen, daß sie ihre Arbeitgeber nicht verpfeifen wollten.

Sie hatten einen Unterschlupf gefunden. Jetzt mußten sie nur noch herausbekommen, wem sie da in die Hände gefallen waren: denen, die sie für die Filmaufnahmen bestellt hatten oder der Konkurrenz. Die Chancen standen fifty-fifty, doch das war immer noch besser als der sichere Tod. Wlad hatte nie daran gezweifelt, daß es nicht Swetlana allein war, die dran glauben sollte. Wenn er richtig vermutete, dann hätte sie vor seinen Augen umgebracht werden sollen, was bedeutete, daß man auch ihn nicht am Leben gelassen hätte.

* * *

Während man sie aus der Wohnung der Prostituierten an einen anderen Ort fuhr, begann Wlad, der sich nicht auf die Einfallsgabe seiner Begleiterin verlassen wollte, sie zu instruieren.

»Kein Wort über den Film. Verstanden? Du erzählst nur von der Annonce, von dem Vorstellungsgespräch, vom Schwimmbad, vom türkischen Sultan. Denk dir nichts aus, sag nur die Wahrheit. Aber vom Film kein Sterbenswort.«

»Wieso nicht?« Swetlana verstand nicht.

»Weil nicht klar ist, an wen wir geraten sind. Zeitungsannonce, Postfach – das sind Sachen, die kennt jeder. So was ist völlig legal, und daß wir davon wissen, stellt keinerlei Gefahr dar. Das mit dem Film ist was ganz anderes. Wenn wir anfangen darüber zu reden, dann kommen die auf wer weiß was für Ideen. Ich weiß ja selbst nicht genau, warum wir davon nichts erzählen sollten. Aber ich hab's im Gefühl, daß es so besser ist.«

»Na gut, ich werde nichts erzählen«, meinte Swetlana folgsam.

Während der wenigen Stunden, die sie Wlad kannte, hatte sie sich schon daran gewöhnt, sich auf ihn zu verlassen. Dieser Winzling kümmerte sich um sie, er war klug, er hatte den Durchblick, er würde sie retten. Wenn er bloß keine Entzugserscheinungen bekam. Sweta dachte, daß sie bereit wäre, ihr letztes Schmuckstück dranzugeben und mit jedem X-beliebigen ins Bett zu steigen, nur um Wlad seinen Stoff zu besorgen. Wenn er versuchte, sie zu retten, mußte auch sie sich um ihn kümmern. Und er war wirklich ein echter Schauspieler, dachte Swetlana begeistert. Als sie während des Feuers noch zwischen den Gaffern standen, und auch später, im Hotel, war er nicht eine Sekunde von ihr gewichen, hatte sich immer fest an ihre Schenkel geklammert und sein Gesicht in ihrem Kleid versteckt. Wie ein erschreckter kleiner Junge. Freilich, bei Tageslicht könnte Wlad sein Alter nicht mehr verheimlichen, aber immerhin, wenn man sie suchen würde, hätten sie schon einen Vorsprung. Frau mit Kind – das war was anderes als Prostituierte mit Liliputaner, soviel stand fest.

* * *

Nastja Kamenskaja hatte ihre Augen auf dem englischen Text und hämmerte eifrig in die Schreibmaschine. Sie hatte sich bereits hineingefunden in Macbaines Stil, in seine charakteristische Art, Sätze zu bauen. Die Übersetzung ging flott voran, die Handlung war spannend, und Nastja gab sich alle Mühe, sich ganz auf die Arbeit zu konzentrieren. Doch irgend etwas verhinderte, daß ihr das Buch Spaß machte. Und Nastja wußte, was es war. Kränkung.

Sie dachte sich alle möglichen Rechtfertigungen für den Kripobeamten Andrei Golowin aus, statt dessen aber kam ihr nur immer wieder in den Kopf, wie sie einsam im eiskalten Oktoberregen auf dem Bahnsteig der STADT gestanden hatte, wie sie gegen die Schmerzen ankämpfend ihr Gepäck geschleppt hatte, die Tasche mit den Wörterbüchern in der einen Hand und die Schreibmaschine in der anderen, wie sie der Frau an der Rezeption das Schmiergeld hingeschoben hatte, wie sie auf ihrem Zimmer geheult hatte vor Schmerz und Erniedrigung. Und dann erinnerte sie sich noch daran, wie Gordejews Gesicht rot angelaufen war, als er den Chef der hiesigen Kripo gebeten hatte, ihr, der jungen Frau, zu helfen. All dies türmte sich auf zu einer einzigen großen KRÄNKUNG, die so tief ging, daß Nastja überhaupt nicht mehr die Ruhige und Rationale, die Gleichgültige und Kaltblütige in sich spürte, für die sie sich sonst immer hielt. Na so was, dachte sie auf einmal, anscheinend kann ich doch ganz normale menschliche Gefühle entwickeln. Ich habe Mitleid mit Regina Arkadjewna, der einsamen Lehrerin, die von ihrem Lieblingsschüler so elend betrogen wird. Sogar dieser Kolja Alferow tut mir ein bißchen leid, dieser sympathische gutherzige kleine Kerl, der so gar nichts Hinterlistiges hatte. Und vor allem bin ich gekränkt. Hätte wirklich nicht gedacht, daß ich zu so etwas noch fähig bin. Sieh an, diese Kamenskaja!

Ein wenig verwundert war sie, daß Damir den ganzen Tag über noch kein einziges Mal vorbeigeschaut hatte. Natürlich, er war nicht verliebt, doch irgendwie hatte er sie gestern und vorgestern doch gebraucht. War es damit heute etwa vorbei? Es würde sie wirklich mal interessieren, warum. Im übrigen, fiel Nastja ein, wahrscheinlich ist Regina bei ihm. Vor dem Mittagessen hatte die Alte zu ihr hereingeschaut und angekündigt, sie ginge jetzt zu Damir, seine Arbeit begutachten, ob Nastja nicht mitkommen wolle. Sie hatte sich eine passende Ausrede einfallen lassen. In Wirklichkeit hatte sie den Film ja schon gesehen, doch die Alte damit kränken, daß ihr hochgeschätzter Damir seine Arbeit vorher schon jemand anderem gezeigt hatte, das wollte Nastja nicht. Überhaupt schien das ganze Tamtam um den Mord die Nachbarin nicht besonders zu stören. Regina Arkadjewna erinnerte Nastja an eine alte weise Schildkröte, die nichts mehr in Erstaunen versetzt. Wahrscheinlich saß sie jetzt in Damirs ›Deluxe‹-Suite, trank ein Gläschen Kognak und zerpflückte den Film, der Nastja so gefallen hatte. Zu gern wüßte sie, welche Mängel die Alte entdeckte.

Die letzten zwei Tage hatte sie sich jedesmal weit nach Mitternacht schlafen gelegt. Die aufgestaute Müdigkeit machte sich jetzt bemerkbar. Die Übersetzungsnorm war erfüllt, Nastja konnte sich guten Gewissens etwas früher schlafen legen.

Kapitel 6

TAG SIEBEN

Viktor Alexejewitsch Gordejew verabschiedete Jura Korotkow, den sie in die STADT zu schicken beschlossen hatten, um den Mord an dem Moskauer Nikolai Alferow aufzuklären. Der ganze gestrige Tag war draufgegangen, um Informationen über den Toten zu sammeln, sie hatten mit den Jungs aus der Abteilung für Wirtschaftskriminalität zusammengearbeitet, nichts Wichtiges herausbekommen, doch sah es ganz danach aus, als sei es ein Mord ›auf Bestellung‹.

Gordejew rief seinen Bekannten Sergei Michailowitsch in der STADT an, den Chef der dortigen Kripo.

»Wie geht es meiner Mitarbeiterin? Genießt sie die Kur?« fragte er, um mit etwas anzufangen.

Im Hörer blieb es still. Gordejew merkte auf.

»Hast du es etwa vergessen, Sergei Michailowitsch? Du hast versprochen, sie vom Bahnhof abzuholen und ihr mit dem Einzelzimmer zu helfen. Was denn nun?«

»Ich hatte viel zu tun, Viktor, du weißt ja selbst, wie es bei mir hier zugeht. Ich hab' es einem meiner Jungs gesagt, er sollte sich drum kümmern.«

»Hast du kontrolliert, ob er es gemacht hat? Jag mir keinen Schreck ein. Wenn mit meinem Mädchen irgendwas schiefgelaufen sein sollte, dann kann ich das nie wieder gutmachen. Schließlich war ich derjenige, der sie zur Kur überredet hat.«

»Reg dich nicht auf, Viktor. Der Junge ist zuverlässig, er müßte es eigentlich erledigt haben. Warte mal, ich prüf' es gleich nach.«

Gordejew hörte, wie Sergei Michailowitsch von einem anderen Apparat aus telefonierte.

»Wo ist Stepan? Er soll zu mir kommen.«

»Du, solang du deinen Stepan suchst, erzähl mir: Was ist mit diesem Moskauer bei euch in der ›Doline‹?« hakte Gordejew ein.

»Du bist wieder mal längst im Bilde«, meinte Sergei Michailowitsch mißmutig. »Ein Kunde von dir?«

»Nein. Habt ihr schon eine heiße Spur?«

»Bisher noch nicht. Weißt du vielleicht etwas?«

»Es gibt Grund zur Annahme, daß das von Moskau aus ›bestellt‹ wurde. Läßt du einen Beamten von mir mit an den Fall?«

»Schick ihn ruhig her. Warte, da kommt Stepan.«

An der dumpfen Stille erkannte Gordejew, daß der andere die Sprechmuschel zuhielt. Das Gespräch zog sich hin, was nichts Gutes verhieß. Endlich ließ Sergei Michailowitsch sich wieder vernehmen, er klang jetzt ein wenig verlegen.

»Weißt du, das war so, Viktor ... Also, dein Mädchen ist von niemandem abgeholt worden. Es gab da einen Engpaß. Kein einziger freier Wagen, alle im Einsatz.«

»Und einen Mann mit zwei Händen hast du auch nicht gehabt?« Gordejew wurde ernsthaft böse. In solchen Momenten, in denen sich sein geballter Zorn entlud, schien er wirklich kugelrund zu werden, wie ein kleines Brötchen, womit er seinem Spitznamen, den er schon als Jugendlicher abbekommen hatte, alle Ehre machte. »Außerdem hatte ich dich nicht um einen Wagen gebeten. Ich bat darum, sie abzuholen und zum Sanatorium zu begleiten. Hatte extra dazugesagt, daß sie keine Taschen schleppen darf, ihr Rücken ist kaputt. Hast du ihr wenigstens das Zimmer besorgt?«

»Haben wir. Allerdings konnten wir ihr nicht mehr vorher Bescheid geben, an wen sie sich wenden sollte, aber sie wird sich wohl schon von selbst auf uns berufen haben.«

»Wie hätte sie sich auf euch berufen können, wenn sie nicht einmal wußte, ob ihr euch überhaupt bequemt habt, im Sanatorium anzurufen? Das hätte ich nicht von dir gedacht, Sergei Michailowitsch, ehrlich, hätte ich wirklich nicht gedacht. Du hast mich schwer enttäuscht. Schluß, Themawechsel. Morgen trifft Major Korotkow bei euch ein. Er braucht nicht abgeholt zu werden, er kommt schon selbst zurecht. Das wärs.«

Viktor Alexejewitsch knallte zornig den Hörer auf die Gabel. Jura Korotkow wartete schweigend den Sturm ab. Als Kolobok aufhörte, Rauten auf ein leeres Blatt Papier zu kritzeln, und nach seiner Brille griff, womit er Bereitschaft zur Arbeit signalisierte, wagte Jura, die Unterredung fortzusetzen.

»Was meinen Sie, Viktor Alexejewitsch, ob die im Sanatorium wissen, daß Nastja bei der Kripo arbeitet?«

Gordejew zuckte mit den Achseln.

»Wenn die von der dortigen Kripo wegen ihr angerufen haben, dann dürften sie es wohl wissen. Doch kann es sein, daß es nur die Verwaltung weiß, die Kurgäste aber nicht. Das müssen wir genau klären. Das müssen wir unbedingt ausnutzen, Nastasija hat womöglich einiges gesehen und gehört. Wir müssen bloß entscheiden, ob wir sie als unsere offizielle Mitarbeiterin in die Arbeit einbeziehen, oder ob wir ihren inoffiziellen Status beibehalten. Davon wird auch deine Arbeit in der ›Doline‹ abhängen.«

»Ich schlage vor, wir machen es über Leonid Petrowitsch.«

»Gute Idee.« Kolobok nickte zustimmend. »Ljonja ist ein alter Hase, der weiß, wie man so etwas macht. Wir müssen nur überlegen, wie wir Nastja die Nachricht, daß du fährst, zukommen lassen können, ohne dabei deinen Namen zu erwähnen. Wer weiß, von wessen Telefon aus sie spricht. Von einer Telefonzelle aus wäre es natürlich einfacher. Aber wir können kein Risiko eingehen. Überleg mal kurz, was sie über dich weiß? Irgend etwas Privates, wie Hobby oder Lieblingsspeise.«

Jura dachte nach. Was gab es da bloß? Wenn Name, Vorname, Aussehen, Beruf ausgeschlossen waren, was dann?

»Sie kennt den Namen einer engen Freundin von mir«, meinte er unsicher.

»Einer sehr engen?« fragte Kolobok feixend.

»Einer sehr engen.«

»Dann paßt es. Geh und laß dir eine Dienstreise bescheinigen, ich werde Ljonja anrufen.«

Nastjas Stiefvater war ein guter Bekannter von Gordejew, er hatte lange Jahre bei der Kripo gearbeitet und die letzte Zeit an einer juristischen Fernuniversität unterrichtet. Auf ihn konnte sich Viktor Alexejewitsch voll und ganz verlassen.

* * *

Kotik-Katerchen, der Masseur, hatte wirklich eine gute Spürnase. Unter dem Vorwand einer Runde Preference versammelte er in einem unbelegten Zimmer Damir, Semjon und den Chemiker, um die Situation zu klären und herauszufinden, welche Gefahren ihnen drohten. Von dem Feuer sowie dem Verschwinden von Swetlana Kolomiez und dem Knirps wußten sie bereits. Es mußte entschieden werden, ob es sich lohnte nach ihnen zu suchen, oder ob man sie angesichts der Probleme ihrem Schicksal überließ. Während sie dies besprachen, beschlich Kotik das ungute Gefühl, daß Semjon irgend etwas verschwieg.

»Marzew ist ein vernünftiger Mensch, er wird nicht darauf bestehen, daß die Bestellung augenblicklich erledigt wird. Seinen Anfall hatte er vor einem Monat, und er hofft, daß er noch zwei, drei Monate aushält. Währenddessen könnten wir ihm die passenden Leute suchen und alles erledigen. Jetzt nehmen wir mal an, die Tusse und der Liliputaner haben sich vor dem Feuer gerettet, sind irgendwohin abgehauen und versuchen nun, uns von der Polizei ausfindig machen zu lassen. Könnten die das?«

»Sollten sie eigentlich nicht«, war Semjons entschiedene Reaktion. »Sie haben weder eine Adresse noch eine Telefonnummer. Nur die Nummer des Postfachs in einer anderen Stadt, doch da stehen so viele Strohmänner dahinter, daß sie auch in hundert Jahren noch nicht bei uns ankommen. Den Kleinen habe ich vom Flugplatz in meinem Wagen mit den falschen Nummernschildern abgeholt, keiner der angestellten Fahrer hat ihn gesehen. Die Tusse ist immer mit mir und Garik gefahren, aber immer abends, als es schon dämmrig war oder ganz dunkel. Sie dürfte sich kaum an etwas erinnern.«

»Außer diesen beiden, haben wir in der STADT sonst noch etwas laufen? Irgend etwas, auf das die Polizei stoßen könnte?«

Semjons Stimme schien noch genauso fest zu sein, aber doch nicht ganz ... Kotik ging in Hab-Acht-Stellung. Irgendwo hier lauerte Gefahr. Er lenkte sein Augenmerk auf den Chemiker.

»Bist du dir bei deinem Mädchen sicher? Wird sie keine Zicken machen?«

»Wo denkst du hin, Kotik. Das geht doch nicht erst seit gestern. Wenn Vera schon so lange den Mund gehalten hat, wieso sollte sie dann ausgerechnet jetzt anfangen zu plappern?«

»Ich hatte den Eindruck, als ob sie sich letztes Mal irgendein Theater geleistet hätte. Oder täusche ich mich?«

»Nur keine Sorge. Die üblichen Weiberzicken. Wißt ihr, Assanow hat ihr einfach nicht gefallen. Sie steckt so bis über beide Ohren in der Scheiße, daß sie es sogar mit einem Krokodil machen würde.«

»Na gut, wir wollen dir mal glauben. Und was macht deine Liebste, Damir? Wie ist das werte Befinden?«

»Meines Erachtens empfindet sie gar nichts. Kalt wie ein Stein.« Der Regisseur versuchte zu witzeln. »Nicht weich zu kriegen. Aber eines kann ich mit Sicherheit sagen: Die interessiert sich nicht für uns. Keinerlei Fragen, keinerlei Anspielungen. Ist nur mit ihrer Gesundheit und ihrer Übersetzung beschäftigt. Ich bin überzeugt, daß sie nichts Verdächtiges bemerkt hat.«

»Kannst du dafür garantieren, daß sie Sarip nicht bemerkt hat?«

»Ich habe so laut geschrien und im Park nach ihr gerufen, daß ich bestimmt jedes Geräusch im Umkreis von einem Kilometer übertönt habe. Sie hat mich sofort bemerkt und sah überhaupt nicht erschrocken aus. Eher nachdenklich. Seit Sarip auf der Suche nach ihr war, habe ich mich bemüht, ständig in ihrer Nähe zu sein. Einerseits, um sie vor diesem Verrückten zu schützen, andererseits um herauszubekommen, ob sie nicht doch was von ihm mitbekommen hat. Nein, sie ist absolut ruhig, sie hat keine Angst im Dunkeln, nicht mal instinktiv, sie fürchtet sich weder allein in unbeleuchteten Fluren noch spät nachts im Park. Wenn sie auch nur irgend etwas beunruhigen würde, und sei es auch nur unbewußt, das hätte ich gemerkt.«

»Klingt ja überzeugend. Ich habe ihr Zimmer durchsucht, nichts, was auf ein Interesse an uns hindeutet. Semjon!«

»Was?« Semjon zuckte zusammen.

»Mir scheint, da ist noch irgend etwas. Na los, rück schon raus damit.«

Kotik machte sanft Druck, doch er war schon leicht gereizt. An Semjons Gesicht sah Kotik, daß er zur rechten Zeit und am rechten Ort angesetzt hatte.

Semjon klappte zusammen und gestand den Mord an Wasili Ruschin, den er so lange verschwiegen hatte.

»Wie konntest du es wagen, uns nichts davon zu sagen, du Bastard?« Kotik schnurrte jetzt nicht mehr zart, er fauchte. »Schlägst einem Menschen den Schädel ein und sagst vier Monate lang kein Wort. Lynchen wäre noch zu mild für dich!«

»Er ist uns zu nah gekommen. Er hatte von Makarow erfahren ...«

»Von wem hat er es erfahren? Hast du das wenigstens noch aus ihm herausgekriegt, bevor du ihm eins auf die Rübe gegeben hast? Idiot!«

»Dazu war keine Zeit mehr. Er schlich um den Pavillon herum, ausgerechnet als Vera herauskam, und er fragte sie, ob hier nicht ein Makarow wohne. Ich hatte Glück, weil ich noch hinunterging, um die Tür hinter ihr zuzumachen, und da habe ich das Gespräch mitgehört. Was sollte ich denn machen? Ich sagte, Makarow – das sei ich, dann bat ich ihn herein und ... Verschwinden lassen konnte ich ihn nirgends, ich mußte ihn einfach draußen liegenlassen.«

»Na, wenigstens hat dein Verstand dazu gereicht, ihn nicht verschwinden zu lassen. Wenn den jemand geschickt hat, und höchstwahrscheinlich waren das die Bullen, dann hätten die alles auf den Kopf gestellt, falls er verschwunden gewesen wäre. Doch so, falls wir Glück haben, haken sie es vielleicht als Schlägerei unter Besoffenen ab. Aber ganz egal, Semjon, so etwas hättest du nicht verheimlichen dürfen. Wenn er geschnüffelt hat, dann heißt das, wir haben Spuren hinterlassen, haben irgendwem Grund zur Beunruhigung gegeben. Wir fühlen uns sicher, doch in Wirklichkeit hat uns schon vier Monate lang jemand auf dem Kieker. So sieht's aus. Du mußt aus der STADT verduften. Und du auch, Chemiker. Ich selber kann nicht weg, weil ich ein Angestellter des Sanatoriums bin, in dem ein Verbrechen verübt wurde. Ich muß hier bleiben, um keinen Verdacht zu erregen.«

»Und was soll ich machen?« meldete sich Damir zu Wort. »Ich habe eine ganze Woche gebucht und allen erklärt, ich hätte hier genau eine Woche zu tun. Da kann ich doch nicht nach drei Tagen wieder fahren!«

»Was dich angeht, bin ich noch unentschlossen. Heute abend gebe ich dir Bescheid. Und jetzt Abflug.«

Kotik wartete, bis alle gegangen waren, dann setzte er sich zusammengekauert aufs Bett und zerriß gedankenversunken das Blatt Papier, auf dem sorgfältig in Spalten Preference-Punkte eingetragen waren für den Fall, daß jemand hereingekommen wäre. Dann fischte er aus der Brusttasche seiner grellfarbigen weiten Jacke ein Handy.

»Ich muß was besprechen«, sagte er.

»Nicht jetzt. Später«, kam die Antwort.

* * *

Der fünfundzwanzigjährige Alexander Kasakow, mit Spitznamen Chemiker, hatte keine Lust, die STADT zu verlassen. Er befürchtete, Vera könnte ihn suchen, und wer wußte schon, was das für Folgen haben könnte. Das mit dem Mord konnte er ihr schließlich nicht sagen.

Er hatte Vera vor einem Jahr kennengelernt, als er für ein

Praktikum an ihre Schule kam, um Chemie und Biologie zu unterrichten. Zuerst war sie ihm gar nicht besonders aufgefallen, geschweige denn hatte er geahnt, welch heißes Interesse am ›erwachsenen‹ Leben sich hinter diesem unschuldigen Engelsgesicht verbarg. Noch bevor es Sascha bewußt wurde, waren die Nachhilfestunden in Chemie nach dem Unterricht zur täglichen Gewohnheit geworden, die Röcke – immer kürzer, der Duft des Parfums – immer betörender. Verotschka hatte sich als zielstrebiges Mädchen erwiesen, und, nachdem sie sich in Sascha verliebt hatte, die Sache auch knallhart durchgezogen, ohne sich zu scheuen, aufdringlich zu sein oder unzüchtig zu wirken. Kasakow hatte sie einige Wochen beobachtet, ihre äußeren Werte schätzen gelernt, ihre scharfe und unorthodoxe Auffassungsgabe, ihre Bereitschaft zu sexueller Freizügigkeit, und dann hatte er Vabanque gespielt.

»Vera«, hatte er mit leidendem Tonfall gemeint und traurige Augen gemacht, »ich liebe dich. Aber die Welt, in der wir leben, wird uns nicht verstehen. Du bist erst dreizehn, und ich vierundzwanzig. Wenn sie uns erwischen, schicken sie mich ins Gefängnis. Verstehst du das?«

»Blödsinn«, hatte das zauberhafte Geschöpf leichtsinnig erklärt, »ich bin schon lang kein kleines Mädchen mehr. Wir haben schon in der fünften Klasse ›Arztspiele‹ gemacht.«

Damit hatte der Chemiker freie Hand gehabt. Für die Aufnahmen Kategorie ›C‹ immer dasselbe Mädchen parat zu haben, war weitaus ungefährlicher, als jedesmal eine neue aufzutreiben. Unter die Kategorie ›A‹ fielen erwachsene Frauen, bei weitem nicht alle von ihnen waren Prostituierte, aber sie hielten alle den Mund. Mit den Nymphchen war es immer komplizierter und gefährlicher. Vera stellte sich für Kasakow als Glückstreffer heraus, besonders seit er ihr das Märchen von der Flucht ins Ausland aufgetischt hatte, wofür man Geld beschaffen müsse. Er hatte es gar nicht fassen können, wie ein so kluges Mädchen einen derartigen Blödsinn glauben konnte. Eine Zeitlang hatte er sogar geargwöhnt, sie stelle sich nur so gutgläubig. Doch eines Abends, als er und Vera sich bei ihm zu Hause die Zeit vertrieben, hatten sich seine Zweifel endgültig zerstreut.

»Nächstes Mal könnten wir zu uns auf die Datscha fahren, allerdings bin ich da nicht so gern«, hatte Vera an jenem Abend gesagt. »Seit Lilia weg ist, werde ich dort immer traurig.«

»Lilia, wer ist das?« hatte der Chemiker gefragt und es sich auf dem Kissen bequemer gemacht.

»Lilia ist Großvaters Geliebte. Vierzig Jahre jünger als er. Ach, wie hat Großvater sie geliebt!« Sie hatte neidisch geseufzt. »Mehrere Male pro Jahr hat er sie ins Ausland mitgenommen, mal in einen schicken Kurort, mal irgendwelche Museen anschauen. Irgendwie ist ihr wohl herausgerutscht, daß sie immer schon mal einen echten englischen Park sehen wollte, und da ist er mit ihr extra nach England gefahren. Lilia war so fröhlich und so gut. Großvater hat ihr eine Wohnung gekauft, aber auf der Datscha gefiel es ihr viel besser. Tagelang konnte sie vorm Haus sitzen und auf die Bäume schauen. Dann hat Großvater sie mit irgendeinem Ausländer verheiratet, und mit dem ist sie nach Wien gegangen. Vor ihrer Abreise bat sie mich, mit ihr nochmal auf die Datscha zu fahren, sie lief durch den Garten, streichelte jeden Baum. Und heulte fürchterlich. Sie meinte, die Zeit mit meinem Großvater sei die schönste in ihrem ganzen Leben gewesen. Immer wenn ich jetzt auf die Datscha komme, muß ich daran denken, wie sie geweint hat, deshalb werde ich dort immer traurig.«

»Und warum hat dein Großvater sie nicht selber geheiratet?«

»Du hast Nerven!« Vera war vom Kissen hochgefahren und hatte den Chemiker empört angestarrt. »Und Großmutter? Er hat nicht vor, sich von ihr scheiden zu lassen.«

Sie stammt nicht einfach nur aus einer wohlhabenden Familie, hatte der Chemiker damals gedacht. Diese Familie ist so reich, daß sie bereits einen anderen Blick auf das Leben hat. Für die ist eine Reise nach Rom oder Paris das gleiche, wie für mich eine Reise nach Charkow oder Omsk. Nicht verwunderlich, daß sie mir glaubt. Ins Ausland zu fahren ist nur ein Klacks – stell sich das einer vor. Würde mich wirklich interessieren, wer ihr Großvater ist?

Aber Vera auszufragen, das hatte der Chemiker nicht gewagt, um seine Freundin nicht argwöhnisch zu machen. Er brachte es über Umwege heraus. Als er es erfuhr, erschrak er. Doch um alles rückgängig zu machen, dazu war es zu spät gewesen. Vera Denissowa hatte bereits in fünf oder sechs Filmen mitgemacht, sie kannte Semjon und Damir vom Sehen, und sogar die Adresse des Pavillons kannte sie. Man konnte nur noch hoffen, daß alles glücklich ausging. Aber damit es auch wirklich gut ausging, mußte man das Mädchen ganz besonders in ihrem Glauben stärken, daß er, Sascha Kasakow, ganz verrückt nach ihr sei und ohne seine Verotschka nicht mehr leben könne. Und Sascha gab sich wirklich Mühe. Er tat, was er konnte. Wie konnte er da abhauen? Dann glaubte sie ja womöglich noch, er hätte sie verlassen.

* * *

Am siebten Tag ihres Aufenthalts in der ›Doline‹ änderte sich für Nastja alles. Am Abend zuvor hatte sie sich früh hingelegt in der Hoffnung, einmal richtig ausschlafen zu können, und war dann total verblüfft, als es beim Aufwachen noch dunkel war und sie auch gar nicht weiterschlafen konnte. Eigentlich war sie eine richtige Schlafmütze, für die das Aufstehen morgens immer eine Folter bedeutete. Sie wälzte sich unter ihrer Decke, um noch ein wenig zu dösen, doch bald ließ sie das sein und hörte auf, sich etwas vorzumachen. In Gedanken war sie nämlich längst bei der Arbeit.

Sechs Tage lang war es ihr gelungen, sich selbst an der Nase herumzuführen und sich einzureden, daß sie das alles nichts anginge, daß sie nicht im Dienst sei, sondern auf Kur und im Urlaub. Sechs Tage lang hatte sie es geschafft, die Signale ihres Verstandes zu ignorieren. Ganze sechs Tage lang hatte sie die

Kripobeamtin in sich verdrängt und zwar so erfolgreich, daß sie bis in die Niederungen unverzeihlicher Weiberambitionen und albernem Gekränktseins gesunken war. Schluß mit der Verstellung, entschied Nastja, ich werde jetzt so sein, wie ich sein will. Und was sie als erstes wollte, das war nachdenken.

Sie kroch aus dem Bett und ging unter die Dusche. Wie immer vor der Arbeit stellte sie sich einige Denksportaufgaben, um ihr Gehirn in Gang zu bringen. Heute nahm sie sich die Regeln zur Frage nach dem direkten Objekt der finno-ugrischen Sprachgruppe vor. Nachdem sie die Aufgabe gelöst und gleichzeitig die Temperatur des Wassers bis auf eine kaum mehr zu ertragende Eiseskälte heruntergedreht hatte, spürte sie wieder die vertraute freudige Erregung. Das Frühstück beschloß sie ausfallen zu lassen, sie kochte sich einen Kaffee und machte sich an die Arbeit.

Gegen elf Uhr vormittags ging sie in die Halle hinunter und kaufte sich alle Zeitungen, die es gab, bis hin zu den alten Anzeigenblättern von vor einem Monat. Sie klemmte den dicken Packen Zeitungen unter den Arm, verließ das Gebäude und wanderte ungefähr eine Stunde lang im Park umher, wobei sie ihre gewohnte Tour ein wenig abänderte. Für eine Weile setzte sie sich auf eine Bank, vertiefte sich in die Zeitungen, kam wieder zu sich und begann komplizierte Schnörkel auf einzelne Blätter zu malen.

Bis zum Mittag hatte sie sich ein mehr oder weniger vollständiges Bild gemacht, das zwar noch Lücken aufwies, doch Nastja wußte ungefähr, wie man sie füllen konnte, was man dafür nachprüfen und klären mußte. Die Wut auf den Kripobeamten, der sie gestern vernommen hatte, war verraucht. Ihr war klar, daß man sie als jemanden, der Alferow wahrscheinlich direkt vor seiner Ermordung noch gesehen hatte, bestimmt erneut vernehmen würde. Vielleicht würde es ein anderer Kripobeamter machen, vielleicht auch ein Kommissar. Jedenfalls wäre der nicht so müde und gequält, und so würde es ihr bestimmt gelingen, ihn von all dem in Kenntnis zu setzen, was sie durch Kombinieren herausgefunden hatte.

Es kam tatsächlich ein Kommissar. Man stellte ihm eines der nicht belegten Zimmer zur Verfügung, wohin er der Reihe nach alle Zeugen bestellte. Anastasija Kamenskaja war eine der ersten, mit denen er sprechen wollte. Das schien ihr schon mal ein gutes Zeichen zu sein.

Nastja schwor sich, zurückhaltend zu sein. Sie war schließlich nicht das erste Jahr bei der Kripo und wußte sehr gut, was die örtliche Polizei von angereisten Moskauern hielt. Die Feindseligkeit wurde sorgfältig hinter vorgespielter Freundlichkeit verborgen, doch kaum war so ein Beamter der Moskauer Kripo oder des Ministeriums wieder draußen, ließen sie ihren Gefühlen freien Lauf. Weil sie die örtlichen Gepflogenheiten nicht kannten, machten die Abkommandierten aus der Hauptstadt bei ihrem Vorgehen oft alle sorgsam, mit viel Zeit- und Energieaufwand durchgeführten Ermittlungen zunichte. Man mußte sie in einem Hotel unterbringen, ihnen eine Telefonleitung nach Moskau freischalten, einen Chauffeur beschaffen, und sie mit Wodka bewirten, um den guten Gastgeber zu mimen. Doch außer Kopfschmerzen brachten diese Angereisten meist nichts ein. Freilich gab es Ausnahmen. Wenn man ganz ehrlich war, dann gab es sogar mehr Ausnahmen als Regelfälle. Trotzdem ließ das Verhältnis zu den ›Helfern‹ aus Moskau einiges zu wünschen übrig.

Deswegen verordnete sich Nastja größtmögliches Taktgefühl. Nicht gleich mit der Tür ins Haus fallen und ihre Schlußfolgerungen aufdrängen, sondern den passenden Moment abwarten, wenn der Kommissar von sich aus die nötigen Fragen ansprach. Mord war schließlich Mord, dachte Nastja, und es wäre einfach eine Sünde, den Kollegen nicht zu helfen, da sich nun schon mal die Möglichkeit dazu ergab.

Der Kommissar war höflich, sprach sie mit Namen und Vatersnamen an, gestattete ihr freundlicherweise zu rauchen, falls sie es wünsche. Sein hageres Äußeres ließ ihn jugendlich unausgereift aussehen, doch das von Falten durchzogene Gesicht und die spärlichen Haare zeugten deutlich von seinem Alter. Der Anzug war gebügelt, das Hemd frisch, die Krawatte Ton in Ton.

Nastja hatte erwartet, der Kommissar werde die Version von Mord aus Eifersucht verfolgen und damit die gestern eingeschlagene Richtung fortsetzen. Indes begann er ihr Fragen zu stellen, wer wann angereist sei, und ob nicht jemand in ihrer Gegenwart oder mit ihrer Hilfe versucht habe, Alferow kennenzulernen. Nastja begriff, daß damit die Möglichkeit eines Auftragsmordes überprüft werden sollte. Golowin hatte ihr gestern gesagt, daß der Ermordete als Fahrer für irgendeine Firma gearbeitet hatte, und zwar als Chauffeur des Generaldirektors. Wahrscheinlich hat sich die hiesige Kripo schon mit Moskau kurzgeschlossen, dachte sie. Warte nur ab bis morgen oder übermorgen, und es kommt sicher einer von Koloboks Leuten. Nastja bekam gute Laune.

»Anastasija Pawlowna, können Sie mir den Tag nennen, an dem Alferow im Sanatorium auftauchte?«

»Nein, kann ich nicht. Ich habe ihn erst bemerkt, als er mich im Park ansprach. Ist denn der Ankunftstag nicht in seiner Buchung vermerkt und im Anmeldungsbuch?«

Der Kommissar ignorierte ihre Frage völlig, als hätte er sie gar nicht gehört.

»Und Dobrynin haben Sie vor Alferow kennengelernt oder nach ihm?«

»Nach ihm. Einen Tag später.«

»Hat er Sie nicht gebeten, ihn mit Alferow bekannt zu machen?«

»Wozu?« Nastja war erstaunt. »Sie wohnten doch zusammen in einem Zimmer.«

Wieder reagierte der Kommissar nicht, sondern stellte gleich die nächste Frage.

»Wer von beiden, Alferow oder Dobrynin, hat Ihnen erzählt, daß sie gemeinsam ein Zimmer belegen?«

»Dobrynin. Sie saßen übrigens auch im Speisesaal zusammen.«

»Wieso ›übrigens‹?« fragte der Kommissar müde.

»Weil das bedeutet, daß sie auch gemeinsam angereist sind. Fragen Sie die Frau aus der Diätküche, sie wird es Ihnen erklären.« Nastja war schon kurz davor, ärgerlich zu werden, doch sie konnte sich noch rechtzeitig stoppen. Geduld, sagte sie zu sich selbst.

»Wer hat sich noch an Sie herangemacht während Ihres Aufenthalts im Sanatorium?«

»Damir Lutfirachmanowitsch Ismailow, aus Nowosibirsk, belegt eine ›Deluxe‹-Suite im ersten Stock.«

»Er hat Sie auch nicht gebeten, ihn mit Alferow bekannt zu machen?«

»Nein.«

»Er hat Ihnen keinerlei Fragen gestellt über ihn oder Dobrynin?«

»Nein.«

»Ist er vor Alferow aufgetaucht oder nach ihm?«

»Ich weiß nicht, seit wann Alferow hier war, und ich weiß nicht, wann Ismailow in der STADT angekommen ist, aber nicht nach dem zweiundzwanzigsten Oktober, einem Freitag. Vielleicht früher, aber keinesfalls später, das steht fest. Hat Ihnen Ismailow denn nicht selbst gesagt, wann er angekommen ist?«

»Anastasija Pawlowna, es ist jetzt nicht das erste Mal, daß Sie mir eine Frage stellen. Ich möchte nicht unhöflich sein, darum habe ich zuerst versucht, Ihnen andeutungsweise zu verstehen zu geben, wie unangebracht Ihr Verhalten ist. Wenn Sie Andeutungen nicht verstehen, sehe ich mich gezwungen Sie daran zu erinnern, daß Sie die Zeugin sind, die keine Fragen zu stellen, sondern zu beantworten hat. Wenn Sie entschuldigen.«

Geduld, sagte sich Nastja und biß die Zähne zusammen. Geduld. Arbeit ist Arbeit.

»Sie erwähnten, daß bei der Wette drei mitgemacht hätten. Ist Ihnen bekannt, wer der Dritte war?«

»Er hat sich mir nicht vorgestellt. Dobrynin behauptete, er hieße Jewgeni und arbeite im Sanatorium als Elektriker. Alferow hat dem nicht widersprochen. Allerdings ...«

»Sekunde«, unterbrach sie der Kommissar, »wollen Sie damit sagen, Sie hätten nicht einmal gefragt, wie er heißt, als Sie diesen Jewgeni kennenlernten? Können Sie mir das erklären?«

»Ich kann das nur damit erklären, daß ich nie die leiseste Absicht hatte, ihn kennenzulernen. Er hat zweimal versucht, mich anzusprechen, und zweimal habe ich seinen Versuch unterbunden. Genau deshalb habe ich auch nicht nach seinem Namen gefragt, um ihm nicht die Illusion zu geben, ich wolle die Unterhaltung fortsetzen und eine Bekanntschaft anknüpfen. Habe ich mich verständlich ausgedrückt?«

»Anastasija Pawlowna, ich rate Ihnen, nicht unverschämt zu werden. Der Umstand, daß Sie eine Mitarbeiterin des GUWD in Moskau sind, macht Sie noch nicht zu einer Spezialistin für Verbrechensaufklärung. Wenn es Ihnen so vorkommt, als wüßten Sie besser als ich, welche Fragen für die Aufklärung eines Mordes zu stellen sind, dann erlaube ich mir, Ihnen zu versichern, daß Sie sich täuschen. Ich versehe meine Tätigkeit seit vielen Jahren, und glauben Sie mir, ich habe einige Erfahrung, und die genügt völlig, um die Aufklärungsrate bei Mordfällen auf einem Niveau von sechsundneunzig Prozent zu halten. In Moskau, wo Sie zu arbeiten belieben, liegt die Aufklärungsrate ähnlich schwerer Verbrechen um einiges niedriger. Hab' ich recht? Darum wollen wir uns besser an die Spielregeln halten: Ich werde die Fragen stellen, die ich für nötig halte, und erwarte von Ihnen wahrheitsgemäße Antworten. Sie ihrerseits werden nur auf diese Fragen antworten und sonst nichts. Emotionen bleiben draußen, erst recht die negativen. Lassen Sie uns also weitermachen. Hat Jewgeni nach dem ersten Mal noch einmal versucht, Ihre Bekanntschaft zu machen?«

»Nein. Er hat mich danach nicht weiter belästigt.«

Natürlich hat er. Zuerst hat er mir diesen Tölpel von Alferow geschickt, wobei er ihm verheimlicht hat, daß er selbst schon eine Niederlage eingesteckt hatte. Kolja konnte man das nicht vorher sagen, sonst hätte er von Anfang an nicht mitgemacht. Danach hat er diesen unglaublichen Pascha Dobrynin auf mich losgelassen. Da ich nicht im entferntesten eine Marylin Monroe bin, mußte er für Pascha einen Anreiz schaffen. Eben deshalb hat sich der geniale Shenja den Trick mit dem erhöhten Einsatz ausgedacht. Er war sich sicher, daß bei Alferow nichts herauskommt, und dann würde sich der Einsatz auf mich so erhöhen, daß es für Dobrynin interessant war. Und damit Pascha den Köder ganz schluckt und sich mit Enthusiasmus daran macht, eine graue Maus wie mich anzubaggern, hat Shenja ihm nun wiederum gesagt, er selbst sei bereits abgeblitzt. Shenja ist jung, sieht nicht übel aus, gegen den anzutreten ist keine Schande. Außerdem ist er, wie sich gezeigt hat, schlau und berechnend. Aber Sie, verehrter Herr Kommissar, wollen meine Kommentare ja nicht hören. Sie haben gefragt – ich habe geantwortet.

»Sagen Sie, Anastasija Pawlowna, wie erklärt sich der Umstand, daß Sie nacheinander Jewgeni Schachnowitsch, Nikolai Alferow und Pawel Dobrynin abweisen und dann plötzlich selbst abends auf Alferow zugehen und auf eigene Initiative ein Gespräch mit ihm anfangen?«

»Er schien mir ein offener und aufrichtiger Mensch zu sein. Mag er auch bei der ersten Begegnung den Eindruck eines geistig Beschränkten hinterlassen haben, so hat sich dafür später im Gespräch mit Dobrynin eine Erklärung gefunden und ein bestimmtes Licht auf Nikolais Charakter geworfen. Darum fand ich nichts dabei, während eines Spaziergangs ein paar Minuten mit ihm zu plaudern.«

Als ich Nikolai auf der Bank im Park sah, wurde mir innerlich ganz kalt, und ich bin es gewohnt auf meinen Körper zu hören. Wenn er sagt: Achtung! – dann muß ich ihm folgen. Leider habe ich während der letzten Woche diese Regel mehrmals nicht befolgt. Ich habe mich mit ihm unterhalten und dabei versucht, diesen Punkt wieder zu finden, bei dem mein Gehirn immer ein Warnsignal aussendet. Und ich fand ihn, als sich herausstellte, daß Schachnowitsch ihm das verheimlicht hatte, was er Dobrynin nicht verheimlicht hat. In jenem Moment wußte ich genau, daß Schachnowitsch aus irgendeinem Grund Zugang zu mir suchte, und ich bin auf mein Zimmer gerannt, um darüber nachzudenken. Leider kam mir Damir in die Quere. Aber auch das werde ich Ihnen nicht erzählen, denn Sie haben mich ja gewarnt, ich sei eine dumme Gans, und meine Gedankengänge seien nicht würdig, Ihr Gehör zu finden.

»Wie lange haben Sie sich im Park mit Alferow unterhalten?«

»Ungefähr zehn Minuten.«

»Sie grenzen die Zeit so genau ein, haben Sie auf die Uhr gesehen?«

»Ich habe eine Zigarette geraucht. Das dauert ungefähr zehn Minuten.«

»Was war dann?«

»Dann bin ich aufgestanden und durch die Allee in Richtung Wohntrakt gelaufen, ich wollte zurück auf mein Zimmer.«

»Sind Sie unterwegs jemandem begegnet?«

»Ja, Ismailow. Er rief nach mir, ich bin zu ihm hin, und gemeinsam sind wir zurück ins Haus.«

»Außer Ismailow haben Sie niemanden gesehen?«

»Nein.«

»Als Sie ins Gebäude kamen, haben Sie da jemanden in der Halle bemerkt?«

»Selbstverständlich. Es saß jemand an der Rezeption, einige andere unterhielten sich in der Ecke, wo die Sessel stehen.«

»Können Sie mir sagen, wer?«

»Nein, ich kenne sie nicht.«

»Würden Sie sie eventuell wiedererkennen?«

»Nein. Ich habe nicht genauer hingesehen. Außerdem standen sie ziemlich weit weg.«

»Als Sie zurück im Gebäude waren, sind Sie dann auf Ihr Zimmer gegangen?«

»Nein.«

»Wohin gingen Sie?«

»Auf das Zimmer von Ismailow.«

»Warum?«

»Darum.«

Ein ungutes Schweigen hing in der Luft. Endlich begann der Kommissar zu lächeln.

»Anastasija Pawlowna, wie soll ich Ihre Antwort verstehen? Als Information oder als Frechheit?«

»Als Information. Nehmen Sie einfach an, ich hätte einen sehr beschränkten Wortschatz.«

»Na gut, nehmen wir an, Sie sind mit zu Ismailow zu einer intimen Begegnung, über die Sie nicht sprechen möchten. Wie lange blieben Sie auf seinem Zimmer?«

»Ziemlich lange. Während dieser Zeit konnte ich fast die Hälfte eines abendfüllenden Kinofilms sehen, einen Kaffee trinken und sogar eine Unterhaltung mit Ismailow führen. Alles in allem rund zwei Stunden.«

»War Ismailow die ganze Zeit im Raum?«

»Ja.«

»Er ist nirgendwohin verschwunden?«

»Nein.«

»Sind Sie absolut sicher?«

»Ja.«

»Sind Sie sich darüber im klaren, daß Ihre Aussage die einzige Bestätigung eines Alibis Ismailows für die Tatzeit ist? Ungenauigkeiten bei Ihren Angaben könnten unangenehmste Folgen haben.«

Sie brauchen mir keine angst zu machen, auch nicht auf so intelligente Art und Weise. Es hätte Ihnen auffallen müssen, daß sich alle meine Aussagen durch außergewöhnliche Genauigkeit auszeichnen. Mit diesem primitiven Mittel versuche ich Sie davon zu überzeugen, daß ich sehr wohl weiß, was Sie da tun, und daß auch ich das eine oder andere von Verbrechensaufklärung verstehe. Erst recht bei Mord, nicht umsonst arbeite ich in der Abteilung für schwere Gewaltverbrechen.

»Das ist mir vollkommen bewußt. Ich habe nicht die Absicht, Ismailow zu decken. Ich sage nur, was der Wahrheit entspricht.«

»Ja, aber wieso, Anastasija Pawlowna? Wenn Sie auf das Werben eines Mannes eingehen und nachts mit auf sein Zimmer gehen, zu einer intimen Begegnung, dann dürfte bei Ihnen völlig natürlicherweise der Wunsch aufkommen, ihn vor Unannehmlichkeiten zu schützen. Wieso also kommt bei Ihnen dieser Wunsch nicht auf?«

»Weil ich ein Mensch mit normalem Intellekt und gesunder Psyche bin. Noch bin ich in der Lage, die Annehmlichkeiten eines Flirts nicht mit meinem Verständnis von Bürgerpflicht durcheinanderzubringen, das mich dazu anhält, offenkundige Falschaussagen zu unterlassen.«

In Wirklichkeit bin ich gar nicht mit zu ihm aufs Zimmer wegen einer, wie Sie es ausdrücken, intimen Begegnung. Es war für uns beide ein Spiel, das wir spielten, Damir aus Notwendigkeit und ich – aus Interesse. Er spielte mir Gefühl vor, weil er mich aus irgendeinem Grunde brauchte, und ich tat, als glaubte ich ihm, weil mich interessierte, wozu er das alles anstellt. Und jetzt interessiert es mich ganz besonders, weil er mich plötzlich so gar nicht mehr braucht. Wie schade, daß Sie darüber nicht mit mir reden möchten.

Präzise und gewissenhaft beantwortete Nastja die Fragen des Kommissars, und führte innerlich ein ausführliches Gespräch mit ihm. Sie hatte sich so intensiv auf diese Unterhaltung vorbereitet, daß sie sich nicht damit abfinden wollte, daß der Kommissar sie auf Distanz hielt. Dann eben nicht laut, dann eben nur für sich, aber was sie zu sagen hatte, das würde sie auch sagen.

»Als Sie von Ismailow zurück auf Ihr Zimmer gingen, sind Sie da an Zimmer Nummer 240 vorbeigekommen?«

»Ich weiß nicht, wo Zimmer 240 liegt. Wenn es in demselben Flügel liegt wie die ›Deluxe‹-Suite, dann bin ich daran vorbeigekommen. Wenn es in einem anderen Flügel liegt, dann nicht.«

»Haben Sie denn nicht auf die Nummern an den Zimmern geachtet, während Sie durch den Flur gingen?«

»Nein. Außerdem war es im Flur dunkel.«

»Hat Ismailow Sie begleitet?«

»Nein.«

»Warum nicht?«

»Es bestand keine Notwendigkeit. Ich habe keine Angst im Dunkeln und verirre mich auch nicht gleich wegen drei Tannen.«

Angesichts dessen, was mir Damir tagsüber gesagt hat, kam es mir doch seltsam vor, daß er mich nicht begleitet hat. Heißt das, am Abend zuvor und sogar am nächsten Vormittag hätte noch irgendeine Gefahr existiert, und Damirs Nähe hatte ausgereicht, um sie zu verhindern? Aber auch an dem Abend war die Gefahr anfangs noch da, nicht umsonst hat er im Park nach mir gesucht. Dann hatte sie sich plötzlich in Luft aufgelöst, als wäre nichts gewesen, und Damir hielt es selbst um zwei Uhr nachts nicht mehr für nötig, mich vom ersten Stock bis hinauf in den vierten zu begleiten.

»Vielen Dank, Anastasija Pawlowna. Ich bin sicher, es war nicht unser letztes Gespräch, ich werde Sie noch einmal vernehmen müssen.«

»Entschuldigung, darf ich dennoch eine einzige Frage stellen?«

»Bitte sehr. Aber ich kann Ihnen nicht versprechen, daß ich sie beantworten werde.«

Geduld, meine Liebe, Geduld, es fehlt nur noch ein bißchen, dann klärt sich alles und bekommt seine rechte Ordnung.

»Haben Sie in den Taschen der Oberbekleidung von Alferow oder in seinem Zimmer vielleicht eine Zigarettenschachtel Marke ›Askor‹ gefunden? Eine schwarze Hardbox mit goldener Schrift.«

»Nein. Haben Sie noch weitere Fragen, Anastasija Pawlowna? Dann bedanke ich mich noch einmal, auf Wiedersehen.«

Nastja wußte nicht mehr, wie sie in ihr Zimmer zurückgekommen war. Sie verstand überhaupt nichts mehr. Na gut, er war ein Flegel, der es für unter seiner Würde hielt, mit einer Frau berufliche Fragen zu besprechen. Aber schließlich war er doch kein Dummkopf! Warum bloß hatte er nicht auf ihre letzte Frage reagiert? Er hätte es müssen, er wäre einfach verpflichtet gewesen zu fragen, was mit der Schachtel sei, warum sie sich bei Alferow finden sollte. Dann hätte sie ihm erklärt, daß sie die Schachtel auf der Parkbank vergessen hatte. Falls Nikolai sie nicht gefunden hatte, war das eine Sache. Doch falls er sie in der Hand gehabt oder eingesteckt hatte, dann hätte man sie auch bei ihm finden müssen. Hatte man? Nein. Wo war sie dann? Herausgefallen, als man ihn ermordete? Das bedeutete, er war nicht auf seinem Zimmer ermordet worden. Welche Überlegungen und Folgerungen sich daran anschließen mußten, war ihr völlig klar. Aber vollkommen unverständlich war ihr, wieso dies nicht auch für den Kommissar klar war, der sie vernommen hatte.

Sie verriegelte die Tür von innen und fing an, sich ganz langsam einen Kaffee zu machen. Ihre Hände zitterten, die Finger waren wie taub und wollten kaum gehorchen, ihre Beine fühlten sich an wie fremd. Vor ihren Augen tanzten schwarze Punkte, als ob ein ganzer Schwarm Fliegen im Zimmer hin und her schwirrte. Innerlich, ganz tief drinnen, breitete sich nach und nach eine tödliche Kälte aus, die sogar Finger und Zehen erstarren ließ, wie ihr schien. Die Freude an der Arbeit war dahin. Dafür war das Gekränktsein wieder da und hatte Überdruß und Schwermut mit sich gebracht.

* * *

Die Menschheit teilt sich in MÄNNER und FRAUEN. Diese banale Wahrheit hatte sich, statt einfach nur die biologische Tatsache festzuhalten, in ein Gesetz verwandelt, in eine Anleitung zum Handeln, an der sich die Menschheit orientierte, um ihr wackliges Verhaltensgerüst aufzubauen. Beim Voranschreiten dieses ›Baus‹ war die Regel erweitert worden. So waren neben den Grundkategorien MANN und FRAU die ergänzenden, sozusagen fakultativen Kategorien FRAUÄHNLICHE MÄNNER und MANNÄHNLICHE FRAUEN aufgetaucht. Diese fakultativen Kategorien wurden aber für Unfug gehalten, der einen Eintrag im ROTEN BUCH verdient.

Sich an die Grundkategorien haltend, begann die weise Menschheit sich verschiedene Schwierigkeitsgrade des Spiels auszudenken: speziell für Männer, speziell für Frauen, speziell für gemischte Mannschaften. Und vor lauter Begeisterung über den voranschreitenden Prozeß der sozio-sexuellen Aufteilung merkte sie nicht, wie die Grenzen, welche anfangs gar nicht real, sondern mehr rituell und Teil eines Spiels waren, sich plötzlich von spielerischen in mehr als ernste Grenzen aus Stahlbeton verwandelt hatten, die weder der fortschrittlichste Verstand noch die allerbeste Waffe mehr zu durchbrechen vermochte.

Eine Näherin muß immer eine Frau sein. Um die Aufklärung von Verbrechen muß sich ein Mann kümmern. Schluß, aus, basta. Interessant ist, daß ein Mann durchaus Schneider oder Modeschöpfer sein kann. Yves Saint-Laurent, Wjatscheslaw Sajzew sowie der berühmte Haarstylist Vidal Sasson sind ein Beispiel dafür. Und nicht weniger interessant ist, daß eine Frau sich mit Verbrechensbekämpfung beschäftigen kann. Schließlich gibt es ja fast mehr weibliche Polizeibeamte als männliche. Die Kriminalpolizei hingegen ist Männerdomäne, da hat ein dummes Weib nichts zu suchen. Denn was versteht man denn traditionell unter der Arbeit der Kripo? Fahndung unter persönlichem Einsatz, Hinterhalt, Verfolgungsjagden, Schußwechsel, Verhaftungen und ähnliches Schellengerassel, mit dem sich eine Bubenromantik Befriedigung verschafft. Mit solchem Schellengerassel locken auch literarische und journalistische Ergüsse sowie Balladen und Märchenerzählungen. Niemand spricht gern aus, daß die Aufdeckung von Verbrechen Kopfarbeit ist, die nicht viel Aufhebens von sich macht. Daß man, bevor man hinausgeht, um die Wundertricks der persönlichen Fahndung aus der Kiste zu lassen, erst mal stundenlang am Schreibtisch sitzen und konzentriert alle Orte und Adressen durchgehen muß, Biographien, Spitznamen, äußere Kennzeichen, besondere Rede- und Verhaltensweisen, und erst danach losgehen kann, ohne zu wissen wohin, und suchen, ohne zu wissen, wen. Daß man, bevor man in drei Autos mit Blaulicht losrast, um den bewaffneten Bandit mittels Revolver und aufgepumpten Muskeln zu schnappen, erst einmal mühselig und zeitraubend Informationen sammeln muß, um alle Bewegungen des Banditen nachzeichnen und in einer Art Synopse seinen morgigen Aufenthaltsort vorhersagen zu können.

Es ist auch interessant festzustellen, daß nur Menschen Spiele spielen. Das Leben ist von solchen Albernheiten weit entfernt und verläuft nach eigenen Regeln, die vollkommen objektiv sind. Dieser objektive Lauf des Lebens, in den die Kriminalität hineinverwoben ist, fordert von den Menschen zwingend, sich nicht von ihren kindischen Spielregeln leiten zu lassen, sondern von den normalen Gesetzen der Realität. Und wenn es für die Verbrechensaufklärung notwendig ist, Informationen zu analysieren, sie zu sortieren und zu kombinieren, sie zu überprüfen und zu systematisieren, dann sollten wir das auch tun. Und nicht die analytische Arbeit auf denselben Haufen werfen wie alle anderen Tätigkeiten der Kriminalpolizei. Jeder sollte sich auf das konzentrieren, was er am besten kann, und nicht darauf, was ihm die GROSSE REGEL vorschreibt. Es darf dabei keinen Unterschied machen, mit welchem Buchstaben dein Geschlecht anfängt, mit ›m‹ oder mit ›w‹.

Viktor Alexejewitsch Gordejew hatte schon vor langer Zeit eingesehen, daß die Gesetze des Lebens und die Regeln eines Spiels unvereinbar sind, und wo es die Umstände erlaubten, hatte er begonnen, seine neue Erkenntnis umzusetzen. Mittlerweile war er schon recht weit gekommen. Er hatte in seine Abteilung Leute geholt, von denen jeder einzelne irgend etwas sehr gut konnte. Wolodja Larzew, zum Beispiel, war ein hervorragender Psychologe und konnte Ratschläge geben, wie sie mit diesem oder jenem reden sollten, um aus ihm das Gewünschte herauszubekommen. Der immer zu Scherzen aufgelegte Kolja Selujanow kannte Moskau wie seine Westentasche, samt aller Hinterhöfe, versteckter Winkel und Sackgassen, und es gab keinen Besseren im Ausarbeiten von Routen, zu Fuß wie mit dem Auto. Der junge Mischa Dozenko mit den schwarzen Augen war unersetzlich in der Arbeit mit Augenzeugen, er ging so geduldig und akribisch mit den Aussagen um, daß er noch die kleinste Kleinigkeit herauskitzelte, die einer gesehen, gehört oder sich gemerkt hatte. Und Nastja Kamenskaja war die Analytikerin. Wenn man ihr gegenüber zu Anfang auch mehr als skeptisch war – denn alle außer Kolobok hatten noch lang an den althergebrachten Spielregeln festgehalten – so war Nastja inzwischen von allen nicht nur geliebt und geschätzt, man ließ jetzt überhaupt nichts mehr auf sie kommen.

Hier aber war Nastja auf fremdem Terrain, wo man das alte Spiel nach den üblichen Regeln spielte: Eine Frau war kein Mensch, und bei der Kripo hatte sie schon gar nichts zu suchen. Niemals und unter gar keinen Umständen konnte eine Frau klüger sein als ein Mann, deshalb würde sie den geistigen Teil der Kripoarbeit niemals besser machen als der Herr Kriminalkommissar, von der physischen Arbeit ganz zu schweigen. Die Menschheit, darunter auch einzelne Vertreter der Gattung Kriminalbeamter, hatte längst erkannt, wie unsinnig die vor Urzeiten ausgedachten Spielregeln waren, doch selber die einst aufgerichteten Schranken zu durchbrechen, dazu fehlte ihnen bisher die moralische Kraft.

Was sollte Nastja Kamenskaja machen, wenn sie bereits zwei Mal von den Repräsentanten des fremden Terrains zurückgewiesen worden war, erst von dem Kripobeamten Andrei Golowin, dann von dem Kommissar (er hatte seinen Namen genannt, doch so undeutlich, daß Nastja ihn nicht genau verstanden hatte)? Konnte sie vielleicht zu einem der beiden sagen: Hör mal, überprüf das doch ... weißt du was, mach mal ... hör auf mich, ich meine es ernst ... Nein, solche Töne konnte sich nur der erlauben, der mit der hiesigen Polizei alle möglichen und unmöglichen Spiele schon mal durchgespielt hatte, die nicht ganz legalen inbegriffen. Doch wenn du eine Frau warst, die noch dazu Anspruch anmeldete auf eine seit altersher von Männern ausgeführte Arbeit und die dann auch noch versuchte, den Männern Ratschläge zu erteilen, wie man diese Arbeit besser machen könnte, dann, meine Liebe, standen deine Chancen minus null Komma acht. Wovon sich Kamenskaja nicht erst in diesem Moment hatte überzeugen können. Von Anfang an war sie in der STADT nicht ganz ernst genommen worden, man hatte keinen Hehl aus der allgemeinen Auffassung gemacht, daß eine Frau bei der Kripo ein Ding der Unmöglichkeit sei. Und als der Mord passiert war, und Nastja offen ihre Dienste angeboten hatte, war ihr sehr deutlich zu verstehen gegeben worden, daß eine Frau wissen sollte, wo sie hingehört.

Nastja hatte sich große Mühe gegeben, das alles zu überhören. Sie wollte wirklich behilflich sein und war dafür sogar bereit, gegen ihr eigenes Ehrgefühl zu arbeiten. Doch schließlich hatte alles seine Grenzen. Auch die Kaltblütigkeit, auch die besonnene Vernunft. Die erste Welle des Zorns hatte sie überstanden, sie hatte es sogar fertiggebracht, auf dem Wellenkamm reitend, ein Stück voranzukommen, doch jetzt war die zweite Welle über sie hereingebrochen, und Nastja schluckte Wasser.

* * *

Es klopfte schon zum zweiten Mal an der Tür. Das erste Mal, vor etwa einer Stunde, war sie auf dem Bett liegengeblieben und hatte nicht reagiert. Jetzt saß sie an ihrer Übersetzung, das Klappern der Schreibmaschine war weithin hörbar, und es gab keine andere Möglichkeit, als zu öffnen.

»Anastasija, was geht hier vor? Zeigen Sie mir Ihren Kurpaß«, forderte der behandelnde Arzt Michail Petrowitsch sie auf. »Das habe ich mir gedacht. Sie haben schon seit zwei Tagen keine Behandlungen mehr bekommen und machen keine Übungen im Schwimmbad. Fühlen Sie sich nicht wohl? Warum gehen Sie nicht in den Speisesaal?«

»Ich ... Ich fühle mich nicht ganz gesund«, murmelte Nastja unsicher.

»Warum kommen Sie dann nicht zu mir? Hier ist ein Sanatorium und kein Zeltlager, ich bitte das zu berücksichtigen.

Bei den geringsten Gesundheitsproblemen gehen Sie sofort zum Arzt. Verstanden?«

»Verstanden. Es geht mir schon wieder besser. Ab morgen gehe ich wieder in den Speisesaal und zu den Behandlungen. Ehrenwort, Michail Petrowitsch.«

»Das will ich hoffen. Aber ich möchte wissen, worin Ihr Unwohlsein besteht. Haben Sie keinen Appetit? Habe ich Ihnen vielleicht die falsche Behandlung verschrieben?«

»Wohl kaum. Eine leichte Depression.« Nastja lächelte.

»Hat Sie dieses traurige Ereignis sehr getroffen?«

»Das auch. Achten Sie nicht weiter darauf, Michail Petrowitsch. Eine gewöhnliche Laune. Heute werde ich, mit Ihrer Erlaubnis, noch ein wenig melancholisch sein, aber morgen früh ist alles wieder in Ordnung.«

Der Arzt ging unzufrieden weg, aber gegen Nastjas Sturheit kam er nicht an. Auf das Abendessen hatte sie verzichtet.

Und Damir war immer noch nicht da ...

Etwa um zehn Uhr abends klopfte es wieder. Vor der Tür stand Regina Arkadjewna.

»Ein Telegramm für Sie, Nastjuscha. Ich bin beim Empfang vorbeigekommen, ich soll es Ihnen geben.«

Die Nachbarin hielt ihr das geöffnete Telegramm hin. Wer ist denn hier so neugierig, schoß es Nastja durch den Kopf, daß er es nicht aushält und das Telegramm öffnen muß? ›Bitte rufe dringend zu hause an küsse papa.‹ Ihr wurde mulmig zumute. Wenn zu Hause etwas Schlimmes passiert war, dann hätte in dem Telegramm nicht das beruhigende Wort ›bitte‹ gestanden. Wenn man ›bitte‹ sagt, dann ist das eine Bitte und kein Befehl, und einer Bitte muß man nicht unbedingt nachkommen. Andererseits: ›dringend‹. Was ist das für eine Dringlichkeit? Sie hatte ihn doch erst gestern angerufen, als sie die Geldüberweisung erhalten hatte.

»Was soll ich tun?« fragte sie verwirrt. »Mein Vater bittet mich dringend, ihn zu Hause anzurufen. Es ist aber schon zu spät, um in die STADT zu gehen, das Fernmeldeamt schließt um einundzwanzig Uhr.«

Regina Arkadjewna nahm Nastja entschlossen an der Hand.

»Gehen wir. In so einem Notfall kann man sicher etwas tun. Vielleicht haben wir Glück und wir können aus dem Büro des Direktors telefonieren.«

Nastja schleppte sich hinter der Nachbarin her, sie fühlte sich wie ein Lamm, das man zur Opferbank führt. Ihr Stiefvater wollte ihr offenbar etwas von Gordejew ausrichten. Daß ihr Chef nicht versucht hatte, über die örtlichen Polizeiorgane mit ihr Verbindung aufzunehmen, sagte eine Menge. Zum Beispiel, daß er vorfühlen will, ob er eventuell dienstlich mit ihr rechnen kann. Offenbar will er jemanden herschicken und sich erkundigen, wie derjenige sich am besten verhalten soll, je nachdem, für wen die Gäste des Sanatoriums Nastja Kamenskaja halten: für eine Übersetzerin oder eine Mitarbeiterin der Kriminalpolizei.

Vor der Direktion muß es ein Vorzimmer geben, dachte Nastja, und dort könnte eine Telefonanlage mit mehreren Apparaten stehen. Dann ist ein Anruf vom Zimmer des Direktors aus eine unverzeihliche Dummheit. Das Gespräch könnte mitgehört werden. Sollte sie die Sache abblasen? Und unter welchem Vorwand? Du hast ein Telegramm von zu Hause mit der Bitte, dringend anzurufen, man führt dich augenblicklich zum Telefon, und was machst du? Willst du dir unterwegs das Bein brechen? Es gab keinen Ausweg, sie mußte von dem Apparat aus anrufen, der ihr angeboten wurde. Schließlich ist es ja möglich, daß überhaupt nichts passiert, beruhigte sich Nastja. Wem bringt es etwas, meine Gespräche abzuhören? Eine kleine Übersetzerin ruft zu Hause beim geliebten Papachen an. Was ist daran schon Besonderes? Es wird alles gutgehen, es wird alles gutgehen, bestärkte sich Nastja.

Inzwischen waren die beiden Frauen beim Zimmer der diensthabenden Schwester angelangt.

»Olja«, wandte sich Regina mit süßer Stimme an sie, »kannst du uns nicht das Zimmer von Georgi Wassiljewitsch aufschließen? Meine Nachbarin hat ein Telegramm von zu Hause bekommen, sie muß dringend ein Ferngespräch führen.«

Olja nickte schweigend und holte einen Schlüsselbund aus der Tischschublade. Als Nastja das Vorzimmer betrat, warf sie sofort einen Blick auf den Schreibtisch der Sekretärin: Wie erwartet gab es mehrere Telefone. Vielleicht sollte sie von hier aus anrufen? Dann konnte sie wenigstens sicher sein, daß im Zimmer des Direktors niemand mithörte. Aber hier würden ihr Olja und Regina keine Ruhe lassen …

Die Krankenschwester hatte inzwischen das Zimmer des Direktors aufgeschlossen und das Licht angemacht. Nastja trat ein und die Krankenschwester schloß diskret die Tür zwischen dem Direktionszimmer und dem Vorzimmer, obwohl sich Nastja nur mit Mühe zurückhalten konnte, um nicht loszuschreien: »Machen Sie die Tür nicht zu, damit ich den Tisch der Sekretärin und die Telefonanlage im Auge behalten kann.«

Es wird gut gehen, es wird nichts passieren, alles wird gut gehen, bestärkte sie sich und wählte die Moskauer Vorwahl und die Nummer ihres Stiefvaters.

»Hallo!« ertönte im Hörer die Stimme von Leonid Petrowitsch, und in dieser Sekunde registrierte Nastjas feines Ohr ein kaum hörbares Klicken, ja nicht einmal ein Klicken, eher ein Surren. Das bedeutete, es war nicht gut gegangen. »Papachen, ich bin's. Sprich deutlich, du bist sehr schlecht zu verstehen, hier ist irgendein Hintergrundgeräusch. Was ist los?«

»Nastasija«, sagte Leonid Petrowitsch mit erhobener Stimme, obwohl er ausgezeichnet zu hören war. Der Hinweis auf ›irgendein Hintergrundgeräusch‹ war nicht spurlos an ihm vorübergegangen. »Hast du jemandem deine Wohnungsschlüssel gegeben?«

»Margarita Josifowna vom 7. Stock. Ich hab' dir doch einen Zettel geschrieben, damit du es nicht vergißt.«

»Ich erinnere mich.« Die Stimme des Stiefvaters klang verärgert. »Ich erinnere mich, wie du den Zettel geschrieben und ihn auf den Kühlschrank gelegt hast, aber als ich ihn suchte, fand ich ihn nicht.«

»Wozu brauchst du die Schlüssel?« fragte Nastja mißtrauisch.

»Verstehst du, der Freund von Ljuda Semjonowa kommt auf Dienstreise hierher, Ljudotschka fragt, ob sie ihn nicht bei dir unterbringen kann. Sie weiß ja, daß du im Sanatorium bist.«

»Warum gerade bei mir?« Nastja bemühte sich, so viel Unzufriedenheit wie möglich in die Stimme zu legen. »Ljuda hat doch Beziehungen zum Hotel, soll sie ihn doch dort einquartieren.«

»Sei nicht so gemein, mein Kind. Sie lieben sich doch, und du weißt ja selbst, welche Vorschriften im Hotel herrschen. Hast du etwa Angst um die Wohnung?«

Nastjas Gedanken drehten sich in ihrem Kopf so schnell, daß sie sie kaum fassen konnte. Das war der entscheidende Moment des Gesprächs. Von ihm würde es abhängen, wie sich Jura Korotkow, der schon seit mehr als einem Jahr ein ernsthaftes Verhältnis mit Ljudmila Semjonowa hatte, einer ehemaligen Zeugin in einer Mordsache, nach seiner Ankunft in der STADT verhalten würde. Was sollte sie antworten? Einfach sagen, daß es ihr nichts ausmache, und dabei auch den geheimnisvollen Besucher vergessen, der etwas in ihrem Zimmer gesucht hatte, ganz zu schweigen von den anderen kleinen Vorfällen?

»Ach, diese Ljudmila«, sagte sie seufzend in den Hörer, »sie nützt es einfach aus, daß ich sie niemals im Stich lasse. Aber wenn es ihre bessere Hälfte erfährt, habe ich keine Schuld daran. Sie benimmt sich äußerst leichtsinnig, das solltest du wissen. Gut, gib ihr den Schlüssel. Ich habe nur daheim nicht aufgeräumt, ich bin so überstürzt weggefahren, daß vermutlich meine Unterwäsche in der ganzen Wohnung verstreut ist.«

»Was soll's, das sind ja keine Fremden. In welcher Wohnung wohnt Margarita Josifowna?«

»Siebter Stock, Wohnung dreiundvierzig. Hat Mama für mich angerufen?«

»Nein. Erhol dich gut, meine Liebe. Danke dir. Ich küß dich!«

Nastja legte den Hörer auf und öffnete schnell die Tür zum Vorzimmer. Es war leer, das Licht war aus. Im Gang stand die

Krankenschwester und rauchte. Die Zigarette war, wie Nastja feststellte, fast bis zum Filter geraucht, also war sie nicht frisch angezündet. Geruch von Rauch hatte sie im Vorzimmer nicht bemerkt. Wenn jemand das Gespräch abgehört hatte, dann sicher nicht Olja. Aber wer dann?

Nastja wandte sich zum Schreibtisch der Sekretärin, leicht strich sie mit der Hand über die einzelnen Telefonhörer. Keiner war leicht erwärmt, keiner rief den Verdacht hervor, daß er einige Minuten lang gehalten und erst vor zehn Sekunden aufgelegt worden war. Nastja konnte ihren Verdacht nicht überprüfen, deshalb beschloß sie, auf die Ankunft Korotkows zu warten.

* * *

»Die Person, die wir suchen, befindet sich derzeit im Sanatorium ›Doline‹. Alle Spuren weisen darauf hin. Erstens haben sie das Mädchen in das Schwimmbad des Sanatoriums gebracht, daran gibt es keinen Zweifel: die hohen Eisentore, die Wandfliesen, die eine Landschaft vortäuschen. In der STADT gibt es nur vier Schwimmbäder, von denen wiederum nur eines diese Kennzeichen aufweist. Zweitens verliert Schachnowitsch um die Zeit herum, als Swetlana ins Schwimmbad gebracht wird, die Möglichkeit, ganze Etagen zu kontrollieren. Er kann keine Informationen über die Bewohner der Zimmer 344 bis 358, 401 bis 412 und 509 bis 519 sammeln. Früher hatte er damit keine Schwierigkeiten. Das läßt auf organisierte kriminelle Handlungen schließen. Drittens benimmt sich die auf Zimmer 513 wohnende Frau Kamenskaja aus Moskau äußerst auffällig für jemanden, der sich im Sanatorium nur erholen will, gleichzeitig gibt es Gerüchte, daß sie im Innenministerium arbeite. Sie muß von diesen Gerüchten wissen, seltsamerweise tritt sie ihnen nicht entgegen. Es gibt Grund zur Annahme, daß es ihr angenehm ist, sich dahinter zu verstecken, und das macht ihr Verhalten noch verdächtiger. Viertens wurde im Sanatorium ein Mord verübt, in dessen Zusammenhang die Kamenskaja selbst und ihr Geliebter Ismailow verhört werden. Sie waren angeblich die letzten, die den Ermordeten vor seinem Tod gesehen haben.«

»Haben Sie Swetlana und Wlad das Foto von Ismailow gezeigt?«

»Ja. Sie haben ihn niemals gesehen.«

»Eigenartig. Aber insgesamt sieht es so aus, Tolja, als ob du recht hast. Dieser Makarow, dem wir schon so lange auf der Spur sind, hält sich derzeit im Sanatorium auf. Vieles paßt nicht zusammen, es gibt viele Ungereimtheiten, es gibt sogar ausgesprochene Widersprüche, aber das zeigt auch, daß etwas passiert ist. Denn früher hat es das nicht gegeben, oder?«

»Nein, das hat es nicht gegeben, Eduard Petrowitsch.«

»Bitte unseren Freund von der Polizeidirektion hierher, sei so gut.«

Als Starkow gegangen war, kehrte Eduard Petrowitsch Denissow in sein Zimmer zurück und dachte nach. Das Mädchen und der Liliputaner waren ein phantastischer Glücksfall, zumindest wurde klar, daß es eine fremde Organisation auf seinem – Denissows – Terrain gab. Etwas weniger klar war, was sie hier machten. Und völlig unklar war, wer sie waren.

Und wer war Ismailows Geliebte Kamenskaja? Schachnowitsch hatte nichts über sie herauskriegen können. Das machte ihn stutzig. Shenja und unfähig, sich das Vertrauen einer Frau zu erschleichen! Sie hatte offenbar etwas zu verbergen, deshalb war sie so verschlossen. Da mußte man dranbleiben.

Aber in der jetzigen Situation gab es noch einen anderen Aspekt, der nicht weniger kompliziert war. Der Mord in der ›Doline‹ mußte aufgeklärt werden, koste es, was es wolle. Einerseits war es ihm, Denissow, wichtig, mit dieser Bande von Eindringlingen fertig zu werden. Andererseits waren ihm zumindest bis zum Jahresende die Hände gebunden, wenn das Verbrechen nicht aufgeklärt wurde. Von den im Juli besprochenen zwei Möglichkeiten, einen perfekten Mord zu organisieren, hatte er bereits eine angewandt, um einen Erpresser aus dem Nachbarbezirk auszuschalten. Die zweite Variante plante Eduard Petrowitsch gegen einen seiner Schützlinge anzuwenden, falls sich die Informationen seines Aufklärungsdienstes bestätigen sollten und sich herausstellte, daß er sich tatsächlich mit der Drogenmafia zusammengetan und ihr gestattet hatte, über seine Bank Geld zu waschen. Die Überprüfung der Informationen würde bald abgeschlossen sein. Wenn es nötig sein sollte, den Schützling zu bestrafen, durfte er keinesfalls bis Anfang nächsten Jahres warten: In den verbleibenden zwei Monaten würde er soviel Mist machen, daß ein Ansturm der Drogenfahnder auf die STADT unvermeidlich sein würde. Das durfte auf keinen Fall passieren. Der Schuldige mußte beseitigt werden, damit er nicht noch mehr Schaden anrichten konnte. Wenn das Verbrechen im Sanatorium nicht aufgedeckt werden konnte, wollte Eduard Petrowitsch das mit der örtlichen Polizei geschlossene Abkommen jedoch nicht brechen, um nicht eine Überprüfung durch das Ministerium zu provozieren, nur weil die Aufklärungsrate von Morden so deutlich abgesunken war. Er, Denissow, mußte alles versuchen, damit das Verbrechen in der ›Doline‹ aufgedeckt wurde. Er konnte mit Geld, mit Leuten, mit Technik nachhelfen, all das stand in seiner Macht. Das würde ihm ermöglichen, nötigenfalls mit dem unloyalen Zögling abzurechnen.

Der Mann von der Polizeidirektion ließ nicht lange auf sich warten. Ernsthaft, elegant, beinahe schön, wenn man die zu kleinen, tiefsitzenden Augen außer acht ließ, die er hinter seiner getönten Brille versteckte. Denissow kam ohne Umschweife zur Sache.

»Erstens: Ich möchte klären, was für eine Gesellschaft sich da in der ›Doline‹ eingenistet hat. Zweitens: Ich will, daß der Mord im Sanatorium aufgeklärt wird. Wie Sie das machen werden, auf ehrliche Weise oder nicht, interessiert mich nicht. Die Sache muß mit einer Anklage enden und dem Gericht übergeben werden. Und zwar so schnell wie möglich. Morgen berichten Sie mir, welche Unterstützung Sie dabei brauchen. Wenn Sie den wirklichen Mörder finden können –

um so besser. Wenn nicht – so wichtig ist das auch wieder nicht. Ich brauche meine Reserve, wenn Sie verstehen, was ich meine.«

»Ich verstehe.« Der Mann mit der Brille nickte. »Und drittens?«

»Drittens möchte ich wissen, wer diese Kamenskaja ist. Sie macht eine Kur in der ›Doline‹ und belegt das Zimmer fünfhundertdreizehn. Schachnowitsch hat sich an ihr die Zähne ausgebissen. Ich will wissen, warum.«

»Wann möchten Sie die Informationen über die Kamenskaja?«

»Ich dränge Sie nicht. Sagen wir bis morgen. Sie kommen zu mir wegen der Aufklärung des Mordes, und gleichzeitig sprechen wir über die Kamenskaja.«

»Also bis morgen, Eduard Petrowitsch.«

»Bis morgen, mein Lieber. Kommen Sie abends, gegen sieben – da können wir zusammen zu Abend essen.«

* * *

Spätabends fand ein Treffen des Masseurs Kotik mit seinem Chef statt.

Kotik saß in seiner Wohnung, er hatte sich im Lehnstuhl breitgemacht, streckte bequem die Beine aus und nippte an einer Flasche dunklem Bier.

»Ich habe Semjon und den Chemiker aus der Stadt geschickt.«

»Das ist recht so. Semjon beginnt, die Kontrolle über sich zu verlieren, er wird gefährlich. Und Damir?«

»Damir muß bleiben. Sie werden ihn noch verhören. Ich glaube, man verdächtigt ihn des Mordes.«

»Wie interessant. Und was ist mit unserer Übersetzerin?«

»Die haben sie auch verhört. Mir scheint, wir haben uns bei ihr geirrt. Sie ist nicht von der Polizei.«

»Das wäre gut. Und wenn sie von der Polizei ist, was macht sie dann hier? Kann das mit dem zusammenhängen, was Semjon im Sommer ausgefressen hat?«

»Wenig wahrscheinlich. Es ist so viel Zeit vergangen seither … Worauf hätten die so lange gewartet?«

»Du hast recht, Kotjenka. Denkbar ist auch eine dritte Variante: Sie ist von der Polizei, aber sie ist hier nicht zur Arbeit, sondern zur Erholung. Was meinst du, ist sie in diesem Fall für uns gefährlich?«

»Ich glaube nicht.«

»Damir soll sie beobachten. Treffen sich die beiden?«

»Damir hat sie schon seit zwei Tagen nicht mehr gesehen.«

»Interessant. Wo steckt sie jetzt?«

»Sitzt in ihrem Zimmer und arbeitet. Im ganzen Stock kann man hören, wie die Schreibmaschine klappert. Nur – Damir interessiert sich nicht für sie. Wozu sollte er sie brauchen?«

»Falsch, Kotik. Das gibt einen Tadel für dich. Damir muß man den Kopf zurechtrücken. Übernimm du das.«

»Und was soll ich Damir sagen? Sie haben selbst gesagt, er darf nicht wissen, daß sie von der Polizei ist.«

»Sag, was du willst. Berufe dich auf mich. Erkläre diesem Bohemien, daß man nicht einer Frau den Hof machen und ihr seine grenzenlose Liebe versprechen kann, um dann plötzlich grundlos zu verschwinden. Erkläre ihm, daß sie sich gekränkt fühlen kann, schließlich kann sie als einzige sein Alibi für den Zeitpunkt des Mordes bestätigen. Er darf sich nicht mit ihr zerstreiten. Es gibt nichts Schrecklicheres als die Rache einer im Stich gelassenen Frau. Das wird er verstehen.«

»Vermutlich schon«, räumte Kotik ein, nahm einen großen Schluck und stellte die Flasche ab.

»Tu dein bestes, Freund. Sorge dafür, daß Damir ihre Nähe sucht. Der soll ruhig etwas aufmerksamer sein.«

»Ich versuch's.«

Kapitel 7

TAG ACHT

Juri Korotkow fuhr direkt vom Flughafen ins Polizeipräsidium. Die Mitarbeiter der Kriminalpolizei erzählten ihm alles, was sie in den zwei Tagen, die seit der Entdeckung von Nikolai Alferows Leiche vergangen waren, herausgefunden hatten.

»Gestern hat Sergej Michailowitsch mit Ihren Vorgesetzten gesprochen, und wir haben im Zuge unserer Arbeit begonnen, die Möglichkeit des Auftragsmords zu überprüfen. Bis jetzt zeichnet sich nichts ab.«

»Welche anderen Möglichkeiten gibt es?« fragte Korotkow.

»Eifersucht und Geld. Die haben dort ein ganzes Wettbüro eingerichtet. Sie haben Wetten auf Frauen abgeschlossen, Einsatz hunderttausend Rubel. Verstehen Sie?«

»Nicht übel!« Jura lachte auf. »Und wie viele Teilnehmer?«

»Soviel wir wissen drei. Das Opfer selbst, sein Zimmernachbar Pawel Dobrynin und der Sanatoriumsangestellte Schachnowitsch.«

»Wie sieht es mit Zeugenaussagen aus?«

»Gleich am ersten Morgen befragten wir alle ohne Ausnahme, ein gutes Stück Arbeit. Die Mehrheit weiß natürlich nichts, weder über diese Sache noch über Alferow selbst. Alle, die zumindest irgend etwas wissen, hat am nächsten Tag der Leiter der Untersuchung nochmal verhört. Es sind leider nicht allzu viele.«

»Etwas genauer, bitte!« forderte ihn Jura auf.

Andrej Golowin blickte auf seinen Notizblock.

»In erster Linie Dobrynin und Schachnowitsch. Dann ein Ehepaar aus Tula, ihre Tischnachbarn, die gehört haben, wie sie die Spielbedingungen und -ergebnisse erörtert haben. Dann die insgesamt fünf Frauen, um die sich die Teilnehmer der Wette bemüht hatten. Und noch ein paar mehr, die auf die eine oder andere Weise mit Alferow zu tun hatten. Hier ist die Liste.«

Golowin legte Jura ein Blatt mit Namen, Angabe des Arbeitsplatzes und – für die Kurgäste – der Zimmernummer vor die Nase.

Beim Durchsehen der Liste blieb Korotkow sofort beim Namen ›Kamenskaja‹ hängen. Daneben stand die Anmerkung ›GUWD Moskau, Zimmer 513‹.

»Mich interessiert die Zeugin Kamenskaja«, sagte er zu Golowin.

»Kamenskaja Anastasija Pawlowna, geboren neunzehnhundertsechzig«, begann Andrei sogleich, während er in seine Aufzeichnungen blickte. »Sie kam am zwanzigsten Oktober in die ›Doline‹, die Kur hat sie schon vor längerer Zeit in Moskau gebucht, im August. Alferow selbst hat ebenfalls in Moskau gebucht, allerdings wesentlich später, Anfang Oktober, so daß kaum anzunehmen ist, daß die Kamenskaja extra hergekommen ist, um sich mit Alferow zu treffen.«

Was reimt sich denn der zusammen? dachte Korotkow entsetzt. Im Grunde ist ja alles ganz korrekt, er sollte ja auch die Leute überprüfen, die in der Sache ›Auftragsmord‹ aufgetaucht sind. Aber Asska ... Ist es möglich, daß sie ihnen nichts gesagt hat?

»Die Zeugin Kamenskaja ist meiner Ansicht nach«, fuhr Andrei inzwischen seelenruhig fort, »eine der wahrscheinlichsten Personen, die den Mord auf der Grundlage von Eifersucht oder Eigennutz erklären würde.«

»Erläutern sie das«, forderte Korotkow knapp.

»Alle drei Teilnehmer der Wette haben konsequent versucht, ihr den Hof zu machen, und alle drei sind offenbar gescheitert. Aber gerade daran zu glauben fällt mir schwer.«

»Warum?«

»Wenn Sie diese Kamenskaja gesehen hätten, und außerdem Dobrynin und Schachnowitsch, hätten Sie es auch nicht geglaubt. Dobrynin und Schachnowitsch sind gutaussehende Männer, jeder auf seine eigene Art, der eine blond, der andere brünett, zwei richtige Supermänner. Und beide haben Geld. Kamenskaja dagegen ist eine unansehnliche, uninteressante, stille Frau. Bei Männern hat sie keinen Erfolg. Können Sie ernsthaft glauben, daß sie im Urlaub der Verlockung widerstehen kann, eine Affäre mit derart anziehenden Männern anzufangen?«

»Trotzdem habe ich nicht verstanden, worin Sie den Betrug sehen? Sie sagten ›offenbar ohne Erfolg‹.«

»Ich nehme an, daß die Kamenskaja auf die Werbungen, wenn nicht aller drei, so doch zumindest eines von ihnen eingegangen ist, und aus irgendwelchen Gründen haben sowohl sie als auch ihr Partner beschlossen, dies vor den anderen zu verheimlichen.«

»Und was ist Ihrer Meinung nach der geheimnisvolle Grund dafür?« Jura fiel es immer schwerer, sich zurückzuhalten.

»Die Teilnehmer an der Wette haben vereinbart, daß eine verlorene Wette den Einsatz auf genau diese Frau verdoppelt. Wenn Sie zum Beispiel als erster beginnen, einer Dame nachzustellen, so ist der Einsatz hunderttausend. Wenn Sie nichts erreicht haben, ist der Einsatz für den nächsten zweihundert. Wenn auch beim zweiten nichts rauskommt, nimmt sich der dritte bei einem Einsatz von vierhundert der Sache an. Man kann sogar eine zweite Runde eröffnen und die Einsätze entsprechend erhöhen.«

»Und?« fragte Korotkow verständnislos. »Wie hängt das mit falschen Aussagen zusammen?«

»Sehr einfach. Nehmen wir an, schon der erste Bewerber hatte bei der Kamenskaja Erfolg. Ich schließe übrigens nicht aus, daß sie sich auf sexuellem Gebiet als wesentlich attraktiver erweist als dies äußerlich erscheinen mag. Sie und ihr Partner haben aneinander Gefallen gefunden und beschließen, die anderen reinzulegen, indem sie so tun, als wäre die Wette verloren. Natürlich hat der Spieler dabei verloren, statt zweihundert in die Tasche zu stecken, hat er hundert auf den Tisch gelegt. Aber dafür ist der Einsatz auf die Kamenskaja gestiegen, der nächste Spieler ist zum Scheitern verurteilt, und seinen Einsatz können sich die anderen aufteilen. Dasselbe Schicksal ereilt auch den Dritten. Im Endeffekt kann der erste, wenn meine Berechnungen stimmen, mit seiner harmlosen Prellerei vierhunderttausend verdienen, wenn es ihm gelingt, das Spiel bis in die zweite Runde zu treiben. Ein wiederholter Versuch eines der beiden anderen Teilnehmer würde den Einsatz auf achthunderttausend erhöhen, und wenn es gelänge, auch den zweiten zu überreden, wäre der Gewinn einfach phantastisch. So eine liebevolle Art, den andern übers Ohr zu hauen, kann durchaus ein Anlaß für einen Mord sein. Die Summe ist ja, zugegebenermaßen, nicht gerade niedrig.«

»Nicht gerade niedrig«, wiederholte Korotkow. Wie verrückt das alles ist … Eine scharfsinnige Version, die man unbedingt prüfen sollte, wenn hier nicht die Rede von Asska wäre.

Er riß seine Augen von der Zeugenliste los.

»Wo arbeitet die Kamenskaja?«

»Da steht es ja – bei Ihnen, im GUWD Moskau.«

»Wo genau, in welcher Abteilung?« Korotkow ließ nicht locker.

Andrei blätterte seinen Notizblock durch und versuchte angestrengt, sich an etwas zu erinnern.

»Es fällt mir nicht ein«, sagte er schließlich kleinlaut.

»Fällt es Ihnen nicht ein, oder wissen Sie es nicht?« Juris Geduld war bald am Ende.

Golowin schwieg düster. Er versuchte zu verstehen, warum dieser untersetzte Muskelprotz von der Moskauer Kripo ihm auf die Pelle gerückt war.

»Entschuldigen Sie, Genosse Major, ich sehe keinen Unterschied. Vielleicht arbeitet die Kamenskaja im Sekretariat oder in einer Berichtsgruppe, für uns ist sie eine Zeugin und nicht mehr.«

»Haben Sie ihre Papiere gesehen, oder haben Sie ihren Arbeitsplatz nur aufgrund ihrer Aussage notiert?«

»Aufgrund ihrer Aussage. Sie hat mir ihren Paß gezeigt, dort ist ihre Arbeitsstelle nicht angegeben.«

»Und Sie waren so vertrauensvoll und hatten nicht den Wunsch, ihren Dienstausweis zu sehen. Richtig?«

»Hören Sie, Jura, ich fuhr um vier Uhr morgens an den Ort des Geschehens, davor hatte ich vierundzwanzig Stunden Dienst gehabt, und statt mich ablösen zu lassen und Schlafen zu gehen, befragte ich bis zum Abendessen die Leute im Sanatorium. Nein, ich hielt es für überflüssig, ihren Dienstausweis zu verlangen, weil das Zeitvergeudung gewesen wäre. Wenn es zu einem Verdacht gegen die Kamenskaja kommen sollte, wird ihre Arbeitsstelle ohnehin überprüft, und die Lüge fliegt auf. Wenn sich der Verdacht gegen sie nicht erhärtet, kann sie jede beliebige Arbeitsstelle angeben, auf ihren Status als Zeugin hat das keinerlei Einfluß. Ebensowenig auf ihre Aussagen. Am nächsten Tag hat sich der Leiter der Untersuchung mit ihr unterhalten. Es ist durchaus möglich, daß er ihre Papiere gesehen hat, und wenn ihn irgend etwas stutzig gemacht hätte, hätte er es uns sofort mitgeteilt. Hab' ich nicht recht?«

»Nein, Andrei, Sie haben nicht recht. Ich muß Ihnen jetzt unangenehme Dinge sagen, deshalb schlage ich vor, daß wir uns ab sofort duzen.«

»Ich sehe da keinen Zusammenhang!« Golowin zog die Augenbrauen hoch.

»Damit es dir leichter fällt, mir zu antworten. Also: Kamenskaja arbeitet weder im Sekretariat noch in einer Berichtsgruppe. Anastasija ist eine erfahrene, qualifizierte Mitarbeiterin der Kriminalpolizei, sie arbeitet mit mir in einer Abteilung. Es ist ein erstaunlicher Zufall, daß sie sich schon einige Tage vor dem Verbrechen im Sanatorium aufgehalten hat. Sie hat eine große Beobachtungsgabe, sie konnte eine Menge interessanter Dinge registrieren, aber was die Hauptsache ist – sie konnte daraus noch interessantere Schlüsse ziehen. Und ich glaube nicht, daß sie nicht versucht hat, ihre Informationen mitzuteilen. Gib zu, daß sie dir ihre Hilfe angeboten hat.«

»Da war so etwas. Sie hat gesagt, daß sie sich gerne nützlich machen würde ... Etwas in diesem Sinn.«

»Was hast du ihr geantwortet? Hast du danke gesagt?«

»Nein.«

»Nicht einmal danke hast du gesagt? Du bist mir ein Penner, Brüderchen. Was meinst du, ist sie gekränkt?«

»Ich hab' nicht darauf geachtet. Aber ihr Gesicht versteinerte sich, das ist mir aufgefallen.«

»Das ist schlecht. Aber es besteht Hoffnung. Wenn sie dir nicht gesagt hat, daß sie in der Ermittlung arbeitet, kann man annehmen, daß sie sich darüber auch vor den anderen nicht ausgelassen hat. Das heißt, man kann versuchen, sie zu benützen. Habt ihr einen Plan des Sanatoriums?«

Jura studierte aufmerksam den Lageplan des fünften Stockwerks. Etwas fiel ihm auf.

»Ist das Zimmer fünfhundertdreizehn ein Zweibettzimmer?«

Andrei beugte sich über den Plan.

»Allem Anschein nach ja. Sehen Sie? Die Zimmerfläche ist größer als im rechten Nachbarzimmer und ebenso groß wie im Zimmer links. In der ›Doline‹ sind die Zimmer symmetrisch angeordnet: zwei Einzelzimmer, zwei Doppelzimmer.«

»Wer ist Kamenskajas Zimmerkollegin?«

»Sie ist allein in dem Zimmer, sie hat keine Zimmerkollegin.«

»Und die Nachbarn links und rechts?«

»Rechts ist eine niedliche alte Frau, eine alte Lehrerin unserer Musikschule, Regina Arkadjewna Walter. Links ein Ehepaar aus Kramatorsk, der Mann ist technischer Direktor eines Betriebs und die Frau Buchhalterin.«

»Mit dem Ehepaar aus Kramatorsk wird sie kaum Kontakt haben«, sagte Korotkow nachdenklich. »Die alte Musikerin ist eine passendere Gesellschaft für unsere Kamenskaja. Bitten wir sie, mich mit Anastasija bekanntzumachen.«

* * *

Regina Arkadjewna reagierte sofort auf das Klopfen und lächelte die Eintretenden freundlich an.

»Guten Tag, Regina Arkadjewna, erinnern Sie sich an mich? Ich heiße Golowin, ich habe mich vor einigen Tagen mit Ihnen unterhalten.«

»Guten Tag, mein Lieber, natürlich erinnere ich mich. Und das«, sie deutete auf Korotkow, »ist wohl Ihr Kollege?«

»Völlig richtig. Ich heiße Jura, ich arbeite ebenfalls bei der Kriminalpolizei. Regina Arkadjewna, wir haben eine etwas ungewöhnliche und äußerst delikate Bitte. Sie müssen verstehen, es geht um einen Mord, das ist eine ernsthafte Sache, und wir rechnen sehr auf Ihre Hilfe.«

»Mein Gott!« Die Alte lachte auf. »So eine lange Einleitung, als wollten Sie mich um Geld bitten.«

»Wir möchten Sie bitten, uns mit Ihrer Nachbarin bekanntzumachen.«

Regina Arkadjewna konnte ihr Erstaunen nicht verbergen.

»Mit Nastjenka? Aber wozu diese Umstände? Nastja ist ein entzückendes Geschöpf, sehr freundlich. Sie können einfach an ihre Tür klopfen, sie wird Sie nicht rauswerfen. Wozu brauchen Sie meine Vermittlung?«

»Jura hat doch schon gesagt, Regina Arkadjewna, daß die Sache delikat ist. Wir möchten nicht, daß Ihre Nachbarin erfährt, daß Jura bei der Polizei arbeitet. Deshalb brauchen wir eine falsche Identität, und wir bitten Sie, bei dieser falschen Biografie mitzuspielen. Stellen Sie ihr Jura als Ihren Schüler oder Verwandten vor. Egal was, nur nicht als Polizisten.«

Die Frau setzte sich umständlich hin, und blickte erst Korotkow und dann Golowin aufmerksam an.

»Soll ich das so verstehen, daß Sie Nastja in irgendeiner Weise verdächtigen? Wozu brauchen Sie sonst diese ganze Maskerade?«

»Liebe Regina Arkadjewna«, beschwor sie Andrei mit verschränkten Armen, »nötigen Sie mich nicht, Berufsgeheimnisse zu verraten. Ich würde die Achtung vor mir selbst verlieren. Wenn Sie uns nicht entgegenkommen wollen, bitte ich

Sie, unsere Begegnung zu vergessen und wende mich mit meiner Bitte an jemand anderen. Obwohl Ihre Weigerung, ehrlich gestanden, alles komplizierter machen würde. Sie sind ideal, Sie kennen die Kamenskaja, ihre beruflichen Interessen liegen weit voneinander entfernt, Sie sind Musikerin und sie ist Übersetzerin, somit wird Ihr harmloser Betrug niemals auffliegen. Aber der Untersuchung würden Sie sehr weiterhelfen.«

»Gut, ich werde tun, was Sie wünschen. Aber Sie bringen mich in eine äußerst unangenehme Situation. Meine Nachbarin ist mir sehr sympathisch, mehr noch, sie ist eine wunderbare Frau, sie ist äußerst klug und sehr gebildet. Sie wissen vielleicht nicht, daß sie fünf europäische Sprachen beherrscht. Sie ist in jeder Hinsicht ein wertvoller Mensch. Wenn Sie Gründe haben, ihr mit Mißtrauen zu begegnen, so ist das Ihre Sache. Das ist schließlich Ihre Arbeit. Aber ich habe solche Gründe nicht. Und es wird mir sehr, sehr schwerfallen, sie zu hintergehen. Ich bin schon siebenundsechzig, in diesem Alter braucht man gewichtige Gründe, um einen jungen Menschen zu betrügen. Versetzen Sie sich in meine Lage: Ich mache Sie mit Nastjenka bekannt, Ihre Beziehungen entwickeln sich in eine bestimmte Richtung, Sie erzählen ihr weiß Gott was alles, und dann kommt sie und beginnt, mir von meinem angeblichen Schüler zu erzählen, sie erzählt mir seine Lebensgeschichte und sagt mir, ob er ihr gefällt oder nicht. Übrigens ist sie ein höflicher Mensch, und wenn Sie ihr nicht gefallen, wird sie das nicht offen sagen. Aber was ist meine Rolle dabei? Zuhören und der offenkundigen Lüge zustimmen? Und mich wie der letzte Dreck fühlen? Ich habe schon gesagt, daß ich Ihnen Ihre Bitte nicht abschlage. Aber ich möchte, daß Sie sich darüber im klaren sind, was Sie von mir verlangen. Gehen Sie, Andrei, wir brauchen Sie nicht mehr, Jura und ich werden uns jetzt überlegen, wie wir die Sache inszenieren.«

* * *

Nastja hielt ihr Wort, das sie dem Arzt gegeben hatte und besuchte seit dem Morgen alle im Kurpaß aufgeführten Behandlungsräume: Schlammpackungen, Massage, Schwimmbecken, und nach dem Essen machte sie sich zu einem Spaziergang fertig. Die Tür, die vom Zimmer der Nachbarin auf den Balkon hinausführte, war leicht geöffnet, und Nastja hörte gedämpfte Stimmen. Während sie die Turnschuhe anzog und sich einen langen weißen Schal um den Hals legte, trat ein Mann auf den Balkon und sagte ziemlich laut zu Regina Arkadjewna: »Ist ja recht, Tante Rina, murren Sie nicht, ich rauche auf dem Balkon. Oh, ist das kalt! Sie sind keine Tante, sondern eine Giftschlange, Sie sind fähig, Ihren einzigen Neffen zu quälen.«

Nastja erstarrte mit der Jacke in der Hand. Jurka! Jurka Korotkow ist da! Der süße Kolobok! Was hatte er diesmal für eine Intrige gesponnen? Soll ich warten, bis Jura mit seiner Geschichte daherkommt, oder soll ich mich als erste bei ihm vorstellen?

Nastja beschloß, abzuwarten. Das Auftauchen Juras auf dem Balkon deutete sie nicht als Einladung, sondern als Warnung, damit sie, Nastja, sich im entscheidenden Moment nicht verriet. Und wenn sie sich schon Zeit ließ, dann richtig, dachte Nastja, und machte sich auf zu ihrem Spaziergang.

Die Bekanntschaft kam kurz vor dem Abendessen zustande, nachdem Nastja einen ausgiebigen Spaziergang gemacht hatte und mit ihrem Arbeitspensum zufrieden war. Jura Korotkow wurde ihr als Regina Arkadjewnas Neffe vorgestellt. Nastja gab sich gelangweilt und äußerte den Wunsch, sich möglichst schnell zurückzuziehen.

»Darf ich Sie nach dem Abendessen auf einen Spaziergang einladen?« fragte der Neffe Jura galant.

»Danke«, antwortete Nastja mit matter Stimme. »Ich war heute schon spazieren.«

»Und zum Tanz? Tanzen Sie?« Der Neffe blieb hartnäckig.

»Ich tanze nicht. Aber ich kann tanzen. Freilich macht mir das keinen Spaß und langweilt mich, aber ich kann meinen

Körper wenn nötig zwingen, Tanzfiguren zu vollführen. Ich selbst, Nastja Kamenskaja, tanze nicht.«

Zu Nastjas Glück betrat Damir ohne zu klopfen Reginas Zimmer.

»Ich hoffe, ich störe nicht?« Er blickte fragend die Lehrerin und dann Nastja an, während er Jura demonstrativ ignorierte.

»Natürlich, Jura, ich gehe mit Vergnügen mit Ihnen tanzen«, zwitscherte Nastja. »Wissen Sie was? Gehen wir zu mir, trinken wir Kaffee statt abend zu essen und danach gehen wir zum Tanzen. Regina Arkadjewna und Damir Lutfirachmanowitsch können sich auch ohne uns unterhalten.«

Regina Arkadjewna und Damir konnten nicht einmal den Mund aufmachen, da hatte Nastja Korotkow schon mit einem schelmischen Lächeln an der Hand genommen und war verschwunden. Durch die Tür hörte sie noch:

»Laß dir das eine Lehre sein, Damir. Du hast keine Ahnung, wie man einer Frau den Hof macht. Der schnappt sie dir direkt vor der Nase weg.«

In ihrem Zimmer führte Nastja Korotkow ins Bad und ließ endlich einem hysterischen Lachen freien Lauf, wobei sie ihr Gesicht in seinem dicken Pullover verbarg. Als sie sich beruhigt hatte, gingen sie ins Zimmer. Nastja machte den Wasserkocher an und fragte flüsternd:

»Sollen wir jetzt reden oder warten wir bis zum Tanzen?«

»Besser beim Tanzen«, antwortete Jura ebenso leise. »Jetzt reden wir einfach drauf los. Die Balkontür deiner Nachbarin ist offen, erzähl mir von dem Roman, den du übersetzt. Möglichst ausführlich und mit Kommentaren. Damit es lustig wird.«

Die Zeit verging so langsam, daß Nastja schon auf den Flur hinausgehen und den Uhrzeiger vordrehen wollte, damit sie endlich zum Tanzen gehen konnten. Noch mehr als eine Stunde bis dahin!

Schließlich waren sie auf der Tanzfläche, wo sie eng umschlungen langsam von einem Fuß auf den anderen traten und sich daran freuten, daß die Musik so laut war, obwohl sie das ansonsten gestört hätte. Wange an Wange und den Mund direkt am Ohr des Partners unterhielten sich Nastja Kamenskaja und Jura Korotkow.

»Gut, daß Damir gekommen ist. Andernfalls wäre ich gezwungen gewesen, auch das Tanzen zu verweigern.«

»Wieso? Willst du deinen Ruf wahren?«

»Eigentlich schon. Erstens war ich die ganze Woche kein einziges Mal tanzen, und es wäre schon komisch, wenn ich jetzt mit dir tanzen ginge. Zweitens geht man davon aus, daß ich mit Damir ein Verhältnis hatte und er mich sitzengelassen hat. Deshalb tue ich so gelangweilt und reagiere nicht auf deine Vorschläge. Ich will nicht Spazierengehen oder ins Kino oder zum Tanzen ... Aber nein, Damir kam vorbei, und sofort wollte ich mit dir zum Tanzen gehen. Ein ideales Zusammentreffen.«

»Nun gut, und wenn dieser Damir nicht gekommen wäre?«

»Ich hätte abgewartet, was weiter passiert. Dem Tanzen hätte ich natürlich nicht zugestimmt, aber du hättest begonnen, mich auszufragen und auf jede erdenkliche Weise zu provozieren ..., stimmt's? Und ich hätte nachgegeben. Jetzt erklär mir, was das alles zu bedeuten hat.«

Sie redeten fast eine Stunde und verstummten nur dann, wenn die Musik leiser wurde. Dann gingen sie in die Bar. Natürlich hätte Nastja es vorgezogen, in den Park zu gehen, aber dafür hätte sie in ihr Zimmer gehen und sich Jacke und Schal holen müssen. Das hätte jedoch ein Zusammentreffen mit Regina Arkadjewna zur Folge gehabt, und dazu war Nastja noch nicht bereit.

Jura konnte einfach nicht glauben, was Nastja erzählte.

»Versteh doch, Jura, ich will mit diesen Leuten nichts zu tun haben. Ich will es nicht und damit basta. Komm, lassen wir das.«

»Aber Asja, das ist doch töricht. Das ist richtig kindisch«, sagte Korotkow unwillig. »Du, eine erwachsene kluge Frau, kannst nicht ernsthaft auf deinen Kollegen sauer sein. In Ordnung, jemand hat im falschen Ton mit dir gesprochen! Und jetzt wirst du dich aufhängen, oder was?«

»Warum sollte ich mich aufhängen?« Nastja lächelte verhalten. »Es kann doch sein, daß ich einfach nichts mit ihnen zu tun haben will. Genauso verhalte ich mich. Die haben nicht einfach im falschen Ton mit mir gesprochen. Hinausgeworfen hat man mich wie einen Bettler, der mit ausgestreckten Händen an der Tür einer Luxusvilla klopft.«

»Asjenka, sie haben schon alles begriffen und eingesehen und sind bereit, deine Hilfe anzunehmen. Sie haben ja nicht gewußt, daß du aus Gordejews Abteilung kommst.«

»Sie wollten es auch nicht wissen. Bei denen ist die Devise ›Alle Weiber sind doof‹ ein Lebensprinzip. Sie sind gute Menschen und qualifizierte Fachleute. Aber Menschen, die nach dieser Devise leben, sind mir unangenehm. Sie sind mir zuwider. Mögen sie lange und glücklich leben, gebe Gott ihnen Gesundheit und Segen, aber zwinge mich nicht, mit ihnen zusammenzuarbeiten. Ich werde ihnen nicht behilflich sein.«

»Asska, was willst du damit erreichen? Daß der Polizeichef vor dir auf die Knie fällt? Bist du dann dazu bereit?«

»O nein.« Sie lächelte verschmitzt. »Sie kommen zu spät. Wenn sie heute, vor deiner Ankunft, ganz einfach zu mir gekommen wären, das wäre etwas anderes. Glaubst du, ich habe nicht mit mir selbst gerungen? Denkst du, ich habe nicht versucht, sie zu rechtfertigen? Von Anfang an, seit dem Augenblick, wo sie Koloboks Bitte nicht nachgekommen sind und mich nicht vom Bahnhof abgeholt haben.«

»Aber das Zimmer haben sie dir doch besorgt, wie sie es versprochen hatten.«

»Ja? Nichts haben sie gemacht. Ich mußte darum bitten und mich erniedrigen.«

»Aber du wohnst doch allein in einem geräumigen Zimmer«, wunderte sich Jura.

»Ja, gegen Bestechung«, antwortete Nastja. »Also, ich habe mir alle möglichen Rechtfertigungsgründe für deinen Freund Golowin und für den Leiter der Untersuchung ausgedacht, ich habe lange gewartet, aber dann habe ich mir überlegt: Wozu eigentlich? Die Leute sind überzeugt, daß sie alleine zurechtkommen, warum soll ich mich ihnen als Frau mit meiner Hilfe aufdrängen? Wenn sie mich brauchen, werden sie freiwillig kommen. Und ich werde mich nicht zieren und schmollen und die gekränkte Unschuld spielen. Wenn sie mich bitten, helfe ich.«

»Aber sie bitten dich ja. Was bist du denn so stur?«

»Nein, Korotkow, nicht sie bitten mich. *Du* bittest mich. Sie hielten es nicht für notwendig, ihren Arsch vom Stuhl zu erheben und mit mir normal zu reden. Meinetwegen müssen sie sich nicht entschuldigen, aber wenigstens reden! Ach was, das ist unter ihrer Würde, eine Frau um etwas zu bitten. Dir, Jurik, schlage ich nichts aus. Darauf kannst du dich verlassen. Aber bedenke, sobald du hier fertig bist und abreist, erfahren sie von mir kein Wort. Ich denke, es wird besser sein, daß du sie rechtzeitig darauf vorbereitest, damit es nachher keine Mißverständnisse gibt. Und nimm meine Hand, sonst wird unser Gespräch zu angespannt, und wir wirken wie in einer Diskussionsrunde.«

* * *

Damir begriff nicht gleich, was Kotik von ihm wollte.

»Du mußt weiterhin der Kamenskaja den Hof machen. Verbring so viel Zeit wie möglich mit ihr.«

»Aber das ist gefährlich. Ich sage dir, die Kripo interessiert sich für sie, ich habe es rein zufällig erfahren. Sie hegen irgendeinen Verdacht und beobachten sie. Wenn ich um sie herumscharwenzle, nehmen sie sich auch mich vor. Aua!« Damir verzog wehleidig das Gesicht.

Kotik, der gekonnt Damirs Beine massierte, lachte zufrieden. Er wollte, daß es weh tat.

»Das kannst du schon aushalten, stell dich nicht so an«, antwortete er dennoch sanft. »Sie können sie wegen allem Möglichen verdächtigen: Diebstahl, Erpressung, Prostitution, Drogenhandel. Oder in der Sache, wofür sie eigentlich uns verdächtigen sollten. Verstehst du? Das ist eine Chance, die wir uns nicht entgehen lassen dürfen. Vielleicht ist alles umsonst. Aber vielleicht auch nicht. Wenn der Bulle um deine Dame herumscharwenzelt, weil er glaubt, daß sie etwas mit den Vorfällen im Sommer und den Vorfällen jetzt zu tun hat, haben wir die Möglichkeit zu erfahren, in welche Richtung sie ermitteln und was sie wissen. Verstanden? Man muß sie nur ausfragen.«

»Ich weiß nicht, Kotik, ob ich das kann. Ich habe nichts, womit ich sie halten könnte. Sie interessiert sich überhaupt nicht für mich«, beschwerte sich Ismailow.

»Wie bitte?« Kotik unterbrach die gleichmäßigen Massagebewegungen und richtete sich auf. »Habt ihr etwa nicht ...«

»Eben nicht. Ich hab' das Gefühl, daß sie sich über mich lustig macht. Verstehst du, sie erlaubt alles, ist kein Rührmichnichtan, aber irgend etwas hindert mich. Ich kann nicht sagen, was es ist, aber irgend etwas hindert mich.«

»Vielleicht war sie zu Scherzen aufgelegt, solange sie geglaubt hat, daß sie fest im Sattel sitzt. Aber jetzt, wo die Kripo hinter ihr her ist, wird sie nichts zu lachen haben. Jetzt wird sie anfangen, freundschaftliche Teilnahme und Mitgefühl schätzenzulernen, du wirst sehen. Mach dich nicht klein, Damir! Dreh dich um, ich massiere dir den Rücken.«

* * *

Eduard Petrowitsch schnitt ein Stück Fleisch ab, tunkte es in die Sauce und schob es in den Mund. Seine Tischgenossen, der Leiter des Aufklärungsdienstes Starkow, der Leiter des Abwehrdienstes Kriwenko und ein Mitarbeiter der Polizeidirektion, kauten konzentriert. Das Fleisch war herrlich zubereitet, die Sauce hervorragend, das Gemüse frisch, der Wein von einem guten Jahrgang. Fisch und Fleisch bereitete Denissow immer selbst zu. Er machte das mit viel Liebe und sehr gekonnt. Alles übrige überließ er Alan, dem ehemaligen Chefkoch eines großen Restaurants, einem Kenner der kulinarischen Geheimnisse und fast ein Mitglied der Familie: Alan wohnte bei Denissow, in einem der vielen Zimmer, die durch das Zusammenlegen von 5 Wohnungen eines Stockwerks entstanden waren.

Nach dem Hauptgang servierte Alan Kaffee und Tee in Denissows Kabinett und machte sich daran, das Geschirr im Speisezimmer abzuräumen. Die vier Männer erhoben sich und gingen in das Nebenzimmer. Bei einer Tasse Tee begann die Erörterung der Fragen, wegen derer sie sich hier versammelt hatten.

»Ich beginne mit der dritten Frage, da sie, wie mir scheint, für die beiden anderen entscheidend ist«, begann der Mann mit der Brille.

Denissow nickte zustimmend.

»Anastasija Pawlowna Kamenskaja, die im Sanatorium ›Doline‹ das Zimmer 513 bewohnt, ist Mitarbeiterin der Kriminalpolizei in Moskau. Sie kam ins Sanatorium, um sich zu erholen und behandeln zu lassen, sie hat keinerlei sonstige Aufgaben. Sie wird von den Moskauer Kollegen hoch geschätzt, die ihren außergewöhnlichen Verstand, ihre Kombinationsgabe und ihre analytischen Fähigkeiten hervorheben. Kamenskaja hat eine scharfe Beobachtungsgabe, sie konnte wichtige Schlüsse aus vielen Kleinigkeiten ziehen, die ihr während ihres Aufenthaltes im Sanatorium aufgefallen waren. Aber all das ist fruchtlos versickert, weil meine Kollegen nicht in der Lage waren, sich mit ihr zu verständigen. Kamenskaja hat ihnen ihre Hilfe bei der Morduntersuchung angeboten, aber ihr Angebot ist nicht aufgegriffen worden. Bis jetzt sieht es so aus, daß sie gekränkt ist und sich kategorisch weigert, mit unserer Ermittlung zusammenzuarbeiten. Das dazu.«

»Kommen Sie zur zweiten Frage. Was ist nötig, um die Mordsache in der ›Doline‹ abzuschließen?«

»Ich habe mit dem Leiter der Untersuchung gesprochen. Er stimmte mir zu, daß die STADT nicht noch einen weiteren unaufgeklärten Mord gebrauchen kann. Es sind jetzt schon zu viele. Die wahrscheinlichsten Erklärungen lauten: ein Auftrag aus Moskau oder eine Abrechnung in Geldangelegenheiten. Was die Version mit dem Auftragsmord angeht, so ist Major Korotkow von der Moskauer Kripo eingetroffen. Er wird so lange hierbleiben, bis diese Möglichkeit entweder bestätigt oder verworfen ist, mit anderen Worten, bis das Verbrechen aufgeklärt ist. Wir können diesen Major hier nicht brauchen, deshalb haben wir uns entschlossen, den Ermittlungen etwas nachzuhelfen und das Verbrechen so schnell wie möglich nach formalen Kriterien aufzuklären. Dafür brauchen wir dies hier.« Er reichte Denissow einige zusammengeheftete handbeschriebene Blätter Papier.

»Jetzt zur letzten Frage: Wie kann man klären, was in der ›Doline‹ vor sich geht und wer Alferow wirklich getötet hat? Unsere Möglichkeiten reichen hierfür nicht aus. Ich schlage vor, Eduard Petrowitsch, darüber nachzudenken, ob wir nicht die Kamenskaja dafür benützen sollten.«

»Keine schlechte Idee. Sprechen wir darüber.«

Mit diesen Worten blickte Eduard Petrowitsch Denissow Starkow und Kriwenko mit einem breiten Lächeln an und schenkte sich die zweite Tasse Tee ein.

* * *

Korotkows Idee war einfach und in vielfacher Hinsicht dienlich. Nachdem er Nastja zu einer verdächtigen Person gemacht hatte, für die sich die Moskauer Kriminalpolizei interessierte, noch dazu geheim und noch dazu unmittelbar nach dem Mord an dem Moskauer Alferow, wollte er die Verbrecher noch mehr verwirren, vorausgesetzt natürlich, daß sie irgendwo in der Nähe waren. Jura hoffte, daß die an dem Mord beteiligten Personen versuchen würden, sich an Nastja heranzumachen, um aus erster Hand Informationen darüber zu bekommen, in welche Richtung die Ermittlungen gingen und was die Polizei wußte. Wenn sein Plan funktionierte, so konnte man versuchen, durch die Kamenskaja gezielt Fehlinformationen zu streuen. Außerdem beabsichtigte Jura, gezielt Fehlinformationen über Nastja und über sich selbst zu verbreiten. Sie sei eine undurchsichtige Person, die man wegen irgendeiner Sache im Verdacht habe, man könne sich also ausrechnen, daß sie nicht bei der Polizei arbeite. Wenn auch irgendwelche Gerüchte in dieser Richtung durchgesickert waren – jetzt sollte allen klar sein, daß das nicht stimmte. Er, Major Korotkow, Mitarbeiter der Moskauer Kripo, würde durch sein offensichtliches Interesse an Anastasija Kamenskaja seine wahren Absichten verbergen.

Die Möglichkeit eines Auftragsmords wies in zwei Richtungen. Erstens: Alferow wurde von seinen eigenen Leuten auf Befehl des Generaldirektors der Firma ›Nord Trade Ltd.‹ getötet, weil der Fahrer mehr wußte, als er wissen sollte, und aus irgendeinem Grund gefährlich geworden war. Zweitens: Die Ermordung des Fahrers war ein Versuch, den Generaldirektor einzuschüchtern, eine Warnung von Konkurrenten oder Erpressern. Korotkow hatte aus Moskau eine präzise Beschreibung der Leute mitgebracht, die in der einen oder anderen Weise den Auftrag ausgeführt haben könnten und seiner Meinung nach versuchen würden, mit Nastja Kontakt aufzunehmen. Der Köder sollte auch dann locken, falls das Motiv für den Mord ein völlig anderes war, der Mörder sich aber nach wie vor in der STADT aufhielt. Freilich konnte dieser ganze Plan in sich zusammenfallen wie ein Kartenhaus, wenn sich die alte Zimmernachbarin als zu verläßlich erwies und den Mund hielt. Dann würde niemand erfahren, daß sich insgeheim die Kriminalpolizei für Nastja interessierte. Das konnte man keinesfalls zulassen. Nastja und Korotkow dachten darüber nach, wie man Regina Arkadjewna provozieren und irgendwie zum Plaudern bringen könnte.

»Vielleicht sollten wir es nicht so kompliziert machen, sondern sie einfach darum bitten?« schlug Jura vor.

»Ausgeschlossen. Du hast ihren Lieblingsschüler Ismailow vergessen. Ihm erzählt sie es hundertprozentig, sie ist ja keine Agentin, sondern eine gewöhnliche alte Frau mit normalen menschlichen Gefühlen. Vor ihm wird sie es nicht verbergen. Nein, Regina werden wir benutzen müssen, ohne daß sie es merkt. Soll Ismailow ruhig denken, daß ich eine Übersetzerin mit einer dunklen Vergangenheit bin.«

Kapitel 8

TAG NEUN

Am Morgen kam die Krankenschwester zu Regina Arkadjewna und wechselte den Verband am Bein, das wieder angeschwollen war. Während sie das Bein behandelte, bemerkte sie beiläufig:

»Sie hatten gestern Besuch von so einem sympathischen Herrn. Er hat übrigens den ganzen Abend mit Ihrer Nachbarin aus Zimmer 513 verbracht.«

»Das ist mein Neffe«, antwortete Regina Arkadjewna, und bemühte sich, ihr Gesicht nicht vor Schmerzen zu verziehen. »Was Sie nicht sagen!« Die Krankenschwester warf einen verwunderten Blick auf die Alte. »Wer hätte gedacht, daß Sie einen Neffen haben! Sie kommen schon so viele Jahre zu uns und haben immer gesagt, Sie seien ganz allein. Aber es zeigt sich, daß Sie nicht allein sind, sondern nicht gerade redselig, Regina Arkadjewna.« Die Schwester kicherte. »Geben Sie doch zu, daß das Ihr geheimer Verehrer ist. Oder Ihr unehelicher Sohn? Oho, Regina Arkadjewna!«

Die alte Frau konnte sich ein Lächeln nicht verkneifen.

»Hat er Ihnen gefallen, Lenotschka? Wollen Sie ihn kennenlernen?«

»Ist er denn nicht verheiratet?«

»Weiß ich nicht«, sagte Regina Arkadjewna.

»Wie bitte? Er ist Ihr Neffe und Sie wissen es nicht? Oh, Sie verbergen etwas.«

Die Schwester legte sorgfältig die Kompresse auf und begann, den kranken Fuß zu verbinden.

»Ich bin zu alt, um noch solche Spiele zu spielen«, seufzte die Alte. »Ich sage Ihnen die Wahrheit, Lenotschka, aber verraten Sie mich nicht. Versprechen Sie mir das?«

»Ich verspreche es!« Lenotschka sah erschrocken auf.

»Er ist von der Polizei.« Regina Arkadjewna senkte ihre Stimme. »Wegen dieses Mordes ... Verstehen Sie? Aber meine Nachbarin soll davon nichts wissen. Sie glaubt, er sei mein Verwandter.«

»Wie interessant«, sagte die Krankenschwester und riß die Augen auf. »Dann ist er nicht mein Fall. Polizisten sind alle langweilig und verheiratet. Gut, wenn er ledig wäre, könnte ich es mir noch überlegen. Das wär's dann, Regina Arkadjewna, ich bin fertig. Am Abend hat Tamara Dienst, sie wechselt Ihnen den Verband für die Nacht. Versuchen Sie, so wenig wie möglich zu gehen.«

»Danke, mein Kind.«

Regina Arkadjewna streckte ihre Hand nach der Obstschale aus und nahm einen großen Granatapfel.

»Nehmen Sie, Lenotschka, machen Sie mir die Freude. Bei meinem Blutdruck ist es riskant, Granatäpfel zu essen. Aber wenn man sie mir bringt, kann ich doch nicht nein sagen.«

* * *

»Nehmen Sie bitte!« Lena reichte Korotkow den Granatapfel. »Die schmecken mir nicht. Sie hätte mir besser einen einfachen Apfel geschenkt. Unsere Regina kann keine Geheimnisse hüten. Sie hat alles ausgeplaudert, die gute Seele.«

»Kannst du das denn, Geheimnisse für dich behalten?« fragte Jura mit einem schelmischen Lächeln. »Kann ich mich auf dich verlassen? Lena, ich kaufe dir drei Kilo Äpfel, sogar fünf Kilo, wenn du mich nicht hängenläßt. Aber bemüh dich nicht zu sehr, abgemacht?«

* * *

Im Café war es warm, gemütlich und schrecklich teuer. Nastja warf einen Blick auf die Speisekarte und es verschlug ihr die Sprache.

»Bei den Preisen kriege ich keinen Bissen runter«, gestand sie.

»Unsinn«, erwiderte Damir, der den Kellner herbeiwinkte. »Du solltest aus ganz anderen Gründen keinen Bissen herunterbekommen. Soll ich eine Suppe ›Julienne‹ bestellen?«

»Bitte. Was willst du damit sagen?«

Damir hatte noch nicht geantwortet, als der Kellner schon kam. Er nahm die Bestellung entgegen und brachte Brot und Getränke sowie eine kalte Vorspeise. Nastja schwieg geduldig und wartete auf den Moment, wo sie das Gespräch wieder aufnehmen konnte.

»Du hast mir nicht geantwortet. Was habe ich für Gründe zur Sorge, Damir?«

»Dein neuer Verehrer«, gab dieser geringschätzig zurück, während er ihr ein Stück kaltes Fleisch und Gemüse auf den Teller legte.

»Bist du etwa eifersüchtig?« fragte Nastja unschuldig.

»Natürlich. Mich hast du hochmütig zurückgewiesen, statt dessen hast du dich mit einem Polizisten eingelassen. Das hätte ich wirklich nicht erwartet!«

Soll ich die Gabel fallenlassen? Nein, besser verschlucke ich mich. Man soll das Spiel nicht übertreiben. Es wäre dumm, ihm von Anfang an zu glauben und gleich panisch zu werden.

»Was für ein Polizist? Von wem sprichst du, Damir?«

»Von dem Mann, mit dem du gestern tanzen warst. Ein schönes Pärchen!«

»Dummkopf, das ist doch der Neffe von Regina. Hat sie dir das nicht erzählt?«

»Doch, das hat sie mir erzählt. Aber andere Leute haben mir zugeflüstert, daß er ein waschechter Bulle von der Moskauer Kripo ist, extra auf dich angesetzt. Wie fühlst du dich dabei?«

»Weiß ich nicht.« Sie zuckte die Achseln. »Ich denke, das ist ein Mißverständnis. Was könnte einer von der Kripo an mir interessant finden? Sie denken sich das alles aus, Damir Lutfirachmanowitsch.«

»Dein Leichtsinn macht mich verrückt«, sagte Ismailow aufgebracht. »Kannst du der Lage entsprechend vielleicht mal den nötigen Ernst aufbringen? Ich frage dich nicht, ob du irgendwas ausgefressen hast. Das weißt du selbst am besten. Aber versuche dich zu erinnern, worüber er mit dir gesprochen hat, wofür er sich interessiert hat. Dann wirst du auch verstehen, warum er um dich herumscharwenzelt.«

Jetzt hat er mich überzeugt. Genug Dummchen gespielt. Es ist an der Zeit, anzufangen.

»Damir«, sagte Nastja langsam, ohne ihr Gesicht vom Teller zu heben, »was soll die Aufregung? Wenn du wirklich nicht lügst, dann macht sich der Polizist ja an mich heran und nicht an dich. Was bist du so nervös?«

»Weil ich der letzte Idiot bin«, erwiderte Damir wütend, »weil mein Herz für dich blutet. Weil ich dir helfen will, soweit das überhaupt in meinen Kräften steht. Wenn schon nicht mit einem Ratschlag, dann zumindest mit Beistand und Anteilnahme. Bist du überhaupt imstande, so einfache Dinge zu begreifen, oder kannst du nur um die Ecke denken?«

Treffer! Wenn du wüßtest, Ismailow, wie recht du hast. Genau das hat mich die letzten Tage gequält. Ist das wirklich so deutlich? Oder ist es nur ein Zufall?

»Kann ich wirklich mit deinem Rat und deiner Unterstützung rechnen?« – Deine Stimme kann ruhig ein wenig zittern, wie vor einem ernsten Bekenntnis.

»Du kannst. Ich habe ohnehin dem Leiter der Untersuchung versprochen, noch hierzubleiben, er möchte mich noch einmal befragen. Ich verlängere meinen Kuraufenthalt und werde die ganze Zeit in deiner Nähe sein. Ist dir das recht?«

Nastja nickte, dann warf sie ihm einen schuldbewußten Blick zu.

»Und du wirst über mich nicht schlechter denken als vorher, auch wenn ...«

»Wenn – was?«

»Wenn sich herausstellen sollte, daß dieser Polizist Gründe hat ... Damir, ich bin in eine komplizierte Lage geraten. Ich kann dir jetzt nicht alles erzählen, aber später wirst du vielleicht alles erfahren. Natürlich bin ich nicht ganz unschuldig. Aber diesen Burschen, den Alferow, hab ich nicht umgebracht. Glaubst du mir das?« Aus, Schluß. Das sollte reichen.

»Ich glaube dir, Nastjenka, natürlich glaube ich dir. Ich muß dich nur ansehen, um dir zu glauben. Als könntest du jemanden niederschlagen. Komm, trinken wir einen.«

»Prost«, sagte sie erleichtert. Der erste Vorhang war gefallen. Sie konnte eine Pause einlegen.

* * *

Denissow betrachtete sich aufmerksam im Spiegel. Er war alt und müde geworden. Solange Lilja bei ihm war, war er feurig und dynamisch, aktiv und voller Elan. Er hatte Lilja nicht genug geschätzt, er hatte geglaubt, er habe ihre Jugend und Zärtlichkeit nur gekauft, und zum Dank für ihren treuen Dienst hatte er ihr einen reichen Mann besorgt, einen Industriellen aus Österreich. Er hatte sich damit beruhigt, daß sie es dort besser haben würde, daß sie sich das verdient hatte.

Und dann war Verotschka gekommen, seine herzallerliebste Enkelin, und hatte erzählt, wie sie mit Lilja vor ihrer Abreise auf die Datscha gefahren war, und wie Lilja geweint hatte. Wer hätte denn denken können, daß sie ihn wahrhaftig liebte – in seinem Alter? Eduard Petrowitsch hatte sich nicht selbst betrügen wollen, um danach nicht enttäuscht zu sein. Und am Ende hatte er sich doch selbst betrogen. Eine zweite Lilja würde es nicht mehr geben, und mit der Zeit würde er an allem das Interesse verlieren. Er war so reich, da machte das Anhäufen von Geld keine Freude mehr. Jetzt gab es für ihn nur mehr eine Freude – das Geld ausgeben und seine Macht spüren.

Alt war Eduard Petrowitsch geworden. Solange es Lilja gab, war er mit ihr an die Strände des Mittelmeers und in die

Schweizer Berge gefahren, mit leicht gebräuntem Gesicht und durchtrainiert, und auch die Falten waren damals weniger. Jetzt blickte Denissow in ein Gesicht, das schon ein wenig aufgedunsen war. Er sah die rotgeäderten Wangen, der Körper war erschlafft und er hatte einen Bauch. Vor dem Alter gibt es kein Verstecken …

Plötzlich lächelte er sein Spiegelbild an. Immerhin gibt es noch interessante Momente in seinem Leben. Ab und zu gibt es noch welche. Jetzt zum Beispiel hat er eine interessante Aufgabe zu lösen: einen Menschen dazuzubringen, seine Berufspflicht für Geld zu erfüllen, aber nicht für staatliches Geld, sondern für sein, Denissows Geld, einfacher gesagt: für schmutzige Mafiarubel. Vielleicht auch ausländische Währung. Dieser Mensch soll – wie man hört – nicht einfach sein, sogar widerspenstig. Was soll's, um so besser, um so interessanter. Eduard Petrowitsch wußte, daß die Frauen ihn nicht unwiderstehlich fanden. Ihm fehlte der männliche Charme. Der Kamenskaja mußte er anders kommen.

Wo bleibt nur unser Starkow? Denissow blickte auf die Uhr: Bis zum vereinbarten Treffen waren es noch sieben Minuten. Er drückte auf den Klingelknopf. Alan erschien augenblicklich, klein, rund, bärtig.

»Mach mir einen Milchshake, Alantschik. In fünf Minuten kommt Tolja Starkow, setz dich zu uns und hör zu. Es könnte sein, daß wir einen Gast empfangen müssen und dann brauche ich deinen Rat.«

»Wann soll ich das Essen servieren, Eduard Petrowitsch?«

»Später, Alantschik, wenn ich mit Tolja gesprochen habe.«

»Erwarten Sie jemand? Für wieviele Personen soll ich aufdecken?«

»Heute bin ich allein, Vera Alexandrowna bleibt noch eine Woche bei ihrer Schwester. Decke den Tisch für zwei, für dich und mich.«

»Gut.«

Während er in kleinen Schlucken den köstlichen Milchshake trank (Milch, Eidotter, frisch gepreßte Antonow-Äpfel), lauschte Denissow aufmerksam den Ausführungen des Chefs seines Aufklärungsdienstes.

»Wir haben nicht viel Zeit, Eduard Petrowitsch, weil wir nur wenig Anhaltspunkte gefunden haben. Die Kamenskaja ist faul und bequem. Am wohlsten fühlt sie sich, wenn sie zu Tisch ist oder auf der Couch liegt. Mit Hausarbeit gibt sie sich allem Anschein nach nicht ab.«

»Woher haben Sie diese Informationen?«

»Von der Putzfrau, die ihr Zimmer saubermacht. Sie ist eine erfahrene Frau mit Beobachtungsgabe, sie kann allein anhand eines Aschenbechers mit ein paar Kippen den ganzen Charakter beschreiben. Man kann ihr glauben.«

»Hmmm. Weiter.«

»Kamenskaja raucht viel und trinkt viel Kaffee.«

»Die Marke?«

»Hier hat sie eine Dose mit brasilianischem Instantkaffee. Zu Hause trinkt sie ebenfalls löslichen Kaffee, zum Kaffeekochen sie ist zu bequem. Wenn sie die Möglichkeit hat, zieht sie Cappuccino vor.«

»Zigaretten?«

»Hier raucht sie die Marke ›Askor‹, aber sie liebt Mentholzigaretten. Sie versucht, selten die Marke zu wechseln, sie kauft immer ein paar Stangen auf einmal.«

»Kleidung, Kosmetika?«

»Da ist einiges unklar, Eduard Petrowitsch. Wir haben Tatjana Wassiljewna gebeten, sich die Kamenskaja heute anzusehen, als sie mit Ismailow im Café saß.«

Tatjana Wassiljewna war Direktorin im städtischen ›Haus der Mode‹ und die Schneiderin von Vera Alexandrowna, Denissows Frau, und außerdem auch noch Gutachterin für Eduard Petrowitsch.

»Ismailow? Ja richtig, ihr Liebhaber. Was hat also Tatjana gesagt?«

»Sie sagte, daß die Kamenskaja nicht das anzieht, was ihr steht, sondern worin sie sich wohl fühlt. Der Mimik und Gestik nach zu urteilen kann sie sehr anziehend sein, wenn es sein muß. Aber im alltäglichen Leben kleidet sie sich mehr als bescheiden und sieht völlig unscheinbar aus.«

»Interessant«, sagte Denissow ironisch. »Was kommt also heraus? Wenn sie mit ihrem Liebhaber im Café sitzt, bemüht sie sich nicht, anziehend zu sein?«

»Darauf läuft es hinaus, Eduard Petrowitsch.«

»Was hat sie im Café gegessen?«

»Das, was auf der Karte stand. Aber aus dem Gespräch mit dem Kellner wurde deutlich, daß sie sich nichts aus Fleisch macht, dafür aber auf Gemüse scharf ist. Aus ihren Fragen kann man schließen, daß sie nichts stark Gesalzenes oder Scharfes ißt, statt rohem Gemüse ißt sie lieber gedünstetes.«

»Was trinkt sie?«

»Schwer zu sagen. Im Café verlangte sie Martini, die hatten aber keinen. Sie trank Orangensaft. Immerhin nahm sie ein Glas Wein, das Ismailow bestellt hatte. Sie trank es aber nicht aus.«

»Was noch?«

»Sie mag keine laute Musik. Überhaupt mag sie keinen Hintergrundlärm. Die Putzfrau sagt, daß das Radio in Kamenskajas Zimmer immer ausgesteckt ist und das Kabel mit dem Stecker die ganze Zeit in ein und derselben Position auf dem Schrank liegt. Allem Anschein nach hat sie es noch kein einziges Mal eingeschaltet.«

»Eine ernsthafte Dame.« Denissow lächelte. »Nicht einmal die Nachrichten hört sie.«

»Aber sie liest Zeitungen, wenn auch nicht regelmäßig. In der ersten Woche war keine einzige Zeitung im Zimmer, dann tauchte auf einmal ein ganzer Stoß auf.«

»Ein gutes Zeichen, Tolja, das ist ein sehr gutes Zeichen.« Eduard Petrowitsch wurde munter. »Etwas hat plötzlich ihr Interesse geweckt. Es scheint, sie ist doch nicht so faul und apathisch, wie sie dein Bericht darstellt. Erzähl weiter.«

»Im Sanatorium läßt sie ein altes Rückenleiden behandeln. Das Sitzen in weichen, tiefen Sesseln bereitet ihr Schmerzen, sie bemüht sich, Stühle mit einer harten geraden Lehne zu nehmen.«

»Eine wertvolle Beobachtung. Und wie entwickeln sich ihre Beziehungen zu unserer heldenhaften Kriminalpolizei? Ist es diesem Moskauer gelungen, diesem ...«

»Korotkow«, sagte Starkow schnell.

»Ja, Korotkow. Ist es ihm gelungen, sie zu überreden?«

»Bis jetzt noch nicht. Sie weigert sich entschieden.«

»Was hat sie für Argumente?«

»Ich habe es wörtlich notiert: ›Ich kann nichts mit Leuten zu tun haben, die der Meinung sind, daß ein Weibsbild kein Mensch ist‹.«

»Hast du das selbst gehört?«

»Ich saß am Nachbartisch, als sie das dem Major von der Moskauer Kripo sagte. Ich muß bemerken, Eduard Petrowitsch, sie hat sich hervorragend in der Hand. Das Gespräch war sicher nicht angenehm, aber sie lächelte die ganze Zeit und erhob kein einziges Mal ihre Stimme. Deshalb konnte ich mehr als die Hälfte ihrer Worte nicht verstehen.«

»Macht nichts, Tolja, das reicht. Ich werde heute abend deine Infos überdenken, und morgen früh kannst du anfangen. Du kannst gehen, Tolja.«

Nachdem sich die Tür hinter Starkow geschlossen hatte, drehte sich Denissow zu Alan um, der in der Ecke am Couchtisch still etwas notierte.

»Was sagst du dazu, Alan?«

Alan fuhr mit der Hand in sein langes, dichtes Haar, dann nahm er seinen langen Bart in den Mund und kaute auf ihm herum.

»Von Kaviar und Lachs lassen wir die Finger. Auch auf Ihre legendären Steaks werden wir verzichten müssen.«

»Vielleicht Karpfen in Sahne?« schlug Denissow unsicher vor.

»Wenn es um einen Konkurrenten von Ihnen ginge, wäre ich einverstanden. Es gibt heute nur wenige Menschen, die korrekt Fisch essen und richtig mit den Gräten umgehen können. Wenn Sie irgend etwas von ihr wollen, würde ich keinen Fisch empfehlen. Höchstens Stör ohne Gräten.«

»Das soll mir recht sein.« Eduard Petrowitsch nickte. »Weitere Vorschläge?«

»Ich wollte noch was zu dem Gesalzenen sagen. Vielleicht hat sie Probleme mit den Nieren und verträgt nicht viel Flüssigkeit. Andererseits raucht sie viel, das heißt, sie muß Durst haben. Ich denke, man muß Orangen oder noch besser Grapefruit servieren. Das erfrischt. Schälen, in dünne Scheiben schneiden und mit Eis servieren. Um alles übrige kümmere ich mich: Gemüse, Getränke, einen Stuhl mit hoher Lehne. Ich habe alles notiert.«

»Danke, Alantschik. Ohne dich wäre ich verloren.«

»Und wann soll ich fertig sein?«

»Wenn ich das wüßte ...«

* * *

Während Eduard Petrowitsch die Netze auslegte, in denen er Anastasija Kamenskaja fangen wollte, zog Nastja zusammen mit Juri Korotkow ihre eigenen Netze ein und stellte verärgert fest, daß sie noch nichts gefangen hatte.

»Nur Ismailow scharwenzelt um mich herum. Freilich benimmt er sich genauso, wie du es mir vorhergesagt hast, aber er ist nicht der Mörder. Von dem Augenblick an, als ich mich von Alferow im Park verabschiedet hatte, bis zwei Uhr nachts war er immer in meiner Sichtweite. Kann sich der Gutachter beim Zeitpunkt des Todes nicht geirrt haben?«

»Das ist ausgeschlossen.« Jura schüttelte den Kopf. »Du hast dich um 23 Uhr 30 von Alferow getrennt, die Leiche wurde an der Fundstelle um 4 Uhr 20 untersucht. Der Eintritt des Todes erfolgte etwa um Mitternacht plus minus fünfzehn Minuten. Da ist viel zu wenig Zeit dazwischen, als daß sich der Gutachter um anderthalb bis zwei Stunden irren könnte. Verlier keinen Gedanken daran. Denk lieber über was anderes nach: Ich habe deine Zigaretten gefunden.«

»Wo?« Nastja fuhr hoch.

»In der Nähe des Lieferanteneingangs. Eine dunkle Packung.

Auf der Erde fällt sie nicht weiter auf, wenn man nicht gerade danach sucht. Was sagst du dazu?«

»Wozu mußte Alferow zum Lieferanteneingang, wenn der Haupteingang viel näher liegt? Ein Spazierweg führt da nicht vorbei. Das heißt, er ist absichtlich dahin gegangen, vielleicht ist er jemandem nachgegangen. Oder man hat ihn bereits tot durch den Lieferanteneingang getragen. Vergessen wir doch für eine Minute den Auftragsmord und überlegen wir, wie es geschehen konnte, daß man einen Menschen, der eben erst friedlich auf einer Parkbank saß und durch nichts beunruhigt war, fünf Minuten später mit einem meisterhaften Handkantenschlag tötet. Das sieht sehr nach einem Mord im Affekt aus, findest du nicht?«

»Dann muß man davon ausgehen, daß er irgendwas gesehen hat. Etwas, was nicht für seine Augen bestimmt war. Oder jemand, den er nicht hätte sehen sollen. Hast du eine Idee, wie man das überprüfen könnte?«

»Ja. Teilweise kann man das hier vor Ort überprüfen. Aber für das meiste müssen wir über Moskau gehen.«

Nastja verstummte und ging nachdenklich weiter, während sie das herabgefallene Laub mit ihren Füßen hochwirbelte.

»Jurik, kannst du dich erinnern, was ich dir gestern über die Zeitungen erzählt habe?«

»Ganz allgemein, ja.«

»In unserem Land haben sich gerade wichtige Dinge ereignet. Wir erinnern uns beide, was darüber in der Presse stand. Die Abgeordneten und die Verwaltung haben sich gegenseitig bekriegt. Aber in der STADT herrschte eine sonderbare Eintracht, keinerlei Streit, vollständige Ruhe. Sofort nach der Niederschlagung des Putsches hat der Stadtsowjet seine Vollmachten friedlich niedergelegt, und es hätte nicht viel gefehlt, und er hätte seine Vollmachten mit Worten ewiger Dankbarkeit abgegeben. Ich habe mir die Mühe gemacht und bin in den Behandlungstrakt gegangen. Dort liegen für die Wartenden immer Zeitungen herum, damit es nicht langweilig wird. Ich habe sogar zwei Monate alte Ausgaben von Lokalblättern gefunden. Hier ist alles unter Kontrolle und wird mit einer einzigen eisernen Hand regiert. Ich bin in der STADT herumgegangen und habe mir die Preise an den Kiosken angeschaut: Sie sind niedriger als in Moskau oder fast gleich. Die Preisunterschiede sind normal, im Zentrum ist alles etwas teurer, an der Peripherie ist alles etwas preiswerter, wie das bei einem normal organisierten Handel der Fall ist. Ich habe in der Zeitung die Glosse ›Der Wachhabende der STADT berichtet‹ gelesen. Jura, in dieser Stadt gibt es keine konkurrierende Kriminalität. Verstehst du? Ich kenne mich mit solchen Analysen aus. Ich erstelle sie für alle Bezirke. Und ich kann dir mit Sicherheit sagen: in der STADT gibt es eine einzige Mafia. Nur eine. Dafür eine richtige. Keine organisierten Ganovengruppen mit Schießeisen, sondern eine mächtige Struktur, die alle Macht- und Verwaltungsorgane von vorn bis hinten gekauft hat. Es ist nicht ausgeschlossen, daß auch die Sicherheitsorgane gekauft sind. Das ist sogar wahrscheinlich, wenn es eine richtige Mafia ist. Und noch etwas kommt mir in den Sinn. Wenn die Ermordung Alferows nicht eine Moskauer Angelegenheit, sondern sozusagen hausgemacht ist, dann wird sie niemals aufgedeckt werden. Unsere kläglichen Versuche, etwas zu unternehmen, führen nur zu einem Ergebnis: Die Jungs von der Kripo kriegen Schwierigkeiten. Jeder für sich mag anständig sein, aber es reicht, wenn der Chef von der Mafia gekauft ist und ihnen die Luft abdreht. Sie haben sich hier ihr Leben eingerichtet, die Menschen sind meinem Eindruck nach mit allem einverstanden. Und jetzt kommen wir beide und fangen an, Nachforschungen anzustellen. Und wir bringen keinen Nutzen, nur Schaden.«

»Und wenn der Mord doch ein Auftragsmord war?«

»Glaubst du denn selbst daran?«

»Ehrlich gesagt, jetzt nicht mehr. Die Jungs arbeiten, was das Zeug hält. Sie sind keine Stümper, aber es gibt nicht den geringsten Hinweis. Die Erfahrung zeigt, daß die heiße Spur in solchen Fällen schon in den ersten Tagen auftaucht. Andererseits ist eine Aufklärung bei derartigen Fällen praktisch unmöglich, aber wenigstens weiß man dann, daß es ein Auftragsmord war.«

»Es gibt noch eine Möglichkeit. Der Mord an Alferow ist weder ein Auftrag noch eine Angelegenheit der örtlichen Mafia, sondern eine Kurzschlußhandlung. Vielleicht hat dein Golowin recht, und es geht nur um diese verrückten Wetten. Allerdings bin ich daran nicht beteiligt. Oder vielleicht hat sich in der STADT eine kriminelle Gruppe etabliert, die nicht mit der Hauptmafia zusammenarbeitet, und der arme Kolja ist ihnen zufällig auf die Füße getreten. Dann haben wir eine Chance, das Verbrechen aufzudecken, ohne daß es uns und der örtlichen Polizei Kopf und Kragen kostet.«

»Du bist mir eine, Asska!« Korotkow blieb stehen und drehte Nastjas Kopf zu sich. »Erst gestern hast du mich beschworen, daß du nichts mit der Kripo dieser STADT zu tun haben willst. Und heute zerbrichst du dir den Kopf über ihr Wohlergehen, als wären sie deine besten Freunde. Was ist los mit dir? Hast du ihnen verziehen, oder hast du dich eines besseren besonnen?«

»Ich habe nichts verziehen und mich auch nicht anders besonnen. Aber das ist etwas ganz anderes, Jura. Meine persönlichen Beziehungen zu Sergej Michailowitsch und seinem Amt sind eine Frage der unterschiedlichen Charaktere und Weltanschauungen. Ich bin ihm nicht unterstellt, ich bin im Urlaub, und man kann mich nicht dazu zwingen, ihm zu helfen, wenn ich das nicht will. Außer vielleicht, wenn man mich offiziell aus dem Urlaub zurückholt und mir einen Befehl auf höchster Führungsebene erteilt. Aber sie durch mein Verhalten in Schwierigkeiten zu bringen, das wäre nicht die feine Art. Wir beide sind nicht die Personaldirektion, um festzustellen, wer bei der Mafia abkassiert und wer nicht. Stimmt's?«

»Ich weiß nicht«, antwortete Korotkow aufrichtig. »Ich habe die Sache noch nicht unter diesem Aspekt betrachtet.«

»Dann tu das mal. Denk darüber nach, was ich gesagt habe, sprich mit den Jungs hier. Vielleicht wäre es sinnvoll, daß du von hier abhaust, solange es noch nicht zu spät ist, zumal sich deine Version ohnehin nicht bestätigt. Sollen sie leben, wie sie möchten. Wir werden uns doch nicht in fremde Angelegenheiten mischen. Entscheide du.«

»Du bist schlau, Asska. Hast dir weiß Gott was ausgedacht und Schlußfolgerungen gezogen, und entscheiden soll ich.«

»Du bist doch der Mann hier.« Nastja lächelte versöhnlich.

»Oh, sie hat sich erinnert! Und du bist gekränkt, daß man dich für eine Frau hält, ausgerechnet du! Bei dir stimmt was mit der Logik nicht, Liebste.«

Nastja warf einen Blick auf Korotkows kummervolle Augen, die plötzlich zu riesigen Seen vereisten.

»Ich bete zu Gott, Jurotschka, daß der Mord nicht mit der hiesigen Mafia zusammenhängt. Denn es wird mir mulmig zumute, wenn ich daran denke, was sie mit uns machen, wenn wir, und sei es nur zufällig, auf die Lösung stoßen. Es gibt hier nur eine Mafia, und das ist sehr gefährlich. Niemand wird da sein, bei dem man sich beschweren kann, und niemand, den man um Schutz bitten kann. Gäbe es wenigstens Konkurrenten, so könnten wir uns irgendwie herauswinden. Aber so ... Ich bin zwar Offizier der Petrowka Nr. 38, aber ich bin auch ein Mensch, der in der Lage ist, eins und eins zusammenzuzählen. Und ich habe Angst, Jura. Du hast keine Vorstellung, was ich für eine Angst vor dieser konkurrenzlosen allmächtigen Mafia habe. Ich kann meine Kräfte einschätzen. Meine Reaktionsgeschwindigkeit ist nicht sehr hoch, und im übrigen beschränken sich meine Fähigkeiten auf den Umgang mit Informationen. Mit denen hier werde ich nicht fertig. Nun gut, ich bin ein Feigling. Ja, ich habe einen Tadel verdient. Aber ich bitte dich, Jurotschka, ich flehe dich an, denk über meine Worte nach und triff eine Entscheidung.«

»Und wenn ich Kolobok anrufe und mich mit ihm berate?«

»Genau. Ich bin eine Frau, du bist ein Mann, und er ist der Chef.« Nastja lachte auf, aber es klang nicht sehr heiter.

Aber zu einem Anruf bei Gordejew sollte es nicht mehr kommen. Denn am nächsten Morgen erfuhr Korotkow in der Polizeidirektion der STADT etwas, was ihn nachdenklich werden ließ.

Kapitel 9

TAG ZEHN

Dieser Mensch, den ich unbedingt vergessen wollte und der sich gerade deshalb wieder und wieder in meine Erinnerung gedrängt hat wie ein Ohrwurm oder ein greller Reklamespruch, den man ohne es zu wollen nachplappert, dieser Mensch wird mich ab heute nicht mehr beunruhigen. Das habe ich beschlossen.

Chanin.

Der Text war mit der Maschine getippt, das Blatt in der Mitte gefaltet, und dazwischen lag ein Foto von Nikolai Alferow. Auf dem Umschlag die Anschrift der Polizeidirektion der STADT. Der Stempel war vom Vortag, dem 28. Oktober.

Wie versteinert betrachtete Korotkow das Schreiben und das Foto.

»Woher kommt das?«

»Das haben wir gestern abend bekommen«, antwortete Golowin. An seinem Gesicht war zu erkennen, daß er ebenso verwundert war wie Korotkow, es sich aber nicht anmerken lassen wollte.

»Wer ist Chanin?«

»Boris Wladimirowitsch Chanin wurde gestern ins Leichenschauhaus des Städtischen Krankenhauses eingeliefert. Selbstmord. Er hat 50 Schlaftabletten geschluckt. Er wurde bei sich zu Hause von seiner Cousine gefunden, die ihm zum Geburtstag gratulieren wollte und die Tür mit ihrem eigenen Schlüssel öffnete.«

»Scheiße.« Korotkow seufzte. »Ein originelles Fest ist das. War er psychisch krank?«

»Er war in Behandlung. Manisch-depressive Psychose mit Fragezeichen. Von den Verwandten wissen wir, daß Chanin homosexuell war.«

»Und Alferow?« fragte Korotkow unwillig. »Heißt das, er auch?«

»Ja«, bestätigte Andrei, der das Bild in der Hand drehte. »Wenn das stimmt, dann muß er Chanin schon lange gekannt haben.«

»Moment«, unterbrach ihn Jura, den Kopf in die Hände gestützt, »ordnen wir unsere Gedanken. Aus dem, was wir von Alferow wissen, folgt, daß er sich für Mädchen und junge Frauen seines Alters nicht interessierte. In der Firma, wo er arbeitete, gibt es jede Menge blendender Schönheiten, aber er versuchte nicht, auch nur einer einzigen den Hof zu machen. Man witzelte deswegen sogar über ihn. Über sein Privatleben hat er nicht gesprochen, keiner in der Firma konnte darüber etwas sagen. Man kann also auch Homosexualität in Erwägung ziehen. Aber Chanin ... Das ist doch irgendwie sehr unerwartet und im richtigen Moment. Nicht wahr?«

Golowin zuckte mit den Achseln.

»Es werden ja nicht alle Verbrechen mit Schweiß und Blut aufgeklärt. Manchmal arbeitet der Zufall einem zu. Die Gutachter haben die ganze Nacht an diesem Umschlag und dem Brief gearbeitet. Der Polizeichef persönlich hat sie gebeten, es nicht bis zum nächsten Morgen liegenzulassen. Der Umschlag ist natürlich abgegriffen. Er ist ja auf der Post durch Dutzende Hände gegangen. Aber auf dem Brief und der Fotografie sind Chanins Fingerabdrücke.«

»Weiß der Teufel!« sagte Korotkow wütend. »Hatte dieser Chanin denn zu Hause eine Schreibmaschine?«

»Eine Schreibmaschine hatte er nicht. Er hat als Nachtwächter in einem Laden gearbeitet. Dort stehen zwei Schreibmaschinen im Zimmer des Direktors. Die Gutachter sind seit dem Morgen dort.«

Jura nahm ein leeres Blatt Papier und schrieb den Brieftext ab.

»Ich brauche einen Abzug von der Fotografie von Alferow. Und eine Liste der Kleidungsstücke, die er im Sanatorium bei sich hatte.«

»Wird gemacht. Was noch?«

»Vorläufig nichts. Ich gehe in die ›Doline‹ und zeige der Kamenskaja den Brief. Man kann nie wissen, womöglich hat sie eine Idee. Wenn Chanin tatsächlich Alferow umgebracht hat, dann habe ich hier nichts mehr zu tun. Morgen fahre ich ab, vielleicht sogar schon heute, gegen Abend.«

»Jura ...« Golowin druckste verlegen herum. »Ist Anastasija sehr mit mir beleidigt?«

»Nicht mit dir, mit allen. Wenn du etwas von ihr willst, dann sag es jetzt gleich. Wenn ich weg bin, läßt sie euch nicht mehr an sich heran.«

»Denkst du?«

»Sie hat es selbst gesagt.«

»Aber wenn mit Chanin etwas nicht stimmt? Sie hat ja einige Tage vor dem Mord Alferow gesehen und mit ihm gesprochen, und sie könnte bemerkt haben, was für eine ..., na, diese ... sexuelle Orientierung er hat. Du hast doch gesagt, daß sie sehr scharf beobachtet.«

»Fällt es dir wieder ein!« Jura kam entschlossen hinter dem Tisch hervor. »Daran hättest du früher denken müssen, als sie dir ihre Hilfe anbot. Aber weit gefehlt! Schluß, Andrei, der Zug ist abgefahren. Nicht einmal ich konnte sie überreden, obwohl ich mich bemüht habe, das kannst du mir glauben.«

»Schade«, sagte Golowin aufrichtig bekümmert. »Da hab' ich Mist gebaut, ich Idiot, und Stepanytsch hat noch eins draufgesetzt.«

»Stepanytsch?«

»Der Leiter der Untersuchung von der Staatsanwaltschaft, Michail Stepanowitsch. Er ist sehr sachkundig, aber etwas engstirnig. Keinerlei Phantasie. Der verbeißt sich in eine Möglichkeit und weicht keinen Schritt davon ab. Alles, was nicht dazupaßt, wird ignoriert. Mit diesem Selbstmord schließt er den Fall in fünf Minuten ab, trotz offensichtlicher Ungereimtheiten.«

»Dann freu dich, so hast du weniger Arbeit. Ich gehe jetzt.«

Golowin blickte Korotkow irgendwie mißbilligend nach, als dieser den Raum verließ, und griff zum Hörer.

* * *

Im Sanatorium ging Jura Korotkow als erstes zu seiner neuen Tante.

»Wie geht's, Tante Rina?« fragte er scherzend und ergriff die ihm entgegengestreckte Hand.

»Danke, mein Lieber, nicht schlechter als gestern.« Regina Arkadjewna lächelte. »In meinem Alter gibt es keine Verbesserungen, also bedeutet ›nicht schlechter‹, daß alles in Ordnung ist.«

»Und wo ist Ihre Nachbarin? Ich höre ihre Schreibmaschine nicht.«

»Bei einer Behandlung. Sie arbeitet morgens nie, erst nach Mittag. Trinken Sie einen Tee mit mir?«

»Mit Vergnügen, aber vergessen Sie nicht, daß ich Ihr Neffe bin. Sie brauchen mich nicht zu siezen.«

»Ja, das ist wahr«, erinnerte sie sich plötzlich. »Entschuldige, mein Freund. Und Nastjenka? Klappt es so, wie du es dir ausgedacht hast?«

»Nicht so, wie ich es gerne hätte. Sagen Sie mir, mit wem hat sie Kontakt?«

»Mit niemand.« Regina Arkadjewna schenkte Tee ein und nahm ein Stück Zucker. »Mit mir – und das selten. Mein Schüler Damir, der macht ihr meines Wissens ernsthaft den Hof, aber in letzter Zeit sieht es so aus, als hätten sie Probleme. Ich hatte mich schon gefreut: Damir ist so ein talentierter Mensch, und Nastjenka ist von seltener Klugheit, das wäre ein wundervolles Paar. Im übrigen bekomme ich ja nicht viel zu sehen, ich gehe nur selten aus dem Zimmer, nur zu den Behandlungen. Das Essen bringt man mir als Ehrenpatientin direkt hierher.«

»Gibt es hier tatsächlich so einen Service?« Korotkow war erstaunt. »Sogar das Essen wird einem aufs Zimmer gebracht?«

»Jurotschka, sei nicht naiv. Wer gut zahlt, der wird auch gut bedient. Ich zahle eben. Deshalb behandelt man mich gut.«

»Tante Rina, und woher haben Sie so viel Geld? Das frage ich als Neffe«, erläuterte Korotkow sofort.

»Mein Unterricht ist teuer, mein Lieber. Eine Stunde zehn Dollar. Ich nehme das Geld natürlich in Rubel, aber dem Kurs entsprechend. Talentierten Kindern, das heißt ihren Eltern, kommt es billiger, und unfähigen teurer.«

»Wie das?«

»Ganz einfach. Wenn ein Kind fleißig und musikalisch ist, genügt es, mit ihm zwei Stunden zu üben, und es versteht, wie ein Musikstück klingen muß. Dann arbeitet es zu Hause zwei bis drei Wochen selbständig und führt mir das geschliffene Stück vor. Es kommt auch vor, daß ich keine richtige Stunde gebe, sondern so etwas wie eine Beratung. Und wenn ein Kind untalentiert ist, muß man mit ihm zwei- bis dreimal die Woche arbeiten, und so kommt es teurer.«

»Haben Sie viele Schüler?«

»Ich kann mich nicht beschweren. Richtige Talente habe ich fünf. Noch acht mit guten Fähigkeiten, aber ohne einen Funken Talent und den nötigen Fleiß. Und drei kann man ganz vergessen. Sie spüren die Musik nicht, haben nicht einmal ein Gehör. Aber die Eltern träumen vom Ruhm und schleppen sie in den Unterricht. Den einen sogar täglich. Der Junge tut mir fast leid, sie machen ihn richtig kaputt. Der arme Kerl bemüht sich redlich, er hat offensichtlich Angst vor seinen Eltern. Einen Musiker für zu Hause mache ich natürlich aus ihm, und meine Dollars verdiene ich auch. Er wird Papa und Mama und ihre Gäste mit populärer Musik verwöhnen. Aber ein Musiker wird er nie. Außerdem, Jurotschka, habe ich noch eine Einkommensquelle: Ich bereite Musiker auf Wettbewerbe vor. Sie kommen sogar aus anderen Städten. Das kostet natürlich wesentlich mehr, aber das ist auch ein ganz anderes Niveau.

Das sind schon fertige Musiker, die ihre eigene Sicht auf ein Werk haben. Meine Aufgabe ist es, ihnen zu helfen, ihre Idee dem Zuhörer zu vermitteln. Ich muß ihnen sagen, wie sie dahin gelangen können. Aber sie haben Angst, daß ich ihnen meine Auffassung aufdränge, in jedem meiner Ratschläge sehen sie eine Falle, einen Versuch, eine Lösung in meinem Sinn zu finden. Es ist kaum zu glauben, aber manchmal kommt es zu richtigen Auseinandersetzungen. – Daher kommt also mein Wohlstand. Dazu noch die Pension, aber über die brauchen wir nicht zu reden.«

»Das heißt, Sie haben ein reiches Erbe zu vergeben, Tante Rina? Schade, daß ich nicht wirklich Ihr Neffe bin«, scherzte Korotkow.

»Oho!« Die Alte lachte. »Nach meinem Tod bleibt von mir nur das Klavier, freilich ein sehr teures, zugegeben. Ich gebe ja eine Menge aus, mein Neffchen, also reiß dich nicht um Tantchens Geld. Drei- bis viermal im Jahr lasse ich mich hier behandeln und zahle für jede Kleinigkeit, sonst funktioniert bei mir bald gar nichts mehr. Das Gehen fällt mir schwer, deshalb fahre ich in der STADT ausschließlich mit dem Taxi. Einkaufen, Waschen, Putzen – für all das habe ich weder Zeit noch Kraft. All das bezahle ich ebenso, und äußerst großzügig. Bei uns herrscht im Augenblick keine Arbeitslosigkeit, deshalb findet man keine billigen Haushaltshilfen. Ich gebe alles aus, was ich verdiene. So sieht es aus, lieber Neffe.«

Jura hörte, wie das Schloß der Nachbartür einschnappte und blickte Regina Arkadjewna fragend an. Sie nickte.

»Nastjenka ist gekommen. Wenn du sie erwischen willst, mußt du gleich rübergehen, sonst verschwindet sie ins Schwimmbad.«

* * *

Nachdem er das Zimmer 515 verlassen hatte, in dem Regina Arkadjewna wohnte, ging Korotkow einen Schritt in Richtung von Nastjas Tür und wollte schon die Hand ausstrecken, um zu klopfen, als er bemerkte, daß ein Mann mit einem riesigen Rosenstrauß auf Zimmer 513 zuging. Jura ging an ihm vorbei in Richtung Treppe, und aus dem Augenwinkel sah er, wie der Mann bei Nastja anklopfte und eintrat. Korotkow rannte sofort zurück und stürmte ins Zimmer 515.

»Regina Arkadjewna, ich muß das Fenster öffnen!«

»Aber draußen sind es minus fünf Grad, Jurotschka, ich erfriere«, sagte die Alte unwillig. »Was ist passiert?«

»Regina Arkadjewna!«

»Ist schon gut, ist schon gut, machen Sie es auf. Ich ziehe einen Mantel über.«

Jura war es äußerst peinlich, aber er mußte unbedingt hören, was Asska da für einen Gast hatte, noch dazu mit so teuren Rosen. Er öffnete vorsichtig den Riegel der Balkontür und blieb an der Schwelle stehen.

* * *

»Gestatten Sie, daß ich mich vorstelle, Anastasija Pawlowna, mein Name ist Lew Michailowitsch Repkin, ich bin Assistent des Bürgermeisters der STADT, Vorsitzender der Kommission zur Koordination der Rechtsschutzorgane.«

Nastja erstarrte. Der Besuch kam unerwartet und unpassend. Sie war eben von der Massage zurückgekehrt und stand in einer Trainingshose und einem knielangen T-Shirt vor ihm. Ein unpassenderes Aussehen für eine Unterhaltung mit dem Assistenten des Bürgermeisters gab es nicht.

»Das ist für Sie.« Repkin reichte ihr die Rosen.

»Danke. Nehmen Sie Platz.« Nastja deutete auf den Lehnstuhl. »Was kann ich für Sie tun?«

»Anastasija Pawlowna, ich komme gleich zur Sache. Es ist zu einem betrüblichen Mißverständnis zwischen Ihnen und den Mitarbeitern unserer Polizei gekommen. In erster Linie möchte ich mich für sie entschuldigen.«

»Und in zweiter Linie?«

»Lassen Sie uns zunächst die erste Frage abschließen. Sie ist von grundlegender Bedeutung. Nehmen Sie meine Entschuldigung an?«

»Nein.« Sie lächelte lieblich.

Manchmal war es schwer, mit Nastja zu sprechen. Wenn ihr der Gesprächspartner nicht gefiel, beschränkte sie sich auf lakonische Antworten, ohne ihm eine Möglichkeit zu geben, das Gespräch in Gang zu bringen. So zwang sie ihn, eine Menge detaillierter Fragen zu stellen, die ihn selbst als allerersten ermüdeten. Grundlage einer gutwilligen Unterhaltung ist die gegenseitige Unterstützung der Gesprächspartner, das wußte Nastja.

»Warum? Hat man Sie so sehr gekränkt?«

»So sehr hat man mich nicht gekränkt, aber es wurden Fragen berührt, die für mich von grundlegender Bedeutung sind. Ich lasse Sie eine Minute allein – ich muß die Blumen ins Wasser stellen.«

Sie nahm den Strauß und ging ins Bad, ließ das Wasser einlaufen und blickte in den Spiegel. Immer noch derselbe Anblick, dachte sie lächelnd. Was mag der Besuch von diesem Repkin bedeuten? Brauchen sie wirklich Hilfe? Sieht nicht so aus. Ein gewöhnlicher Mord an einem gewöhnlichen Fahrer. Lohnt es sich, solche Kräfte auf der Ebene des Bürgermeisteramtes zu mobilisieren, um noch einen weiteren Menschen zur Mitarbeit zu bewegen? Ein bißchen wenig Information, um Schlüsse zu ziehen … Soll ich mich frisieren? Ach was, für den ist das nicht notwendig.

Sie kehrte ins Zimmer zurück, setzte sich auf den Stuhl und sah den Besucher erwartungsvoll an.

Repkin hustete und versuchte, fortzufahren.

»Ihre Antwort bedeutet, daß Sie unter keinen Umständen mit der örtlichen Polizei zusammenarbeiten wollen. Habe ich Sie richtig verstanden?«

»Nein.« Sie lächelte wieder und setzte sich bequemer hin.

»Wenn das so ist, verstehe ich Sie nicht, Anastasija Pawlowna.« Repkins Stimme klang verärgert.

»Ich verstehe Sie schon. Sie, ein so beschäftigter Mensch, eine

Amtsperson von Rang, kaufen Rosen und fahren ins Sanatorium, um herauszufinden, wie weit die Verstimmung zwischen der Kriminalpolizei und einem gewöhnlichen Kurgast gediehen ist. Kommt Ihnen das nicht selbst lächerlich vor?«

»Ich finde es traurig. Ich finde es sehr traurig, Anastasija Pawlowna, daß Sie so feindselig gestimmt sind. Haben Sie von unseren Polizeiorganen insgesamt einen negativen Eindruck?«

»Nein.«

»Sind Sie der Meinung, daß unsere Mitarbeiter nicht ausreichend qualifiziert und beruflich nicht auf der Höhe sind?«

»Nein, wie kommen Sie darauf.«

»Können Sie mir die Namen derer nennen, gegen die Sie Einwände haben?«

»Nein.«

»Warum nicht?«

»Weil ich nicht will.«

»Kurz und bündig.« Repkin lachte. »Sie halten Ihre Beziehungen zu unseren Mitarbeitern für Ihre ganz persönliche Angelegenheit und wollen nicht, daß sich da jemand einmischt und Konsequenzen zieht. Ist das richtig?«

»Das ist richtig.« Nastja nickte.

»Dann komme ich zur zweiten Frage. Anastasija Pawlowna, man schätzt Sie aufgrund Ihrer analytischen Fähigkeiten, mit Information umzugehen. Ich weiß, daß Sie im Urlaub sind, aber die Stadtverwaltung hat eine Bitte an Sie. Könnten Sie uns nicht beratend helfen? Wir stellen Ihnen jede nötige Information zur Verfügung, und Sie lassen uns an Ihren Schlußfolgerungen teilhaben.«

»Geht es um den Mord an Alferow?«

»Wo denken Sie hin, der Mord an Alferow ist bereits aufgeklärt. Es geht um ernsthaftere Dinge.«

Nastja hatte Mühe, ihre Erregung zu verbergen. Wann hatten sie das nur aufgeklärt? In der Nacht vielleicht? Schade, daß sie sich nicht mehr mit Korotkow getroffen hatte.

Lew Michailowitsch fuhr inzwischen fort:

»Wir haben Anlaß zur Annahme, daß sich in der STADT eine

kriminelle Gruppierung gebildet hat, die einige Mitarbeiter der Rechtsschutzorgane korrumpiert hat. Wir wären Ihnen dankbar, wenn Sie diese Frage mit uns erörtern und uns sagen könnten, in welcher Richtung wir vorgehen sollen, um diese Gruppe aufzudecken und unschädlich zu machen.«

Nicht übel! Ist es möglich, daß ich mich so sehr irre? Ich war davon ausgegangen, daß es in der STADT nur eine Mafia gibt, die alles in ihren Händen hat. Wenn das der Fall ist, muß die Verwaltung und in erster Linie Herr Repkin mit ihr in Zusammenhang stehen. Erste Möglichkeit: Ich habe mich nicht geirrt, und Repkin vertritt Leute, die mit ihren Arbeitgebern nicht zufrieden sind und nach Möglichkeiten suchen, sie mit Hilfe Moskaus zu stürzen. Dafür brauchen sie einen Berater, der ihnen sagt, wo, wie und welche Beweise man sammeln muß, damit die zentralen Rechtsschutzorgane sie unterstützen. Möglichkeit Nummer zwei: In der STADT gibt es keine Hauptmafia, wie ich sie mir ausgedacht habe. Die Verwaltung ist ehrlich und sauber, und alles, was Repkin sagt, ist wahr. Möglichkeit Nummer drei: Es gibt diese Hauptmafia doch, und sie ist die einzige, aber sie hat Konkurrenten bekommen, die sie nicht unter Kontrolle hat. Zum Beispiel die, die Alferow umgebracht haben. Ja, wer hat ihn eigentlich getötet, den Unglücksraben?

»Lew Michailowitsch, warum versuchen Sie, Ihre Probleme auf privatem Weg zu lösen? Wenden Sie sich an das Innenministerium in Moskau oder an die Zentralkommission zur Korruptionsbekämpfung, die werden Ihnen helfen. Sie haben sowohl erstklassige Experten als auch große Vollmachten, außerdem mehr Kräfte und Mittel als ich.«

»Das wäre äußerst unerwünscht«, antwortete Repkin schnell und schob seinen gewichtigen Körper ein Stück nach vorne.

»Aber warum denn?«

»Weil wir nur Verdachtsmomente haben, die sich als falsch erweisen könnten. Wir bringen die ganze STADT in Aufregung und werfen ein schlechtes Licht auf Menschen, die nichts auf dem Kerbholz haben. Wir bitten Sie darum, uns zu sagen, wie wir diese Verdachtsmomente überprüfen sollen.«

Also Möglichkeit Nummer drei. Das ist schon einfacher. Zumindest keine Politik. Eine lustige Geschichte: Die Mafia engagiert mich als Privatdetektiv, damit ich ihr helfe, ihre Konkurrenten zu beseitigen.

»Es tut mir sehr leid, Lew Michailowitsch, daß Sie sich vergeblich bemüht haben. Ich habe andere Pläne für meinen Urlaub. Abgesehen von meiner Kur arbeite ich hier auch noch.« Nastja deutete auf den Tisch, der von Papier und Wörterbüchern bedeckt war. »Ich fürchte, daß ich keine freie Zeit haben werde. Außerdem ist der Urlaub doch zum Ausruhen da und nicht zum Arbeiten. Geben Sie mir recht?«

»Das heißt, Sie weigern sich?«

»Ja.«

»Anastasija Pawlowna, treffen Sie Ihre Entscheidung nicht voreilig. Ihre Beratertätigkeit wird entsprechend honoriert. Denken Sie darüber nach.«

»Gut«, lenkte sie plötzlich ein. »Ich denke darüber nach. Aber ich habe eine Reihe von Bedingungen. Erstens werde ich nur mit dem sprechen, der am unmittelbarsten an meiner Hilfe interessiert ist. Spielen wir nicht Verstecken, Lew Michailowitsch. Es ist völlig klar, daß nicht Sie dieser Mensch sind. Ich denke über Ihre Worte nach und gebe morgen um die gleiche Zeit eine Antwort. Aber bedenken Sie, wenn ich morgen wieder Sie hier sehe, werde ich wieder ablehnen und das endgültig. Zweitens bitten Sie mich nicht, die korrumpierten Mitarbeiter der Polizei herauszufinden. Ich werde das unter keinen Umständen tun. Das steht nicht einmal zur Diskussion. Drittens bieten Sie mir kein Geld an. Versuchen Sie, mein Interesse auf irgendeine andere Art und Weise zu wecken. Wenn morgen niemand hierherkommt, gehe ich davon aus, daß unser heutiges Gespräch nicht stattgefunden hat, und vergesse es für immer. Wir werden dann annehmen, daß meine Bedingungen nicht in Ihrem Sinn waren und wir uns friedlich getrennt haben.«

* * *

Jura Korotkow war vor Sorge und Unruhe ganz aufgerieben. Als er die Balkontür geöffnet hatte und an der Schwelle stand, hörte er den Anfang des Gesprächs und begriff, daß der Besuch der Kriminalistin Kamenskaja galt. So sehr er auch lauschen wollte, so hatte er doch Angst, daß auch Regina Arkadjewna das Gespräch hören konnte, die sich im Lehnstuhl niedergelassen und sich fest in den Mantel eingewickelt hatte. Das würde bedeuten, daß die Geschichte mit der verdächtigen Übersetzerin aufflog. Natürlich war der Mord an Alferow fast aufgeklärt, und Anastasija wurde nicht mehr als Köder für den Mörder benötigt. Andererseits ließ dieses ›fast‹ Jura keine Ruhe. Wenn die Aufklärung des Mordes hier in der STADT vorgetäuscht war, dann war das ganz sicher kein Moskauer Auftrag, sondern die Arbeit hiesiger Akteure. Für so was braucht man viel zu viele eigene Leute: seinen Gutachter von der Kriminalpolizei, der die Auskünfte über Fingerabdrücke auf Brief und Foto und über die Herkunft der Schreibmaschinenschrift gibt, wobei Chanin zum Verfassen des Bekennerbriefes eine der beiden Schreibmaschinen benutzt hatte, die in dem Laden standen, den er bewachte; man braucht seine Zeugen, in deren Anwesenheit die Hausdurchsuchung in der Wohnung Chanins durchgeführt wird; man braucht einen eigenen Untersuchungsleiter, der aus diesem ganzen Dreck ein fein säuberlich zusammengesetztes Stück Kuchen macht, den niemand zu essen braucht, da die Person, die zur Verantwortung zu ziehen wäre, tot ist. Ein Verbrecher aus einer anderen Stadt würde sich hier übernehmen, so etwas bringt nur die kriminelle Macht der STADT zuwege. Wenn Chanin tatsächlich nur vorgeschoben ist, dann sind die wirklichen Mörder ganz in der Nähe. Die Frage ist, zu wem sie gehören, und wenn sie nicht zur Hauptmafia gehören und selbständig agieren, dann ist es sinnvoll, daß Asska weiterhin für eine Übersetzerin gehalten wird. Im anderen Fall wäre es dumm, an der falschen Identität festzuhalten: Die Mafia, die natürlich ihre Leute in der Polizeidirektion sitzen hat, weiß ohnehin, wer die Kamenskaja wirklich ist.

Aber was quäle ich mich, sagte sich Jura und schloß mit Bedauern die Balkontür. Meine Mission ist beendet, niemand wird sich mit dem Mord an Alferow beschäftigen, morgen früh reise ich ab. Asja bleibt hier, um sich weiter behandeln zu lassen, und niemand wird sie anrühren. Soll es Regina hören, das hat jetzt keine Bedeutung mehr. Aber wenn ... Nein, ich kann es nicht riskieren. Ich muß warten.

* * *

»Kennst du das Märchen von den drei Bären?« fragte Nastja plötzlich und nahm Korotkow an die Hand. Sie gingen langsam durch die saubere, feuerglänzende, abendliche STADT.

»Warum fragst du? Natürlich kenne ich das.«

»In diesem Märchen sind das Wichtigste die leitmotivischen Fragen des Hausherrn. Wer hat auf meinem Stuhl gesessen? Wer hat aus meiner Tasse getrunken? Wer hat in meinem Bett geschlafen? Obwohl weder Stuhl noch Tasse noch Bett irgendeinen Schaden erlitten haben. Dämmert dir etwas?«

»Noch nicht ganz.«

»Wenn Chanin eine gekonnte falsche Fährte ist, dann ist das das Werk lokaler Drahtzieher. Wenn sie selbst die eigentlichen Mörder sind, warum zum Teufel brauchen sie dann mich? Sicher nicht wegen meiner Analysen. Sie fürchten, daß ich etwas weiß und ihr Kartenhaus einstürzen lasse, das sie um Alferow herum errichtet haben, um darin seine sterblichen Überreste zu verbergen. Dann muß ich Angst vor ihnen haben.

Falls sie Alferow aber nicht getötet haben, dann erinnert ihre Bitte sehr stark an das Geschrei des wütenden Bären: Wer hat es gewagt, mein Terrain in Unordnung zu bringen? Denn sie sind ja nicht für jeden Mord zuständig, es gibt ja auch noch den banalen Mord und alle möglichen Zufälle. Sie werden sich nicht überanstrengen, damit in ihrer STADT alles so bleibt wie im Märchen über den sozialistischen Realismus. Eine Quote von zehn bis fünfzehn Prozent unaufgeklärter Morde ist völlig normal, einmal sind es mehr und einmal weniger, aber null Prozent gibt es nirgends.

Warum macht sie dieser Alferow so nervös? Warum haben sie diese Suppe mit dem armen Chanin und homosexuellen Leidenschaften garniert?«

»Das fragst du mich?« Korotkow lachte. »Ich hatte doch gehofft, daß du mir alles erzählen wirst, ich gehe schon zwei Stunden mit dir durch die STADT und warte, wann du endlich alle Fragen beantwortest.«

»Ich werde sie auch beantworten. Die Geschichte mit Chanin ist nicht mehr als das Zurechtrücken eines Stuhls oder das Ziehen an einer verknitterten Bettdecke. Wer hat hier gesessen? Wer hat hier geschlafen? Gut, wir stellen jetzt den Stuhl an seinen Platz und streichen das Bett glatt, und wir werden sehen, wer sich hier so ungezügelt benimmt. In so einem Chaos kann man doch nicht leben. In Wirklichkeit wollen sie sehr gerne wissen, wer Alferow getötet hat und warum. Und ich habe den Verdacht, daß sie gerade deshalb angekrochen kommen. Offenbar unterscheidet sich dieser Mord grundsätzlich von allen anderen, die in der STADT geschehen. Die sehen ja den Unterschied – im Gegensatz zu mir. Deshalb konstruiere ich auch irgendwelche unbeholfenen Hypothesen. Diesen Leuten wurde vermutlich schon zugetragen, daß ich bestimmte Überlegungen zu dem Mord anstelle, und daß mit den Kripoleuten und der Ermittlung was schief gelaufen ist, und so sind diese Überlegungen nicht bis zu ihnen gedrungen. Was meinst du, klingt das plausibel?«

»Ja, aber mir gefällt das nicht, Asjenka. Ich fahre morgen ab, und wie willst du dich hier rauswinden? Du mußt denen ja morgen eine Antwort geben. Weißt du schon, welche?«

»Hängt davon ab, wer morgen kommt und wie er sich präsentiert. Ich habe mir da schon einiges zurechtgelegt. Wenn natürlich einer zur Tür reinkommt und sagt: ›Guten Tag, ich bin der Hauptmafioso‹, werde ich ihn wohl wegschicken müssen. Ich kann ja nicht mit Verbrechern zusammenarbeiten, auch nicht für einen guten Zweck. Aber ich muß ehrlich gestehen, Jura, ich fände es schade, wenn es so wäre. Eine interessante Rechenaufgabe hätte ich schon ganz gern gelöst. Aber ein reines Gewissen vorausgesetzt. Ich bin doch käuflich – oder?«

»Wer weiß das schon, Asja. Ich würde es nicht riskieren.«

»Vielleicht riskiere ich es auch nicht. Ich laß es mir heute nacht noch einmal durch den Kopf gehen. Ich bin sowieso ein ziemlicher Feigling, wie du weißt. Und vor dieser Mafia zittern mir die Knie. Weißt du, was mir blüht, wenn sie mich entführen?«

»Pfui, hüte deine lose Zunge! Hättest du dich bloß nicht mit ihnen eingelassen.«

»Mir ist langweilig, Jura, ich mag es nicht, wenn mein Gehirn nichts zu tun hat. Übersetzen ist eine einfache Arbeit, das lastet mich nicht aus.«

»Verlieb' dich«, riet Korotkow. »Du wirst tagelang die Worte und Handlungen deines Verehrers analysieren: Wie er dich ansieht und was er sagt. Wenn das keine Aufgabe ist.«

»Hab' ich versucht«, gestand Nastja. »Es geht nicht. Die Aufgabe ist einfach, aber die Emotionen sind gleich null. Wahrscheinlich bin ich einfach ein Monstrum. In welcher Straße sind wir eigentlich?«

Korotkow hob den Kopf und hielt nach dem nächsten Hausnummernschild Ausschau.

»Tschaikowskistraße.«

»Gehen wir zum Fernmeldeamt, das kann nicht weit sein.«

* * *

Nach Hause zurückgekehrt, brachte Nastja als erstes ihr Zimmer in Ordnung. Die Entscheidung, die sie zu treffen hatte, war nicht einfach und verlangte eine sorgfältige Vorbereitung.

Sie nahm die beschriebenen Blätter Papier und legte sie in der richtigen Reihenfolge fein säuberlich auf einen Stoß. Sie schloß die Wörterbücher und das englische Buch, deckte die Schreibmaschine mit einer Plastikhülle ab und schob alles an den Tischrand, um sich eine freie Arbeitsfläche zu schaffen. Sie nahm von beiden Betten die verstreuten Kleidungsstücke, hängte sie in den Schrank, leerte und wusch den Aschenbecher aus, zog die Vorhänge zu und machte die Schreibtischlampe aus. Jetzt erinnerte sie die Zimmeratmosphäre an ihr Moskauer Arbeitszimmer an der Petrowka: alles ordentlich, karg und unpersönlich.

Nastja stand lange unter der heißen Dusche, um sich nach dem Spaziergang durch die frostige Luft zu erwärmen, dann wickelte sie sich in einen langen geblümten Morgenmantel, setzte sich an den Tisch und begann zu arbeiten.

Nach einiger Zeit stellte sie mißmutig fest, daß sie keine Wahl hatte. Entweder hat jemand Angst, daß sie die Wahrheit über den Mord an Alferow kennt oder herausfinden kann, dann wird er ihr ohnehin keine Ruhe lassen, unabhängig davon, ob sie ihr Einverständnis gibt oder nicht: weil er versuchen wird, sie entweder an der Nase herumzuführen oder sie einzuschüchtern oder sich freizukaufen. Oder dieser Jemand braucht ihre analytischen Fähigkeiten, dann ist es auch sinnvoll, sein Einverständnis zu geben, weil es um ein Schwerverbrechen geht, und dann ist es aus rein menschlichen Erwägungen unmöglich, sich rauszuhalten. Das heißt, sie könnte es natürlich, aber das wäre dumm und peinlich. Was macht es schließlich für einen Unterschied, wer an der Aufdeckung eines Verbrechens interessiert ist – die Mafia oder die Polizei. Wichtig ist, daß es um ein Schwerverbrechen geht, daß die Leute, die dahinterstecken, gefährlich sind, und noch weitere unschuldige Opfer denkbar sind. Man sollte nicht ›Vorlieben‹ mit ›Prinzipien‹ verwechseln, sagte sich Nastja. Wenn ich bei der Überführung von gefährlichen Verbrechern und dem Schutz ihrer zukünftigen Opfer behilflich sein kann, dann muß ich alles tun, was in meiner Macht steht. Man muß nur die Bedingung stellen, daß diese Leute, falls sie entdeckt werden, nicht Opfer eines Vergeltungsaktes werden, sondern der Justiz übergeben werden. Das ist wohl die wichtigste Bedingung. Gut wäre es, einen Weg zu finden, um ihre Gewährleistung zu sichern.

Nastja zerriß die mit Zeichnungen vollgekritzelten Blätter, die ohnehin nur ihr verständlich waren, warf sie in die Toilette und legte sich zu Bett. Sie zitterte etwas, sei es vor Kälte, sei es von der Nervenanspannung. Sie erinnerte sich an ihren Anruf bei Ljoscha und wunderte sich nochmals über ihre Gleichgültigkeit. Eine Frau hatte den Hörer abgenommen und mit freundlicher Stimme mitgeteilt, daß ›Aleksej Michailowitsch mit dem Hund rausgegangen‹ sei. Nastja wußte, daß ihr Freund manchmal unerwartete Ausbrüche von Leidenschaft hatte, die von langbeinigen und vollbusigen Schönheiten hervorgerufen wurden. Diese Ausbrüche dauerten zwei, drei Tage an, dann kam Ljoscha zu ihr und erzählte mit Entsetzen, ›wie langweilig sie alle seien, die Natur hätte ihnen einen Intellekt gegeben, aber sie seien nicht in der Lage, ihn zu benützen‹, sie dagegen, Nastja, sei der einzige Mensch, mit dem er seine Zeit verbringen könne. Bei allen anderen Vertreterinnen des weiblichen Geschlechts ermüdete Ljoscha innerhalb einer halben Stunde. Es war völlig klar, daß die Dame mit der angenehmen Stimme im Begriff war, über Nacht bei Ljoscha zu bleiben, sonst hätte dieser das Ausführen des Hundes mit der Begleitung seines Gastes zur nächsten Haltestelle verbunden. Ich bin nicht einmal eifersüchtig, dachte Nastja resigniert. Mein Gott, habe ich denn überhaupt keine Empfindungen? Warum bin ich nur so hartherzig! Ist es möglich, daß ich nur zwei Dinge spüren kann: Kränkung und Angst? Eine analytische Maschine ohne menschliche Gefühle.

* * *

Swetlana Kolomiez und ihr Schutzengel, der kleine Wlad, wohnten in der beheizbaren Winterdatscha von Denissow in Gesellschaft von zwei Leibwächtern. Sweta genoß den Gratisurlaub, schlief viel und ging auf dem riesigen, mit Bäumen bewachsenen Grundstück spazieren. Sie wollte über nichts nachdenken, wie sie überhaupt das Denken nicht besonders liebte.

Wlad hatten sie alles gegeben, was er für sein Wohlbefinden brauchte. Aber er machte sich im Unterschied zu Sweta weiter Sorgen.

»Die Hauptsache ist«, wiederholte er unermüdlich, »daß wir uns nicht verplappern, was den Film angeht. Solange wir nicht absolut sicher sind, daß wir nicht unseren Filmleuten in die Hände gefallen sind oder ihren Freunden, müssen wir schweigen. Andernfalls werden wir sofort zu gefährlichen Mitwissern.«

»Ist schon gut, ist schon gut.« Sweta winkte müde ab.

Sie verstand nicht, worin die Gefahr bestehen sollte, verließ sich aber vollständig auf Wlad, deshalb antwortete sie auf alle Fragen Starkows, der täglich zu Besuch kam, immer mit ein und demselben Märchen: Sie hätte eine Anzeige gelesen, sei zu einem Vorstellungsgespräch gefahren, hätte denen erlaubt, sie im Schwimmbad zu filmen und warte auf die Ergebnisse, ob sie dem reichen Türken gefalle. An dem Abend, als der Brand ausbrach, hätten sie Wlad zu ihr in die Wohnung gebracht und ihr gesagt, daß er nichts zu übernachten hätte und bis zum Morgen bleiben würde. Mehr wisse sie nicht.

Wlad seinerseits sang hartnäckig das Lied davon, wie ihm ein Unbekannter gefolgt war, der sich als Semjon vorstellte und ihm eine gutbezahlte Arbeit versprach, sich aber nicht weiter über diese Arbeit äußerte. Er, Wlad, brauche Geld wie Heu, da er drogensüchtig sei und an der Nadel hänge, deshalb habe er sich über das Angebot gefreut, ohne weiter nachzufragen, und er sei in die STADT gefahren, wo man ihn abgeholt, zu Swetlana gebracht und ihm versprochen habe, am Morgen würde man ihm alles erzählen. Aber leider sei der Brand dazwischengekommen. Das sei alles. Wlad sah, daß Starkow ihm nicht glaubte. Aber er hatte Angst, die Wahrheit zu sagen.

* * *

Der Bürgermeister der STADT verbrachte seine Freizeit beim Kartenspiel mit seiner Frau und ihrem Bruder. Der Bürgermeister war ein stattlicher Mann mittleren Alters, der Ausbildung nach Philosoph, er hatte sogar einen Doktortitel. Bevor er die Leitung der Stadtverwaltung übernahm, hatte er einen Lehrstuhl an der Universität innegehabt, Vorlesungen gehalten, Bücher und Aufsätze geschrieben und mit der ganzen Welt in Frieden gelebt. Auch in seiner Funktion als Bürgermeister blieb er ein Bücherwurm, weit weg vom politischen Gezänk, ein gutwilliger, ehrlicher und manchmal sehr naiver Mensch. Er glaubte vom ersten Tag an und mit ganzem Herzen an die politische Reform, weshalb er sich nach dem unerwarteten Angebot, sich zur Wahl aufstellen zu lassen, dazu bereiterklärte. Denn er glaubte aufrichtig, daß man mit einer weisen und prinzipienfesten Führung vieles zum Besseren ändern könne. Sein Wahlprogramm erstellte er sorgfältig, er beriet sich mit dem Bruder seiner Frau, dem er vertraute und den er für seinen Scharfsinn und seinen politischen Weitblick schätzte. Und so gewann er die Wahlen.

»Danke, ich stehe in deiner Schuld!« sagte der frischgebakkene Bürgermeister zu seinem Verwandten.

»Schön zu hören.« Der Schwager lächelte feinsinnig. »Ich hoffe, du wirst dich daran erinnern.«

Heute war der Bürgermeister guter Dinge und wies nicht einmal seine Frau für ihre unbedachten oder offensichtlich dummen Spielzüge zurecht.

»Was gibt es Neues in der Welt des Verbrechens?« fragte er scherzend, mischte die Karten und gab aus.

»Wie üblich«, antwortete der Schwager nachlässig, nahm seine Karten auf und sortierte sie nach Farben. »Man tötet, raubt, ist gewalttätig, stiehlt. Etwas Neues hat die Menschheit bisher nicht erdacht. Alles Geniale ist schon erfunden und verändert heute nur noch mäßig seine Form. Im übrigen ist unsere STADT ruhig, wie du weißt. Das ist nicht Moskau. Dort gibt es vier bis fünf Morde täglich, und bei uns einen pro Woche. Ich passe.«

»Ein schöner Vergleich!« erboste sich der Bürgermeister. »Dort ist die Bevölkerung zwanzig Mal größer. Ich passe auch. Deck die oberste Karte auf.«

»Die Bevölkerung ist zwanzig Mal größer, und die Zahl der Morde fünfunddreißig Mal höher. Rechne dir aus, wo es ruhiger ist. Du Philosoph kannst nicht einmal zwei und zwei zusammenzählen«, mischte sich seine Frau ein, die in der Schule Mathematik unterrichtete.

Der Bürgermeister zählte schweigend die Stiche und schrieb die Punkte auf. Nach einigen Minuten kehrte er zu dem Thema zurück.

»Hör mal, ist die Lage mit der Kriminalität bei uns in der STADT wirklich besser als in Moskau?«

»Natürlich«, antwortete der Schwager selbstsicher, der in der Polizeidirektion der Stadt als Stabsoffizier arbeitete. »Wenn du Zahlen brauchst, schicke ich dir morgen die statistischen Jahrbücher unseres Ministeriums, worin die Daten über die einzelnen Landesteile stehen, dann kannst du vergleichen. Und wenn es dir um eine mündliche Auskunft geht – es ist wirklich sehr ruhig bei uns. Du bist doch ein guter Bürgermeister, also herrscht Ordnung in der Stadt. Und wo Ordnung herrscht, gibt es weniger Ärger und Aufregung. Das ist eine Binsenweisheit. Natürlich, Mord ist Mord, aber wenn man ehrlich ist, sind viele Morde kein Verbrechen, sondern ein Unglück für den Mörder selbst. Eifersucht, Neid, die Unfähigkeit, eine Kränkung zu ertragen – all das ist menschlich, das kann man nicht verbergen und auch durch kein System verändern. Das hat es immer gegeben, gibt es und wird es auch immer geben. Und was die Diebstähle und Raubüberfälle angeht, so steht es bei uns in der STADT wesentlich besser als andernorts, das kannst du mir glauben.«

»Und was ist mit der organisierten Kriminalität?«

»Was für Wörter du kennst!« Der Schwager lachte aus vollem Hals und nahm die getönte Brille ab, um sich die Tränen abzuwischen. »Überleg doch mal, wo es bei uns in der STADT eine organisierte Kriminalität geben sollte? Übrigens, ein Beispiel: Im Sanatorium ›Doline‹ wurde ein Kurgast aus Moskau getötet. Wir hatten offen gestanden Angst, ob da nicht die Moskauer Mafia unsere STADT zu einem Ort interner Abrechnungen gemacht hat. Wir haben mit der Moskauer Kripo Kontakt aufgenommen, es ist sofort jemand von dort gekommen, wir haben in alle Richtungen ermittelt. Wir dachten, das sei tatsächlich organisierte Kriminalität. Und was stellt sich heraus? Ein gewöhnlicher Eifersuchtsmord, und weit und breit keine organisierte Kriminalität. Freilich Eifersucht mit moderner Einfärbung, sozusagen. Der Tote erwies sich als Homosexueller, und der Mörder als sein abgewiesener Geliebter.«

»Ist denn dieser Mitarbeiter der Moskauer Kripo noch hier?« fragte der Bürgermeister plötzlich.

»Noch ist er hier, aber er fährt dieser Tage ab. Der Mord ist geklärt, er hat hier nichts mehr zu tun.«

»Hör zu, ich hab' eine Idee. Was ist, wenn wir im lokalen Fernsehen eine Sendung machen, die sich mit den Problemen der Kriminalität beschäftigt? Wir laden Repkin ein, dich und den Kerl aus Moskau. Und ihr sprecht darüber, wie schlecht es in Moskau steht und wie gut bei uns. Hm? Ist das ein Vorschlag?«

»Ein interessanter Vorschlag«, antwortete der Schwager vorsichtig, nahm wieder seine Brille ab und putzte sie behutsam, um seine Gedanken zu sammeln. »Aber ich fürchte, daß dabei nichts herauskommt. Der Moskauer Detektiv reist heute, spätestens morgen ab, und niemand wird uns gestatten, ihn hier festzuhalten, und er selbst wird das auch nicht wollen. Um aber eine Sendung zu machen, muß man erst ein Drehbuch schreiben und man hat eine Menge Vorarbeiten. Das kann man nicht in zwei Stunden machen. Drehbuch, Aufnahmen, Schnitt, da kommt einiges zusammen.«

»Schade«, sagte der Bürgermeister bedauernd. »Ohne den Mann aus Moskau wird nichts aus der Sendung, er müßte selbst über die Moskauer Kriminalität und über seine Eindrücke von der hiesigen kriminellen Lage sprechen. Und wenn man eine Live-Sendung macht? Ich spreche mit dem Fernsehen, mir wird man nichts abschlagen, ich bin immerhin der Bürgermeister. Den Genossen aus Moskau bitten, einen Tag länger zu bleiben und schnell die Sendung organisieren – das ist durchaus möglich. Was denkst du?«

»Ich denke«, antwortete der Schwager gedehnt und die Worte sorgfältig abwägend, »daß man das überhaupt nicht machen sollte. Das Beispiel anderer Städte zeigt, daß die Bevölkerung nicht dann über ein Problem nachzudenken beginnt, wenn es entsteht, sondern dann, wenn die Journalisten beginnen, darüber zu reden. Die Menschen sind gewohnt, dem gedruckten Wort zu glauben: Wenn die Journalisten zu sprechen beginnen, heißt das, die Sache steht schlecht und man bewegt sich am Rand einer Katastrophe. Es ist unnötig, mein Guter, einen schlafenden Hund zu wecken.«

»Aber ich will ja nicht davon sprechen, daß die Kriminalität steigt. Ich will im Gegenteil zeigen, daß die Situation bei uns viel besser ist als anderswo.«

»Ich verstehe. Aber allein die Tatsache, das Problem zu erörtern, kann negative Auswirkungen haben. Hör auf meinen Rat, gib dich nicht damit ab.«

»Gut, ich denke darüber nach«, antwortete der Bürgermeister trocken.

Noch am selben Abend rief der Schwager des Bürgermeisters bei Denissow an.

»Mein Schwager hat die Organisation einer Fernsehsendung über die Probleme der Kriminalität angeregt.«

»Ja und?« fragte Denissow verständnislos. »Was ist daran schlecht? Soll er es doch machen. Das verschafft ihm Prestige in den Augen des Volkes.«

»Er möchte eine Live-Sendung machen und den Kripomann aus Moskau einladen, damit dieser bestätigt, wie schlecht es in Moskau mit der organisierten Kriminalität steht und wie gut dagegen bei uns. Das kann man keinesfalls zulassen. Der Moskauer Detektiv ist beileibe kein Idiot. Man mußte nur sein Gesicht sehen, als er von Chanin gehört hat, um zu verstehen, daß er keine Sekunde lang an diese Version glaubt. Außerdem ist er mit der Kamenskaja befreundet – die könnte ihm auch schon eine Menge eingeflüstert haben. Können Sie sich vorstellen, was passieren kann, wenn man ihn in eine Live-Sendung läßt? Aber die Sendung vorher zu machen und sie dann zu redigieren und zu schneiden, dafür reicht die Zeit nicht: Der Mann ist im Begriff abzureisen, und der Bürgermeister weiß das. Deshalb hat er auch so eine Eile.«

»Danke für den Anruf. Ich werde alles organisieren.«

Kapitel 10

TAG ELF

Damir Ismailow räkelte sich noch im Bett, als der Masseur Kotik in seiner Suite erschien.

»Lies!« Mit diesen Worten warf er Damir die Morgenzeitung hin. »Auf der letzten Seite, rechts oben. ›Die Tragödie der Minderheiten‹.«

Damir überflog den Artikel. Ein gewisser Chanin hat sich umgebracht. Vor dem Tod hat er ein Geständnis geschrieben, daß er den seine Liebe verschmähenden Nikolai Alferow getötet hat. Der Journalist ließ sich nebenbei darüber aus, daß, ungeachtet der Tatsache, daß Homosexualität seit kurzer Zeit keinen kriminellen Tatbestand mehr erfüllt, bis heute die Konsequenzen der unseligen Verfolgung der sexuellen Minderheiten zum Tragen kommen. Ein Mann, der keine sexuelle Erwiderung bei einer Frau findet, stillt seine Bedürfnisse häufig auf andere Weise. Vielleicht nicht sofort, aber er kann einen Ersatz finden. Für Homosexuelle, die ihr Privatleben in den ›Untergrund‹ tragen müssen, ist es wesentlich schwieriger, einen Partner zu finden, deshalb artet das Ende einer Beziehung oft in einer Tragödie aus und löst eine unüberwindliche Eifersucht aus, die dann häufig zum Mord führt. Zwischen heterosexuellen Partnern, berichtet der Autor, kommen Eifersuchtsmorde wesentlich seltener vor.

»Was bedeutet das?« Damir gab Kotik die Zeitung zurück und begann, sich schnell anzuziehen.

»Weiß ich selbst nicht. Vielleicht hatte Chanin tatsächlich einen Freund hier? Die Polizei hat davon erfahren, man hat ihn zum Verhör geladen und ihm den Tod des Geliebten mitgeteilt. Und ihm hat der Kummer den Kopf vernebelt, vor allem, wenn psychische Abnormitäten vorgelegen haben. Vielleicht war er schon seit langer Zeit eifersüchtig, und durch den Schock stellte sich alles auf den Kopf: Er nahm den Wunsch für eine Tatsache, schrieb ein Geständnis und schied freiwillig aus dem Leben. Bei Hirnkranken kann das vorkommen, wer könnte das besser wissen als wir beide. In jedem Fall hatten wir sagenhaftes Glück. So was gibt's nur einmal im Leben. Bei unserem Semjon hat der Teufel die Wiege geschaukelt.«

»Gott sei Dank sind die Ermittlungen abgeschlossen.« Ismailow seufzte erleichtert und nahm eine Tasche aus dem Schrank.

»Wohin gehst du?«

Kotik faßte Damir fordernd an der Schulter, schubste mit der anderen Hand die Tasche vom Tisch auf den Boden und stieß sie mit dem Fuß weg.

»Was ist los, Kotik? Warum kann ich nicht wegfahren?«

»Und Marzew? Hast du ihn vergessen? Der Auftrag, er muß ausgeführt werden. Ich lasse Semjon und den Chemiker sofort wissen, daß sie zurückkommen sollen. Man muß das Mädchen mit dem Liliputaner finden oder einen gleichwertigen Ersatz, und schnell handeln. Du bist ein schöpferischer Mensch, du wartest auf Eingebungen, wir dagegen produzieren nach Plan. Also sei nicht so sensibel. Es gibt überhaupt keine Gefahr. Der Mann von der Moskauer Kripo ist nach Hause gefahren, die Sache ist abgeschlossen, die Drehbücher und alles andere sind fertig. An die Arbeit, lieber Genosse!«

Damir ließ sich entkräftet auf das Bett fallen.

»Und was soll ich mit der Kamenskaja machen?« fragte er ratlos.

»Gar nichts, außer was du selbst mit ihr vorhast«, sagte Kotik grinsend, nahm eine Dose Bier aus dem Kühlschrank und öffnete sie lässig. »Mit Alferow sind wir fertig, Sarip werden sie niemals finden, ja nicht einmal suchen, so daß die Kamenskaja für uns jetzt nicht gefährlich ist. Du kannst ihr mit gutem Gewissen Eifersuchtsszenen vorspielen und dabei diesen Polizisten einflechten, und dann schreibt ihr euch Abschiedsbriefe.«

»Was hat das mit dem Polizisten zu tun? Er war hinter ihr her, aber er hat ihr doch nicht den Hof gemacht.«

»Und? Eifersucht ist blind, lieber Freund, sie glaubt nicht das Offensichtliche und erfindet, was nicht existiert. Im übrigen dränge ich dich nicht. Du kannst weiter um die Kamenskaja herumturteln, wenn sie dir gefällt, gönn' dir das Vergnügen. Obwohl ich persönlich«, Kotik zog skeptisch die Augenbrauen hoch, »freiwillig keine Minute für sie vergeuden würde. Und was hat Sarip an ihr gefunden?«

»Das verstehst du nicht.« Damir fuhr langsam mit der Hand über sein Gesicht. »Sarip hat gesehen, was du nicht siehst. Und ich hab' es auch gesehen.«

»Und was ist das?« Kotik fuhr plötzlich hoch und ließ das Bier stehen.

»Das kann man ... nicht erklären. Aber ich kann Sarip verstehen.«

»Ach, ich kann's mir denken!« Kotik griff erleichtert nach der Bierdose. »Eine schöne Zeit, Verliebter. Sieh dich um, das Glück liegt dir zu Füßen. Sitz nicht herum wie ein Schlappschwanz, rasier dich, frühstücke und leb, als wär nichts geschehen. Semjon ist ein wendiger Bursche, in ein, zwei Tagen macht er alles fertig, wir erfüllen den Auftrag, und du kannst fahren. Komm um vier Uhr zu mir, ich bring' dich in Stimmung, ich mach' dir eine ordentliche Massage und ab in die Sauna. Du wirst dich fühlen wie neugeboren.«

* * *

Pünktlich um viertel vor elf klopfte es an Zimmer 513. Dieses Mal war Nastja auf das Treffen vorbereitet, entsprechend gekleidet (soweit das ihre bescheidene Garderobe zuließ, die auf einen ruhigen Kuraufenthalt im Sanatorium zugeschnitten war), frisiert und sie hatte sogar Make-up aufgelegt, das ihr farbloses Gesicht ausdrucksvoll und interessant machte.

Ein untersetzter, fülliger Mensch mit ernstem Gesicht und klugen Augen betrat das Zimmer. Er begann ohne Umschweife:

»Anastasija Pawlowna, ich habe den Auftrag erhalten, Sie zu einem Treffen mit dem Menschen einzuladen, der an Ihrer Hilfe größtes Interesse hat. Die Umstände erlauben es ihm nicht, persönlich hierherzukommen. Aber er erwartet Sie mit Ungeduld.«

»Warum kann er nicht persönlich kommen? Ist er Invalide?«

»Er ist kein Invalide, aber ...«

»So läuft es nicht«, unterbrach ihn Nastja. »Erstens stellen Sie sich vor, seien Sie so freundlich.«

»Anatoli Wladimirowitsch Starkow.«

»Und wer sind Sie, Anatoli Wladimirowitsch? Wo und in welcher Funktion arbeiten Sie?«

»Ich bin Chef der Sicherheitsabteilung einer Kommerzbank. Hier sind meine Papiere.« Er reichte Nastja seinen Dienstausweis.

»Zweitens möchte ich wissen, um welche Angelegenheit es sich handelt, und warum Ihr Chef ...«

»Mein Freund«, korrigierte sie Starkow sanft.

»Ihr Chef«, parierte Nastja ebenso sanft. »Warum kann er also nicht hierherkommen? Hängt es damit zusammen, daß er sich versteckt und nicht aus seinem Loch kommen will?«

»Keineswegs, Anastasija Pawlowna. Ich bin nicht befugt, die Angelegenheit ohne ihn zu erörtern. Aber er ist eine völlig integre Person. Mehr noch, heute ist in unserer STADT ein Fest, und er wird daran teilnehmen. Und ich möchte Sie zu diesem Fest einladen. Wir verstehen Ihre Befürchtungen, deshalb schlagen wir vor, das Treffen an einem öffentlichen, bevölkerten Ort durchzuführen.«

»Fahren wir«, sagte Nastja entschlossen und nahm Jacke und Schal aus dem Schrank.

* * *

»Was ist das heute für ein Fest?« fragte sie, als sie in dem blitzenden Auto saß und sich zum wiederholten Male darüber ärgerte, daß sie es nicht schaffte, sich die ausländischen Marken zu merken.

»Sie müssen wissen, daß es in unserer STADT ziemlich viele Katholiken gibt. Das hat sich geschichtlich so ergeben. Im Westen feiert man um diese Zeit Allerheiligen. Bei uns kennt man das nicht, aber warum sollte man den Gläubigen nicht die Möglichkeit zum Feiern geben? Gleichzeitig vergnügen sich auch alle anderen. In unserer STADT gibt es ständig lustige Feste, es wird Ihnen gefallen.«

»Das hoffe ich«, sagte Nastja trocken und drehte sich zum Fenster.

Das Auto hielt im Stadtzentrum an. »Den Rest müssen wir zu Fuß gehen, Anastasija Pawlowna, während der Feste ist hier Fußgängerzone. Gehen wir, es ist nicht weit.«

Sie waren etwa fünfhundert Meter auf der breiten Straße gegangen, als Starkow stehenblieb.

»Ich verlasse Sie jetzt, Anastasija Pawlowna. Sie gehen hier spazieren, gehen Sie nur nicht weit weg. Man wird an Sie herantreten.«

»Und muß ich lange spazierengehen?« fragte sie unwillig.

»Man wird Sie nicht warten lassen.«

Die STADT machte auf Nastja einen eigenartig angenehmen Eindruck. Sogar heute, wo alle Straßen mit Fußgängern bevölkert waren, blieb die STADT gemütlich. Hier ist es sicher angenehm zu wohnen und zu arbeiten, dachte sie und unterbrach sich im selben Augenblick. Was für ein dummer Gedanke. Leben und arbeiten, leben und arbeiten ... Und alle leben und arbeiten, arbeiten, arbeiten. Ich setze nicht einmal irgendwelche Gefühle in den Menschen voraus, als wären sie irgendwelche Automaten. Und alle sterben still, einer nach dem andern, wie sie eben zusammenbrechen. Und ich werde auch zusammenbrechen, wenn ich mich wie ein Roboter aufführe. Mein Gott, woran denke ich nur! Genau das bin ich – ein moralisches Monstrum.

Sie sah, wie sich die Menschen aufrichtig über dieses halbreligiöse und halbweltliche Fest freuten. Nein, das sind keine Idioten, die hiesigen Stadtväter, beileibe nicht, dachte Nastja. Die Menschen sind ja an einen Feiertag Anfang November gewöhnt. Ob der rote Kalendertag zur Revolution nun abgeschafft ist oder weiterlebt, das ist völlig unklar, und das gewohnte Spielzeug zur Besänftigung – hier ist es, nur eine Woche früher. Und es kommt wirklich gut! An jeder Ecke ein Stand mit Kaffee, belegten Broten und Kuchen zu lächerlichen Preisen. Es gibt auch was Kräftigeres, aber in der Kälte und mit einer guten Grundlage kriegt man davon keinen Rausch.

Die Menschen strömten ohne Eile durch die Straßen. Einige Familien standen in Gruppen vor einer Straßenverkäuferin, einer rothaarigen sympathischen Frau. Wenn sie was bestellten, waren sie nicht knauserig, berieten sich mit den Kindern und lachten fröhlich. Weder ›Mars‹ noch ›Snickers‹ lagen aus, und irgendwie freute Nastja das.

Sie stand an einem sauberen, ziemlich hohen Tisch und verschlang ein belegtes Brot mit heißgeräuchertem Stör. Auf einem Pappteller vor ihr warteten mit Pilzen gefüllte Piroggen. Der Kaffee im Einwegbecher verströmte einen angenehmen Geruch, dabei war es Nastja nicht so sehr um den Genuß gegangen: sie hatte ihn bestellt, um sich die Hände zu wärmen. Und während sie Kindergeschrei aus dem Park hörte, wo sich Ringelspiele drehten und Musik gespielt wurde, dachte sie, daß jetzt, gerade jetzt jemand an sie herantreten würde. Wie's der Teufel überall auf der Welt will, wird man gerade dann vom Tisch gerissen, wenn das beste Essen serviert wird. Sie hatte Heißhunger auf die Piroggen.

»Sind Sie schon angefroren?« hörte sie hinter ihrem Rücken eine spöttische Stimme.

In diesem Moment machte der Ankömmling einen Schritt nach vorn und stand ihr gegenüber. Nastja erblickte einen nicht mehr jungen, hochgewachsenen Mann, der unauffällig, aber elegant und teuer gekleidet war. Der einzige helle Fleck war ein blendend weißer Pullover unter der offenen warmen Jacke.

Die dichten grauen Haare waren kurz geschnitten, das Gesicht war etwas grob, wie aus Holz geschnitzt, die Augen dunkel und aufmerksam, aber zugleich freundlich. Nastja erkannte in ihm sofort den CHEF. So einer bist du also, dachte sie ruhig und betrachtete ihn, und überhaupt nicht zum Fürchten. Sehr angenehm. Noch niemals habe ich Menschen deiner Art aus der Nähe gesehen. Selbst wenn sich zwischen uns nichts ergibt, ist es auf jeden Fall interessant, dich kennenzulernen.

»Verzeihen Sie, wenn ich Sie habe warten lassen.«

Auch die Stimme des Mannes war angenehm. Nastja trank schweigend ihren Kaffee und blickte ihm direkt in die Augen. Obwohl du in jeder Hinsicht sympathisch bist, beschloß sie, werde ich dir dennoch nicht beim Reden helfen. Du sollst mich ja erobern, also bitte, erobere mich.

»Ich heiße Eduard Petrowitsch Denissow«, fuhr der Mann inzwischen fort. »Ich bin Ihnen sehr dankbar, daß Sie gekommen sind und sich bereit erklärt haben, mich anzuhören. Ist es Ihnen angenehm, im Gehen zu reden, oder wollen Sie lieber stehen?«

»Ich ziehe es vor, zu sitzen, Eduard Petrowitsch, besonders wenn ein langes Gespräch zu erwarten ist. Dabei wäre es wünschenswert, im Warmen zu sitzen. Mir ist wirklich etwas kalt.«

»Ich würde Sie mit Freuden zu mir nach Hause einladen, aber ich fürchte, daß Sie dazu nicht bereit sind. Wir könnten im Auto sprechen, da ist es warm, aber mir scheint, für ein erstes Treffen ist das Auto kein passender Ort. Wohin gehen wir? Ins Restaurant?«

»Ich habe keinen Hunger.«

»Dann in eine Bar? Es gibt eine gleich nebenan, zwei Schritte von hier.«

»Einverstanden.« Nastja nickte kurz.

* * *

Sie bestellten jeder eine Tasse Kaffee und setzten sich in den hintersten Winkel der Bar. Denissow half Nastja aus der Jacke und hängte sie über die Lehne des Nachbarstuhls.

»Anastasija Pawlowna, ich beginne mit der Vorgeschichte, um alle Fragen zu zerstreuen, die sich Ihnen stellen könnten. Ich bin Geschäftsmann, und zwar ein äußerst erfolgreicher Geschäftsmann. Seit beinahe 7 Jahren investiere ich Geld und erziele äußerst hohe Gewinne und völlig legal. Es mag Ihnen seltsam erscheinen, aber ich verfresse mein Geld nicht und ich verschwende es auch nicht für den Schmuck meiner Geliebten. Ich beschäftige mich mit dem Aufbau und der Entwicklung der STADT, in der ich geboren wurde und in der ich sterben werde. Natürlich mache ich das nicht allein. Wir haben einen Unternehmerverband, in dem meine Anhänger zusammengeschlossen sind, das heißt, die, die mit meiner Stadtentwicklungs- und Sozialpolitik einverstanden sind. Zusammen haben wir eine beträchtliche finanzielle Macht, die sowohl dem Bürgermeister als auch der Bevölkerung unserer STADT zugute kommt. Das Fest heute wird übrigens ebenfalls von uns finanziert, deshalb sind die Preise an den Ständen viel niedriger als üblich.«

»Das ist mir aufgefallen.« Nastja nickte.

»Ich habe mein ganzes Leben lang Geld gemacht«, fuhr Eduard Petrowitsch fort, »manchmal an der Grenze der Legalität, manchmal auch jenseits dieser Grenze, aber das ist lange her. Jetzt bin ich ein ganz legaler Kapitalist. Ich nehme an, daß das bei Ihnen als Juristin keine Zweifel auslöst. Ich bin sehr reich. Aber im Alter bin ich sentimental geworden. Ich verspürte den Wunsch, Gutes zu tun. Und ich mache es.«

»Ich verstehe.« Sie nickte wieder.

»Dann sollten Sie auch etwas andres verstehen, Anastasija Pawlowna. Mir ist es nicht gleichgültig, was in meiner STADT vorgeht. Auch was auf dem Gebiet der Rechtsordnung geschieht. Ich habe Gründe anzunehmen, daß in der STADT Verbrecher aufgetaucht sind, die einen Handel mit ›lebender Ware‹ organisieren, leichtgläubige Mädchen anwerben und in Bordelle des Nahen und Mittleren Ostens verschicken. Die Bemühungen der städtischen Polizei waren nicht gerade von Erfolg gekrönt. Deshalb möchte ich Sie um Ihre Hilfe bitten.«

»Warum gerade mich?« Nastja stellte die leere Tasse auf das Tablett und nahm sich eine Zigarette. »Warum glauben Sie, daß ich das kann, was eure Polizei nicht geschafft hat? Ich habe beileibe nicht die beste Ausbildung, unter Ihren Leuten gibt es vermutlich genug mit mehr Erfahrung und besseren Kenntnissen der örtlichen Gegebenheiten.«

»Weil diese Bande auf irgendeine Art mit dem Sanatorium ›Doline‹ zusammenhängt, Anastasija Pawlowna. Mehr noch, gerade jetzt in diesen Tagen ist dort irgend etwas im Gange. Und das können nur Sie herausfinden. Wir haben eine interessante Information, und wenn Sie sich bereit erklären, uns zu helfen, wird sie Ihnen zur Verfügung gestellt. Wollen Sie Bedenkzeit oder werden Sie gleich antworten?«

»Ich brauche Bedenkzeit.«

»In diesem Fall ...« Er blickte auf die Uhr. »Jetzt ist es ein Uhr fünfzehn. Wieviel Bedenkzeit brauchen Sie?«

»Mindestens eine Stunde.«

»Können Sie mir um vierzehn Uhr dreißig Ihre Entscheidung mitteilen?«

»Ja«, versicherte Nastja.

»Bleiben Sie hier, oder soll ich Sie irgendwo hinbringen?«

»Ich bleibe hier. Hier gibt es guten Kaffee, und es ist einigermaßen ruhig.«

»Gut. Pünktlich um vierzehn Uhr dreißig kehre ich zurück. Und noch etwas, Anastasija Pawlowna: Unabhängig davon, wie Ihre Antwort ausfällt – kann ich damit rechnen, daß Sie die Einladung annehmen, bei mir zu Hause zu Mittag zu essen?«

»Nein, Eduard Petrowitsch. Ich bitte, mich richtig zu verstehen. Falls ich eine Mitarbeit ablehne, fahre ich besser ins Sanatorium zurück. Wenn ich annehme, ist es was anderes. Dann bin ich mit Vergnügen Ihr Gast.«

Denissow erhob sich, warf sich die Jacke über und verbeugte sich vor Nastja.

»Auf baldiges Wiedersehen, Anastasija Pawlowna.«

* * *

Denk, mein Kind, denk schneller, sprach Nastja Kamenskaja zu sich, du hast nur eine Stunde zu deiner Verfügung. Er verbirgt nicht, daß er der wahre HERR der STADT ist. Das ist schon mal gut, das heißt, er hält mich nicht für eine vollständige Idiotin. Er präsentiert sich als reicher, sentimentaler Wohltäter, um mich nicht in eine unangenehme Lage zu bringen. Auch das ist gut, das heißt, er will mich nicht erschrecken. Folgt daraus, daß er mich kaufen will und daß ich über Alferow schweigen soll? Oder ist die Geschichte mit dem Mädchenhandel wahr? Wenn sie wahr ist, mache ich mit, die Aufgabe ist interessant. Und wenn es doch um Alferow geht? Wie soll ich es überprüfen? Denk nach, Nastasja.

Die Aufklärung des Mordes an Alferow konnte nur er inszeniert haben. Warum hat er das getan? Wenn ich das verstehe, kann ich eine Entscheidung fällen. Und wenn ich es andersrum versuche? Für wen hält er mich? Für einen Menschen, der die Wahrheit über den Mord wissen kann und deshalb gefährlich ist? Wenn ja, dann muß ich mich aus dem Staub machen, solange es noch geht. Wie kann ich das klären?

Nastja trank drei Tassen Kaffee, bemalte einen Stoß Servietten mit Zeichen und Schnörkeln, bis sie zu einer Entscheidung gelangt war. Vor Anspannung wurde ihr heiß, die Handflächen waren feucht, das Herz schlug ihr bis zum Hals, die Finger zitterten wie bei einer Alkoholikerin. Ist der Kaffee hier etwa nicht verdünnt, dachte sie. Ich muß versuchen, mich zu entspannen.

Die Entscheidung war einfach und überhaupt nicht kompliziert, aber sie erlaubte, mit einem Schlag alle Fragen zu beantworten und die Situation richtig einzuschätzen. Nastja blickte auf die Uhr – vierzehn Uhr zwanzig. Sie nahm die Zeitung aus der Tasche, die sie morgens am Kiosk des Sanatoriums gekauft hatte, legte sie vor sich hin und begann, aufmerksam die erste Seite zu studieren. Jetzt wird er gleich zurückkommen. Wie wird er auf die Zeitung reagieren? Wird er sagen: »Auf der letzten Seite ist übrigens ein sehr interessanter Artikel. Haben Sie ihn gelesen? Es stellt sich heraus, daß der Mord im Sanatorium ein Eifersuchtsmord war.« Das würde reichen. Sie konnte nur noch einen gewichtigen Grund für eine Ablehnung finden und die Beine in die Hand nehmen. Schade. Denn das Rätsel um den ›Handel mit lebender Ware‹ würde sie mit Vergnügen lösen. – Der Trick mit der Zeitung war noch in anderer Hinsicht hilfreich. Wenn Denissow sich auf den Artikel berief, konnte sie auf jeden Fall ihre Verwunderung äußern und zu verstehen geben, daß sie überhaupt keinen anderen Verdacht hatte, und sich damit außer Gefahr bringen.

Aus den Augenwinkeln sah Nastja seinen Pullover am anderen Ende des Saales aufblitzen, aber sie hob nicht den Kopf. Ein Schatten fiel auf die Zeitung.

Sie hörte die Stimme Eduard Petrowitschs:

»Lesen Sie nicht diesen Blödsinn, Anastasija Pawlowna. Er ist nicht für Sie geschrieben.«

Nastja erhob sich vom Stuhl. Das Zittern in den Knien war verschwunden, in ihrer Brust wurde es warm. Sie hätte ihn abküssen können.

* * *

Von seiner Arbeit als Küchenchef in einem teuren Moskauer Restaurant hatte Alan ohne Bedauern Abschied genommen. Für ihn, der ein aktiver Mensch war und alles selbst machen wollte, war das Kontrollieren und Einkaufen uninteressant. Außerdem waren die Köche meist nicht die Besten. Dementsprechend waren nach Meinung des spitzfindigen Alan auch die Ergebnisse ihrer Arbeit. Eine gute Küche ist eine eigene Welt, ein Kosmos von Gerüchen, Farben und Geschmacksempfindungen mit eigener Harmonie, mit Traditionen, Zeremonien, Etikette. Und diesen Gesetzen wollte er dienen.

Der Vorschlag Denissows, bei ihm zu arbeiten, entsprach genau Alans Vorstellungen. Jetzt stand ihm alles zu Diensten: Geld, teure Ausrüstung, aber was die Hauptsache war – nur hier, bei Eduard Petrowitsch, konnte er nach den Traditionen der verschiedenen Nationalküchen kochen. Mühevoll hatte er sich in den letzten Jahren die dazu notwendigen Küchengeräte zugelegt: Wenn sie Alan ein Geschenk machten, wußten die ›Freunde‹ und ›Kollegen‹ Denissows, daß sich Eduard Petrowitsch dankbar gegenüber solchen Aufmerksamkeitsbezeugungen für seinen Leibkoch zeigte. Hier, in der ehemaligen Einzimmerwohnung, die nun Alans Reich war, dienten all diese Kaffeebrenner, Kessel, Backformen, Tontöpfe, Roste und sonstigen raffinierten Vorrichtungen den Gesetzen der Küche. Und die Küche war für die Festessen da.

Alle Festessen teilte Alan in rituelle und individuelle ein. Erstere waren beinahe schablonenhaft und forderten keine Phantasie, dafür aber Sorgfalt. Die samstäglichen Mittagessen mit der ganzen Familie, die Festmahle und Jubiläen sowie die Geschäftsessen sprengten niemals den – zugegeben hochklassigen – Rahmen der alltäglichen Küche.

Letztere aber, die individuellen Festessen, waren die Stärke Alans. Er hatte schon lange die Beschränktheit der banalen Weisheit verstanden, daß der Weg zum Herzen eines Mannes durch den Magen gehe. Nicht zum Herzen, sondern zum Verstand, zu seiner menschlichen Natur führte dieser Weg. Und nicht nur des Mannes, sondern des Menschen überhaupt. Jeden Menschen kann man sich wohlgesonnen machen oder ihn abstoßen, ihn zwingen, seinen Wert oder seine unendliche Nichtigkeit zu spüren, auch wenn diese Bedeutsamkeit oder Nichtigkeit in Wirklichkeit gar nicht gegeben ist. Man kann einen Menschen verstehen und ihm gleichzeitig ein Spiegelbild seiner selbst geben, wenn man mit ihm eine gewisse Zeit zusammenspeist, mit den richtig ausgewählten und sorgfältig zubereiteten Gerichten. Denn die Feinheiten des Umgangs mit dem Besteck, dem Geschirr und den Gläsern kennt heute kaum noch jemand. Sogar das Fleisch, das in einem irdenen Töpfchen zubereitet wird, einem einfachen russischen Töpfchen, macht vielen Probleme: Wohin denn mit diesem Töpfchen, was damit anfangen, nimmt man Löffel oder Gabel, und soll man direkt aus dem Töpfchen essen? Was soll man mit den

Spießen machen, die auf dem Kohlengrill stehen? Wie geht man mit einer Auster um, öffnet man sie mit einem Messer oder mit etwas anderem? Vielleicht mit den Fingern? Ja, sogar eine einfache Tomate, die so appetitlich neben einem unbekannten Etwas auf einem Salatblatt liegt, – sogar sie kann unangenehme Folgen haben, wenn man sie unvorsichtig mit der Gabel aufspießt oder mit dem Messer schneidet. Es mag ja noch angehen, wenn der Gast sich bekleckert. Aber der Hausherr? Und der Hausherr ist in all diesen Fällen tatsächlich Herr der Lage. Er hat selbst das erste Töpfchen beiseite gestellt, den Inhalt daraus auf den Teller gelegt, und erst dann nimmt er Messer und Gabel. Die Tomate wird er vorsorglich nicht berühren und zu verstehen geben, daß das nur ein Farbfleck zur Freude der Augen ist. Und auch die Zangen für die Austern nimmt er vorsorglich als erster. Er will die anderen nicht erniedrigen, er verhält sich respektvoll gegenüber seinen Gästen. Wenn er will, versteht sich.

Alan verfügte über zahlreiche Informationen, wenn er mit Denissow das Menü besprach, sowohl über seine Beziehung zu den ›Freunden‹ als auch zu den Gegnern, die, mit Alans Hilfe gedemütigt, bei Tisch ins Schleudern gerieten und dann fast immer von ›Feinden‹ zu ›Kollegen‹ wurden, und manchmal auch zu ›Freunden‹. Aber Alans Interesse richtete sich nur auf das Anrichten und die Zubereitung der Speisen. Für die Angelegenheiten des Hausherrn selbst interessierte er sich nicht.

Auf das heutige Treffen bereitete sich Alan gewissenhaft vor. Es gab viel zu berücksichtigen: ein kranker Rücken, der Gast liebt Gemüse, aber nichts Scharfes, Salziges, und auch kein Fleisch … Gerade deshalb wählte Alan auf dem Markt sorgfältig den Fisch und das Gemüse aus: Blumenkohl, Kopfsalat, Auberginen. Keine Zwiebeln und kein Knoblauch. Er kaufte auch mehrere Schachteln Mentholzigaretten unterschiedlicher Marken (wer weiß schon, welche Sorte diese anspruchsvolle Besucherin vorzieht), Martini dry und guten Kaffee. Den Fisch wollte Alan auf dem Grill zubereiten. Auf dem Grill lagen schon glühende Birkenbriketts und daneben ein paar Eschenzweige, er würde sie unmittelbar vor dem Garwerden in die Glut legen, der Fisch bekommt von dem Rauch abschließend eine wunderbare, goldene Farbe …

* * *

Solange sie noch beim Fisch waren, war das Gespräch äußerst belanglos, und Nastja überredete Denissow, sie einfach beim Vornamen zu nennen, ohne Beifügung ihres Vaternamens. Als Eduard Petrowitsch sich davon überzeugt hatte, daß sein Gast mit allem zufrieden und freundlich gestimmt war, ging er zur Hauptsache über.

»Darf ich Sie etwas fragen, Anastasija?«

»Versuchen Sie es.« Nastja lächelte, und war über ihre Leichtigkeit und Ruhe selbst verwundert. Die Angst, die sie während der letzten Stunden gespürt hatte, war wie weggeblasen.

»Wovon ließen Sie sich leiten, als Sie meinen Vorschlag überdachten? Ich möchte gerne wissen, was Sie zu einer Absage gebracht hätte und warum Sie schließlich doch zugesagt haben. Das ändert nichts an unserer Vereinbarung, aber es würde mir helfen, Sie zu verstehen. Wenn es Ihnen unangenehm ist, brauchen Sie nicht zu antworten«, fügte er gleich hinzu.

»Nein, warum denn, ich sage nur: Chanin.«

»Sie haben es erraten? Und wie?«

»Durch das Foto. Bei den Gegenständen des Toten fand sich das Hemd, das er auf dem Foto anhatte. Das Hemd ist ganz neu, es war nicht einmal gewaschen. Und der Kragen, verzeihen Sie die Details, ist nicht schmutzig. Er hat es nur ein, zwei Tage getragen. Dieses Foto konnte Chanin einfach nicht gehabt haben, es wurde in den wenigen Tagen aufgenommen, die Alferow im Sanatorium war. Sehen Sie, wie einfach das ist.«

»Tatsächlich sehr einfach. Und wie hat es sich auf Ihre Entscheidung ausgewirkt?«

»Ich hatte Angst, daß es Ihr Interesse ist, den wahren Mörder zu decken. In diesem Fall hätte ich abgelehnt. Außerdem hatte ich Angst, daß Sie mich für gefährlich halten, weil ich nicht an die Geschichte mit Chanin glaube. In dem Fall hätte ich die STADT verlassen, ich hätte es nicht mit Ihnen aufnehmen können. Aber Sie gaben mir klar zu verstehen, daß das nicht so ist.«

»Und wann gab ich Ihnen das zu verstehen?«

»Das tut nichts zur Sache. Haben Sie von Charlotte Armstrong gehört?«

»Nein, nie. Wer ist das?«

»Eine Krimiautorin. Von ihr stammt die Erzählung ›Bewahr dein Gesicht‹. Sie handelt von einem jungen Mädchen, auf das zufällig ein paar Verbrecher aufmerksam werden und das, ohne dies zu ahnen, all ihre Pläne zerstört. Wissen Sie warum? Weil es kein falsches Spiel kennt und unfähig ist, sich zu verstellen, und mit seiner Geradlinigkeit die Verbrecher in die Enge treibt. Damit meine ich, daß es vermutlich besser ist, wenn wir unsere Beziehung gleich klären und nicht versuchen, einander zu hintergehen, Eduard Petrowitsch. Wir beide befinden uns in einer Situation, wo der direkte Weg der kürzeste ist.«

»Ich bin bereit.«

Denissow stellte sein Glas ab, legte eine Grapefruitspalte auf Nastjas Teller und nahm sich selbst einen Apfel.

»Eduard Petrowitsch, ich weiß, daß Sie die Aufklärung des Mordes an Alferow inszeniert haben. Das heißt, daß die ganze Stadt in Ihrer Hand ist, unter anderem auch die Rechtsorgane. Ich habe eine ungefähre Vorstellung von dem Ausmaß der Korruption, die hier blüht, und ich glaube nicht allzusehr an Ihre Güte und Sentimentalität. Ich weiß, wer Sie sind, und ich lasse mich mit offenen Augen auf eine Zusammenarbeit mit Ihnen ein. Aber ich mache das nur deshalb, weil das, wovon Sie mir erzählt haben, weitreichende Konsequenzen hat und neue Opfer nach sich ziehen kann. Diese Überlegungen haben zu meinem Einverständnis geführt. Deshalb werde ich, falls Sie mich hintergangen haben, noch morgen die STADT verlassen, und übermorgen werden hier Leute vom Innenministerium auftauchen, die anfangen werden, den vermeintlichen Selbstmord von Chanin zu untersuchen. Sehen Sie, ich bin aufrichtig zu Ihnen und verberge meine Absichten nicht.«

»Aber Chanin hat sich tatsächlich selbst umgebracht. Wir haben das nur benützt.«

»Und das Gutachten? Was machen Sie damit? Organisieren Sie einen Brand im Gebäude der Polizeidirektion, bei dem alle Beweisstücke und Prozeßunterlagen verbrennen? Eduard Petrowitsch, Sie müssen verstehen, ich drohe Ihnen nicht. Geben Sie mir Ihr Wort, daß nach der Entdeckung von Alferows Mörder die Angelegenheit aufgrund neuer Beweisstücke wieder aufgerollt wird. Geben Sie mir Ihr Wort, das genügt mir, um Ihnen mit reinem Gewissen zu helfen.«

»Und wenn ich Ihnen mein Wort gebe, es aber nicht halte?«

»Das würde bedeuten, daß ich eine Idiotin bin und dafür meinen Kopf hinhalte. Aber das ist nicht mein Problem. Ich werde nicht mit Ihnen abrechnen. Der Betrogene hat in unserem Fall nicht weniger Schuld als der Betrüger. Jeder soll selbst für seine Fehler einstehen.«

»Gut, Anastasija, Offenheit gegen Offenheit. Die Untersuchung des Mordes mußte um jeden Preis eingestellt werden, um nicht die Leute aufzuschrecken, die sich in der ›Doline‹ niedergelassen haben. Die Aufdeckung wurde von mir organisiert und bezahlt, da haben Sie sich nicht geirrt. Wir hatten ein paar Möglichkeiten, wie wir das machen konnten. Der Selbstmörder war nur eine von vielen. Zu diesem Zweck hat auf der Notaufnahme ein Mann von mir Dienst gehabt, der auf einen passenden Fall gewartet hat. Aber es gab auch andere Varianten, diese hat einfach als erste funktioniert.«

»Und das Foto? Es wurde doch zu Lebzeiten Alferows gemacht. Wozu?«

»Sie glauben mir noch immer nicht ... In den letzten Monaten wurden von meinem Mann im Sanatorium Fotos aller Kurgäste gemacht, ohne Ausnahme. Wir haben uns der Sache sehr ernsthaft angenommen, bedenken Sie das.«

»Haben Sie auch von mir ein Foto?«

»Sicher. Möchten Sie es sehen?«

»Ja.«

Denissow ging in ein Nebenzimmer und kam nach einigen Minuten mit dem Foto zurück. Nastja war am Tag ihrer Ankunft fotografiert worden, abgemagert, mit eingefallenen Augen und vor Schmerzen zerbissenen Lippen. Sie sah nicht aus wie eine junge Frau!

»Und wer hat den Brief geschrieben, Eduard Petrowitsch?«

»Kann Ihnen das nicht egal sein?« Er goß ihr einen Martini ins Glas und legte Eiswürfel und eine Zitronenscheibe nach. »Das sind unsere Produktionsschwierigkeiten.«

»Sagen Sie das nicht.« Nastja lächelte verschmitzt . »Dieser Mensch ist mindestens fünfunddreißig, und wenn er jünger ist, lebt er bei seinen Eltern. Er liebt die Poesie, obwohl er selbst nicht schreibt. Und seine Phantasie ist ärmlich. Stimmt das?«

»Ich lasse nachfragen, wer mit dem Brief beauftragt war. Aber ich warte auf Ihre Erklärungen.«

»Haben Sie diesen Brief gelesen?«

Denissow nickte. Nastja nahm einen großen Schluck und begann langsam zu deklamieren:

»Dieser Mensch, der sich so sehr bemüht hatte, dich zu vergessen, und in dessen Erinnerung du dich gerade deshalb wieder und wieder gedrängt hast wie ein Ohrwurm oder ein greller Reklamespruch, den man ohne es zu wollen nachplappert, dieser Mensch hat heute, jetzt, ohne es selbst zu vermuten, endlich angefangen, dich zu vergessen. Wieviel hast du in diesem Augenblick verloren!«

»Was ist das?« wunderte sich Denissow.

»Ein Gedicht von einem spanischen Dichter. Ende der sechziger Jahre in der Zeitschrift ›Ausländische Literatur‹ veröffentlicht.«

»Gutes Gedächtnis!« Eduard Petrowitsch war beeindruckt.

»Ich kann mich nicht beklagen. Und Ihr Mann ist ein Stümper. Durch solche Kleinigkeiten wird man überführt.«

»Jetzt hören Sie aber auf.« Er lachte. »Wer außer Ihnen könnte sich an eine fast dreißig Jahre alte Veröffentlichung erinnern! Das ist reiner Zufall, daß Sie sie nicht vergessen haben.«

»Woher wissen Sie das, Eduard Petrowitsch. Es ist ein gutes Gedicht, es könnten sich viele daran erinnern, die sich in dieser Zeit der Poesie gewidmet haben. Daß heutzutage unter Polizisten solche Leute nicht mehr zu finden sind, ist etwas anderes. Aber unter erfahrenen Anwälten könnte es solche Menschen durchaus geben. Die Anwälte arbeiten bei uns im Gegensatz zu Detektiven und Ermittlern bis ins hohe Alter. Also gehen Sie kein unnötiges Risiko ein!«

»Ich schau' mir die Sache an«, sagte Denissow, der plötzlich ernst geworden war. »Also, kommen wir zur Sache?«

* * *

Alan hatte nicht erwartet, daß der Besuch des Gastes sich so hinziehen würde. Es war schon nach sieben, und Eduard Petrowitsch redete immer noch mit ihr. Offenbar blieb sie auch zum Abendessen.

Alan blickte auf seine Notizen, zog mit der Hand an seinem Bart und fing an, die Auberginen zu putzen. Wenn sie in einer halben Stunde immer noch hier ist, wird er ihr dieses Gemüse servieren!

* * *

»Sie haben einen umwerfenden Koch«, sagte Nastja anerkennend. »Er kocht genau so, wie es mir schmeckt. Was soll man machen, Eduard Petrowitsch, wir sind in einer schwierigen Lage. Ich werde mir bis morgen früh überlegen, was ich mit Ihren Gästen anfange.«

»Wollen Sie mit ihnen sprechen? Ich sorge dafür, daß sie in die STADT gebracht werden. Oder soll ich Sie auf die Datscha fahren?«

»Ich bin mir darüber noch nicht im klaren. Wenn sie vor Ihnen etwas verbergen, ist es nicht sicher, daß sie mir etwas erzählen. Aber das Mädchen sollte man ins Schwimmbad bringen, ich will einen Punkt vor Ort klären.«

»Verstanden. Vereinbaren wir, wie wir in Verbindung bleiben. Ich will nicht, daß im Sanatorium in Ihrer Nähe Leute auftauchen, mit denen Sie früher keinen Kontakt hatten, das könnte die Verbrecher hellhörig machen. Sie haben im Zimmer eine Telefonsteckdose ...«

»Ja, ich habe es bemerkt.«

»Heute bekommen Sie einen Anschluß. Sie bekommen einen Telefonapparat, räumen Sie ihn aber weg, wenn Sie ihn nicht benutzen. Und stellen sie ihn bitte auf minimale Lautstärke. Wann soll ich Sie anrufen?«

»Viertel vor elf. Um diese Zeit komme ich von den Behandlungen.«

»Um Viertel vor elf rufe ich Sie an.«

Denissow begleitete Nastja zum Auto, wünschte ihr eine gute Nacht und ging nach oben. Nein, er hatte sich in dem Mädchen nicht geirrt. Wenn sie es nicht schafft, wer dann? Wie alt wird sie wohl sein? Tolja sagte, dreiunddreißig. Kein Mädchen mehr ... Das ist wahrscheinlich ihre beste Waffe: Sie sieht wie ein Mädchen aus, niemand nimmt sie ernst. Nein, ihre beste Waffe ist der Kopf. Gedächtnis, Denken, Logik, Kalkül. Alles übrige ist nur ein Schutz, damit niemand diese Waffe bemerkt. Ein kluger Kopf, dachte er beinahe zärtlich, was ist sie doch für ein kluger Kopf!

* * *

Juri Fjodorowitsch Marzew lag auf der Couch in seiner geheimen Wohnung, die Arme um die Knie geschlungen. Er hatte eben einen Film angeschaut. Und jetzt stand diese schreckliche Minute bevor, die er so sehr gefürchtet hatte: Der Film hatte fast gar nicht geholfen. Seit seinem letzten Anfall waren nur eineinhalb Monate vergangen. Was weiter? Wann wird man ihm eine neue Medizin geben?

Sie ist verrückt. Sie hackt ganz bewußt auf mir herum, stieg ein Gedanke in ihm auf. Die Persönlichkeit Marzews begann sich zu spalten, Jurotschka gab immer selbstsicherer und frecher den Ton an, und jetzt hatte Marzew keine Kraft mehr, Widerstand zu leisten. Früher hatte er Kraft aus der Hoffnung gewonnen, daß die ›Medizin‹ ganz sicher helfen würde. Jetzt waren seine Kräfte, Jurotschka zu widerstehen, versiegt.

»Ich bin Juri Fjodorowitsch Marzew, Direktor einer englischsprachigen Schule, Lehrer für angelsächsische Sprache und Literatur, ich habe eine Frau und eine fast erwachsene Tochter«, zischte er immer wieder durch die Zähne, bemüht, die launische Stimme des achtjährigen Jungen zu übertönen, der unzufrieden mit der übergroßen Fürsorge und Strenge der Mutter war und sie dafür haßte. Marzew schien es, als ob sein Gehirn aufweichen würde, die Form änderte und sich in zwei Teile teilte: Der kleinere Teil würde ihm gehören, und der andere, der Löwenanteil, würde Jurotschkas Anteil sein. Mein Gott, wie elend war ihm zumute!

Er hörte auf, seine Beschwörungen zu wiederholen und kniff die Augen fest zusammen. In diesem Moment wurde sein Kopf von einem hysterischen Schrei erfüllt: Ich hasse sie! Ich will, daß sie stirbt! Sie soll sterben! Sofort! Sie soll sterben!

Marzew sprang von der Couch und jagte durch die Wohnung. Gedanken aus Marzews Gehirnhälfte vermischten sich mit Jurotschkas Gedanken. Warum haben sie den Film nicht gemacht? Sie haben es doch versprochen …

Ich hasse sie! Sie soll sterben! …

Wo ist dieses Mädchen? Ich muß sie finden, koste es was es wolle …

Sie schimpft mich sogar für einen Zweier, sie hat an allem etwas auszusetzen …

… finden und dahin bringen, sie sollen sofort …

Ohne sie wird es mir besser gehen. Es soll sie nicht geben!

… die Medizin machen, bevor etwas geschieht …

Es soll sie überhaupt niemals geben! Ich bringe sie um!

… bevor das Schlimmste geschieht, bevor ich noch jemand töte …

Ich will, daß sie stirbt!

... besser ich töte dieses Mädchen, niemand wird es erfahren, ich muß sie töten ...

... Ich töte sie!

Zwei Stimmen flossen in einen Schrei zusammen, einen lauten, fordernden Schrei. Marzew hielt ein, er war von kaltem Schweiß bedeckt. Er wußte, was er zu tun hatte. Gegen den Anfall mußte um jeden Preis etwas unternommen werden, sonst war alles aus. Und dafür reichte es, die Mutter zu töten. Oder jemand, der ihr sehr ähnlich sah. In der STADT gab es eine Frau, deren Tod Erleichterung bringen würde. Oh, Marzew hatte sie mit eigenen Augen gesehen, man hatte sie ihm zwischen einigen Frauen gezeigt, die zu Aufnahmen eingeladen waren. Er mußte sie nur finden. Zuerst mußte er sie in dem Pavillon suchen, wo die beiden ersten Filme für ihn aufgenommen worden waren. Alles war ganz einfach ...

* * *

Der Bürgermeister legte verwirrt den Hörer auf. Er hätte nie vermutet, daß man seinen Vorschlag abweisen würde. Das heißt, er bekam keine direkte Absage, aber weder beim Fernsehen noch beim Radio, oder bei der Lokalzeitung, der er vorgeschlagen hatte, ein Interview mit dem Moskauer Kripobeamten zu machen, hatte man sich zustimmend geäußert, und überall waren sofort unüberwindliche Schwierigkeiten aufgetaucht, die die Verwirklichung seiner Pläne unmöglich machten. Der Bürgermeister kam sich wie ein Vollidiot vor, weil er anfangs wirklich an diese Schwierigkeiten geglaubt hatte und voll Elan begonnen hatte, Lösungsvorschläge zu machen. Aber je länger er das versuchte, desto klarer wurde ihm, daß es sinnlos war.

Der Bürgermeister war klug, aber leichtgläubig. Er glich einem Elefanten, der eine Kränkung lange hinnimmt, ohne eine böse Absicht zu vermuten, dann aber in Rage kommt und alles in Stücke schlägt. Die peinliche Geschichte mit seiner Idee, eine Fernsehsendung zu machen oder zumindest eine Publikation über die Kriminalität in der STADT, wendete sich in seinem Kopf zu einem schrecklichen Verdacht. Er ließ Lew Michailowitsch Repkin kommen, den Vorsitzenden der Kommission zur Koordination der Rechtsschutzorgane der STADT.

»Lew Michailowitsch, kann ich mich eigentlich mit jedem beliebigen Bürger der Stadt zu einem privaten Gespräch treffen?«

»Natürlich.«

»Und mit einem Fremden, der sich in der Stadt aufhält?«

»Was für eine seltsame Frage? Wir sind in einem freien Land, es gibt kein Kontaktverbot. Meinen Sie jemand bestimmten?«

»Ja, Lew Michailowitsch. Ich möchte mich mit einem Mitarbeiter der Moskauer Kriminalpolizei treffen, der sich hier auf Dienstreise befindet. Können Sie das organisieren?«

»Wozu?«

»Bin ich vielleicht verpflichtet, Ihnen das zu erklären?« Der Bürgermeister wurde wütend. »Sie haben mir eben gesagt, daß es keinerlei Kontaktverbot gibt. Und ich bitte Sie, Lew Michailowitsch, diesen Menschen zu finden und ein Treffen mit ihm zu organisieren.«

»Warum wenden Sie sich nicht an Ihren Schwager? Für ihn ist das wesentlich einfacher.«

»Weil mein Schwager aus mir unerfindlichen Gründen nicht will, daß dieses Treffen zustande kommt. Und ich möchte herausfinden, was das für Gründe sind.«

»Sehen Sie«, sagte Repkin unschlüssig, »die Polizeidirektion hat es nicht gern, wenn wir uns in ihre Angelegenheiten einmischen, um so mehr, wenn wir versuchen, mit ihren Leuten Kontakt aufzunehmen. Sie bewertet das als einen Versuch, Druck auf sie auszuüben. Man kann es verstehen ...«

»Ich, verehrter Lew Michailowitsch, ich habe es auch nicht gern, wenn man sich in meine Angelegenheiten einmischt und versucht, mich unter Druck zu setzen. Ich hatte eine Idee, und ich will sie verwirklichen. Aber jemand hat sich eingemischt, jemand hat sich mir in den Weg gestellt, hat versucht, auf mich Druck auszuüben und mich zu zwingen, diese Idee aufzugeben. Das gefällt mir nicht. Deshalb bringen Sie mir jetzt entweder diesen Moskauer Kripobeamten, augenblicklich und ohne Umschweife, oder Sie erklären mir offiziell, daß Sie zu diesem Jemand in unmittelbarer Beziehung stehen, und dann unterschreiben Sie augenblicklich ein Rücktrittsgesuch. Habe ich mich klar ausgedrückt?«

»Klarer geht's nicht.« Repkin lachte. »Ihre Pläne sind napoleonisch, aber wer wird Ihnen gestatten, sie zu verwirklichen?«

»Was wollen Sie damit sagen?« Der Bürgermeister runzelte die Stirn.

»Ich habe schon alles gesagt.« Repkin lächelte. »Versuchen Sie nicht, die Hindernisse auszuräumen. Sie nehmen Schaden und das Hindernis wird stehenbleiben. Ein kluger Mensch verwendet die Mauer, um sich an ihr sein Haus zu bauen und still in ihrem Schutz zu leben.«

Lew Michailowitsch ging hinaus, und der Bürgermeister blieb lange sitzen und blickte mit leeren Augen aus dem Fenster. Er hatte das Gefühl, daß sein Leben zu Ende war.

Kapitel 11

TAG ZWÖLF

Genau gegenüber von Zimmer 513 war eine kleine Halle mit Lehnstühlen und einem Fernseher. Um halb neun, auf dem Weg zum Frühstück, sah Nastja in der Halle einen etwa zwölfjährigen Jungen mit einem dicken Stoß Noten auf den Knien. Als er das Türgeräusch hörte, drehte er sich um, und auf seinem Gesicht machte sich Enttäuschung breit.

»Wartest du auf jemand?« fragte Nastja im Vorbeigehen.

»Auf Regina Arkadjewna.« Der Junge nickte. »Sie ist jetzt beim Frühstück, und dann gehen wir zur Klavierstunde.«

»Wohin?« fragte Nastja verwundert.

»In den Kinosaal. Dort ist ein Klavier, direkt auf der Bühne. Wir halten die Stunde immer dort ab, wenn Regina Arkadjewna im Sanatorium ist.«

Respekt, Oma, dachte Nastja bewundernd. Sogar hier verdient sie ihre Dollars. Klar, Korotkow hat mir doch erzählt, was sie für Ausgaben hat.

»Aber ich habe dich früher nie gesehen. Bist du sonst zu einer anderen Zeit gekommen?«

»Nein, ich bin überhaupt nicht gekommen. Das heißt, seit Regina Arkadjewna diesmal im Sanatorium ist. Wir haben alle zwei Wochen eine Stunde.«

»Das heißt, daß du begabt bist?« fragte Nastja, die sich an Korotkows Erzählungen erinnerte.

»Bei Regina Arkadjewna sind alle begabt. Sie nimmt keine anderen Schüler.«

»Und seid ihr viele?« fragte Nastja.

»Das weiß ich nicht.« Etwas machte den Jungen stutzig, und er versuchte, das Gespräch auf ein anderes Thema zu lenken. »Regina Arkadjewna ist sehr gut, sie arbeitet mit uns allen kostenlos.«

Was heißt hier kostenlos. Deine Eltern wollen einfach nicht, daß du weißt, wie teuer ihnen deine Begabung kommt. Es gibt ja unterschiedliche Kinder. Manche von ihnen sind, wenn ihre Eltern kein Geld für neue Jeans oder Turnschuhe haben, durchaus fähig zu erklären: Ich spiele eben nicht mehr Musik, dafür könnt ihr mir für dieses Geld ... Deine Eltern sind klug und weitblickend, sie schützen dein Talent vor deinen jugendlichen Fehlern und Torheiten.

»Hör zu«, sagte sie plötzlich. »Und die Schule? Schwänzt du sie?«

»Was denken Sie!« rief der Junge empört. »Heute ist doch Sonntag!«

»Entschuldige, mein Freund.« Nastja besann sich. »Wenn man nicht zur Arbeit geht, kommen einem alle Tage durcheinander.«

»Macht nichts«, sagte er großmütig, »das kommt vor. Wahrscheinlich muß ich in dieser Woche wirklich einmal schwänzen. Ich komme mit der Rhapsodie von Liszt nicht ganz klar, ich werde heute noch was zu hören kriegen von Regina Arkadjewna. Und wenn etwas nicht gelingt, dann legt sie eine neue Stunde in drei, vier Tagen fest.«

Der Junge war so ernst und besorgt, daß Nastja fast lachen mußte. Sie wollte ihn besänftigen und aufmuntern.

»Laß den Kopf nicht zu früh hängen. Vielleicht gefällt es ihr doch, wie du spielst?«

»Nein.« Er schüttelte traurig den Kopf. »Mir gefällt es auch nicht.«

»Wie heißt du, junges Genie?«

»Igor.«

»Viel Erfolg, Igor. Mach's gut!«

* * *

Nastja wartete auf den Telefonanruf und überdachte nochmals ihre Analyse, in die sie die neue Information eingebaut hatte. Die ganze Nacht hatte sie überlegt, war mühsam alle im Sanatorium verbrachten Tage durchgegangen und hatte sich im Kopf die Signale zurückgeholt, die sie von ihrem aufmerksamen Bewußtsein erhalten und die sie doch erfolgreich ignoriert hatte. Vieles war nach der Begegnung mit Denissow an seinen Platz gerückt, vieles hatte sie neu bewerten, neu interpretieren und eine neue Zuordnung dafür finden müssen. Erstaunlich, wie viele falsche Schlüsse sie in dieser kurzen Zeit hatte ziehen können. Sie hatte ihre eigenen Rekorde gebrochen! Allein der Elektriker Schachnowitsch ... Freilich hatte auch der sich geirrt, wie sich herausgestellt hatte.

Zum Gespräch mit dem vor dem Brand geflüchteten Mädchen und seinem Begleiter war sie noch nicht bereit. Um Swetlana und Wlad zum Reden zu bringen, mußte man die Widersprüche aufdecken, sie einer offensichtlichen Lüge überführen, dann konnte man versuchen, sie auszuquetschen. Einen Widerspruch hatte Nastja schon entdeckt, aber im Gespräch mit Swetlana war er nicht hilfreich: Es war durchaus möglich, daß das Mädchen davon einfach nichts wußte. Die Lösung fiel Nastja in der Nacht ein, und nach dem Frühstück überprüfte sie sie nochmals. Vorläufig paßte alles zusammen.

Am frühen Morgen kam Schachnowitsch mit dem Telefonapparat zu ihr ins Zimmer.

»Sie haben mich vergeblich nicht kennenlernen wollen«, scherzte er. »Jetzt ist es doch nötig geworden. – Den Ton habe ich völlig weggenommen, sie haben doch die Angewohnheit, immer die Balkontür zu öffnen. Anstelle des Tons blinkt ein rotes Lämpchen, vergessen Sie nicht, hinzusehen.«

»Hören Sie, Sie wissen so viel von mir, daß mir ganz anders wird«, scherzte sie beiläufig. »Sie haben mich schon bei unserer ersten Bekanntschaft damit verblüfft. Sie haben sogar meine Gewohnheiten studiert.«

»Natürlich«, antwortete Schachnowitsch ernst und lächelte dann breit und ausgelassen. »Ich hatte Sie doch in erster Linie verdächtigt. Wieviel Mühe habe ich mir gemacht, um einen Zugang zu Ihnen zu finden, und alles vergeblich. Aber kaum ist der alte Ed von Burgund gekommen, hat er Sie augenblicklich überredet.«

»Verzeihung, welcher Ed?«

»Ed von Burgund, einer der Nachkommen von Ludwig dem Heiligen, so nennen wir Eduard Petrowitsch wegen seiner Augen. Das wär's, ich gehe. Vergessen Sie nicht, auf das Lämpchen zu achten.«

»Warten Sie, Shenja, ich möchte, daß Sie etwas überprüfen. Irgendwo im Behandlungstrakt muß es ein Zimmer mit einem Spiegelfenster geben, das auf das Schwimmbad hinausgeht.«

»Wie kommen Sie darauf?« wunderte sich Schachnowitsch.

»Nun ... das ist kompliziert zu erklären. Aber ein Zimmer mit so einem Fenster muß es geben. Sonst müßte ich mich wirklich sehr irren.«

»Gut, ich sehe nach. Also eine Wand, die an das Schwimmbad grenzt?«

»Ja. Das Fenster kann sehr klein sein, schauen Sie genau nach.«

Als der Elektriker weg war, dachte Nastja an diesen unglückseligen Tag im Schwimmbad zurück, als sie weich und weiblich sein wollte und sich daraufhin beinahe in Damir verliebt hatte. Gut, daß sie rechtzeitig seine Lüge bemerkt und sich wieder abgekühlt hatte ... Sie geht also am Beckenrand entlang, greift nach dem Griff der Leiter, hebt den Kopf, schaut auf die Uhr, die weit oben an der Decke hängt und blinzelt wegen der Sonnenstrahlen, die ihr ins Auge fallen. Was kann auf der Fliesenwand des Schwimmbads glänzen? Ja, völlig klar, das muß ein Spiegel sein. Aber wozu braucht man einen Spiegel in dieser Höhe? Wer wird da hineinschauen? Wer sieht vielmehr durch ihn hindurch?

Als Nastja von der Behandlung zurückkam, traf sie auf dem Flur, der den Wohntrakt mit dem Behandlungstrakt verband, auf Schachnowitsch.

»Sie hatten recht, ich hab' es gefunden«, sagte er kurz, ohne den Kopf zu wenden oder stehenzubleiben: Um sie herum waren viele Menschen.

Nastja bedauerte, daß sie ihn am Morgen nicht um einen weiteren Gefallen gebeten hatte. Das nächste Mal, beschloß sie …

Das rote Lämpchen leuchtete auf, und Nastja nahm den Hörer.

»Ich bin noch nicht für ein Gespräch bereit. Können Sie sie ins Schwimmbad bringen? … Gut … Und richten Sie bitte Shenja aus, daß ich ihn brauche … Um acht? Das paßt mir. Alles Gute.«

Sie zog den Stecker aus der Steckdose, wickelte sorgfältig das Kabel auf und versteckte den Apparat in einer Tasche unterm Bett.

* * *

Nach dem Telefonat mit der Kamenskaja machte Denissow noch einige Anrufe. Der erste galt dem Chefarzt des Sanatoriums, mit der Bitte, der Geschäftsleitung der ›Doline‹ mitzuteilen, daß er, Denissow, die ganze Anlage heute von 19.30 Uhr bis 22 Uhr mieten werde. Eduard Petrowitsch war überzeugt, daß, sollten andere Buchungen für das Schwimmbad oder die Sauna vorliegen, diese annulliert würden. Niemand in der STADT konnte Denissow etwas verweigern.

Der zweite Anruf galt Starkow. Er gab ihm die Anweisung, die Gäste von der Datscha ins Sanatorium zu bringen und Schachnowitsch auszurichten, daß Anastasija ihn erwarte.

Der dritte Anruf galt seinem Sohn. Er wollte wissen, wie es Verotschka ging, sie hatte in den letzten zwei Tagen häufig geweint und über Kopfschmerzen geklagt.

»Sie ist zu einem Rendezvous gegangen«, teilte ihm die Schwiegertochter unwillig mit.

»Mit wem?«

»Mit ihrem teuren Studenten. Er war für einige Tage verreist, sie ist völlig vergangen vor Sehnsucht. Sie kann keinen

Tag ohne ihn leben. Ist ja nur gut, daß er ein braver Junge ist, er zerrt sie nicht ins Bett.«

»Bist du sicher?«

»Natürlich.« Die Schwiegertochter lachte. »Ich bin doch ihre Mutter, ich würde das sofort merken.«

»Gebe es Gott. Sie soll mich anrufen, wenn sie kommt.«

* * *

Am Vorabend aus seiner kurzzeitigen Verbannung zurückgekehrt, hatte Semjon bereits eine fieberhafte Aktivität zur Auffindung einer Darstellerin für die Rolle von Marzews Mutter entfaltet. In der Nacht hatte er die ganze Datenbank durchforstet, Videokassetten mit durchgefallenen Kandidatinnen angeschaut und drei davon ausgewählt, die ihr am ähnlichsten waren. Zwei davon kamen aus anderen Städten, eine war von hier, aus der STADT. Nach genauer Überprüfung der Daten schied die Einheimische aus – sie war überhaupt für einen Film der Kategorie ›B‹ nicht geeignet. Jemand aus einer anderen Stadt einzuladen kostete Zeit, und Semjon überlegte, wie er alles beschleunigen konnte. Außerdem mußte man ein Kleid auftreiben, das genau so aussah wie auf dem Foto der jungen Marzewa: In dem Kleid, das für die Dreharbeiten gedacht war, war Swetlana verschwunden. Viel Spaß bei der Suche. Ja, wo steckte sie nur?

Semjon rief in den städtischen Hotels an, aber er fand weder eine Swetlana noch einen Wlad. Sie sind wahrscheinlich abgefahren, dachte er mißmutig. Hol sie doch der Teufel. Hauptsache, das Drehbuch und die Musikkassette, die beim Brand vernichtet wurden, waren nicht die einzigen Exemplare. Semjon hatte die Originale, so daß man sie nicht neu herstellen mußte. Und mit dem Kleid mußte man sich eben etwas einfallen lassen.

* * *

Shenja Schachnowitsch erfüllte gewissenhaft die zweite Aufgabe, die ihm die Kamenskaja gestellt hatte. Während er im Park des Sanatoriums herumspazierte und die Zweige der Bäume betrachtete, empörte er sich über sich selbst, daß er nicht auf die Idee gekommen war, eine so einfache Sache zu überprüfen. Im Sommer, wenn die Krone dicht ist, hätte man das übrigens kaum machen können, es sei denn, man bestieg jeden einzelnen Baum. Aber er war ärgerlich, daß er darauf nicht selbst gekommen war. Diese Frau war stark, da war nichts zu machen. Nicht umsonst hatte sich Ed von Burgund so um sie bemüht, nicht umsonst hatte er angeordnet, ihre Gewohnheiten und Vorlieben zu studieren, damit er ihr von Anfang an Honig ums Maul schmieren konnte. Jetzt zeigte sich, daß das die Sache wert war …

Halt! Da ist es! Genau, so ist es. Verflixt und zugenäht, wie hat sie es erraten? Er, Schachnowitsch, sitzt seit vier Monaten im Sanatorium und hat es nicht geschnallt. Sie dagegen – keine zwei Wochen. Ist wohl eine Hellseherin?

Shenja beschleunigte seinen Schritt, ohne die Baumkronen aus den Augen zu lassen, und kam zu einem Haus, in dem die Dienstwohnungen lagen, von denen auch er selbst eine bewohnte. Das gibt ja ein interessantes Bild!

* * *

Während sie sich auf die Abendveranstaltung im Schwimmbad vorbereitete, suchte Nastja nebenbei eine Möglichkeit, ihre eigene Version über den Mord an Alferow zu überprüfen. Man mußte versuchen zu klären, wen oder was Nikolai im Park oder neben dem Lieferanteneingang hatte sehen können, das ihm dann das Leben gekostet hatte. Sie nahm zwei Blatt Papier, die sie mit WER und WAS überschrieb, und machte sich daran, Fragen darauf zu notieren. Das Blatt ›WER‹ sollte nach Moskau gehen, aber die Fragen auf dem Blatt ›WAS‹ sollte man hier in der STADT zu beantworten versuchen.

Aber vielleicht vergeudete sie ihre Zeit? Wie war sie auf die

Idee gekommen, daß dieser Mord mit der ganzen Sache zu tun hatte? Vor einiger Zeit gab es noch so viele Rätsel, daß man nolens volens eins mit dem anderen in Zusammenhang bringen mußte. Aber jetzt, wo ein Teil der Rätsel sich aufgeklärt hatte, unter anderem die Rolle des Elektrikers bei dieser unglaublichen Wette, wußte sie nicht mehr, ob sie auf der richtigen Spur war.

Beim Nachdenken kam ihr plötzlich Jura Korotkow und das Gerücht, das er über die rätselhafte Übersetzerin verbreitet hatte, in den Sinn. Das Gerücht war ein Schuß vor den Bug gewesen. Aber jetzt, wo sie es nicht erwartet hatte, kam es plötzlich wie gerufen. Wer für Denissow arbeitet, für den ist es nur gut, wenn er möglichst wenig Aufmerksamkeit auf sich zieht und kein Mitarbeiter der Kriminalpolizei ist, sondern ein stilles Mäuschen – Übersetzerin eben. Aber die Alte, die hatte es in sich! Sie hatte also Korotkow geglaubt. Nastja hatte darauf gewartet, daß Regina Arkadjewna sofort nach Juras Abreise und dem Bekanntwerden der Aufklärung des Mordfalls selbst zu ihr kommen würde, um ihr zu erzählen, daß Jura überhaupt nicht ihr Neffe sei, sondern ein Detektiv aus Moskau, der sie, Nastjenka, im Verdacht hatte, mit der Ermordung dieses armen Kerls in Zusammenhang zu stehen, und wie froh sie sei, daß sich jeder Verdacht zerstreut hatte, und daß es ihr so unangenehm war, ihre Nachbarin zu betrügen und noch etwas in dieser Art. Aber Regina war nicht gekommen, und das kränkte Nastja. Nicht sehr, aber doch ein wenig. So oder so hätte man das Gerücht auf die eine oder andere Weise bestätigen müssen, denn Regina hatte sich als Plaudertasche erwiesen; zugegeben – durch eine Provokation der vorher unterrichteten Krankenschwester Lenotschka, die sich mit ihrer harmlosen Lüge bei dem dankbaren Korotkow drei Kilo Äpfel verdient hatte. Und wenn jetzt die Nachbarin kommen sollte, um wegen des falschen Neffen ein Geständnis abzulegen, mußte Nastja ein entsprechendes Gesicht machen und durfte auf keinen Fall irgend etwas zugeben, sonst plauderte Regina auch das aus. Wenn es

Lenotschka gelungen war, ihre Zunge zu lösen, gelang das auch anderen. Also war es sogar besser, daß Regina Arkadjewna nicht bestrebt war, ihre Beziehung zu klären. Aber trotzdem war es kränkend: Sie, Nastjenka, sind klug und intelligent, Sie können Fremdsprachen, lassen Sie uns Freunde sein, ich mache Sie mit meinem Lieblingsschüler bekannt, der ist sehr talentiert. Aber auf einmal tauchte ein Polizist auf und warf einen Schatten auf sie – und bitte sehr, Regina war bereit, alles zu glauben, sogar das Schlimmste. Ihr sollte es recht sein.

* * *

An diesem Sonntag, dem 31. Oktober, fiel in der STADT der erste Schnee. Die Erde, die von einigen Frosttagen festgefroren war, nahm ihn dankbar auf und sog ihn nicht gierig ein, um auf der Oberfläche nur noch grauen glucksenden Matsch zu hinterlassen, sondern bewahrte ihn behutsam und zärtlich und erlaubte den Schneeflocken, sich in gleichmäßigen Schichten niederzulassen und festlich in der Sonne zu leuchten. Schön war es in der STADT, aber Marzew bemerkte es nicht. Alles war schwarz, in seiner Seele und vor seinen Augen.

Seit dem frühen Morgen war er um das Haus gestreift, in dem sich der Pavillon befand und er hatte gehofft, ein bekanntes Gesicht zu treffen. Er kannte Damir, den schönen dunkeläugigen Regisseur, einen mürrischen Typ mit einem Pferdegesicht namens Semjon und den Jungen, der bei den Dreharbeiten geholfen hatte. Aber der Junge zählte nicht. Marzew hatte ihn nur zweimal gesehen – bei den Aufnahmen zu den ersten beiden Filmen. Seit diesen Dreharbeiten waren beinahe zwei Jahre vergangen. In dieser Zeit konnte der Helfer, dessen Namen er nicht einmal kannte, auch gewechselt haben.

Bis fünf Uhr abends erschien niemand in der Nähe des Hauses. Jurotschkas Bewußtseinsanteil winselte und zerrte ihn am Ärmel: Ist es bald so weit? Wann denn? Wo sind sie alle? Mit ›seiner‹ Hirnhälfte schätzte Marzew ab, wo er seine Filmleute zu suchen hatte. Wo sie waren, dort mußte auch das Mädchen sein ... Er machte sich keine Gedanken darüber, warum er so fest davon überzeugt war. Er wußte nicht genau, was und wie er es tun würde, falls er sie erblickte. All diese Kleinigkeiten schienen ihm nebensächlich. Wichtig war nur eins: Er mußte sie töten, um Jurotschka gütig zu stimmen, um ihn dazuzubringen, sich wenigstens für ein paar Monate zu beruhigen, um selbst wieder der ehrenwerte Ehemann und Vater Juri Fjodorowitsch Marzew zu werden.

Da im Pavillon niemand war, beschloß er, im Schwimmbad suchen zu gehen.

* * *

Gegen acht Uhr abends ging Nastja zum Schwimmbad. Irgend etwas stimmte nicht. Es war schon längst dunkel, die Schatten der Bäume waren dicht, dunkel und drohend. Vor der Finsternis hatte Nastja keine Angst, aber irgend etwas stimmte nicht.

Dann, als sie nicht durch die Tür konnte, die zum Schwimmbad führte, begriff sie, was los war. Eine kräftige Hand zog sie von der Tür weg und zwang sie, den Vorbau zu verlassen, und eine unbekannte Stimme flüsterte:

»Verzeihen Sie, aber heute ist hier kein Zutritt. Die Anlage ist den ganzen Abend vermietet, Fremde werden heute nicht behandelt.«

Im ersten Moment wollte Nastja erklären, daß sie keine Fremde sei und daß die Anlage auf ihre Bitte hin von Eduard Petrowitsch gemietet worden sei ... Aber dann kam sie zu dem Schluß, daß es besser war, zu schweigen. Erstens konnte sich herausstellen, daß der Mann, der sie nicht in das Schwimmbad lassen wollte, durchaus nicht einer von Eduard Petrowitschs Wache war, sondern ein Vertreter der Gegenseite, der auf diese einfache, aber erfolgversprechende Weise zu klären versuchte, was im Schwimmbad los war. Und zweitens, wenn der Bewacher wirklich ein Mann Denissows war, dann erfüllte er aufrichtig und vorschriftsmäßig seine Pflichten. Sie war selber schuld: Sie war fast zehn Minuten zu früh. Denissows Organisation hatte ihr schon mehrfach seinen Hang zur Genauigkeit und Pünktlichkeit demonstriert. Macht nichts, dann warte ich eben, dachte sie. Spazierengehen ist gesund.

Sie ging die Allee entlang und blickte aufmerksam in die Dunkelheit, bis sie begriff, daß ihr erster Eindruck, daß etwas nicht stimmte, von Menschen hervorgerufen worden war, die sich lautlos in der Dunkelheit bewegten. Sie achteten darauf, nicht gesehen und nicht gehört zu werden, aber Nastja entdeckte sie, weil sie nach ihnen suchte. Ed von Burgund (sie lachte innerlich über den treffenden Beinamen – seine Wache und seine Sicherheitsmaßnahmen waren wirklich königlich) nahm seine Angelegenheiten ernst. In diesem Moment beunruhigte sie eine Erinnerung, ungreifbar wie die Erinnerung an einen nächtlichen Traum. Und verschwand im selben Augenblick. Aber diesmal paßte Nastja auf und wollte das Signal nicht ignorieren. Sie behauptete immer, daß die Wahrnehmungsfähigkeit des Menschen um ein Vielfaches größer ist als seine Möglichkeit, die erhaltene Information zu verarbeiten. Am Bewußtsein geht nichts vorbei: weder ein zufällig erblicktes Gesicht, noch ein vor langer Zeit aufgeschnapptes Wort, noch das Gefühl von Angst, das in einem unpassenden Augenblick und aus unbekannter Ursache entsteht. Alles wird im Gehirn festgehalten und schlägt sich nieder, man muß nur fest daran glauben, und was die Hauptsache ist – man muß sich im entscheidenden Moment daran erinnern. Und niemals sendet das Gehirn eines gesunden Menschen zufällige Signale aus, immer steht hinter diesen Signalen etwas ganz Konkretes. Man muß nur verstehen, *was*.

Während sie langsam die Allee entlangging, entdeckte Nastja die Bank, auf der sie mit Alferow vor seinem Tod gesessen und mit ihm geplaudert hatte. Sie drehte ihren Gedächtnisfilm noch ein Stück zurück, und ihr wurde klar, wie sie das Signal einordnen mußte. Damals, auf ihrem Spaziergang durch die Allee, hatte sie plötzlich das unangenehme Gefühl gehabt, als würde ihr jemand auf den Rücken starren und ihr folgen. Sie erinnerte sich, daß sie sich damals umdrehte, niemand sah und ruhig weiterging. An Sensitivität und biologische Kraftfelder glaubte Nastja rein theoretisch: Für bestimmte Leute ist das Lebensrealität, weil es ihnen von Natur aus gegeben ist, für mich aber nicht, mir ist es nicht gegeben. Deshalb wußte sie: Wenn sie das Gefühl hatte, daß ihr jemand folgte, so hieß das, daß ihr sensibles Ohr tatsächlich Schritte gehört hatte, daß ihr unaufmerksames Auge, das in die Betrachtung der Innenwelt versunken war, trotzdem seine Aufgabe erfüllt und eine Gestalt gesehen hatte, und zusammengenommen hatten Laut- und Sichtsignal versucht, Nastja zu warnen. Sie aber hatte nicht gehorcht, sie war in Gedanken versunken und überheblich gewesen. Jetzt war beinahe dasselbe geschehen, aber diesmal wußte Nastja, daß zwischen den Bäumen tatsächlich Menschen waren, und daher auch das Gefühl, daß ihr jemand auf den Rücken starrte.

Woher aber war dieses Gefühl damals gekommen? Wen hatte ihr Auge bemerkt? Wessen Schritte hatte ihr Ohr vernommen? Wer war ihr in der Dunkelheit gefolgt? War es vielleicht der Mann, vor dem Damir sie damals gerettet hatte, als er durch den Park gestürmt war und sie gesucht und gerufen hatte? War er es vielleicht, den Alferow danach gesehen hatte? Hatte Damir vielleicht deshalb aufgehört, sich Sorgen um sie zu machen, und zwar so auffallend, daß er sie nicht einmal mehr spätabends bis zu ihrem Zimmer begleitete? Das heißt, er hatte gewußt, daß keine Gefahr mehr bestand. Dieser unbekannte Mann war gefaßt und verschleppt worden. Oder getötet. Und Alferow hatte das gesehen …

Der Lärm herankommender Autos zwang Nastja, sich umzublicken. Punkt zwanzig Uhr. Sie eilte zum Eingang des Schwimmbads.

In der Dunkelheit konnte Nastja das Mädchen nicht richtig betrachten, das aus dem Auto stieg. Als sie aber gemeinsam in der hellerleuchteten Eingangshalle standen, wußte sie, daß sie den Faden zu dem Gespräch gefunden hatte. Da war er, dieser Widerspruch, an den sie sich klammern mußte, um den ganzen Knäuel von vagen Aussagen und Ausflüchten zu entwirren, den Starkow so deutlich gefühlt hatte, ohne etwas machen zu können. Er war ein Mann, dachte Nastja bei sich, und nur einer von hundert, vielleicht auch nur einer von tausend hätte dieses Detail bemerkt.

Im Schwimmbad fragte sie Swetlana genau aus, wer wo gestanden hatte, wer wo hinausgegangen war, welches Auto wo geparkt worden war, mit einem Wort, Nastja verwirrte sie völlig. Von allen Fragen interessierte sie vorläufig nur eine: Wo hatte die Person mit der Videokamera gestanden und in welchem Teil des Schwimmbads war das Mädchen geschwommen? Ihre Vermutung mit der Beobachtung durch das Spiegelfenster bestätigte sich erneut: Swetlana hatte sich an der Stelle geräkelt, die von dem Fenster aus am besten zu überblicken war. Alle übrigen Fragen waren nebensächlich.

Nastja überließ Swetlana der Obhut ihres Begleiters und ging zu Starkow.

»Anatoli Wladimirowitsch, erzählen Sie mir noch mal, was die beiden bei sich hatten, als sie zu Ihnen kamen.«

Starkow dachte kurz nach, dann begann er aufzuzählen:

»Der Liliputaner: Oberbekleidung, eine Geldsumme von sechzehntausend Rubel, Paß, eine Tonbandkassette mit Musikaufnahmen, eine Spritze mit einem Satz Nadeln, eine Ampulle Morphium. Das Mädchen: Oberbekleidung, ein Kleid ohne Taschen, in den Jackentaschen eine Geldsumme von zweihundertdreißigtausend Rubel, ein Taschentuch und ein Lippenstift. Sonst nichts.«

»Sind Sie sich ganz sicher?«

»Absolut. Wir mußten ihr alles mögliche kaufen, bis hin zur Zahnpasta.«

Noch ein Widerspruch, bemerkte Nastja zufrieden, sie wird mit den Brandgeschädigten sprechen.

»Wo ist der Kleine? Ist er mit euch gekommen?«

»Er sitzt im Auto. Man hat ihn nicht ins Schwimmbad gebracht, weil ich dachte, daß Sie ihn hier nicht brauchen.«

»Ich möchte mit ... Anatoli Wladimirowitsch, was meinen

Sie, wer ist bei diesem Pärchen der Chef – und wer der Mitspieler?«

»Wlad ist zweifellos der Chef. Achten Sie nicht darauf, daß er drogenabhängig ist. Er ist viel klüger als das Mädchen. Swetlana ist eine entzückende Göre, schön wie ein Schmetterling und genau so viel Hirn. Wen wollen Sie zuerst sprechen?«

»Das Mädchen. Wo sollen wir sie treffen?«

»Gehen wir, ich zeige es Ihnen.«

Swetlana Kolomiez war überhaupt nicht standfest. Sie hatte, während sie in der bewachten Vorstadtdatscha gesessen hatte, dieses aus der Mode gekommene Kleid völlig vergessen. Hätte sie darin durch die STADT gehen müssen, hätten sie die erstaunten und verächtlichen Blicke der jungen Modepuppen und schrägen Jungs ständig daran erinnert, wie armselig sie gekleidet war. Auf der Datscha dagegen hatten sie nur die Bewacher gesehen, ernste und schweigsame Leute, die nicht tranken, die nicht einmal versuchten, sie anzumachen – und Starkow, der wohl schon über vierzig war und sich in Modefragen überhaupt nicht auskannte. Auf Nastjas direkte Frage dachte sich Sweta keine bessere Antwort aus als daß der Brand nachts ausgebrochen war, während sie schlief, weshalb sie, nachdem sie den Pyjama ausgezogen hatte, das Erstbeste aus dem Schrank zog, das ihr in die Hände fiel – es war ja nicht ihre Wohnung und sie wohnte nur vorübergehend darin. Das klang im ersten Moment glaubwürdig. Aber auf die zweite Frage zu antworten, fiel ihr schwerer: Warum hatte sie, als sie sich vor dem Brand in Sicherheit brachte, außer Geld nur einen Lippenstift mitgenommen? Keinen Paß, auch nicht ihre Handtasche, in der eine Menge notwendiger Sachen waren, sondern nur einen Lippenstift. Sweta redete sich notdürftig heraus, aber nicht zufällig hatte der Masseur Kotik Nastja seinerzeit mit einem Foxterrier verglichen – lustig, freundlich, aber mit stahlhartem Biß. Gegen die Kamenskaja hatte Sweta keine Chance, und schon nach wenigen Minuten stellte sich heraus, daß nicht Wlad mangels Schlafplatz zu Sweta zum Übernachten gebracht worden war, sondern sie zu Wlad.

Sie war nur für einige Stunden da hingefahren, weshalb sie nicht viel mitgenommen hatte, nur Geld (aus Gewohnheit) und den Lippenstift (damit sie sich wieder schminken konnte, falls sie sich küssen mußten). Bei ihrer naiven Antwort machte Sweta so viele Fehler und Versprecher, daß Nastja sie fast augenblicklich überführte.

Sie öffnete die Tür und rief den Typen, der im Korridor auf und ab ging.

»Sagen Sie Anatoli Wladimirowitsch, daß ich mit dem Mädchen fertig bin. Ich brauche den anderen.«

* * *

Wlad saß im Auto, zusammen mit dem sympathischen Fahrer, der die Pause nützte, um hingebungsvoll irgendeinen Unfug zu lesen. Wlad hatte es sich auf dem Rücksitz bequem gemacht. Mit der Standheizung war es warm und gemütlich, und da er klein war, konnte er sich ausbreiten wie auf einer komfortablen Couch. Er machte sich Sorgen, Sorgen um sich und Swetlana. Vielleicht war es doch nicht gefährlich, daß man sie ins Schwimmbad gebracht hatte, diese Fahrt würde überhaupt nicht die Geschichte beeinflussen, die sie Starkow erzählt hatten. Aber andererseits hatte man ihnen früher aufs Wort geglaubt, und jetzt hatte man sie aus irgendeinem Grund ins Schwimmbad gebracht. Das konnte ein schlechtes Omen sein, ein sehr schlechtes. Entweder waren sie vom Regen in die Traufe geraten, das heißt zu den Leuten, vor denen sie flüchten wollten. Nicht umsonst war es dasselbe Schwimmbad und es war auch wieder Abend. Oder die, die sie versteckt hatten, hatten etwas erfahren, glaubten deshalb nicht mehr an ihre Geschichte. Wahrscheinlich hätte man es riskieren sollen und von dem Film erzählen, dachte Wlad müde. Mein Leben ist sowieso zu nichts gut, so wie ich an der Nadel hänge, verrecke ich ohnehin bald – wenn nicht in einem Jahr, dann eben in zwei. Sollen sie mich doch gleich umbringen, ist mir auch egal. Und Swetka? Sie will vermutlich leben. Ihr Leben ist auch für nichts gut, aber sie versteht das nicht, sie flattert herum und sucht einen goldenen Futtertrog. Dann hat sie sich mit diesen Filmtypen eingelassen, die Ziege. Durch sechs Minuten Sex mit einem Liliputaner wollte sie reich werden, und das ist dabei herausgekommen. Nein, man darf es nicht riskieren. Sweta tut ihm leid, sie verläßt sich doch auf ihn, sie sieht in ihm ihren Beschützer. Komisch ist sie, dachte Wlad lächelnd, sie ist es gewöhnt, daß Sex eine Währung ist wie Wodka oder Dollars, sie versucht ständig, ihm dafür zu danken, daß er das mit dem Film rechtzeitig durchschaut hat, und sie wird nie verstehen, warum er nichts von ihr will. Aber für ihn ist Sweta keine Frau und schon gar keine Hure, sondern die kleine Schwester, die voller Dummheiten steckt und sich krampfhaft an den älteren Bruder klammert: Er ist klug, erwachsen, er hilft mir, gegen Mama und Papa hält er zu mir und er schützt mich vor Feinden. Eine wirkliche Schwester hat Wlad nie gehabt, leider. Und wenn er auch Sweta kaum bis zur Brust reicht, so ist er doch ihr älterer Bruder, Ratgeber und Lehrer, ohne den sie einfach untergehen muß. Wie kann er denn bei dieser Beziehung zu ihr ihren Dank annehmen? Nein, um nichts in der Welt würde Wlad diese Familienidylle zerstören, die er sich ausgedacht hat ...

Ein Gesicht tauchte am Autofenster auf. Wlad drehte den Kopf und hätte beinahe vor Entsetzen aufgeschrien: die dunklen, auf dem ausgemergelten Gesicht schwarz wirkenden Augen eines Verrückten blickten ihn an. Die Augen durchforschten das Wageninnere, und ohne den in einer Ecke zusammengekauerten Wlad zu bemerken, blieben sie am Fahrer hängen, der sich in seinen Thriller vertieft hatte, und dann verschwanden sie wieder. Wlad, der sich bemühte, ruhig zu bleiben, blickte dem sich vom Auto entfernenden Menschen nach, und kaltes Entsetzen durchzog seinen kleinen Körper. Er kannte diese Augen, er hatte sie häufig bei Menschen gesehen, die nicht wie er am Morphium hingen, sondern Halluzinogene einnahmen. Sie hatten, wenn sie high waren, auch diese in sich gekehrten Augen, waren in unglaubliche, unsichtbare Erlebnisse und Abenteuer verstrickt, in ungeheuerliche Gedanken und in Schlußfolgerungen, die sich jeder Logik entzogen. Wlad verachtete diese Menschen und fürchtete sie zugleich. Warum er sie verachtete, wußte er nicht, er fühlte es nur. Aber warum er sie fürchtete, wußte er genau: Sie waren richtige Verrückte, die jeden Moment alles Mögliche anstellen konnten, ohne es überhaupt zu begreifen, die in ihren Visionen bei der Box- oder Karatemeisterschaft antreten oder im mittelalterlichen Frankreich als Henker arbeiten konnten und an irgendeinem Verbrecher das Todesurteil vollstrecken. Der Verrückte weiß nicht, was er tut, und man kann ihn dafür nicht bestrafen, ihn hat schon Gott bestraft, indem er ihm den Verstand genommen hat. Aber hilft das etwa seinem unschuldigen Opfer?

Der Mann ging auf einen dickstämmigen Baum zu und seine Silhouette verschwand. Wlad wurde noch unruhiger. Wo zum Teufel sind die Bewacher? Sogar am hellichten Tag gab es auf der Datscha zwei davon. Und hier war kein einziger zu sehen. Was streunt dieser Typ da herum? Die ungute Ahnung wurde so stark, daß Wlad aus dem Auto springen und mit einem Hilfeschrei ins Schwimmbad laufen wollte.

»Wohin?« drehte sich der Fahrer um. »Wir sollen nicht aussteigen, bis man uns ruft.«

»Ich muß.«

»Auf die Toilette vielleicht?« lachte der Krimi-Fan.

»Nein, nicht auf die Toilette. Hier streicht ein Mann herum, er hat ins Auto geguckt. Mir scheint, er ist verrückt. Da bei dem Baum steht er.«

»Wo?«

Der Fahrer legte das Buch weg, machte das Licht im Wagen aus und schaute in die Richtung, die ihm Wlad gezeigt hatte.

»Ich seh' nichts. Vielleicht Einbildung?«

»Nein, keine Einbildung, ich hab' es genau gesehen. Ruf die Bewacher, bitte!«

»Kann ich nicht, Kleiner. Aus dem Auto auszusteigen ist nicht gestattet.«

»Aber ich lauf' ja nicht fort. Versteh doch, er ist verrückt, er versteckt sich, die Wache sieht ihn nicht, und plötzlich ... jemand ...« Wlad brachte das schreckliche Wort nicht über die Lippen.

»Die Wache sieht alles, da brauchst du keine Angst zu haben«, sagte der Fahrer belehrend und schlug sein Buch wieder auf.

* * *

Swetlana ging in Begleitung eines Bewachers von der zweiten Etage in die Eingangshalle hinunter. Bis zur Ausgangstür waren es nur zwei Schritte, als plötzlich eilige Schritte auf der Treppe zu hören waren.

»Witek!«

Der Bewacher drehte sich um, während er Swetlana am Arm festhielt. Auf der Treppenmitte stand Wolodja, der auf der zweiten Etage für Ordnung sorgte, und überbrachte Starkow die Bitte Nastjas, das Mädchen wegzubringen und Wlad zu holen.

»Holst du den Kleinen?« fragte Wolodja.

»Ja. Ich setze das Mädchen ins Auto und dann hol' ich ihn.«

Als Swetlana das hörte, begriff sie, daß sie jetzt Wlad verhören würden. Er wußte noch nicht, daß sie alles erzählt hatte und würde sich nach wie vor an die Version halten, die sie vereinbart hatten. Natürlich würde diese Frau ihn quälen, und sie würde ihn zwingen, die Wahrheit zu sagen, daran hatte Sweta keinen Zweifel. Wlad tat ihr leid. Er würde verbissen lügen, um dann die Erniedrigung des enttarnten Betrügers zu erfahren. Sie wußte, daß es nichts Schlimmeres gibt, als wenn man einer Lüge überführt wird, noch dazu von Angesicht zu Angesicht. Sie mußte Wlad warnen, daß er gleich die Wahrheit sagen sollte, das würde ihm helfen, die eigene Würde zu bewahren.

Sie machte vorsichtig einen Schritt in Richtung Tür.

»Hör zu, in dem Auto, in dem der Liliputaner sitzt, liegen

meine Zigaretten im Handschuhfach. Kannst du sie mir mitbringen?«

Sweta machte noch einen Schritt und ergriff die Türklinke.

»Gut«, antwortete Witek, und wandte sich dem Mädchen zu. Er wollte ihr schon folgen, aber Wolodja erhob nochmals die Stimme:

»Aber verwechsele sie nicht, da liegen auch Genas Zigaretten, aber er hat eine blauweiße Schachtel, – meine ist grünweiß. Bring' sie nicht durcheinander.«

Swetlana rannte auf die Außentreppe, sprang über die zwei Stufen und lief zu dem Auto, in dem Wlad saß. Sie begriff nicht, was für ein Schatten an ihr vorbeihuschte, sie sah nicht einmal das in der Dunkelheit aufblitzende scharf geschliffene Küchenmesser. Sie hörte nur die entsetzte Stimme Wlads:

»Swe-e-e-ta-a-a!!!«

Dann brannte ihr Hals, und es wurde ihr ganz leicht zumute. Sie wollte schlafen und langsam auf die Knie niedersinken, sich gleich hier auf die Seite legen, auf den kalten, schneebedeckten Boden, und einschlafen. Und das tat sie auch.

* * *

»Fahren Sie mich zu Eduard Petrowitsch«, sagte Nastja müde.

Sie setzte sich mit Starkow ins Auto, ohne sich umzudrehen und ohne zu wissen, ob ihnen die anderen folgten. Es war ihr nicht nur kotzübel. Sie hätte sich am liebsten aufgehängt.

Nachdem man Marzew, der außer sich war, in die Eingangshalle gestoßen hatte und nachdem man den schluchzenden Wlad kaum von Swetlanas Leiche hatte trennen können, begriff Nastja, daß es an ihr war, eine Entscheidung zu fällen, und zwar so schnell wie möglich. Nach Swetlanas Erzählung war fast alles klar. Mit Wlad zu sprechen war unmöglich, man nahm ihm nur die Kassette mit der Musikaufnahme ab und übergab sie Nastja. Sie brauchte diese Musik nicht anzuhören, sie hatte schon aufgrund der Beschreibung des Drehbuchs verstanden, wer der Komponist war. Aber anhören wollte sie sie schon.

Denissow empfing Nastja an der Einfahrt, er wußte schon alles von Starkow, der ihn angerufen hatte. Schweigend kamen sie oben an und schweigend gingen sie in Eduard Petrowitschs Arbeitszimmer.

»Was darf ich Ihnen anbieten, Anastasija?« fragte der Hausherr besorgt.

»Möglichst starken Kaffee. Und was zu trinken«, murmelte sie betäubt.

Nachdem sie einige Schluck von dem Kaffee getrunken hatte, den Alan gebracht hatte, sagte sie schon etwas kräftiger und ruhiger:

»Eduard Petrowitsch, wir müssen eine wichtige Entscheidung treffen. Was sollen wir mit der Leiche von Swetlana Kolomiez tun? Anatoli Wladimirowitsch hat die Polizei nicht an die Tatstelle geholt, er hat seine Leute dort gelassen, um die Blutspuren zu beseitigen. Mir ist klar, wenn wir die Sache an die Öffentlichkeit bringen, dann verschwinden die, die wir suchen, sofort. Es ist schon zuviel passiert: Das Mädchen weiß, wer sie sind, und wer weiß, wem sie schon davon hat erzählen können; der Verrückte, der eindeutig auf dieses Mädchen aus war und es abgepaßt hat, denn in seiner Jacke wurde das Foto einer jungen Frau gefunden – allem Anschein nach seine Mutter –, die haargenau dasselbe Kleid anhat wie Swetlana. Aber ich verstehe nicht, wie wir den Mord an dem Mädchen verbergen sollen, ohne gegen das Gesetz zu verstoßen. Wir haben deshalb keine Wahl. Entweder Sie lassen Swetlanas Leiche ins Krankenhaus bringen oder direkt ins Leichenschauhaus, Sie lassen es Ihre Freunde von der Polizei wissen, setzen sie von den tatsächlichen Ereignissen in Kenntnis und erlauben ihnen zu tun, was sie für richtig halten, oder Sie lassen mich gehen. Eben erst wurde vor meinen Augen die Leiche von der Tatstelle weggeschafft, und der Schuldige wird in einem Privathaus festgehalten. Als Mitarbeiterin der Polizei zerreißt es mir das Herz. Was machen Sie mit mir? Glauben Sie, daß ich eine Maschine zur Lösung von kriminellen Aufgaben bin und es mir egal ist, was um mich herum passiert, während ich die Aufgabe bearbeite?«

Ihre Hände begannen zu zittern, und sie mußte die Tasse auf den Tisch stellen.

»Verzeihen Sie«, sagte Denissow leise, »ich konnte nicht ahnen, daß es um *so etwas* geht. Ich kann es nicht einmal aussprechen. Wenn wir gewußt hätten, daß psychisch kranke Menschen an der Sache beteiligt sein könnten, wäre die Wache entsprechend instruiert worden und die Tragödie wäre nicht geschehen. Aber die Aufgabe der Wache war es, aufzupassen, daß kein Fremder Sie zusammen mit meinen Leuten sieht. Es tut mir leid. Also, was soll ich Ihrer Meinung nach tun?«

»Das hängt davon ab, was Sie wissen wollen. Wenn Sie nur die Personen brauchen, die sich in der ›Doline‹ aufhalten, kann ich Ihnen die Namen sofort geben. Wenn Sie der sagenumwobene Makarow interessiert, muß ich noch etwas nachdenken, zumindest bis morgen. Wenn Sie sich für die anderen interessieren, dann lassen Sie mich gehen. Damit hab' ich nichts zu tun.«

»Warum, Anastasija?«

»Ich habe schon gesagt, das hängt davon ab, was Sie wissen wollen. Ich weiß, wie diese Bande arbeitet, oder ich kann es mir zumindest vorstellen. Neben einem gewissen Makarow gehören dazu der Filmregisseur Damir Ismailow, der Masseur des Sanatoriums, Konstantin Usdetschkin mit dem Spitznamen Kotik, sowie ein gewisser Semjon, eine Person ohne Nachnamen, die sich mit organisatorischen Aufgaben beschäftigt. Sie müssen eine Datenbank haben, folglich einen Ort, wo Computer stehen, eine Kartothek und eine Videothek, sowie Personal, das damit arbeitet. Um ihre Klienten zu finden, müssen sie Kontaktpersonen in verschiedenen Städten des Landes haben, die wiederum entweder zu Polizei- oder Gesundheitsorganen Kontakt haben. Sie müssen einen Ort haben, wo sie die Videos aufnehmen und wo sie die Kameras verstecken, die allerdings nicht so riesengroß sind. Und sie müssen einen Ort haben, wo sie die Leichen aufbewahren. Ich bin nicht in der Lage, all diese Leute und all die aufgezählten Orte zu finden. Aber ich kann Ihnen garantieren, wenn Sie Ismailow, Usdetschkin und Makarow aus diesem System entfernen, existiert es nicht mehr. Es wird sich einfach auflösen. Kann ich noch Kaffee haben?«

Denissow klingelte nach Alan und nickte Anatoli Wladimirowitsch zu, der in seinem Lehnsessel vor Ungeduld zu platzen drohte.

»Anastasija Pawlowna, können wir von Ihnen etwas mehr über den Filmregisseur und den Masseur erfahren? Was hat Sie dazu gebracht, sie zu verdächtigen?«

»Was den Masseur angeht, so hat er sich unauffällig verhalten. Ich wäre nie auf die Idee gekommen, ihn zu verdächtigen. Es stellte sich nur zufällig heraus, daß er eine zusätzliche Leitung gelegt hatte und Telefongespräche abhörte, die mit dem Apparat des Direktors geführt wurden. Er ist ein sehr vorsichtiger Mensch. Er weiß, wenn irgendwo etwas passiert und ein als Patient getarnter Mitarbeiter der Polizei ins Sanatorium kommt, daß dann der entsprechende Anruf nicht dem Chefarzt gilt, sondern dem Direktor: damit derjenige ein geeignetes Zimmer bekommt und andere Kleinigkeiten. Wenn er mehrere Apparate abgehört hätte, hätte ich vermutet, daß er ein ganz normaler Erpresser ist, oder gar ein neugieriger Verrückter.

Aber daß ihn nur ein einziges Telefon interessierte, erklärt vieles. Und mit Ismailow ist es noch einfacher. Ich habe eine Arbeit von ihm gesehen, einen abendfüllenden Film, auf Video aufgezeichnet. Das reicht völlig aus, um die Handschrift des Meisters zu erkennen. Er hat eine viel zu deutliche schöpferische Handschrift, um sie zufällig zu wiederholen. Diese Bande produziert außerordentlich talentierte Filme, die dem interessierten Zuschauer zur Katharsis verhelfen. Freilich müssen dabei allem Anschein nach Menschen getötet werden. Mir wird ganz schrecklich zumute, wenn ich mir überlege, wie viele Morde, richtige Morde, auf den Film gebannt wurden, und wie viele Leichen versteckt worden sind. Ohne diese Filme wird es auch diese Organisation nicht mehr geben, niemand kann so etwas nachmachen. Aber diese teuflische Idee muß sich auch jemand ausgedacht haben, und ich glaube, dieser Jemand ist Makarow. Aber ich weiß nicht, wer er ist. Deshalb schlage ich Ihnen vor, den Kopf dieser Bande zu zerschlagen, der Rest zerfällt dann von selbst. Wenn Sie aber alle haben wollen, dann verhaften Sie Ismailow und Usdetschkin, erheben Sie Anklage und arbeiten Sie vorschriftsmäßig, aber bitte ohne mich. Ich will keinen Tag länger in Ihrer STADT sein. Ehrlich gestanden, gefällt es mir hier nicht mehr.«

Schweigen hing im Raum. Nastja trank ihren Kaffee aus und wandte sich an Starkow:

»Anatoli Wladimirowitsch, ich wende mich an Sie, da Sie mit dem erörterten Problem am meisten zu tun haben. Wenn Sie alle auffliegen lassen wollen, müssen Sie die Leiche von Swetlana Kolomiez verstecken. Ist Ihnen das klar?«

»Ja, ich verstehe. Aber sind Sie nicht zu vorsichtig? Sind Sie sicher, daß die Verbrecher sofort alle Zelte abbrechen und spurlos verschwinden, sobald sie von der Ermordung Swetlanas und der Einleitung eines Ermittlungsverfahrens erfahren? Vielleicht übertreiben Sie etwas?«

»Bedenken Sie, daß das ganze ohne Wlad noch jahrelang weitergegangen wäre. Denn sie haben sich kein einziges Mal erwischen lassen, sie haben nirgends so deutliche Spuren hinterlassen, daß sie in das Blickfeld der Polizei geraten wären. Halten Sie sie nicht für dümmer als sich selbst, Anatoli Wladimirowitsch, das wäre ein gefährlicher Irrtum. Deshalb wiederhole ich: Entweder Sie registrieren morgen ganz offiziell die Leiche Swetlanas – ich weiß nicht und will auch nicht wissen, wie Sie das machen –, dann sage ich Ihnen morgen früh, wer Makarow ist. Wenn Sie das nicht tun, dann entschuldigen Sie mich. Kassieren Sie Usdetschkin und Ismailow ein und ermitteln Sie selbst, wer dieser Makarow ist. Einen dritten Weg gibt es nicht.«

»Anastasija, mir scheint, Sie brechen unsere Abmachungen«,

schritt Denissow vorsichtig ein. »Haben wir das etwa so ausgemacht?«

»Eduard Petrowitsch, üben Sie keinen Druck auf mich aus, mir ist auch so schon ganz schlecht. Wenn wir nach unseren Abmachungen gehen, so haben wir vereinbart, daß ich Ihnen bei der Aufdeckung einer verbrecherischen Gruppierung helfe, die mit ›lebender Ware‹ Handel treibt. Wie sich heute herausgestellt hat, gibt es eine solche Gruppierung nicht. Aber Ihnen zu helfen, eine Gruppe von Mördern aus der Filmbranche zu entdecken und zu entlarven, das habe ich nicht versprochen. Sie haben mir nichts vorzuwerfen.«

»Und was ist mit Makarow?« erinnerte sie Eduard Petrowitsch. »Sie haben doch versprochen, ihn zu finden?«

»Gut«, Nastja lächelte müde, »Sie haben mich überzeugt. Wer Makarow ist, das werde ich herausfinden. Aber nur unter einer Bedingung ...«

»Ich habe verstanden, Anastasija, und ich werde Sie nicht länger quälen. Tolja, ruf in der Polizeidirektion an, sie sollen sich um Leiche und Mörder kümmern. Geh, Tolenka, mach es gleich, solange Anastasija hier ist, mach sie nicht nervös.«

Starkow eilte aus dem Raum, und Eduard Petrowitsch stand auf und ging zu dem Lehnstuhl, in dem Nastja saß – zusammengekrümmt und mit hochgezogenen Beinen.

»Anastasija«, begann er vorsichtig. »Warum ist es so schwer für Sie? Was ist mit Ihnen geschehen? Sind Sie beunruhigt, weil Sie Ismailow nahestehen?«

»Ich?« Nastja hob den Kopf und sah Denissow erstaunt an. »Ich habe Ismailow niemals nahegestanden. Er hat mir nur aus irgendwelchen Gründen den Hof gemacht, und ich glaube sogar zu wissen, aus welchen. Mir wäre beinahe das passiert, was heute mit Swetlana geschehen ist. Irgendein Verrückter hat mich verfolgt, offensichtlich einer dieser Kunden. Deshalb hat sich Damir solche Sorgen gemacht und sich bemüht, in meiner Nähe zu sein, denn meine Leiche hätte man nicht so einfach verschwinden lassen können. Ist Ihnen aufgefallen, daß sowohl Sweta als auch der Kleine ganz allein sind? Sie haben keine Verwandten und niemand vermißt sie, zumindest nicht so, daß er zur Polizei rennen und eine Vermißtenanzeige aufgeben würde. Diese Filmbande ist extrem vorsichtig, nur bei Alferow ist was schiefgegangen. Natürlich sind das alles Vermutungen. Aber das hieße, daß Ismailow mich vor dem Tod bewahrt hat, und ich liefere ihn aus Dankbarkeit der Polizei aus.«

»Sind Sie deshalb so verstimmt?«

»Aber nein, wo denken Sie hin, ich habe Ihnen nur das mit Ismailow erklärt. Ich hatte mich wirklich, es gab so einen Moment, fast in ihn verliebt, aber das war schnell vorbei.«

»Also was ist es dann?« Denissow wiederholte leise seine Frage.

Angesichts dieser leisen Stimme und der zärtlichen Zuwendung traten Nastja Tränen in die Augen. Mein Gott, wie war ihr schlecht! Und wie erschöpft sie sich fühlte.

»Sich so etwas ausdenken und durchführen, konnte nur ein böses Genie. Einen psychisch schwer abnormen Menschen ausfindig zu machen, ihm vorzuschlagen, einen Film zu drehen, wo alles so ist, wie er es wünscht, ein Drehbuch zu schreiben und die Darsteller nach den Wünschen des Auftraggebers auszuwählen, die Aufnahmen zu organisieren, die Leichen in dem Fall zu verstecken, falls der Auftraggeber unbedingt jemand vor laufender Kamera töten will – eine solche Aufgabe ist mit unerhörten Schwierigkeiten verbunden. Aber noch schwieriger ist eine andere Sache. Die Geschichte von Swetlana Kolomiez zeigt, daß es nicht der erste Film ist, den Marzew in Auftrag gegeben hat. Ein ständiger Auftraggeber, auch wenn er einer von vielen ist, ist Zeugnis dafür, daß die von Ismailow gedrehten Filme tatsächlich zumindest diesem einen Auftraggeber helfen, seine Krankheitsanfälle zu überwinden. Denn wenn dem nicht so wäre, wäre er nicht wieder zu Ismailow gekommen. Können Sie sich das Talent vorstellen, das nötig ist, um solche Filme zu drehen? Eduard Petrowitsch, ich könnte heulen bei dem Gedanken, daß so talentierte Menschen heute nur mehr von psychisch Kranken gebraucht werden. Wie konnte es geschehen, daß die Gesellschaft sie nicht angenommen hat? Warum ist das so gekommen? Diese talentierten Menschen hassen uns alle und töten erbarmungslos jeden Menschen, der den Anforderungen des Auftraggebers entspricht, und nur deshalb, weil irgendwann einmal ihr Talent und ihre Kunst von uns nicht angenommen worden sind. Das ist ungeheuerlich. Und dies ist der Preis. Deshalb ist mir so übel.«

Denissow strich Nastja über den Kopf und hielt dann plötzlich inne, als er den Schmerz spürte, der diese gequälte Frau durchdrang.

»Armes Mädchen«, flüsterte er. »Wo hab' ich dich nur hineingezogen! Aber niemand außer dir hätte auf Ismailow kommen können. Nur du hast sein seltsames Verhalten bemerkt. Nur dir hat er seinen Film über den Musiker und seine Probleme gezeigt. Und nur du konntest ihn mit dem Drehbuch, das uns Swetlana gegeben hat, in Verbindung bringen.«

»Ja«, flüsterte Nastja ebenso leise, während sie sich die Tränen aus dem Gesicht wischte, »nur ich.«

Kapitel 12

TAG DREIZEHN

Schon wieder eine Nacht, die Nastja fast schlaflos zubrachte. Der Schrecken der gestrigen Ereignisse erlaubte ihr nicht, sich zu konzentrieren. Sie wollte ihre Gedanken darauf richten, wer dieser geheimnisvolle Makarow war und wo sie ihn suchen sollte, aber statt dessen dachte sie an Damir und seine Filme, an die unglückliche Swetlana, an den vom Kummer zerstörten Wlad, an den kranken Menschen ohne Papiere, der das Mädchen getötet hatte und der wahrscheinlich einer von unzähligen Auftraggebern und Konsumenten der Schöpfungen von Damir und seinem Team war. Aber vielleicht ist Damir auch Makarow? Oder doch Usdetschkin? Usdetschkin paßt besser, er ist für die Sicherheit zuständig. Aber wer weiß? Nastja war sich nur ganz sicher, daß Makarow nicht mit Semjon identisch war, der stand zu sehr in der Öffentlichkeit. Obwohl gerade das häufig vorkommt – darüber hat schon Edgar Allan Poe geschrieben: Was man verbergen will, stellt man an einen sichtbaren Ort. Außerdem war Semjons Nachname nicht bekannt, und es wäre doch zum Lachen, wenn sich herausstellte, daß er laut Paß Semjon Makarow hieße.

Wofür brauchen sie Makarow, überlegte Nastja und fixierte die Gardinen. Die organisatorischen Aufgaben leitet Semjon, das ergab sich eindeutig aus Swetlanas Angaben. Die künstlerische Seite war Ismailows Sache, die Sicherheit Usdetschkins, alle anderen Funktionen waren zweitrangig und konnten nicht vom Chef ausgeführt werden. Vielleicht steckte auch kein Mensch dahinter? Oder der Name bezeichnete einen Anführer, eine Person, die Entscheidungen traf? Damit man sagen konnte: ›Ich frage Makarow‹, ›Je nachdem, wie Makarow entscheidet‹, ›Makarow hat angeordnet ... ‹, obwohl das in jedem konkreten Fall sowohl Damir sein konnte als auch Kotik oder Semjon, und weiß Gott noch wer. Weder Sweta noch Wlad hatten außer Semjon noch jemand gesehen. Bei den Aufnahmen hätten sie zweifellos auch Damir und Kotik und noch jemand kennengelernt, der die Kamera und das Licht bediente. Aber danach hätten sie schon niemand mehr identifizieren und keinerlei Aussagen machen können. Die Auftraggeber mußten natürlich sowohl Damir als auch Kotik und Semjon kennen, aber wo waren sie, diese Auftraggeber! Es gab einen, und der war nicht zurechnungsfähig, man konnte auf seine Worte nichts geben, er war derzeit nicht imstande, einen zusammenhängenden Satz zu sagen. Eine Sackgasse. Eine ausweglose Sackgasse. Und kein einziger Hinweis, keine Vermutung. Diejenigen, die die Täter sein mußten, konnte keiner der Betroffenen identifizieren. Von der Person, die Wlad identifizieren könnte, war weder Name noch Aufenthaltsort bekannt. Eine ließ sich vielleicht in Moskau finden – aber das konnte sich Monate hinziehen ... Bis man in Moskau Daten über die Freunde und Bekannten von Alferow gesammelt und überprüft hatte, ob nicht einer von ihnen kriminelle Kontakte hatte ... Und diese ganze Feinarbeit konnte völlig ins Leere laufen, denn Alferow war Zeuge eines Mordes geworden, und allein das reichte aus, um ihn für gefährlich zu halten. Aber eine Antwort aus Moskau war trotzdem wichtig: Denn wenn jemand ermordet worden war, aber seine Leiche nicht im Sanatorium entdeckt wurde, mußte man ihn suchen. Von den Bewohnern der STADT war niemand verschwunden, das war schon geklärt. Und wenn niemand ermordet worden war, sondern nur verschleppt? Dann war wichtig, *wer* das getan hatte und warum er so erschrak, als Nikolai ihn bemerkte. Nein, wie immer sie es drehte und wendete, sie mußte abwarten. Anders kam Nastja nicht an Semjon heran. Freilich bestand die Hoffnung, daß sich Damir oder Kotik mit ihm trafen, aber das war die Angelegenheit von Starkow und seinen Leuten.

Nastja wiederholte sich noch einmal die Fragen, die sie Starkow stellen wollte. Er würde anrufen wie abgemacht, um sieben Uhr morgens.

Anatoli Wladimirowitsch war auch diesmal wieder pünktlich. Das rote Lämpchen am Apparat leuchtete Punkt sieben.

»Ich möchte Sie gleich informieren, daß ein Strafverfahren wegen des Mordes an Kolomiez eingeleitet wurde. Wir werden es vorläufig nicht an die große Glocke hängen, dazu besteht kein Anlaß. Der Mörder wurde am Ort des Geschehens von Augenzeugen festgehalten und ins Krankenhaus gebracht bis zum Abklingen seines akuten Zustandes. Man hat seine Personalien festgestellt, er ist Einwohner der STADT und Direktor einer städtischen Schule. Allem Anschein nach ist er schizophren. Sind Sie zufrieden?«

»Ja. Haben Sie etwas über die Häuschen in der Nähe des Sanatoriums in Erfahrung gebracht?«

»Natürlich, Anastasija Pawlowna. Ich habe es gestern nicht mehr geschafft, Ihnen davon zu erzählen, und nach den ganzen Ereignissen war nicht der richtige Augenblick dafür. Diese Häuschen können über die Verwaltung des Sanatoriums gemietet werden. Personalpapiere sind dafür nicht erforderlich. Bezahle und wohne, solange du willst. Im übrigen kann zahlen wer will und unter Angabe jedes beliebigen Namens, die Verwaltung registriert die Bezahlung und interessiert sich weiter für nichts. Da die Miete sehr hoch ist, kommt kein Gesindel rein, die Leute sind in der Regel solide. Bevor sie wieder abfahren, geben sie den Schlüssel ab und alle sind zufrieden.«

»Und die Putzfrauen? Machen die in den Häusern sauber?«

»Das ist der springende Punkt. So wie die Vermietung geregelt ist, nutzen die Leute diese Häuschen in erster Linie für ihre Vergnügungen, oder sie verbringen die Zeit mit einer Frau. In solchen Situationen ist der Besuch einer Putzfrau nicht immer passend. Deshalb werden die Kunden zu Anfang immer gefragt, ob geputzt werden soll, und wenn ja, wann. Einige verzichten ganz darauf.«

»Anatoli Wladimirowitsch, das müssen wir weiter verfolgen. Ich sehe ein, daß es schwierig sein wird, daß unser Interesse an den Häuschen unbemerkt bleibt, aber Sie sollten es versuchen. Anatoli Wladimirowitsch ...«

Nastja stockte und schwieg.

»Ja? Ich höre, hallo!«

»Ich wollte sagen ... Sie haben Ihr Versprechen gehalten, ich das meine nicht. Sie haben die Sache mit Kolomiez geregelt, aber ich bin noch nicht dahinter gekommen, wer Makarow ist. Vorläufig kann ich Ihnen nichts sagen.«

»Ich verstehe, Anastasija Pawlowna. Gestern waren Sie schlecht gelaunt und erregt, und Sie sprachen unbedacht. Wir hatten uns keine Hoffnungen gemacht, daß Sie das bis heute morgen schaffen. Machen Sie sich keine Sorgen, wir haben Zeit. Eduard Petrowitsch läßt fragen, ob Sie mit ihm zu Mittag essen wollen.«

»Sagen Sie Eduard Petrowitsch vielen Dank, aber heute bleibe ich hier. Wann rufen Sie mich das nächste Mal an?«

»Wann Sie es wünschen.«

»Dann heute abend, so um acht. Falls ich eine Idee habe, habe ich noch Zeit, sie zu überprüfen.«

»Abgemacht. Um zwanzig Uhr.«

Nastja räumte das Telefon weg und legte sich nochmals ins Bett. Sie fühlte sich völlig zerschlagen. Nachdem sie sich noch eine Stunde herumgewälzt hatte, beschloß sie, nicht zum Frühstück zu gehen. Sie machte sich Kaffee, stellte das Glas auf den Nachttisch, holte einen Krug Wasser aus dem Bad und stellte ihn neben das dampfende Glas. Dazu kamen noch der Wasserkocher, die Zuckerdose, eine Packung Kekse, ein Aschenbecher und Zigaretten. Jetzt brauchte sie bis zum Abend nicht mehr aufzustehen, dachte sie düster und kroch unter die warme Decke. Faulenzen ist meine größte Leidenschaft, so ist das eben.

Kurz nach elf hörte Nastja im Korridor die sich nähernden

Schritte von Regina Arkadjewna: schwere, wegen des kranken Beins ungleiche Schritte, die von dem leichten Klopfen des Stocks begleitet wurden. Als die Schritte auf der Höhe von Nastjas Tür waren, ertönte eine unbekannte Frauenstimme.

»Regina Arkadjewna, zu Ihnen möchte ich.«

»Bitte sehr.«

Die Alte blieb stehen, sie hatte offenbar nicht die Absicht, die Besucherin ins Zimmer zu bitten.

»Ich bin die Mutter von Olja Rodimuschkina, Sie haben sie vor einem Monat angehört, erinnern Sie sich?«

»Ich erinnere mich. Ihr Mädchen bemüht sich sehr, aber sie liebt die Musik nicht. Es hat keinen Zweck, sie zu quälen. Ich habe es Ihnen doch schon damals gesagt.«

»Regina Arkadjewna, Sie irren sich. Olja will lernen, sogar sehr. Vielleicht geben Sie doch Ihr Einverständnis ...«

»Nein, meine Liebe, ich quäle Kinder nicht gerne. Ihr Mädchen ist sehr brav, sie will Sie nicht verärgern und übt deshalb so fleißig. Aber sie will das nicht. Ich irre mich niemals in diesen Dingen. Ich habe völlig untalentierte Schüler, aber sie lieben die Musik und sind bereit, ihr zu dienen, und das ist für mich die Hauptsache.«

»Regina Arkadjewna, sie träumt davon, bei Ihnen zu lernen. Ich bitte Sie, seien Sie so gut ... Ich weiß, Sie nehmen kein Geld für Ihren Unterricht, aber vielleicht machen Sie eine Ausnahme? ... Ich flehe Sie an. Ich werde für meine Tochter zahlen, aber nehmen Sie sie.«

»Ich bedauere sehr.« Man konnte hören, wie die Alte seufzte. »Sie sind vergeblich gekommen. Seien Sie nicht gekränkt. Leben Sie wohl.«

* * *

Gegen fünf meldete sich bei Nastja der Hunger. Bis zum Abendessen waren es noch zwei Stunden, so lange würde sie es nicht mehr aushalten. Sie zog sich an und ging in die Bar hinunter in der Hoffnung, ihren Hunger mit Kuchen stillen zu können. Sie hatte Glück, außer Kuchen gab es in der Bar auch belegte Brote. Die Räucherwurst sah nicht mehr frisch aus, aber der Käse war durchaus genießbar.

Die für gewöhnlich schwach besuchte Bar war heute ganz leer, außer dem Barmann war niemand im Raum.

»Ist heute Gesundheitstag im Sanatorium? Niemand ißt was Süßes oder trinkt was Scharfes?« witzelte Nastja, während sie auf den Kaffee wartete, der in der türkischen Kanne auf heißem Sand stand.

»Wissen Sie nicht Bescheid? Bei uns liest heute ein bekannter Schriftsteller, der Kinosaal ist rammelvoll, sogar aus der STADT sind Leute da. Wann kann man schon mal Rudakow live erleben!«

Während er redete, bediente er die Kaffeekanne, schob sie von Zeit zu Zeit auf dem Sand hin und her, schnitt Käse und holte Kuchen aus dem Kühlschrank.

Weil keine Besucher im Café waren, hatte man nicht einmal die Musik angemacht. Nastja wurde von dem süßen Zeug ganz schlapp. Nichts lenkte sie ab und sie versank in Gedanken, ohne zu merken, wie die Zeit verging.

Nach sechs Uhr füllte sich die Bar langsam mit Menschen. Die Veranstaltung war zu Ende. Jetzt wird es hier laut, dachte Nastja, man wird die Musik einschalten, und Denken wird nicht mehr möglich sein. Ich muß auf mein Zimmer gehen und versuchen, etwas zu übersetzen, meinen Macbaine habe ich völlig vergessen.

Der Masseur Usdetschkin bewegte sich von der Bar in ihre Richtung, eine Flasche Bier und zwei Gläser in der Hand. Hinter ihm trippelte ein Mädchen in einem sehr engen Rock. Als sein Blick Nastjas kreuzte, blieb er stehen.

»Sie haben heute die Massage ausfallen lassen«, bemerkte er. »Macht Ihnen der Rücken Kummer?«

»Wie gewöhnlich.«

Sie bemühte sich, möglichst ruhig zu antworten.

»Wenn Sie nicht kommen wollen, sagen Sie rechtzeitig ab.

Ich bestelle dann jemand anderen für den Termin. Heute habe ich vierzig Minuten umsonst gewartet.«

»Ich werde wieder kommen«, sagte Nastja schuldbewußt. »Entschuldigen Sie. Ich habe verschlafen.«

Als sie auf ihr Zimmer ging, stellte sie sich vor, wie sie zu Usdetschkin kommen und ihm erlauben würde, ihren Rücken zu massieren und zu kneten. Ein Mörder ... So ein gutmütiger Teddybär, und so ein zärtlicher Spitzname – Katerchen. Vielleicht hatte sie sich getäuscht? In den letzten Tagen war das bei ihr oft vorgekommen. Der analytische Mechanismus hatte offensichtlich versagt. Es war ein Fehler gewesen, sich dieser Sache anzunehmen. Nichts kam dabei heraus. Denissow hatte sie überschätzt.

Im Zimmer erwartete sie ein dicker Umschlag auf dem Tisch. (Schachnowitsch hatte Schlüssel zu allen Zimmern, worauf er sie freundlicherweise hingewiesen hatte). Sie öffnete den Umschlag und fand darin eine lange Liste mit Informationen über die Vermietung oder den Erwerb von Gebäuden in der STADT, die nicht Wohnzwecken dienten. Sie hatte Starkow gebeten, diese Informationen zu besorgen, denn irgendwo mußte man ja mit der Suche nach dem Ort beginnen, an dem diese unheimlichen Videofilme gedreht wurden. Die Liste war beeindruckend, aber Nastja fand nur wenige verdächtige Punkte. Neben den meisten Eintragungen standen Anmerkungen, die darauf hinwiesen, daß die Gebäude von Firmen und Organisationen belegt waren, die zum Unternehmerverband gehörten, das heißt, unter Denissows Kontrolle standen. Etwa hundert Gebäude waren nicht gekennzeichnet, davon befanden sich etwa achtzig entweder in Wohnhäusern oder in unmittelbarer Nähe von Geschäftseingängen oder anderen belebten Orten. Sie können kaum für derartige Aufnahmen verwendet werden, dachte sie, weil man nicht nur die Darsteller dorthin bringen muß, sondern auch die Leichen fortschaffen. Obwohl, wenn man nachts arbeitet, macht es vielleicht keinen Unterschied ... Nein, es ist doch ein Unterschied, korrigierte sie sich. Für gewöhnlich sterben die Opfer nicht stumm, sie werden vermutlich schreien. Die Wohnhäuser scheiden also aus. Bleiben siebenunddreißig Gebäude, die zu überprüfen sind.

Nachdem sie dem wie immer pünktlich anrufenden Starkow die Adressen diktiert hatte, die zu überprüfen waren, setzte sich Nastja an ihre Übersetzung. Aber sie kam nur langsam voran. Alle drei, vier Absätze stolperte sie über ein Wort, eine Phrase oder einen Gedanken, die sie an Makarow und seine Bande denken ließen. Sie erstarrte vor der Schreibmaschine und vergaß sogar, die Finger von der Tastatur zu nehmen. Gegen Mitternacht, als sich herausstellte, daß sie in vier Stunden nur drei Seiten übersetzt hatte, zog Nastja wütend die Plastikhülle über die Schreibmaschine. Sie hatte begriffen, daß man nicht mit einem Kopf gleichzeitig an zwei Arbeitsplätzen sein kann.

Als sie im Bett lag, stellte sie sich vor, wie sie völlig schutzlos auf dem Massagetisch vor dem Mörder Usdetschkin liegen würde, und in Gedanken korrigierte sie sich selbst: Nein, Kotik, Damir und alle übrigen haben niemanden selbst umgebracht. Die Auftraggeber sind die Mörder, und diese Bande organisiert das Ganze und stellt nur das Umfeld her und verwischt dann die Spuren und läßt die Leichen verschwinden. Sie alle sind Organisatoren und Helfershelfer, jemand ist vermutlich der Anstifter, zum Beispiel die Kontaktleute in den anderen Städten. Aber unmittelbar Ausführende sind sie nicht. Und Makarow, falls er überhaupt existiert, kann man überhaupt nichts vorwerfen. Außer vielleicht die ideologische Führung, aber das muß man erst einmal beweisen …

* * *

Während Nastja den ganzen Tag mit Nachdenken verbracht hatte und sich dabei äußerst wenig bewegt hatte, rotierte Anatoli Wladimirowitsch Starkow den ganzen Tag, erteilte Anweisungen, telefonierte, forderte, nahm Meldungen entgegen, bedankte sich und ergriff im Vorbeigehen belegte Brote und kalte Fleischstücke. Wäre dieses stille Fräulein Chefin einer Detektei, bräuchte sie mindestens vierzig Mann unter sich, dachte er, während er die Informationen sammelte und überprüfte, die die Kamenskaja angefordert hatte.

Um Mitternacht lagen auf seinem Tisch die Berichte: über zweiundzwanzig der genannten siebenunddreißig Gebäude; über die Personen, die die Nebengebäude des Sanatoriums im letzten Monat gemietet hatten; über die Kontakte von Ismailow und Usdetschkin. Nichts, an das man sich klammern konnte, nicht ein klitzekleiner Hinweis. Freilich stand noch die Überprüfung von fünfzehn Gebäuden aus, und auch die Personen, die die Häuschen gemietet hatten, kannte man noch nicht alle. Vielleicht hatte er morgen mehr Glück …

Ismailow hatte den ganzen Tag in seiner ›Deluxe‹-Suite gesessen, niemand war bei ihm gewesen. Usdetschkin war bis sechzehn Uhr an seinem Arbeitsplatz gewesen (die Liste der Patienten, die er massiert hatte, lag bei), von sechzehn bis neunzehn Uhr besuchte er die Lesung des bekannten Schriftstellers Rudakow, nach der Veranstaltung war er in die Bar des Sanatoriums gegangen, wo er bis zwanzig Uhr fünfunddreißig in Begleitung eines Mädchens (weitere Informationen lagen bei) gesessen und anschließend zusammen mit dem Mädchen in seine Wohnung zurückgekehrt war. Das Mädchen war um ca. dreiundzwanzig Uhr wieder weggegangen, er selbst war zu Hause geblieben. Es war nicht gelungen, alle Personen festzustellen, mit denen er bei der Veranstaltung und in der Bar Kontakt hatte. Nicht lückenlos.

Anatoli Wladimirowitsch Starkow war im Gegensatz zu den meisten seiner Bekannten kein emotionaler Mensch. Er wurde nicht oft zornig und ließ sich selten von jemand kränken. Wütend zu sein, war nicht sein Stil, und er wußte nicht, was Neid war. Dafür verstand er sehr wohl, was ein Ehrenwort, Aufgaben und Verpflichtungen waren.

Als er in Denissows Dienst getreten war, hatte er ein für alle Mal seinen Weg gewählt und er hielt es nicht für nötig, danach noch Zeit auf moralische Bewertungen zu verschwenden. Wenn Ed von Burgund gesagt hatte, was zu tun war, hieß das, daß er, Starkow, es tun mußte und kein Recht hatte, darüber nachzudenken, ob ihm das gefiel oder nicht. Denken hätte er vorher müssen, sagte er sich, denken hätte er damals müssen, als er noch ein junger Offizier beim KGB war und vor der Wahl gestanden hatte. Die Wahl war ihm nicht leicht gefallen, mehrere Monate hatte er überlegt, bevor er Denissows Vorschlag annahm. Aber nach dem Entschluß hielt er sich nicht mehr für berechtigt, nach links und rechts zu schauen und andere Menschen und ihre Handlungen zu beurteilen. Wie der Strauß seinen Kopf in den Sand steckt, schnitt sich auch Starkow von der Welt ab, die für ihn nur noch aus der Erfüllung der von Denissow bezahlten Aufgaben bestand. Wenn also einer seiner nächsten Assistenten heute sagte: »So weit haben wir's gebracht! Jetzt werden wir schon von einem Backfisch kommandiert!« – verstand der Leiter des Aufklärungsdienstes überhaupt nicht, wovon dieser sprach. Niemand kommandiert niemanden, es hatte sich nur ein Mensch gefunden, der aufgrund verschiedener Umstände besser wußte, was und wie es zu tun war. Unter anderen Umständen konnte auch er dieser Mensch sein, aber es kam eben auch vor, daß es andere waren. Das war alles. Und daß die Kamenskaja ein Backfisch sein sollte, das war überhaupt Unsinn. Sie war eine äußerst ernsthafte, sehr umsichtige und sehr anziehende junge Frau. Auf dem Foto, das Schachnowitsch ihm gleich nach ihrer Ankunft überreicht hatte, sah sie wirklich ein wenig zum Fürchten aus, aber diesen Fotos hatte Anatoli Wladimirowitsch nie sehr getraut. Im Leben jedoch war sie beinahe eine Schönheit. Er fühlte sich überhaupt nicht erniedrigt durch die Zusammenarbeit mit ihr, im Gegenteil, er hatte doch als erster vorgeschlagen, ihre Dienste in Anspruch zu nehmen, weil das im Interesse der Sache war.

Starkow hatte es gefallen, daß sie heute morgen von ihrem nicht erfüllten Versprechen gesprochen hatte, er schätzte Verbindlichkeit bei den Menschen. Und in der Tiefe seines Herzens war er Anastasija Kamenskaja dankbar, daß sie Lew Repkin mit solcher Deutlichkeit hinausgeworfen hatte. Nein, gar so kaltblütig war der Chef von Denissows Aufklärungsdienst auch wieder nicht. Immerhin gab es auch Menschen, die er offensichtlich nicht leiden konnte.

Kapitel 13

TAG VIERZEHN

Als sie vom Frühstück zurückkam, traf Nastja im Flur wieder auf Igor, der offenbar doch den Kampf mit Liszts Rhapsodie verloren hatte und zu einer Zusatzstunde gekommen war.

»Was, junges Genie, du schwänzt die Schule?« neckte sie ihn.

»Guten Tag.« Der Junge sprang freudig auf. »In der ersten Stunde haben wir nur Sport, und in der zweiten Biologie. Zur dritten Stunde bin ich dann da.«

»Und was habt ihr in der dritten Stunde?« fragte Nastja streng.

»Mathematik. Mathematik schwänze ich nicht.«

»Und Biologie kann man also schwänzen?«

»Na ja.« Igor winkte ab. »Biologie ist kein männliches Fach. Blumen und Schmetterlinge, Stempel und Blütenstaub, Langeweile!«

»Und die Mathematik ist also männlich?«

»Na klar. Mathematik, Physik, Chemie, Geschichte – ein richtiger Mann muß das alles wissen.«

»Was du nicht sagst.« Nastja setzte sich in den Lehnstuhl neben ihn. »Eine interessante Rangordnung hast du da. Und was muß ein richtiger Mann noch wissen und können?«

»Er muß sich bei Autos und Waffen auskennen«, sagte der junge Musiker selbstsicher. »Es gibt ja auch welche, die einen Volvo nicht von einem Mercedes unterscheiden können.«

»Ich zum Beispiel«, antwortete ihm Nastja ohne Zögern. »Aber ich bin zum Glück kein Mann, sonst würdest du sofort die Achtung vor mir verlieren. Ich kann auch keinen BMW von einem Opel unterscheiden.«

»Ist Ihnen schlecht?« Sie hörte die Stimme des Jungen wie durch Watte. »Ich rufe jemand ... Sie sind so blaß!«

Sie schüttelte mit Mühe den Kopf und stand vorsichtig auf.

»Mein Zimmer ist nebenan. Ich lege mich hin, und alles geht vorbei.«

Nastja verlor den Boden unter den Füßen, alles war verschwommen und drehte sich, sie fand lange nicht das Schlüsselloch, und als sie endlich in ihrem Zimmer war, fiel sie auf das Bett.

Sie hatte einen Kreislaufzusammenbruch.

Sie schloß das Telefon nicht an und verpaßte Starkows Anruf um Viertel vor elf. Sie erinnerte sich, daß er anrufen wollte, aber sie hatte nicht die Kraft, aufzustehen. Ihr unberechenbarer Kreislauf hatte sie im entscheidenden Augenblick wieder im Stich gelassen.

* * *

Als Starkow Nastja nicht erreichen konnte, wiederholte er seinen Versuch alle fünfzehn Minuten, bis ihm Böses schwante. Dann rief er Schachnowitsch an.

»Shenja, kläre sofort, wo die Kamenskaja ist.«

* * *

Shenja versuchte vorsichtig, die Tür zu öffnen und bemerkte, daß sie verschlossen war.

Er griff nach dem Duplikat des Schlüssels von Zimmer 513 und schloß auf.

Nastja lag unbeweglich mit bleichem Gesicht auf ihrem Bett. Sogar ihre hellen Augen wirkten vor dem Hintergrund der leichenblassen Haut dunkel. Shenja hatte nicht umsonst vier Monate im Sanatorium verbracht. Er fühlte Nastjas Puls, öffnete ohne Erlaubnis das Nachtkästchen und war mit sich zufrieden, als er einige Ampullen Salmiakgeist entdeckte und sich seine Diagnose bestätigte. Er fand außerdem eine Schachtel mit Tee.

Salmiakgeist und starker heißer Tee, in den Shenja sechs Stück Zucker tat, machten Nastja munter.

»Ich fühle mich wohl«, sagte sie. »Es ist nur ein Schwächeanfall, die Füße tragen mich nicht mehr.«

»Wo ist das Telefon?«

»In der Tasche, unter dem Bett.«

Schachnowitsch schloß den Apparat an und wählte Starkows Nummer. Er wechselte mit ihm einige Worte und reichte Nastja den Hörer.

»Anatoli Wladimirowitsch«, seufzte sie mit schwacher Stimme, »ich habe verstanden. Wir haben alles falsch gemacht. Das heißt, ich habe es falsch gemacht. Wir müssen noch zwei Sachen überprüfen. Eine überprüfe ich selbst, um die andere müssen Sie sich kümmern. Heute abend sage ich Ihnen, wer Makarow ist.«

Shenja begriff zum ersten Mal, was das bedeutete: ›Im Dienst sterben‹.

* * *

Bevor er der Kamenskaja die Ergebnisse der letzten Überprüfung schickte, zeigte er die Liste Eduard Petrowitsch.

»Ich verstehe nichts«, sagte dieser und zuckte die Achseln. Er las das Papier zweimal durch und legte es auf den Tisch. »Wozu ist das gut?«

»Eine interessante Liste, nicht?« Starkow war nachdenklich. »Ich kann immer noch nicht verstehen, warum Sie nicht dabei sind. Da würden Sie doch dazugehören, finden Sie nicht?«

»Nein«, gab Denissow scharf zurück. »Ich fühle mich auch hier wohl. Ich lebe so, wie ich es möchte, und nicht so, wie es meine Stellung verlangt. Schick die Liste ins Sanatorium. Dieses Mädchen weiß, was es tut.«

* * *

Gegen Abend hatte sich Nastja wieder erholt. Shenja hatte eine Krankenschwester zu ihr geschickt, die ihr eine Spritze gegeben hatte, zwei Stunden später noch eine, und sie hatte Nastja schwören müssen, dem Arzt Michail Petrowitsch nichts zu sagen.

* * *

Nastja schminkte sich sorgfältig und veränderte dabei ihr Gesicht fast bis zur Unkenntlichkeit. Sie konnte darauf malen, was sie wollte, wie auf einem leeren Blatt Papier, vom unschuldigen Engel bis zum Vamp. Sie suchte lange nach der richtigen Garderobe und entschied sich schließlich für schwarze enge Hosen und einen schwarzen Rollkragenpullover, um die offenen, langen hellen Haare zu betonen. Schmuck hatte sie nicht mitgenommen, was sie in diesem Augenblick aufrichtig bedauerte: eine dezente Silberkette hätte sehr gut zum schwarzen Rollkragenpullover gepaßt. Also gut, nimm, was du hast, sagte sie sich und tupfte sich mit dem dicken Glasverschluß etwas Parfum auf Hals und Haare.

Sie war sich nicht sicher, ob sie Damir sofort finden würde, aber sie hoffte, daß sie auch einmal Glück haben würde. Im Leben mußte es doch eine ausgleichende Gerechtigkeit geben: Nachdem sie so viele Fehler und Irrtümer begangen hatte, mußte sie einfach auch einmal Glück haben. Das wäre sonst ungerecht.

Und sie hatte wirklich Glück. Damir war nicht in seiner Suite, aber sie fand ihn in der Bar. Ismailow trank Kognak. Allem Anschein nach war er noch nicht lange dabei, denn er war noch nicht betrunken. Also vorwärts, Nastasja, den Gang leihen wir uns von der ersten Schauspielerin, die Stimme von einer anderen, und das Lächeln von der dritten. Die echte Nastja Kamenskaja hat hier nichts verloren, sie ist auf Zimmer 513 geblieben.

»Guten Tag, mein Lieber!«

Sie küßte Damir sanft auf die Wange und setzte sich ihm gegenüber an den Tisch. Damir betrachtete schweigend ihr Gesicht und stützte das Kinn in die Hand, als würde er über etwas nachdenken.

»Das heißt, ich hatte recht«, sagte er schließlich.

»Womit?«

»Du bist eine Heuchlerin. Ich hatte schon lange diesen Verdacht. Eine unglückliche häßliche alte Jungfer. Und die ganze Zeit hast du mich heimlich ausgelacht, stimmt's?«

»Stimmt. Du verstehst überhaupt nichts von Frauen, Damir. Du vertraust nur deinen Augen, und das kann man sogar verstehen, du bist ja Filmregisseur. Für die ist die Optik wichtig. Ärgere dich nicht.«

»Was ist denn mit dir los? Nach so vielen Tagen bist du zum ersten Mal von selbst zu mir gekommen, früher bin ich dir nachgelaufen und habe auf dich eingeredet wie der letzte Idiot. Hast du's dir anders überlegt?«

»Darum geht's nicht. Ich hatte Unannehmlichkeiten, das weißt du sehr genau. Jetzt haben sie sich glücklich aufgelöst. Deshalb bin ich zu dir gekommen.«

»Wozu? Willst du vielleicht zu mir aufs Zimmer kommen?«

»Nein. Ich möchte dich bitten, daß du mir etwas vorspielst.«

»Wie bitte?«

Vor Erstaunen hielt Damir sein Glas schief und einige Tropfen Kognak fielen auf den Tisch.

»Ich möchte, daß du mir etwas vorspielst«, wiederholte Nastja. »Du bist doch Musiker und Komponist. Ich habe deinen Film gesehen und deine Musik dazu gehört, sie gefällt mir. Im Kinosaal steht ein Klavier. Warum kannst du mir nicht dieses Vergnügen machen?«

»Tatsächlich, warum nicht?« Damir lachte bitter. »Ich bin nur noch dazu gut, Pianist zu sein und deine Gefühle zu begleiten. Sind deine Gefühle wenigstens echt, oder sind sie auch nur Heuchelei?«

»Die sind echt, daran brauchst du nicht zu zweifeln.«

Schweigend, wie zwei Fremde gingen sie zum Kinosaal. Da-

mir stieg auf die Bühne, öffnete das Klavier, drehte den Stuhl herunter, der nach Igors Unterrichtsstunde zu hoch war und schlug einige Akkorde an, um zu testen, ob das Klavier richtig gestimmt war. Nastja suchte sich einen Platz in der ersten Reihe, ziemlich nahe am Klavier.

»Und was soll ich dir vorspielen, falsche Anastasija?« fragte er spöttisch. »Etwas aus der populären Klassik? Oder ziehst du Jazz vor?«

»Improvisationen. Kannst du das?«

»Kann ich. Ich kann alles. Als Klavierbegleiter bin ich ein Meister. Zu welchem Thema?«

»Spiel etwas über mich. Spiel, daß ich anfangs so verschlossen war, verschreckt, weil ich Probleme hatte und nicht wußte, wie das alles enden wird. Und dann kam plötzlich die Erleichterung und ich verwandelte mich, ich wurde frei und ruhig.«

»Zu Befehl, gnädige Frau.«

Damir begann zu spielen, und Nastja hörte zu. Nicht so, wie richtige Musikliebhaber zuhören, nicht so, wie sie selbst gewöhnlich Musik hörte, indem sie sich in die Töne vertiefte und ihnen gestattete, sie mit sich zu ziehen. Sie hörte die Musik Damirs wie eine Analytikerin und stellte sie dem gegenüber, was sie schon im Film und auf der Kassette gehört hatte, die sie dem kleinen Wlad weggenommen hatte. Und sie verspürte gleichzeitig Freude und Schmerz, weil sich ihre Vermutung bestätigte, und es war eine schreckliche Vermutung. Alle Scheiben von unterschiedlicher Farbe und Größe, die unordentlich auf dem Boden verstreut lagen, paßten aufeinander wie bei einem Spielzeugkegel und füllten ihn fast bis obenhin. Das heißt, sie hatte den Mittelstab richtig gewählt.

Damir beendete die Improvisation und nahm die Hände von den Tasten.

»Reicht das?«

»Das reicht, ich danke dir.«

Nastja erhob sich und ging ohne ein Wort zu sagen den Gang entlang, an den Sitzreihen vorbei, zum Ausgang. Sie drehte sich nicht um und sah nicht, mit welchem Gesicht

Damir Ismailow ihr nachschaute. Und sie wäre erstaunt gewesen, wenn sie gesehen hätte, daß Schwermut in seinen Augen lag.

* * *

Heute sollte Anatoli Wladimirowitsch um neun Uhr abends anrufen. Nastja hatte bereits von dem vorausschauenden Schachnowitsch eine neue Liste bekommen, deutlich kürzer als die vorhergehende. Sie warf einen Blick darauf und fühlte einen schmerzhaften Stich in der Brust. Noch ein Ring legte sich auf den Stab und ergänzte die Gesamtkonstruktion.

»Überprüfen Sie bitte die Nummer achtzehn aus der Liste«, bat sie Starkow.

Durch's Telefon war Papierrascheln zu hören. Starkow blätterte die Kopie durch, die vor ihm lag.

»Nummer achtzehn, hab' ich mich nicht verhört?« In seiner Stimme lag Verwunderung.

»Nummer achtzehn«, sagte Nastja nachdrücklich. »Das, was wir suchen, müßte dort zu finden sein.«

»Gut. Wann gehen Sie schlafen?«

»Ich werde auf Ihren Anruf warten.«

»Dann schließen Sie die Tür ab und schalten Sie das Telefon nicht aus.«

* * *

Nach den erforderlichen Anweisungen rief Starkow Denissow an.

»Mir scheint, sie ist verrückt geworden«, teilte er ihm ruhig mit. »Man kann alles annehmen, nur das nicht. Ich habe angewiesen, daß meine Leute das prüfen sollen, aber das ist reine Zeitverschwendung.«

»Alles ist möglich.« Eduard Petrowitsch war unentschlossen. »Sie hat einige schwere Tage hinter sich. Zugegeben, sie hatte es nicht leicht mit unserem Angebot und mit ihrer Beziehung zu Ismailow. Ich glaube, daß sie sich doch nahestanden, sie versteckt das bloß. Und dann noch der Mord an dem Mädchen ... Verrückt ist die Kamenskaja natürlich nicht geworden, aber auch sie kann Aussetzer haben. Was soll's, warten wir's ab.«

»Und wenn sich das als wahr erweisen sollte?«

»Warten wir's ab«, wiederholte Denissow. »Denken wir nicht an die Zukunft.«

* * *

Zweieinhalb Stunden später kamen die Mitarbeiter, die die Nummer achtzehn überprüft hatten, zu Starkow. Sie hatten noch kein Wort gesagt, doch Anatoli Wladimirowitsch konnte auf ihren Gesichtern lesen. Als er ihren Bericht hörte, erstarrte er innerlich vor Kälte. *So etwas* hatte er nicht einmal in seinen kühnsten Ideen vermutet.

»Und außerdem haben wir *das* gefunden, in dem Zimmer, in dem die Ausrüstung steht, lag das auf der Couch.«

Starkow hielt eine Haarspange in der Hand, eine schöne, silberne Haarspange mit einer kleinen Rose aus fliederfarbenem chinesischen Perlmutt. Er wußte, wem diese Haarspange gehörte. Was sollte er jetzt mit seinem Wissen tun? Das wird der Chef nicht überleben ...

* * *

Das Lämpchen am Hörer blinkte um ein Uhr nachts. Nastja nahm sofort ab. Sie hatte in Erwartung des Anrufs keine Ruhe finden können und hatte das Telefon nicht aus dem Blick gelassen.

»Sie hatten recht.« Die Stimme Starkows klang unsicher. »Aber es gibt da eine Sache ... Ich möchte mich mit Ihnen beraten. Wie kann man das machen?«

»Ich weiß nicht ...«

Nastja war plötzlich verwirrt. Sie begriff, daß sie flehentlich gehofft hatte, das Gegenteil zu hören.

»Kann man es nicht bis morgen früh verschieben?«

»Ungern. Morgen früh wartet Denissow auf Sie. Dann muß ich wissen, was ich ihm sagen soll.«

»Gut«, seufzte sie, »schicken Sie ein Auto.«

»In zehn Minuten am Haupttor. Autonummer 57–83.«

Kapitel 14

TAG FÜNFZEHN

Starkow brachte sie in eine luxuriöse Wohnung, in der Denissow Gäste beherbergte, die aus dem einen oder anderen Grund nicht im Hotel leben wollten.

Er hatte tatsächlich ein ernstes Problem.

»Was soll ich tun, Anastasija Pawlowna? Soll ich Denissow von seiner Enkelin erzählen oder soll ich schweigen?«

»Sind sie absolut sicher?«

»Es gibt keinen Zweifel. Die Haarspange ist eine Sonderanfertigung. Ich war selbst mit dem Auftrag befaßt. Eduard Petrowitsch hat sie Vera zum vierzehnten Geburtstag geschenkt.«

»Könnte sie sie an jemanden weitergegeben haben? Irgendeiner Freundin?«

»Kaum. In Denissows Familie geht man sorgsam mit Geschenken um. Besonders der Chef. Er fragt ständig: ›Warum trägst du nicht, was ich dir geschenkt habe? Gefällt es dir nicht?‹ Nein, sie hätte es nicht gewagt.«

»Dafür hat sie andere Dinge gewagt«, meinte Nastja trocken. »Und warum sind die Menschen ihren Nächsten gegenüber so blind? Wir glauben immer, daß wir sie in- und auswendig kennen, und dann stehen wir vor einer Tragödie.«

»Nein«, wiederholte Starkow überzeugt, »das Geschenk des Großvaters hätte sie nur zufällig verlieren können. Sie ist ein gutes, feines Mädchen, es hat sie nur irgendein Nichtsnutz durcheinandergebracht.«

»Womöglich dieser Student, mit dem sie ein Verhältnis hat?« Nastja lachte. »Wenn sie tatsächlich fein und gut ist, dann hat sie sich aus Liebe zu ihm darauf einlassen, um Geld zu verdienen. Und er hat sie benützt. Da haben Sie also noch ein Mitglied von Makarows Mannschaft.«

»Trotzdem, Anastasija Pawlowna«, wiederholte Starkow nachdrücklich. »Was raten Sie mir?«

»Schweigen Sie. Diesen Studenten finden Sie selbst, mit Vera sprechen Sie auch selbst. Danach sehen wir weiter. Aber vorläufig schweigen Sie.«

»Ich danke Ihnen«, Starkow seufzte erleichtert.

»Wofür?«

»Ich bin ja selbst dafür, Denissow nichts von seiner Enkelin zu erzählen. Aber ich fürchtete, Sie würden darauf bestehen.«

»Warum sollte ich darauf bestehen, Anatoli Wladimirowitsch? Das geht mich überhaupt nichts an. Sie wollten Makarow, und Sie haben ihn bekommen. Der Rest ist nicht meine Sache.«

»Wer ahnt schon, was in Ihnen vorgeht!« Starkow lachte. »Ihnen hätte alles mögliche einfallen können. Übrigens wollte ich es gleich sagen, aber ich konnte mich nicht entschließen: Sie sehen heute außergewöhnlich gut aus.«

»Man tut sein Bestes«, antwortete Nastja dankbar lächelnd. »Ich revanchiere mich mit einem Gegenkompliment: Es war mir ein Vergnügen, mit Ihnen zusammenzuarbeiten. Ich habe Sie mit einem Berg idiotischer Aufgaben überhäuft, und sie haben ohne Murren alle erfüllt und kein einziges Mal gefragt, wozu ich das brauche. Das zeugt davon, daß sie mir vertraut haben und überzeugt waren, daß ich weiß, was ich tue. In meiner Dienststelle ist das anders.«

»Ich gestehe, Anastasija Pawlowna, es gab einen Moment, da habe ich an Ihnen gezweifelt. Ich habe es sogar Eduard Petrowitsch gesagt. Aber er hat mir geantwortet: Dieses Mädchen weiß, was es tut. Also geht Ihr Kompliment an die falsche Adresse. Ich weiß, es ist dumm zu fragen, aber ...« Starkow schwieg. Er wußte nicht, ob er fortfahren sollte.

»Fragen Sie, fragen Sie. Wir müssen ohnehin die Nacht

herumbringen. Schlafen kann ich sowieso nicht, also reden wir.«

»Wie sind Sie darauf gekommen?«

»Der Junge hat mir geholfen. Er sagte, daß sich ein richtiger Mann bei Autos und Waffen auskennen muß.«

»Da hat er recht.« Starkow nickte.

»Wahrscheinlich. Können Sie einen Mercedes von einem Volvo unterscheiden?«

»Natürlich.«

»Und eine ›TT‹-Pistole von einer Beretta?«

»Natürlich, das ist doch elementar.«

»Und eine ›Walter‹ von einer ›Makarow‹-Pistole?«

»O Gott!« ächzte Starkow.

* * *

Eduard Petrowitsch traute seinen Ohren nicht, als ihm Nastja und Starkow am nächsten Morgen über die Wohnung von Regina Arkadjewna Walter berichteten.

»Aber ich habe ihr doch selbst aus wohltätigen Erwägungen einen Teil des dreistöckigen Gebäudes zur Verfügung gestellt! Eine Pädagogin, die sich allgemeiner Wertschätzung erfreut, die solche bekannten Interpreten hervorgebracht hat, muß eine Wohnung haben, in der Platz für ein Klavier ist und für den Unterricht mit ihren Schülern. Sie muß unter würdigen Bedingungen leben und sich keine Sorgen machen müssen darüber, daß die Musik die Nachbarn stört, die kleine Kinder haben. Ich habe doch selbst, mit eigener Hand ... Und ich habe sogar Geld dafür locker gemacht. Ich habe extra daran erinnert, daß Experten kommen sollten, um die Wände schalldicht zu isolieren. Mein Gott! Mein Gott!«

»Es war zu spät«, sagte Nastja. »Sie war schon erniedrigt und gedemütigt. Sie war wegen ihres Gesichts und ihres Hinkens als geniale Pädagogin und Komponistin nicht anerkannt. Aus irgendeinem Grund kann man in unserem Land Invaliden nicht als gleichberechtigt anerkennen. Sie haben ihr ein würdiges Leben ermöglicht, aber erstens zu spät und zweitens nur zum Teil. Sie braucht viel Geld, sehr viel Geld. Sie hat meinem Kollegen aus Moskau davon erzählt. Das Geld braucht sie, um sich nur der Musik zu widmen und um sich nicht durch ihre altersbedingte Schwäche beeinträchtigt zu fühlen. Natürlich hat sie beteuert, daß sie das Geld durch Unterricht verdient. Aber dann habe ich zufällig ein Gespräch mitgehört, aus dem hervorging, daß sie für ihre Stunden kein Geld nimmt. Sie gibt kostenlos Unterricht, aber nur den Kindern, die die Musik wirklich lieben. Das Geld bezieht sie aus einer anderen Quelle.«

»Aber warum gerade das? Warum so eine ungeheuerliche Art, Geld zu verdienen?«

»Weil sie uns alle haßt und sich rächt. Sie wollten meine Kunst nicht? Sie wollten meine Musik nicht hören und anerkennen? Dann erlauben Sie mir, daß ich sie trotzdem komponieren werde, und zu meiner Musik werdet ihr und eure Nächsten sterben. Ich hatte anfangs gedacht, daß Ismailow selbst die Musik schreibt. Dann, als der Verdacht zu stark geworden war, bat ich ihn, für mich zu improvisieren. Ich überzeugte mich, daß er eine solche Musik, wie sie für den Film mit dem Mord an Swetlana gedacht war, niemals komponieren konnte. Er hat nicht die Klasse. Er ist zweifellos talentiert, aber nicht genial. Aber diese Musik wurde von einem Genie geschrieben. Und er hat mir selbst mehrmals bestätigt, daß Regina ein Genie ist, und ich habe es einfach nicht registriert. Und da war noch etwas, das ich mir durch die Finger gehen ließ. Wäre es mir rechtzeitig eingefallen, könnte Swetlana vielleicht noch leben. Das kann ich mir nicht verzeihen.«

»Wovon sprechen Sie?«

»Ich stand auf dem Balkon und hörte den Teil eines Gesprächs zwischen Regina Walter und Damir. Es ging um einen Film. Ich kehrte ins Zimmer zurück, sie hörten offenbar das Zuschlagen der Balkontür und Regina kam sofort angerannt, angeblich, um mich mit ihrem Schüler bekanntzumachen. In Wirklichkeit wollten sie herausfinden, ob ich etwas gehört

hatte, was mich mißtrauisch hätte werden lassen. Und dann log Ismailow die ganze Zeit. Ich bemerkte das und gab mir Mühe, es nicht zu beachten. Jetzt fällt es mir ein, und es zeigt sich, daß seine Lügen in das Schema passen. Viele Kleinigkeiten stachen ins Auge, aber ich wollte sie nicht sehen. Zum Beispiel an dem Abend, als Alferow getötet wurde, da hatte Regina Beschwerden am Fuß, und Usdetschkin kam extra zu mir, um mich zu bitten, nach ihr zu schauen und ihr, falls nötig, zu helfen. Zu dieser Zeit war jemand im Sanatorium, vor dem sie mich schützen wollten, und sie ›fesselten‹ mich einfach an die kranke Nachbarin. Ich denke, das war genau die Person, deren Leiche zuletzt im Keller gefunden wurde. Er war der einzige Mann unter den Ermordeten, alle übrigen waren Frauen und Mädchen. Ihre Polizeidirektion hat jetzt für ein Jahr genug zu tun.«

Nastja schwieg. Sie sah den Keller im Haus von Regina Arkadjewna vor sich, wo man begonnen hatte, die einzementierten Leichen zu bergen, und sie zitterte wie vor Kälte.

Sie war so naiv gewesen und hatte Angst vor Denissow und seiner Mafia gehabt. Aber was war schon Schreckliches an ihnen, wenn daneben *solche* Menschen existieren …

»Besorgen Sie mir eine Fahrkarte für morgen, Eduard Petrowitsch«, bat sie. »Ich möchte abreisen.«

* * *

Shenja Schachnowitsch brachte Nastjas Gepäck in das Zweibett-Abteil des Schlafwagens und ging diskret wieder auf den Bahnsteig hinaus, um sie mit Denissow allein zu lassen. Durch das Waggonfenster konnte er sehen, wie sich ihre Lippen bewegten, und er glaubte sogar, einzelne Worte unterscheiden zu können. Jetzt zog Eduard Petrowitsch die Fahrkarte aus der Brieftasche und legte sie auf den Tisch. Da wurde die Bewegung ihrer Lippen langsamer, ein peinliches Schweigen hing in der Luft, und die Gesichter der beiden wurden angespannt. Denissow nickte und machte einen Schritt zur Tür, er war im

Begriff zu gehen. Die Kamenskaja rief ihm etwas nach, offenbar etwas Unerwartetes, denn Denissow drehte sich abrupt um, Nastja machte eine Bewegung auf ihn zu und küßte ihn zärtlich auf die Wange. Beide lächelten, aber irgendwie war es ein trauriges Lächeln …